KNAUR

Über die Autorin:
Greta Holm wuchs in Schleswig-Holstein auf. Sie studierte Pädagogik, Dänisch und Buchillustration und arbeitete als Designerin und Illustratorin, bevor sie mit dem Schreiben von Kinderbüchern begann. Ihre »Erstleser« waren mehrfach für den Preuschhof-Preis nominiert, einer stand auf der SPIEGEL-Bestsellerliste. Greta Holm lebt mit Mann, Sohn und Kater in der Nähe der Ostsee, liebt den Norden und das Radfahren und ist lokalpolitisch engagiert.

GRETA HOLM

Altes Land und neue Liebe

Ein Tierarzt-Roman

KNAUR

Besuchen Sie uns im Internet:
www.knaur.de

Aus Verantwortung für die Umwelt hat sich die Verlagsgruppe Droemer Knaur zu einer nachhaltigen Buchproduktion verpflichtet. Der bewusste Umgang mit unseren Ressourcen, der Schutz unseres Klimas und der Natur gehören zu unseren obersten Unternehmenszielen. Gemeinsam mit unseren Partnern und Lieferanten setzen wir uns für eine klimaneutrale Buchproduktion ein, die den Erwerb von Klimazertifikaten zur Kompensation des CO_2-Ausstoßes einschließt. Weitere Informationen finden Sie unter: www.klimaneutralerverlag.de

FSC www.fsc.org MIX Papier aus verantwortungsvollen Quellen FSC® C014496

Originalausgabe August 2021
Knaur Taschenbuch

Ein Imprint der Verlagsgruppe
Droemer Knaur GmbH & Co. KG, München

Redaktion: Dr. Gisela Menza
Covergestaltung: Alexandra Dohse / grafikkiosk.de
Coverabbildung: Alexandra Dohse unter Verwendung diverser Bilder von Mauritius Images und Shutterstock Images
Satz: Adobe InDesign im Verlag
Druck und Bindung: GGP Media GmbH, Pößneck
ISBN 978-3-426-52578-4

2 4 5 3 1

Für Matthias

1

Ronaldo biss zu.

»Au!« Pieter zog die Hand zurück. Frau Pieske, die sich gegen seinen Arm gelehnt hatte, kippte nach vorn.

»Huuuch!« Die eisgrauen Locken der Endsechzigerin wogten wie Elbwasser bei Windstärke 8.

»Du kleiner Schelm!«, kreischte Ronaldo.

Geduld! Pieter wartete, bis die beiden sich wieder beruhigt hatten. »So, den Unterschnabel haben wir«, sagte er betont munter.

Eine Nachtigall zwitscherte. Kurz wanderte Pieters Blick zur bunten Vogeluhr, die über der Tür des Behandlungszimmers hing. Herrje, schon halb sieben! Er musste sich unbedingt abgewöhnen, nach achtzehn Uhr noch Termine zu vergeben. Zumindest an Patienten, die so viel Aufmerksamkeit von ihm forderten wie Frau Pieske und Ronaldo. Um sieben hatte er einen Tisch bei Da Paolo reserviert.

»Kleiner Schelm«, tadelte Frau Pieske liebevoll.

Pieter sah sie überrascht an. »Das tat weh«, verteidigte er sich. Dann begriff er, dass der Ara gemeint war. Von wegen Schelm – Ronaldo war ein richtiges Biest.

Pieter war in ganz Hamburg-Eppendorf bekannt dafür, seinen tierischen Patienten die Angst vor dem Behandlungstisch zu nehmen. Hunde, Katzen, Hühner, Vogelspinnen, alle ließen sich von ihm beruhigen, wenn die fremden Geräusche und Gerüche der Tierarztpraxis sie in Aufruhr versetzten. Alle – außer Ronaldo. Der Großpapagei nutzte jede Gelegenheit, nach Pieter zu schnappen. Nicht lustig, Araschnäbel waren kräftig, sie konnten Finger brechen. Ob der Vogel ihn nicht leiden konnte? Na ja, nicht jeder passte zu jedem, auch wenn man sich noch so bemühte. Das war bei Tieren genau wie bei Menschen.

Pieter fasste die Korrekturzange fester. »Liebe Frau Pieske, halten Sie Ronaldo doch einmal richtig fest«, sagte er freundlich. »Nah am Oberkörper und nicht zu sehr drücken, sonst bekommt Ihr Liebling keine Luft mehr.« Er schenkte ihr sein schönstes Lächeln. Sie musste jetzt mithelfen, sonst war seine Verabredung in Gefahr, und damit womöglich noch viel mehr.

Frau Pieske presste den blau schillernden Ara an ihre imposante Brust. Ronaldo protestierte keckernd, bis Pieter mit geübtem Griff den Vogelkopf fixierte und rasch einen schmalen Streifen des rechten Oberschnabels abraspelte. Das war der erste Streich, jetzt die andere Seite.

»Tut dir das auch nicht weh, Schatz?«, flötete Frau Pieske.

»Festhalten!« Zu spät. Ronaldo zappelte, die Zange rutschte ab, ein Blutstropfen sickerte aus dem Schnitt.

Frau Pieske quietschte wie ein erschrockener Hamster. »Hat Onkel Kreutzfeldt dich verletzt?«

Pieter legte die Zange in die Desinfektionsablage, streifte die Gummihandschuhe ab und warf sie in den Mülleimer. Fertig, endlich.

»Wir müssen Ronaldos Schnabel mindestens alle sechs Wochen kürzen, liebe Frau Pieske, sonst blutet er beim Schneiden. Er wächst, weil Ronaldos Leber geschädigt ist. Sie füttern ihn zu fett.« Wie oft hatte er ihr das erklärt? Er würde es ihr auch in Zukunft wieder und wieder predigen. »Bitte achten Sie auf eine gesunde Ernährung, dann wächst der

Schnabel deutlich langsamer. Das ist im Grunde ganz simpel, beim Papagei genau wie beim Menschen. Wenig Fett, viel Gemüse, ein wenig Obst und viel Grünfutter. Das hält gesund und schlank.«

Frau Pieske schielte betroffen auf ihren Bauch.

O Mann, so hatte er das doch gar nicht … Pieter spürte, wie die Hitze in seine Wangen schoss. Er war achtunddreißig, verdammt noch mal, warum wurde er immer noch rot wie ein kleiner Junge?

»Ich meine natürlich Ronaldo«, sagte er schnell. Er warf dem zeternden Ara ein Tuch über den Kopf, verfrachtete ihn in den Transportkorb und holte eine kleine Schachtel aus dem Medikamentenschrank. »Hier sind Tupfer. Damit können Sie die Blutung stillen. Wenn es morgen früh nicht besser ist, rufen Sie mich bitte an.«

Das würde Frau Pieske sowieso tun. Pieter seufzte leise. Ronaldos Frauchen war verwitwet, ihr tierischer Gefährte Ersatz für die fehlende menschliche Beziehung. Kein Einzelfall in seiner Eppendorfer Praxis. Traurig eigentlich. Andererseits konnte ein Papagei oder ein Hund ein wirklich treuer Freund sein. Und besser man lebte glücklich mit einem Tier als einsam oder im Dauerstreit mit einem Partner. Oder einer Partnerin. Umso wichtiger, sich gut um die Haustiere zu kümmern. Deren Gesundheit hatte erstaunlich oft eine direkte Auswirkung auf das Wohlbefinden ihrer Herrchen und Frauchen.

Während Frau Pieske mit den Knöpfen ihres deutlich zu engen Mantels kämpfte, trug Pieter Ronaldos Korb zur Praxistür. Eigentlich Marions Aufgabe, aber seine langjährige Sprechstundenhilfe hatte schon vor über einer Stunde ihren Feierabend eingeläutet.

»Frau Schmütz-Linden erzählte, Ihre Frau hat Sie rausgeworfen«, sagte Frau Pieske unvermittelt und zeigte auf ein Foto. Es hing an der Pinnwand zwischen dem Hinweis zur Zeckenvorbeugung und einem Buntstiftbild, das Laura und Fabian ihm zum achtunddreißigsten Geburtstag gemalt hatten. Janine in Flipflops und abgerissener Shorts auf einer knallroten Vespa. Auf ihrer Hochzeitsreise hatte Pieter es aufgenommen. Lange her.

Eppendorf war einer der angesagten Stadtteile Hamburgs, laut, quirlig und international. Er staunte immer wieder, wie schnell Gerüchte sich dennoch verbreiteten. Wie im kleinsten Dorf. Frau Schmütz-Linden, Besitzerin eines asthmatischen Königspudels und größte Plaudertasche im Viertel, hatte mal wieder ganze Arbeit geleistet. Die Pieske war heute gefühlt die Zehnte, die nach seiner Ehekrise fragte. Sollte er ihr erzählen, dass Janine ihn nicht rausgeschmissen hatte? Dass er nach ihrem Ehekrach vor vierzehn Tagen selbst ausgezogen war? Vergebliche Liebesmüh. Das Gerücht behauptete das Gegenteil.

Pieter beschloss, nicht zu antworten. Stattdessen hielt er der alten Dame die Tür auf und streichelte blitzschnell eine der schillernden Arafedern, die aus dem Transportkäfig guckte. »Tschüss, du Racker.«

»Kleiner Schelm«, krähte Ronaldo, und sein Schnabel schoss aus einem der Luftlöcher.

Pieter fuhr den Praxisrechner runter, riss eine Packung Katzenfutter auf und schob sie unter die Spüle. »Komm, Störtebeker«, lockte er ohne rechte Überzeugung. Er hatte den feuerroten Kater kurz vor Weihnachten vor der Praxistür gefunden. Irgendjemand hatte ihn dort angebunden. Als Pieter den Kater aus der engen Schlinge befreite, stürzte der sich unter die Garderobe im Flur. Seitdem lebte er unter den Praxismöbeln, und die einzigen Zeichen seiner Existenz waren leer gefressene Futternäpfe, die Hinterlassenschaften im Katzenklo und schmerzhafte Überfälle auf Pieters Füße. Die Clogs unter dem Schreibtisch abzustreifen hatte er sich rasch abgewöhnt.

Die Vogeluhr zirpte. Der Viertel-vor-Vogel namens Gartenbaumläufer. Zu dumm, er würde das Auto nehmen müssen. Pieter warf einen bedauernden Blick auf seinen Fahrradhelm an der Garderobe. Wie gern hätte er sich jetzt durch etwas Bewegung im Freien entspannt. Es tat ihm gut, wenigstens einmal am Tag zu Fuß zu gehen oder Rad zu fahren, trotz des Verkehrslärms und der Feinstaubbelastung. Doch daraus wurde heute nichts. Vor dem Spiegel fuhr er sich rasch mit den Fingern durch die dunkelblonden Locken. Die Schatten unter seinen Augen waren schon wieder etwas tiefer geworden, wenn er sich nicht täuschte. Kein Wunder, das Sofa in der Teeküche war für seine eins vierundachzig viel zu klein. Leider schlief er seit zwei Wochen darauf. Oder versuchte es zumindest. Alle paar Minuten ratterte die S-Bahn unter den Praxisfenstern entlang. Und wenn kurz vor sieben der Presslufthammer an der Baustelle vor dem Haus einsetzte, war die Nacht sowieso vorbei.

Pieters Handy rutschte vibrierend über die Garderobenablage. Eine fröhliche Melodie ertönte, und auf dem Display erschien der strubbelige Kopf von Pumuckl.

»Moin, Bertil. Bin grade auf dem Sprung.« Sein alter Schulfreund Bertil Matthiesen hatte ein untrügliches Gespür dafür, im ungünstigsten Moment anzurufen.

»Sprung, wat is dat denn?« Bertil stöhnte in gespielter Dramatik. Bertil trug den Spitznamen seit der Schule, die er im Gegensatz zu Pieter nie wirklich ernst genommen hatte. »Vorsprung, Seitensprung, Karrieresprung, Quantensprung … Auf irgendeinem Sprung bist du immer. Nur den Sprung über die Elbe, den hast du lange nicht mehr geschafft.« Aus dem Handy kam das Tuten eines Schiffes. Bertil stand wahrscheinlich gerade mal wieder auf dem Deich und wachte über seine geliebten Apfelbäume. »Kiek mol wedder in, Beachboy. Und bring deine schöne Gattin mit.«

Janine … Pieter fischte den Schlüssel vom Brett. »Hm«, murmelte er unbestimmt. »Ich melde mich, und dann schnacken wir in Ruhe. Laura und Fabian wollen sowieso unbedingt mal ins Alte Land. Bis ganz bald, Bertil.«

Er zwinkerte seinem Spiegelbild zu, ehe er sich auf den Weg machte. In puncto eigener Beitrag zum Verkehrslärm und der schlechten Luft in Hamburg hatte er sich durchgesetzt und auf die Anschaffung eines Elektroautos als Zweitwagen bestanden. Während er mit der Jacke in der Hand aus dem Haus und über den Gehweg sprintete, sah er seine Frau vor sich.

Pieter hatte sie daran erinnert, dass sie einmal beschlossen hatten, möglichst umweltbewusst zu leben.

»Na gut, aber die Ökogurke fährst du«, hatte sie bestimmt. »Ich nehm den Kia.«

Er hatte das E-Auto am Tag nach seinem Auszug aus dem gemeinsamen Haus abgeholt. Alles irgendwie blöd gelaufen. Höchste Zeit, sich endlich mit Janine auszusprechen. Sie waren dreizehn Jahre zusammen, und er zweifelte keinen Moment daran, dass sie auch diese Krise gemeinsam überstehen würden. Pieter freute sich auf seine Frau. Er freute sich trotz allem.

2

Pieter stützte die Ellbogen auf die weiße Tischdecke und nippte an seinem Wasserglas. Es war schon halb leer. Oder besser noch halb voll. Immer das Positive sehen. Hatte er das nicht kürzlich während einer dieser schlaflosen Nächte in einem Lesezirkelheft gelesen?

Pünktlich um neunzehn Uhr hatte er seinen Wagen in die letzte Parklücke einer Seitenstraße gequetscht. Ein Anwohnerparkplatz, doch Pieter wusste, dass Janine es nicht leiden konnte, auf ihn zu warten. Aber wenn seine Patienten ihn brauchten, ein schwer verletztes Tier gebracht wurde und er unerwartet in den OP musste, kam er eben nicht pünktlich aus der Praxis. Oft genug hatte er es ihr erklärt. Dass sie allerdings Pieter immer häufiger selbst warten ließ, schien sie nicht zu bemerken.

Also wartete er. Seit einer halben Stunde.

Aus jeder Wartezeit ein intensives Erlebnis von Wahrnehmung und Entspannung machen, dazu hatte dieser Artikel auch geraten. Na dann … Pieter blickte aus dem Fenster und nahm das Treiben auf der Hudtwalckerstraße wahr. Bei diesem warmen Aprilwetter war noch genauso viel los wie mitten am Tag. Nicht gerade entspannend. Ein Linienbus hielt. Dahinter bildete sich sofort ein kleiner Stau. Der Fahrer eines Pick-ups schimpfte, ein Pärchen nutzte die Gelegenheit und schlängelte sich zwischen den Autos hindurch auf die andere Straßenseite. Der kleine Blumenladen nebenan hatte gelbe Eimer mit bunten Tulpen auf die Stufen gestellt. Papageientulpen. Pieter grinste. Bunt wie Ronaldo, aber deutlich harmloser als der missgelaunte Ara. Janines Lieblingsblumen.

Er merkte, wie seine Vorfreude sich mit den verrinnenden Minuten verflüchtigte. Seit zwei Wochen redete sie nicht mit ihm. Diesen Morgen dann ihre Stimme auf dem AB. »Bestellst du für heute Abend einen Tisch für uns bei Paolo?« Und jetzt keine Spur von ihr. Wahrscheinlich bereitete sie mal wieder irgendein wichtiges Meeting für den Staatsrat vor. Ihr Job in der Justizbehörde nahm sie in letzter Zeit immer mehr in Anspruch.

»Vielleicht schon einen Aperitif, Dottore?« Paolo hatte sich leise genähert.

»Janine kommt gleich.« Vielleicht.

Auf ihrer Hochzeitsreise waren sie mit dem Rucksack durch Italien getrampt, schliefen am Strand und liebten sich unter den Sternen. Seitdem war das Da Paolo ihr Lieblingsrestaurant. Mit seinem Mischmasch aus italienischem Design, Antiquitäten und Kitsch erinnerte es an ein kleines Café im Hafen von Sorrento, in dem sie Stunden gesessen und Zukunftspläne geschmiedet hatten. Kinder, ein Haus, finanzielle Unabhängigkeit – Janine und er wünschten sich all das. Nichts Außergewöhnliches also, einfach das, was sich die meisten wünschten, wenn sie frisch verheiratet waren. Neun Monate später, kurz nach Janines juristischem Staatsexamen, wurde Laura geboren, drei Jahre später kam Fabian auf die Welt. Joop, Pieters Schwiegervater, war froh, dass seine einzige Tochter endlich »vernünftig wurde«, wie er es nannte, und den gesellschaftlichen Konventionen entsprach, die er für angemessen hielt. Er gewährte einen großzügigen Kredit für ihr eigenes Haus. Ihre Träume hatten sich erfüllt. Sie waren die perfekte Familie.

Sooft es ging, nahmen Janine und er sich einen Abend frei, um bei Pizza, Pasta oder Parmaschinken über alles zu plaudern, was an ihren vollgestopften Tagen hinten runterzufallen drohte. Es waren schöne gemeinsame Stunden.

Gewesen. Wie war es passiert, dass aus Nähe und leidenschaftlichen Nächten nüchternes Zeitmanagement mit Terminabsprachen, Kinderhol- und -bringdiensten geworden war? Wann hatten Supermarkt-, Möbelhaus- und Arztbesuche Stunden voller Sinnlichkeit abgelöst? Wann zunehmende Streitereien die frühere Harmonie?

Paolo schien Pieters gedrückte Stimmung zu bemerken. Er breitete die Hände aus und legte dann die Rechte aufs Herz. »La donna è mobile«, stimmte er an. Zum Glück kochte er deutlich besser, als er sang.

Pieter summte leise mit. »Die Frauen sind launenhaft …« Aber traf das wirklich auf Janine zu? Als Laura auf der Welt war, hatte er die schlecht bezahlte Forschungsstelle an der Uni aufgegeben und die Tierarztpraxis eröffnet. Während er tagsüber arbeitete und abends die Fortbildung zum Tierphysiologen absolvierte, kümmerte sie sich um Laura und Fabian, der als Baby Pseudokrupp hatte. Als er vier war und die Erkrankung abklang, fing Janine sofort an zu arbeiten. Erst als Schwangerschaftsvertretung und dann sehr schnell fest angestellt in der Justizbehörde. Obwohl sie ursprünglich einmal geplant hatte, als Anwältin für Verbraucherrecht zu arbeiten, fand sie Spaß an ihrer neuen Tätigkeit. Sie tauschte Jeans und Sneakers gegen Pumps und Kostüme und machte den späten Berufseinstieg durch ungeheure Einsatzbereitschaft wett.

»La donna è mobile …« Pieter hörte auf zu summen. Was für ein dämlicher Text. Janine hatte ihm immer den Rücken freigehalten. Jetzt war sie beruflich an der Reihe und brauchte seine Unterstützung. Wenn sie über Dinge stritten, die völlig nebensächlich waren, dann doch nur, weil sie beide einfach zu angespannt waren. Wahrscheinlich war es bei anderen Paaren mit kleinen Kindern nicht anders.

Er zeichnete mit dem Finger eine Blumenranke auf der fliederfarbenen Serviette nach. Eine Auszeit zu zweit – das wäre es. Irgendwo, wo Fuchs und Hase sich Gute Nacht sagten. Oder Hase und Igel, egal. Hauptsache für ein paar Tage raus aus dem Hamsterrad. Selbst ihr letzter Spaziergang an der Elbe war Monate her.

Viertel vor acht. Ein Taxi hielt auf dem Radweg, und eine Frau stieg aus. Lange Beine, hochgestecktes Haar, elegante Handtasche. Auf nadeldünnen Absätzen steuerte sie auf die Tür des Restaurants zu. Erst nach einigen Sekunden erkannte Pieter seine Frau.

Paolo eilte herbei und öffnete ihr die Tür. Sie schickte ein strahlendes Lächeln in den Raum und winkte Pieter zu. Zwei Anzugträger am Nebentisch, die sich überlaut auf Englisch über die aktuellen Börsenkurse unterhielten, zogen die Bäuche ein und beobachteten, wie sie den Raum durchquerte.

Pieter sah an sich hinunter. Ach je, er hatte vergessen, ein frisches Hemd anzuziehen. Er lehnte sich gegen den Tisch und verschränkte die Arme vor seinem Praxislogo, einer getigerten Comickatze. Nicht ideal, aber Janine mochte seine Oberarme, und das türkise Praxisshirt brachte sie gut zur Geltung.

»'n Abend, Hase.« Sie gab ihm einen Kuss auf die Wange und ließ sich auf den zweiten Stuhl gleiten. Er roch Parfum. Und Alkohol. »Zwei Grappa, Paolo.«

Sie bestellt für uns beide. Wie früher, dachte Pieter. Er hatte sich den ganzen Tag gefragt, warum sie ihn treffen wollte. Leise Hoffnung keimte in ihm auf. Hoffnung darauf, diesen unsäglichen Streit endlich beizulegen.

Janine streifte die Stilettos ab und stöhnte erleichtert.

»Empfang für den neuen estnischen Botschafter. Der Botschaftsleiter wäre mir fast in den Ausschnitt gekrochen. Immerhin, eine Einladung nach Tallinn ist dabei rausgesprungen. Ansonsten war es ster-bens-lang-wei-lig.«

»Du tüünst.«

Sie lachte. »Ertappt.«

Janine hatte sich zu Beginn ihrer Arbeit in der Behörde oft lustig gemacht über die steifen Reden der Anzugträger auf den Feiern des Justizsenators. »Komm mit, dann ist es nicht so langweilig für mich«, hatte sie ihn oft gebeten. Mittlerweile liebte sie Empfänge. Während Pieter in Schlips und Anzug vor sich hin litt und meist nicht wusste, was er mit Senatoren, Ministern und anderen Würdenträgern reden sollte, war Janine stets der Mittelpunkt einer angeregten Gesprächsrunde. Nur ab und an richtete jemand ein Wort an ihn. Aus Höflichkeit, wie er vermutete. Wahrscheinlich sah man in ihm lediglich eine Art putziges Anhängsel seiner erfolgreichen Gattin. Janine holte ihn nach den Empfängen meist in der Lobby des Rathauses ab, wo er die beiden Garderobenfrauen mit Anekdoten aus seiner Praxis unterhielt.

Sie schlug die Beine übereinander und spielte mit ihrer Perlenkette. Aus dem Augenwinkel sah Pieter das anerkennende Nicken der Geschäftsleute. »Es gab Champagner. Nicht den billigsten.« Ihre Augen schimmerten. Bestimmt hatte sie schon einige Gläser intus. »Das RPA meckert garantiert am

Ende des Monats.« RPA – was war das noch mal? Ach ja, das Rechnungsprüfungsamt.

Sie nahm eines der Gläser, die Paolo zusammen mit den Speisekarten gebracht hatte, nippte und blickte Pieter an.

Er begriff es als Aufforderung, das Gespräch zu beginnen. Nicht gleich mit der Tür ins Haus fallen, dachte er. Erst mal eine gute Stimmung herstellen. Also erzählte er von Frau Pieske, Ronaldo und der gelungenen Vermittlung eines verwitweten Rosenkopfmännchens am Vormittag. »Es hat nichts mehr gefressen. Wusstest du, dass diese Vögel vor Trauer um ihren Partner sterben können?«

Janine winkte Paolo. »Padrone, ich hab Hunger.« Hörte sie überhaupt zu? Sie bestellte Bardolino. »Und Scaloppine Milanese. Auf dem Empfang gab es nur Häppchen.« Von denen sie sicher schon etliche gegessen hatte, vermutete er. Pieter spürte, wie sein Shirt am Bauch spannte. Zu wenig Zeit zum Radfahren. Zum Surfen sowieso. Das teure Board, das Janine ihm vor Fabians Geburt geschenkt hatte, verstaubte im Keller ihres Bungalows. Janine konnte essen, was sie wollte, sie blieb schlank wie ein Model. Ganz ohne Sport. Beneidenswert.

»Für dich auch Kalbsschnitzel?«

Er schüttelte den Kopf. »Spaghetti aglio e olio con Peperoncino.« Je länger er Tiere behandelte, desto weniger mochte er welche essen. Auch wenn das Fleisch für die Scaloppine, wie Paolo wortreich versicherte, von artgerecht gehaltenen Kälbern kam.

Janine bedachte ihn mit einem mitleidigen Lächeln. »Pflanzen haben auch Empfindungen. Sorry, Piet, Tiere interessieren mich vor allem, wenn sie auf dem Grill liegen.«

Konnte sie es nicht lassen, ihn immer wieder damit aufzuziehen, dass er kaum noch Fleisch aß?

Sie wechselte das Thema. »Du fragst dich sicher, weshalb ich dich sehen wollte.« Na, endlich kam sie zur Sache.

»Wegen unseres Streites?«, fragte er.

Der Anlass erschien Pieter im Nachhinein völlig nichtig. Nachts um elf war eine Meinungsverschiedenheit über den neuen Teppichboden zwischen ihnen entbrannt. Er wollte eine unempfindliche Farbe, sie bestand auf Weiß. Alltäglicher Ehekram, kein Grund für ein echtes Zerwürfnis. Eigentlich. Aus heiterem Himmel jedoch schlug sie mit der flachen Hand auf den Tisch.

»Es stinkt mir, immer nach deiner Pfeife zu tanzen«, rief sie.

»Moment mal, meine Pfeife?«, hatte Pieter geschnappt. Wollte sie etwa den ganzen Tag hinter Laura und Fabian herlaufen und aufpassen, dass sie nicht kleckerten? Das mit dem weißen Teppich war eine völlig bescheuerte Idee, basta.

Leider begriff sie es nicht.

»Weiß ist schick. Ästhetisch. In.«

So ein Blödsinn. Weiß war unpraktisch. Und Teppichboden unökologisch, ob sie denn nicht mal an den schädlichen Kleber gedacht habe, hielt er dagegen. Vielleicht etwas zu heftig, warf er sich im Nachhinein vor.

»Du behinderst alles, was ich will«, zischte sie.

Was sie will? Pieter wurde laut. Bei der Einrichtung des Hauses hatte er wohl ein Wörtchen mitzureden. Sie stritten. Hässlich und heftig wie noch nie.

»Hau einfach ab«, schleuderte sie ihm irgendwann ins Gesicht.

»Kannst du haben«, giftete er zurück, packte die Autoschlüssel, verließ türenknallend das Haus und schlief in der Praxis. Am nächsten Morgen hatte sein Zorn sich verzogen, und er rief Janine an, um sich zu versöhnen. Sie blockte stur jedes Gespräch ab, und von da an hatte er jeden Abend sein Nachtlager auf dem Sofa in der Teeküche seiner Tierarztpraxis aufgeschlagen.

Pieter setzte sich auf. Warum war der Streit über dieses nichtige Thema bloß so eskaliert? Zwei Wochen schon wartete er auf die Antwort. Das reichte eindeutig.

Janine betrachtete ihn mit einem Ausdruck, den er nicht zu deuten wusste. Dann zog ein Strahlen über ihr Gesicht. »Ich werde befördert. Anfang Juni. Zur …« Sie machte eine dramatische Pause. Eine Lottofee bei der Verkündung des Hauptgewinns. »… zur stellvertretenden Staatsrätin!«

»Meinen allerherzlichsten Glückwunsch, Schatz.« Das also war der Grund für ihr Treffen. Er beeilte sich zu lächeln.

Janine strich über ihren Bleistiftrock. »Die schnellste Karriere, die jemals jemand in der Behörde hingelegt hat, sagt Axel.«

»Wow.«

Axel Jacobsen, Staatsrat für Justiz, hatte Janines Karriere von Anfang an wohlwollend begleitet.

Pieter hob das Glas. »Auf dich«, sagte er.

»Auf meine Zukunft«, antwortete Janine. »Und auf deine.« Mit einem melodischen Klang stießen ihre Gläser zusammen.

»Auf unsere Zukunft«, entgegnete er zuversichtlich. Sie könnten die Ehekrise gemeinsam überwinden. Ach was, könnten – sie würden es, ganz bestimmt. Er würde alles dafür tun. Dieser Abend war der neue Anfang.

3

Der Wein war erstklassig. Pieter lehnte sich zurück und merkte, wie die Anspannung von ihm wich. Janine freute sich aufrichtig, und ihre Freude steckte ihn an. Sie bestellte einen weiteren Bardolino, er ein Helles. Janine zeigte ihm ein Handyvideo von Lauras Ballettaufführung am Vortag. Wie stolz sie auf unsere Tochter ist, dachte er und bedauerte, dass er wegen eines Notfalls nicht hatte dabei sein können. Später redeten sie über Fabians Empfindsamkeit. Die Kinderärztin vermute eine Hochsensibilität, berichtete Janine. Sie waren sich sofort einig, ihn zu unterstützen, in seinem eigenen Tempo zu lernen. Alles fühlte sich richtig an. Vertraut. Wie früher. Anscheinend stimmte doch eine ganze Menge zwischen ihnen, dachte Pieter berührt. Und hatte er nicht in einer der Wartezimmerillustrierten gelesen, dass überwundener Streit zwischen Eheleuten die Verbundenheit stärkte?

Kurz vor Mitternacht bemerkte er, dass Paolo müde aussah, winkte ihm und bezahlte. »Arrivederci, cari amici.« Der Gastwirt unterdrückte ein Gähnen und schloss hinter ihnen ab.

Pieter atmete tief durch. Ein Wind von Westen hatte die frühsommerliche Schwüle vertrieben, und eine Frische lag in der Luft, die ihn an Elbe und Nordsee denken ließ.

»Puh, ist das eisig.« Janine zog den Kragen hoch. Für eine Hamburger Aprilnacht war ihr Blazer deutlich zu dünn. »Ich nehme ein Taxi.«

Pieter sah sie unschlüssig an. Er hatte den Abend genossen. Doch die Hoffnung, dass Janine ihn sprechen wollte, um den Ehestreit zu beenden, hatte sich nicht erfüllt. Hatte sie lediglich ihre Beförderung feiern wollen? Nur einmal schien sie ihm bezüglich des Streites etwas sagen zu wollen, hatte dann aber wieder abgebrochen.

Pieter merkte, wie der Alkohol ihn schläfrig und versöhnlich stimmte. Na ja, wenn sie heute noch nicht so weit war, dann vielleicht morgen.

Janine zückte ihr Handy. »Du bist ja sicher mit dem Rad hier.«

»Mit dem Auto. Ich hole es morgen früh ab.« Sollte er sie bitten, ihn mit nach Haus zu nehmen? Er sehnte sich danach, morgens nicht allein aufzuwachen. Und nach seiner ergonomisch perfekten Matratze im gemeinsamen Schlafzimmer.

»Ach ja, die kleine Ökogurke. Wo hast du die denn geparkt?«

Er führte sie in die Seitenstraße, in der das grüne E-Auto unter einer Laterne stand. Mit Strafzettel, war ja klar.

»Niedlich«, sagte Janine. Sie stupste mit der Schuhspitze gegen den rechten Vorderreifen. »Zeig mal, was schafft die denn so?«

Pieter zog den Strafzettel hinter dem Scheibenwischer hervor und stopfte ihn in die Hosentasche. »Lass uns lieber ein Taxi nehmen.«

»Hase, hab dich nicht so. Bist du etwa betrunken?« Janine tippte spielerisch auf die Comickatze auf seiner Brust. »Ich nicht. Ich bin gut im Training. Die paar Gläser machen mir nichts aus. Pass auf …« Sie steuerte auf den Strich zwischen Rad- und Fußweg zu, breitete die Arme aus und balancierte auf ihren hohen Absätzen darauf entlang. »Schwanke ich etwa?«

»Nein.«

»Na also«, sagte sie zufrieden. »Jetzt du.«

Er schaffte drei Schritte. Dann streifte ihn etwas von hinten. Ein Radfahrer, schwarz gekleidet und ohne Licht, schoss an Pieter vorbei. Er stolperte zur Seite und hörte Janine lachen.

»Nicht so weit wie ich«, sagte sie. Fordernd streckte sie die Hand aus. »Den Schlüssel bitte. Ich bin gespannt, wie sich die kleine Kiste fährt.«

Pieter schaute sie prüfend an. Klar, Janine vertrug sehr viel mehr als er, aber nüchtern konnte sie unmöglich sein. Andererseits war ihr absolut nichts anzumerken. Und wozu kleinlich sein? Der zarte Neuanfang, als den er den heutigen Abend empfand, wäre dann garantiert hin. Er kramte den Autoschlüssel aus der Jacke und legte ihn in ihre Handfläche.

»Ein Elektroauto funktioniert im Prinzip wie ein Automatikwagen«, setzte er an, als er sich neben ihr auf den Beifahrersitz fallen ließ, »aber …«

»Dein Frauchen kennt sich mit Autos aus, Hase.« Janine tätschelte seine Wange, presste den Startknopf und trat aufs Pedal. Das Auto schoss los. »Huuups!« Sie stieg blitzschnell auf die Bremse. Erstklassige Reaktion. Und Glück für den Smart vor ihnen. »Sieht man dem Wägelchen gar nicht an.«

Pieters Puls beruhigte sich nur langsam. »E-Autos haben kein Getriebe«, erklärte er. »Das volle Drehmoment wirkt bereits beim Anfahren. Das Wägelchen, wie du es nennst, beschleunigt schneller als jeder Benziner.«

»Sehr sympathisch«, sagte Janine. »Den leih ich mir mal aus, ja? Fürs Überholen im Stadtverkehr ist das ideal.«

Ihr zweiter Start war deutlich vorsichtiger. Langsam bugsierte sie den Wagen aus der Parklücke. Pieter merkte, wie er sich entspannte. War er selbst nicht immer viel zu vorsichtig? Janine hatte sich doch gut im Griff.

Im Schritttempo rollten sie durch zugeparkte Anwohnerstraßen. Wochentags nach dreiundzwanzig Uhr war hier kaum ein Mensch unterwegs. Janine bog ab und beschleunigte auf fünfzig Kilometer pro Stunde. Sie warf ihm einen koketten Blick zu.

»Schau, ich bin ganz artig.«

Hundert Meter vor ihnen gabelte sich die Straße. Links ging es zurück zur Praxis, rechts nach Hause. Janine sah ihn immer noch an. Wollte sie etwas sagen? Pieter lächelte aufmunternd. Dann sah er die Frau.

Ein Knall. Laut. Lauter, als er es erwartet hätte, wenn ein Auto mit einem Menschen zusammenstieß. Und mit einem Hund.

Er wurde nach vorn geschleudert. Der Sicherheitsgurt quetschte sein Schlüsselbein. Irgendjemand schrie – ein menschlicher oder ein tierischer Schrei? Er nahm alles gleichzeitig wahr. Der gelbe Schein der Straßenlaternen. Das Quietschen der Autoreifen, der dumpfe Aufprall. Die Frau, die über die Motorhaube rollte und an der Beifahrerseite zu Boden fiel. Der Golden Retriever, der durch die Luft flog. Eine Wagenlänge vor ihnen schlug er auf den Asphalt auf.

Eine Stimme riss ihn aus seiner Bewegungslosigkeit. »Nein, nein! So ein verdammter Dreck!« Janine hieb wieder und wieder auf das Lenkrad ein.

»Hör auf, Schatz!« Pieter drehte ihren Kopf zu sich und schüttelte sie, grob, aber notwendig, um sie ins Hier und Jetzt zurückzuholen. Dabei spulte er das eingeübte Programm einer Notfallversorgung ab. »Hol das Warndreieck raus. Ruf den Rettungsdienst und die Polizei.« Er drückte ihr sein Handy in die Hand und öffnete die Beifahrertür.

Die Frau lag neben dem Auto, schmal und reglos, das Gesicht von wilden Locken bedeckt. »Hallo! Können Sie mich hören?« Keine Reaktion. Bitte mach, dass sie lebt. Er kniete sich neben sie und tastete unter dem bunten Halstuch nach ihrem Puls. Poch, poch, poch. Pieter traten vor Erleichterung die Tränen in die Augen. Eine Windbö wehte die Haare aus ihrem Gesicht. Die Frau trug eine Brille. Mit schwarzen Gläsern.

»Wie bescheuert ist das denn? Nachts mit Sonnenbrille rumzulaufen? Die ist doch selbst schuld an dem Unfall.«

Janine war neben ihn getreten. Ihre Stimme war schrill, die Pupillen wirkten unnatürlich groß, registrierte Pieter. War das der Alkohol? Oder der Schock? Darum würde er sich später kümmern. »Stell das Dreieck auf. Setz den Notruf ab.« Kurze Sätze, klare Anweisungen. Sie mussten jetzt zusammenarbeiten.

»Aye, aye, Sir. Eins, zwei, drei, vier – bis fünfzig, richtig?« Sie schwenkte das Warndreieck und stöckelte los. Immerhin, wie man eine Unfallstelle absicherte, daran erinnerte sie sich.

Pieter konzentrierte sich wieder auf die Frau am Boden. Sie war jung, vielleicht Ende zwanzig. Blut aus einer Abschürfung an der linken Hand färbte den Ärmel ihrer Strickjacke. Er schob die Hand unter ihren Rücken und fuhr mit den Fingern die Wirbelsäule entlang bis zum Knoten des bunten

Haarbandes. Keine Anzeichen einer Verletzung. Sie stöhnte leise. War sie noch ohnmächtig? Vorsichtig hob er die Sonnenbrille an. Ihre Augen waren offen und von einem tiefen Meergrün. Sie blickten ins Leere. Dann erst sah er das Abzeichen, gelb mit drei schwarzen Punkten. Die Frau war blind!

»Wo ist Herr Schliemann?«, wisperte sie.

»Schliemann? Der Archäologe?« Hatte der Sturz sie verwirrt?

Sie stieß seine Hand weg und setzte sich auf. »Mein Hund. Oder haben Sie noch mehr Menschen überfahren?« Gottlob, ernsthaft verletzt war sie offenbar nicht.

»Äh, nein.«

Sie kam auf die Knie, tastete nach einem langen Stock, den Pieter erst jetzt wahrnahm, stand auf und ging auf den Hund zu. Woher wusste sie, wo er lag? Erst dann bemerkte er, dass das Tier vor Schmerzen winselte.

Reiß dich zusammen, Piet. Er sprang hoch, zog seinen Bereitschaftskoffer von der Rückbank des Autos und folgte ihr. In der Ferne heulten Sirenen.

Sie kniete sich neben den Hund und ertastete seinen Brustkorb. Der Retriever lag in einer Blutlache. Pieter hockte sich neben die junge Frau. »Lassen Sie uns in Ruhe.« Ihre Stimme war schneidend.

Pieter merkte, dass er am ganzen Körper zitterte. Ein Arzt, der zum Unfallort gerufen wird, sollte Ruhe ausstrahlen. Leicht gesagt, in diesen Unfall war er selbst verwickelt. »Ich bin Tierarzt. Ich kann Ihrem Herrn Schliemann helfen.« Seine Worte klangen zuversichtlicher, als er sich fühlte.

Sie lachte verächtlich. »Toller Tierarzt. Erst überfahren, dann helfen. Es gibt bessere Methoden, Patienten zu gewinnen.«

Pieter zuckte zurück. Er kannte keine Blinden. Waren die nicht alle sanft und freundlich? Diese hier auf jeden Fall nicht. Sie fauchte ihn an wie eine in die Ecke gedrängte Wildkatze.

Der Hund hob den Kopf und stieß ein klägliches Jaulen aus, das Pieter durch Mark und Bein fuhr. »Wir dürfen keine Zeit verlieren. Bitte, vertrauen Sie mir.«

Sie streichelte das Hundefell. Dann zog sie die Hände zurück. Blut klebte an ihren Fingern. »Habe ich eine andere Wahl?«

Pieter öffnete den Arztkoffer und streifte sich sterile Einweghandschuhe über.

»Erzählen Sie mir, was Sie sehen«, sagte sie, mehr Befehl als Bitte.

Vorsichtig betastete er den Hinterkopf und die Schläfenknochen des Hundes. »Er blutet am Kopf.« Wenn der Schädel gebrochen war, wäre die Überlebenschance gleich null.

»Wie sehr? Wo genau?«

»Es ... ist eine Platzwunde. Ungefähr vier Zentimeter lang, über dem Auge. Er ist schwer gestürzt. Deshalb besteht Verdacht auf Schädel-Hirn-Trauma.« Er nahm das Stethoskop und legte es an den Brustkorb des Hundes. »Das Herz schlägt schnell.« Im Bereich des Zwerchfells ertastete er eine Auswölbung. »Thoraxtrauma. Geschlossene Fraktur der dritten Rippe.« Automatisch verfiel er in seinen ärztlichen Jargon. Die lateinischen Fachbegriffe beruhigten ihn. »Columna vertebralis intakt. Exkoriation an allen Läufen.«

Das rechte Hinterbein war geradezu zerfetzt. Fell, Fleisch und Knochen bildeten eine hässliche Wunde, aus der das Blut auf den Boden sickerte.

»Offene Fraktur am rechten Hinterlauf, disloziert, kontaminiert. Ich versorge jetzt die Wunden und spritze ein kombiniertes Schmerz- und Beruhigungsmittel.« Er zögerte kurz, dann legte er seine Finger auf ihre. »Herr Schliemann ist schwer verletzt.«

Sie schüttelte seine Hand ab. »Wird er wieder gesund?«

»Er muss sofort operiert werden. Ich nehme ihn mit in die Praxis. Wenn Sie erlauben.«

Einen Moment hielt sie inne. Unter ihrer Brille rollten zwei Tränen hervor.

Er schluckte. Verdammt, er war Arzt, warum brachte er es nicht fertig, ihr die Wahrheit zu sagen? Bei der Schwere der Verletzung konnte er noch nicht einmal sagen, ob der Hund überhaupt den Weg zur Praxis überleben würde. »Ich werde mein Bestes tun. Das verspreche ich.«

Auf einmal war alles in kalt blinkendes Blaulicht getaucht. Pieter sah hoch. Polizei und Rettungswagen sperrten die Straße ab. Ein Sanitäter kam und legte eine Decke um die Schultern der jungen Frau. »Wie heißen Sie?«

»Tammy Eggers.«

»Können Sie aufstehen?«

»Hören Sie, ich bin okay.«

»Wir müssen Sie trotzdem untersuchen. Kommen Sie bitte mit.«

»Lassen Sie mich los. Mein Hund braucht mich!«

Während der Sanitäter sie behutsam und unerbittlich zum Rettungswagen führte, bedachte sie ihn mit zahllosen Schimpfwörtern.

Pieter hatte sein Auto für Tiernotfälle aller Art ausgestattet. Er stand auf und holte einen Transportkorb aus dem Kofferraum.

»Moment.« Ein korpulenter Polizist baute sich vor ihm auf. »Der Hund bleibt liegen. Sie dürfen nicht so einfach die Spuren beseitigen.«

»Spuren beseitigen?« Pieter merkte, wie Wut in ihm aufstieg. »Wollen Sie erst mit einer Kreide Striche um den Hund ziehen und Fotos davon knipsen? Bis Sie damit fertig sind, ist er tot. Darf ich Sie daran erinnern, dass Tiere keine Sachen sind? Paragraf 90a, BGB.« Er drängte sich an dem Polizisten vorbei.

Der Beamte fasste ihn an der Jacke. »Nun mal langsam«, sagte er eine Spur freundlicher. »Immerhin haben Sie den Hund angefahren. Und die Frau.«

»Ich habe … was?« Pieter erstarrte in der Bewegung. Ungläubig blickte er auf sein Gegenüber. Dann sah er Janine. Sie stand schräg hinter dem Polizisten, führte einen Zeigefinger zum Mund und machte mit der freien Hand hektische Zeichen. Sag jetzt nichts, las er daraus. Von einer Sekunde auf die andere wechselte ihr Gesichtsausdruck. Sie beugte sich zu dem Uniformierten, schenkte ihm ein strahlendes Lächeln und legte ihm die Hand auf den Arm.

»Mein Mann ist noch ziemlich verwirrt«, gurrte sie. »Lassen Sie mich mit ihm sprechen, Herr Oberinspektor.« Bühnenreif. Ihr Charme wirkte, der Polizist lächelte geschmeichelt.

»Na gut, junge Frau. Dann behindert er wenigstens nicht die Spurensicherung.«

Janine zog Pieter auf den Bürgersteig. Als sie außer Hörweite waren, fiel ihr Lächeln in sich zusammen, und ihr Gesicht wurde aschfahl. »Wenn rauskommt, dass ich am Steuer gesessen habe, kann ich die neue Stelle vergessen«, wisperte sie und umklammerte seine Hand. »Sie dürfen keine Alkoholprobe bei mir nehmen, Piet, sonst bin ich den Job los, bevor ich ihn angetreten habe.«

Er stand stockstill. Er hatte es gewusst, sie hatte zu viel getrunken. Viel zu viel.

Janine lehnte ihren Kopf an seine Brust. »Als die Polizei kam, ist sie automatisch davon ausgegangen, dass du gefahren bist. Ich habe nichts gesagt. Erst aus Schock, dann ...«, erklärte sie. »Hase, hilf mir. Die Medien zerreißen mich in der Luft. ›Stellvertretende Staatsrätin überfährt Blindenhund.‹ Ich ... ich ertrage das nicht.« Eine Träne lief über ihre Wange und hinterließ eine Spur Wimperntusche. »Sag, dass du es warst. Bitte.«

Pieter strich ihr übers Haar. »Beruhige dich doch erst mal, Liebes.«

Wie zerbrechlich sie auf einmal wirkte. Dreizehn Jahre war es her, dass sie auf einer Fete am Elbstrand auf einmal neben seinem abgeschrammten Surfbrett saß und ihn anlächelte. Sie trug ein weißes Männerhemd über ihrem Bikini, war gerade solo, und die Hälfte der männlichen Studenten auf dem Campus stand Schlange, den Platz ihres frisch Verflossenen einzunehmen, der gerade vor Gram seine Doktorarbeit in den Sand setzte. Pieter hatte sich umgedreht und nachgeschaut, ob ihr Lächeln wirklich ihm galt. Doch hinter ihm stand niemand.

Seit diesem Abend waren sie ein Paar. Janine und Piet, die blonde Kaufmannstochter aus Blankenese und der Junge aus Barmbek, der sich sein Studium als Surflehrer verdiente. Sie verbrachten leidenschaftliche Nächte am Strand, übten verbissen für ihre Klausuren und fuhren gemeinsam mit Pieters altersschwachem Polo nach Prag, Paris und Rom.

Als er drei Jahre später um ihre Hand anhielt, war er verliebt wie am ersten Tag. In der Nienstedtener Fachwerkkirche hatte er ihr den Ring aufgesteckt und versprochen, in guten wie in schlechten Zeiten für sie da zu sein. Und für die Kinder, die sie beide wollten. Sein eigener Vater hatte das nicht gekonnt. Und er? Nur weil schwere Zeiten kamen, durfte er sich doch nicht vor seiner Verantwortung drücken.

Er hob ihr Kinn und nickte fest. »Ich lasse dich nicht im Stich. Gemeinsam kriegen wir das hin.« Fest umschlungen gingen sie zum Streifenwagen.

Der Alkoholtest bei Pieter ergab 0,8 Promille. Der Polizist streckte die Hand aus. »Ihren Führerschein, Herr Dr. Kreutzfeldt.«

4

Die Sonne schob sich über die Nachbarhäuser und drang mühsam den Hamburger Dunst nieder. Pieter öffnete das Fenster, lehnte die Stirn an die kühle Glasscheibe und versuchte das Rattern des Presslufthammers zu ignorieren.

»Noch 'ne Dröhnung?«

»Danke.« Er streckte Marion die Tasse entgegen. Die Tierarzthelferin hatte Kaffee gekocht und schenkte ein. Ihre aschblonden Haare waren verstrubbelt, und sie sah genauso übermüdet aus, wie Pieter sich fühlte.

Das Telefon klingelte. Marion nahm ab, rollte mit den Augen und hielt den Hörer in den Raum.

»Ronaldo hat die Tupfer gefressen, Dr. Kreutzfeldt.« Die klagende Stimme war unverkennbar.

»Moin, Frau Pieske.« Er nahm seiner Praxishilfe den Hörer aus der Hand. »Blutet der Schnabel noch?«

»Nein. Aber es war die ganze Packung. Sechzehn Stück.«

Pieter gähnte. »Kommen Sie vorbei, wenn er Verstopfung kriegt.« Sonnenklar, dass die alte Dame morgen wieder in seiner Praxis saß. Zumindest sorgte sie sich um ihren Liebling. Oft kamen die Menschen mit ihren Haustieren erst zu ihm, wenn diese schon schwer krank und es für eine Behandlung zu spät war.

Pieters Kopf dröhnte. Kein Wunder nach der durchwachten Nacht. Er fand eine Packung Schmerztabletten in der Tresenschublade, drückte eine aus der Blisterpackung und spülte sie mit einem großen Schluck Kaffee hinunter. Mist, noch kochend heiß!

Erschöpft schloss er die Augen. Sofort waren die Bilder der letzten Nacht wieder da. Der Golden Retriever in der Blutlache, die Blaulichter, Janine, so zart und verzweifelt, Tammy Eggers, die mitten auf der Straße stand und ihnen nachzuschauen schien. Noch aus dem Auto heraus hatte er Marion aus dem Bett geklingelt und angekündigt, dass sie sofort operieren müssten. Als er in der Praxis ankam, hatte sie den OP-Tisch schon vorbereitet und ihm hoch konzentriert vier lange Stunden bei der Operation des Hundes assistiert. Dass er und Janine in den Unfall verwickelt waren, hatte er für sich behalten.

Die meisten Eingriffe, die Pieter vornahm, waren Kastrationen, Zahnbehandlungen, die Versorgung kleinerer Wunden oder die Entfernung eines Tumors. Routinearbeiten eben. Geplante OPs mit intensiver Nachbetreuung gab er an Franz von Lebus ab, einen Studienkollegen, der die Blankeneser Tierklinik leitete. Doch der Weg nach Blankenese war weit, und Herr Schliemann musste sofort operiert werden. Der rechte Oberschenkelknochen des Tieres war in einer offenen Spiralfraktur mitten durchgebrochen, der untere Teil des Knochens durch den Aufprall auf dem Boden regelrecht zersplittert, etliche Sehnen durchtrennt und Blutgefäße gequetscht. Pieter fügte das Bein mit vier Schrauben wieder zusammen, säuberte die Wunden, entfernte zerquetschtes Gewebe, nähte und verband. Erst als er den Retriever vom OP-Tisch hob und im Nebenraum auf eine sterile Unterlage bettete, merkte er, dass seine Hände zitterten und sein Shirt vor Schweiß triefte.

Gleich nach der OP rief er Tammy Eggers an. Sie schien neben dem Telefon zu sitzen, denn sie nahm sofort ab. Er konnte ihr sagen, dass Herr Schliemann überleben würde. Bis zum Wochenende müsse er jedoch in der Praxis bleiben.

Sie wollte sofort kommen, um den Hund zu sehen. Pieter vertröstete sie auf den Abend. Dann sei der Retriever wieder vollständig aus der Narkose erwacht. Er verschwieg, dass erst die kommenden Tage zeigen würden, ob er das Bein nicht doch amputieren müsste. Um sechs Uhr morgens rollte er sich auf dem Sofa in der Teeküche zusammen und schlief wie tot, bis Störtebeker ihm in die Zehen biss.

»Penn nicht wieder ein, Piet.« Marion stupste ihm den Ellbogen in die Seite. Er rieb sich die Augen. Kurz vor acht, die Praxis öffnete in ein paar Minuten. Er schlüpfte in seinen Arztkittel und ging in den Nebenraum. Dort standen vier Käfige für Tiere, die zur Beobachtung in der Praxis bleiben mussten. Der Retriever lag in einer der Gitterboxen und schlief. In seinem Fell klafften kahl rasierte Stellen, der hintere rechte Lauf war mit einer sterilen Wundabdeckung versehen. Eine kreislaufstabilisierende Flüssigkeit tropfte durch einen Schlauch in eine Braunüle an seiner Flanke. Pieter tauschte die fast leere Flasche gegen eine volle und kraulte die hellbraunen Hundeohren. Im rechten Ohr entdeckte er eine blaue Nummer. Ein Blindenhund war wertvoll. Um ihn nach einem eventuellen Diebstahl identifizieren zu können, war ihm eine Nummer in die Haut tätowiert. Wahrscheinlich versteckte sich irgendwo unter seinem Fell noch ein implantierter Chip. Der Hund zuckte mit den Lefzen. Träum was Schönes, Herr Schliemann, dachte Pieter.

Er rettete sich mit mindestens hundert Litern Kaffee über den Vormittag. Zu seiner Erleichterung war der Ansturm von Patienten geringer als sonst. Er kastrierte einen Mops, behandelte zwei Kornnattern gegen Durchfall, stellte eine Achtfachschwangerschaft bei einer Siamkatze fest und zermarterte sich den Kopf über das, was nach dem Unfall auf ihn zukommen würde. Der Führerschein war weg, das war klar. Aber wie lange? Und was war noch zu erwarten? Von einigen Strafzetteln für Falschparken abgesehen hatte er null Erfahrungen mit Verkehrsdelikten.

In den Pausen zwischen den Patienten schaute er immer wieder nach dem Hund. Marion hatte dem Retriever einen Leckschutz angelegt. Die aufblasbare blaue Halskrause sollte ihn daran hindern, nach dem Aufwachen an seinen Wunden zu knabbern. Noch allerdings rührte er sich nicht. Der Unfall, die Narkose und die Medikamente hatten ihn völlig erschöpft. Pieter war normalerweise zurückhaltend mit der Gabe von Antibiotika. Herrn Schliemann jedoch hatte er eine hohe Dosis verabreicht. Die zahlreichen Schürfwunden und der offene Bruch durften sich nicht infizieren.

Erst gegen Mittag wachte der Hund auf. Nachdem er mühsam einige Schlucke Wasser getrunken hatte, legte er den Kopf wieder auf die Decke und schloss die Augen.

Um halb eins streichelte Pieter seinen letzten Patienten für heute, einen flaumig weichen Angorawidder, den er gegen Myxomatose geimpft hatte. Dann wechselte er Herrn Schliemanns Verband.

»Sieh zu, dass du zu deinen Kindern kommst. Ich halt hier die Stellung.« Marion gähnte. »Ich leg mich noch mal eine Stunde im Wartezimmer aufs Ohr, und dann bereite ich die Rechnungen vor.«

Pieter umarmte sie freundschaftlich. »Was wäre ich ohne dich?« Während Janine sich mit Freundinnen traf, unternahm er jeden Mittwoch etwas mit den Kindern. Ein Familienritual, auf das die beiden nur unter Protest verzichteten.

Vor allem in den letzten beiden Wochen waren die Papanachmittage auch für Pieter eine lieb gewordene Insel im wöchentlichen Meer der Arbeit. Er nahm einen kleinen Aquarellkasten aus der unteren Tresenschublade, den er für Fabian gekauft hatte.

Marion drohte scherzhaft mit dem Zeigefinger »Freu dich nicht zu früh, Piet. Die Überstunden nehme ich mit Zins und Zinseszins im Juli.« Friedel, ihre Lebensgefährtin, betrieb einen Campingplatz auf Fehmarn, und im Sommer war Marion sooft es ging dort.

Pieter salutierte zackig wie ein Matrose. »Aye, aye Sir«, sagte er und schloss die Praxistür hinter sich.

5

Pieter holte sein Rad aus dem Keller und winkte durch die angelehnte Tür von Mertens Lederwaren im Erdgeschoss. »Tag auch.«

Herr Mertens blickte nicht auf. Er hatte das *Hamburger Morgenblatt* auf dem Tresen ausgebreitet und studierte gerade eine reißerische rote Überschrift. Im Gegensatz zu Janine las Pieter das Klatschblatt nicht. Wozu auch? Tratsch und alle Neuigkeiten erreichten ihn in Lichtgeschwindigkeit über seine Patienten.

Er schwang sich aufs Rad und fädelte sich in den Verkehr ein. Was könnte er heute mit den Kindern unternehmen? Die beiden würden garantiert zum Streichelhof fahren wollen, dem angesagten Biobauernhof in Duvenstedt. Im Moment ihr absoluter Lieblingsort. Ohne Auto leider viel zu weit. Beziehungsweise ohne Fahrerlaubnis. Wann würde er die wiederbekommen? Der Polizist gestern Nacht hatte auf seine Frage nicht geantwortet. Seine Hausbesuche, so fiel ihm ein, würde er in der nächsten Zeit mit dem Fahrrad erledigen müssen. Wie gut, dass die meisten seiner Patienten in Eppendorf wohnten.

Er umkurvte ein Paketauto, das auf der Radspur hielt, schoss bei Gelb über eine Kreuzung, bog von der Hauptstraße ab und schlängelte sich durch einige zugeparkte Einbahnstraßen. Wenig später war er zu Hause und schob das Rad die kurze, von üppigen Büschen gesäumte Einfahrt hoch. Rhododendren. Eine der wenigen Pflanzenarten, die er mit

Namen kannte. Hinter den Mülleimern des Barmbeker Mietblocks, in dem er aufgewachsen war, stand genau so einer, und die alte Dame im Erdgeschoss hatte geweint, als er mit neun Jahren bei dem Versuch, hinaufzuklettern, den dicksten Ast abbrach. Seitdem wusste er, dass sie Jahrzehnte brauchten, um so prächtig zu werden wie diese. Mit ihren glänzend grünen Blättern und den strahlend weißen Blüten unterstrichen sie die Eleganz des dunklen Backsteinbungalows.

»Diese Immobilie rechnet sich«, hatte sein damals frischgebackener Schwiegervater festgestellt, und Janine hatte genickt. Laura und Fabian erweckten das ernste hanseatische Haus zu fröhlichem Leben. Nur mit dem winzigen Garten, der von einem Mietshaus aus der Gründerzeit beschattet wurde, und dem Lärm von der nahen Ohlsdorfer Straße würde Pieter sich nie anfreunden.

Er schloss sein Rad ab und klingelte. Seit er ausgezogen war, tat er das. Warum eigentlich, er hatte einen Schlüssel. Die Kinderfahrräder lagen neben dem Elektroauto, das vor der Garage parkte. Ein Frösteln überlief Pieter, als er die kleine Delle an der Kühlerhaube sah. Sofort stand ihm der Unfall wieder vor Augen.

Nach dem dritten Klingeln ging die Tür auf. Fabis strubbeliger Lockenkopf erschien im Türrahmen. Pieter in klein. Er war immer wieder gerührt, wie sehr sein Sechsjähriger ihm ähnelte. »Tag, Sohnemann.« Er breitete die Arme aus, doch Fabian verschwand ohne ein Wort wieder im Wohnzimmer, aus dem die aufgedrehte Musik einer Kindersendung drang. Pieter schlüpfte aus den Schuhen und ging hinterher. Fabian und Laura lagen auf dem Sofa und sahen fern. Wuschel, Fabians Rosettenmeerschweinchen, hockte zwischen ihnen auf einer Zeitung und beknabberte ein Stück Paprika.

»Na, meine Süßen, ist Mama noch nicht da?« Er strich beiden über den Kopf. Keine Antwort. Hatten sie sich gezankt? Streit mit Janine gehabt? Oder war die Sendung so spannend? Auf dem Bildschirm planten drei Comicponys eine Geburtstagsparty.

Pieter ließ sich neben den beiden auf dem Teppich nieder. Laura hatte ihrem Vater vor Kurzem erklärt, die *Fannypferde im Wunderland* seien nur was für dreijährige Babys. Fabian hatte zugestimmt. Trotzdem schauten die beiden jetzt eisern schweigend in den Fernseher.

Pieter räusperte sich. »Das Wetter ist super. Wollen wir im Stadtpark Inliner fahren?« Er wartete. Keine Reaktion. Irgendwas stimmte hier ganz und gar nicht. Noch ein Versuch. »Oder ein Kanu mieten und rudern? Zur Eisperle und dort einen Riesenstreuselbecher essen.« Die Kinder liebten Bootfahren und Eis sowieso.

Laura betrachtete ihre Ringelsocken.

»Lieber in den Zoo?« Pieter lächelte Fabian an. »Die Polarwölfe haben Junge bekommen. Die sind bestimmt total niedlich.«

Fabians Unterlippe begann zu zittern. Er griff Wuschel und presste ihn an sich. »Du hast gestern … du hast …« Er brach ab und schniefte.

Pieters Herzschlag setzte einen Moment aus. Sie wussten es. Nein, unmöglich, dachte er, woher denn? Janine und er hatten gestern Abend vereinbart, den beiden nichts von dem Unfall zu erzählen. Sein Blick blieb an der Zeitung hängen, auf der Wuschel gesessen hatte. Der reißerische Aufmacher auf der ersten Seite war genau der, den Herr Mertens vorhin studiert hatte. Aus der Ferne hatte er ihn nicht lesen können. Aber jetzt. Sein Puls begann zu rasen.

»Betrunkener Tierarzt überfährt Blindenhund«, prangerten die fett schwarzen Buchstaben an. Auf dem Foto Blaulichter, Polizisten und Pieter, der gerade die Hände hob. Weiß der Geier, woher dieses Foto stammte, er hatte keinen Fotografen bemerkt. Die Szene war aus der Froschperspektive aufgenommen, im Vordergrund lag eine leere Bierflasche.

»Ich … ich …« Wie die beiden ihn ansahen. Verdammt, was sollte, was konnte er sagen? Er schluckte den Kloß in seiner Kehle weg. »Unfälle sind schlimm, aber sie passieren nun mal«, sagte er sanft. »Ich habe den Hund operiert. Er wird überleben, nur sein rechtes Hinterbein könnte dauernde Schäden zurückbehalten.«

»Der arme, arme Hund.« Fabian zog die Nase hoch.

In der Stille zwischen ihnen hörte Pieter ein Auto auf die Auffahrt rollen.

Laura legte den Arm um ihren kleinen Bruder. »Komm, Nase ausschnaufen«, sagte sie, ganz große Schwester. Die Kinder standen auf und gingen wortlos an ihm vorbei die Treppe hinauf nach oben, wo ihre Zimmer lagen.

Ein Schlüssel klapperte in der Haustür. »He, ihr Süßen!«

Janine! Eine Mischung aus Ärger und Erleichterung durchflutete Pieter. Er sprang auf und ergriff die Zeitung. Sie hatte ihm all dies eingebrockt. Sie müsste die Sache geradebiegen.

Offenbar hatte Janine ihren freien Tag. Sie war wohl mit einer Freundin shoppen gewesen und schickte dem Auto eine Kusshand nach, als es von der Einfahrt rollte. Mit ihrem modisch gelben Trenchcoat und den beiden Tüten einer angesagten Boutique in der Hand erinnerte sie Pieter an das Covergirl einer dieser Modezeitschriften, die sie abonniert hatte. Was hatte sie gekauft? Den dreißigsten Pullover? Das vierzigste Paar Schuhe?

»Tag, Piet.« Sie tätschelte seine Schulter. »Ging's gut mit dem Hund?«

»Hm.« Er nickte steif.

»Fein. Dann ist ja alles okay.«

Okay? »Gar nichts ist okay.« Pieter folgte ihr in die Küche. »Die Kinder wollen mich nicht mehr sehen. Der Unfall …« Er warf die Zeitung auf den Tresen. »Hast du ihnen das gezeigt?«

»Reg dich ab.« Janine stapelte ihre Tüten auf einen der Barhocker. »Wir hatten doch beschlossen, Fabian zum Lesen anzuhalten. Schon vergessen? Das mit der Zeitung war sogar deine Idee. Er hat mir beim Frühstück die Überschriften im *Morgenblatt* vorgelesen. Da stand's halt drin.« Sie zog einige Kleidungsstücke aus der größeren Tüte.

»Jetzt glauben sie, ich habe den Hund überfahren. Ich!«

»Hase.« Janine lächelte ihn milde an. »Die Polizei hat es so ins Unfallprotokoll geschrieben, und dasselbe steht in der Zeitung. Ich denke, wir sollten den Kindern nichts anderes erzählen, um sie nicht zu verwirren. Vor allem Fabian. Du weißt doch, wie sensibel er ist.«

Pieter blickte Janine an, dann wieder den Artikel, dann wieder Janine. Auch die Kinderärztin hatte gesagt, dass hochsensiblen Kindern Vertrauen in Autoritäten vermittelt werden sollte. Autoritäten wie Eltern oder Polizisten. Wollte er riskieren, Fabian völlig durcheinanderzubringen, wenn er erführe, dass das, was in der Zeitung stand, und das, was die Polizei sagte, nicht stimmten?

Pieter ließ sich auf den anderen Barhocker fallen und las. Der Artikel war reißerisch, typisch *Morgenblatt*. Immerhin, sein Name tauchte nicht auf, und auf dem Foto war er nur von hinten zu sehen. Aber Tierarzt, Praxis in Eppendorf, neues Elektroauto. Da gab es nur einen, und zwar ihn! Seine Nachbarn und seine Patienten würden ihn sofort erkennen. Pieter stützte den Kopf in die Hand und fühlte sich auf einmal abgrundtief erschöpft. In was für einen Albtraum war er seit gestern Abend geraten!

»Sieh's nicht so negativ, Hase. Die Menschen vergessen schnell.«

»Aber unsere Kinder nicht.« Laura und Fabian, die wie er alle Tiere liebten. Die jede Wespe und jede Fliege einfingen und nach draußen trugen. Pieters Brust schnürte sich zusammen. Wie enttäuscht mussten sie von ihm sein!

Janine zog ihren Mantel aus. »Es ist einfach alles dumm gelaufen. Dass wir nicht mehr zusammenwohnen, haben die Kleinen noch nicht verarbeitet. Gib ihnen ein bisschen Zeit und lass sie heute mal in Ruhe. Mein Vater hat sich angeboten, nachher mit ihnen zum Streichelhof zu fahren.«

Pieters Kopf schwirrte. Wahrscheinlich hat sie recht. Ein wenig Abstand würde ihnen guttun.

Er stieg die Treppe hinauf. Die Kinder saßen in Lauras Zimmer auf dem Fußboden und bürsteten Wuschel und seinen Bruder Pingpong, der Laura gehörte. Er kniete sich zu ihnen.

»Ich werde alles tun, um den Hund gesund zu machen, Indianerehrenwort«, sagte er. Es war das Versprechen, das Pieters Vater ihm früher immer gegeben hatte. Mit ihm schwimmen zu gehen oder Drachen steigen zu lassen. Wie oft hatte er es gebrochen. Vergessen und ertränkt in immer mehr Bier und Schnaps.

Fabian zog die Nase hoch. Laura bürstete verbissen Pingpongs weißes Fell.

Pieter hob die Hand. »Großes Indianerehrenwort.« Er würde es halten, ganz bestimmt.

Als er wieder in die Küche kam, zog Janine gerade ein Kleidungsstück aus einer der beiden glitzernden Boutiquetüten, ein kniekurzes hellgraues Kleid, an dem ein kleines Preisschild mit einer großen Zahl hing.

»Ich fliege in vier Wochen zu Gesprächen nach London. Dies wird passen, was meinst du?«

»Janine!« Pieter merkte, dass Wut in ihm aufstieg. »Erst lässt du mich gehen und weigerst dich, mit mir zu reden. Dann gestern dieser nette Abend bei Paolo ... Wolltest du mich wirklich nur sehen, um deine Beförderung zu feiern?« Ja, mein Gott, sie hatten sich über diesen dämlichen Teppichboden gestritten, dachte er aufgebracht. Aber kam es im Ernst darauf an, ob der weiß, grün, grau-lila getupft oder sonst wie gefärbt war? Ehrlich, das war doch absolut kein Anlass, sich so zu verkrachen, dass sie selbst nach zwei Wochen nicht wieder zueinanderfanden. Was, verflixt noch mal, war bloß in sie gefahren? Er schaute ihr fest in die Augen. »Schatz, lass uns aufhören zu streiten. Lass uns in den Urlaub fahren. Nur wir zwei, du und ich. Lass uns noch einmal von vorn anfangen. Das klingt kitschig, ich weiß, aber ...« Er brach ab. Was hatte sie da vorhin gesagt? Dass sie nicht mehr zusammenwohnen? Was wollte sie damit sagen?

Janine ließ das Kleid sinken. Langsam schüttelte sie den Kopf. »Ehrlich, Hase, nein. Ich will noch nicht von Scheidung sprechen, aber ... Es passt einfach nicht mehr zwischen uns. Vielleicht ist es besser, du suchst dir eine eigene Wohnung.«

Pieter starrte entgeistert auf seine Frau. Hatte er eben noch gedacht, es kann nicht schlimmer kommen? Und ob, Piet, dachte er fassungslos. Das kann es.

6

Eine Alarmglocke schrillte. Erbarmungslos raste der Lastwagen auf ihn zu. Pieter schrie, doch aus seinem Mund kam nur das Zwitschern einer Blaumeise. Er wollte weg, bloß weg, doch er konnte keinen Finger rühren. Zu spät. Die Kühlerhaube des Lkw erwischte ihn frontal. Mit brutaler Wucht fegte sie ihn vom Rad und schleuderte ihn aufs Straßenpflaster. Wieso war der Asphalt so weich? Er riss die Augen auf. Gott sei Dank, er hatte nur geträumt. War vom Sofa gefallen und lag auf dem Läufer in der Teeküche. Das Zwitschern kam von der Vogeluhr. Welcher dieser Volle-Stunde-Vögel war noch mal die Blaumeise?, dachte er.

»Es passt einfach nicht mehr zwischen uns.« Janines Worte kreisten in seinem Kopf.

»Hast du den fliegenden Holländer persönlich gesehen?«, hatte Marion gewitzelt, als Pieter in der Teeküche ein Glas Wasser hinunterstürzte und sich aufs Sofa fallen ließ. Er hatte nicht geantwortet. Marion war leise und ohne Nachfrage gegangen. Pieter war dankbar dafür. Sie spürte, wann er seine Ruhe brauchte.

Er stützte sich auf. Immerhin stimmten Janine und er darin überein, Laura und Fabian noch nichts von der Trennung zu erzählen. Ihm grauste vor der Vorstellung, es den beiden beibringen zu müssen. Ja, okay, Janine und er stritten. Sie hatten Probleme. Aber hatten das nicht alle Paare, die versuchten, Kinder und Karriere unter einen Hut zu bekommen? Immerhin hatten sie dreizehn gemeinsame Jahre hinter sich. So viel geteilte Freude und geteiltes Leben. Wollte Janine das einfach so beiseiteschieben?

Pieter rieb sich die Schläfen. Was für ein dämlicher Traum. Ein Lkw hatte ein Signalhorn und keine Glocke. Aber warum schrillte die schon wieder? Und klang noch dazu wie seine Praxisklingel? Er sah zur Tür. Hinter der Milchglasscheibe zeichnete sich eine Silhouette ab. Mit einem Satz war er auf den Füßen. Tammy Eggers! Mist, war es wirklich schon sechs Uhr? Sein Kopf fühlte sich an, als hätte der Laster ihn tatsächlich überfahren. Der Pieter, der ihm aus dem Garderobenspiegel entgegenblickte, sah jedenfalls genauso aus. Zerzauste Haare, zerknittertes Hemd, Kissenabdruck im Gesicht. Egal, Herr Schliemanns Frauchen war blind. Sie würde es nicht bemerken.

Pieter öffnete die Tür und legte seine muntere Praxisstimme auf. »Guten Abend! Schön, dass Sie da sind, Frau Eggers.« Bei ihrem Anblick stutzte er.

Während des Studiums hatte er einen Malkurs belegt. Kräftige Farben zu kombinieren hatte ihm Freude gemacht. Auch im Alltag. Fliederfarbene Jeans zu rotem Hemd, hellblaue Schuhe zum grünen Jackett. Als Janine die Stelle im Ministerium antrat, gefiel es ihr nicht mehr. »Du siehst aus wie ein Clown«, stichelte sie und schenkte ihm einen schwarzen Kaschmirpullover und graue Leinenhemden.

Wie aber bekam eine Blinde es hin, sich farblich passend anzuziehen? Die junge Frau, die vor ihm stand, hatte ihr Haar wieder mit einem Tuch zurückgebunden. Heute war es türkis, ebenso das Kleid. Der zinnoberrote Rucksack, der rote Mantel und die gleichfarbigen Stiefel bildeten einen geschickten Gegensatz dazu, bemerkte Pieter verblüfft. Sie trug keine Brille. Der Kontrast zwischen ihrer Milchkaffeehaut und den meergrünen Augen war ihm gestern nicht aufgefallen.

»Herr Schliemann! Wo bist du?« Der Retriever winselte, als er die Stimme seines Frauchens hörte. Ohne Gruß schob sie sich an Pieter vorbei, ertastete mit ihrem weißen Stock den Weg zu ihrem Hund und kniete sich vor die offene Box. »Hallo, mein Guter«, wisperte sie. Herr Schliemann leckte ihre Hände und legte den Kopf in ihren Schoß.

Kein Wort zu Pieter.

Um sich nicht überflüssig zu fühlen, füllte er den Wassernapf und entsorgte die Braunüle und die leere Flasche Kreislaufmittel.

»Er ist sehr tapfer«, sagte er nach einigen Minuten des Schweigens. »Und Sie sind es auch.«

»Was bleibt uns anderes übrig?« Sie biss mehr, als dass sie sprach. Offenbar galt ihre Sanftheit nur dem Hund. Sie streichelte seinen Kopf und tippte mit dem Finger gegen die Halskrause. »Was ist das? Ein Schutzkragen?«

Pieter nickte und nahm im selben Moment wahr, dass sie das nicht sehen konnte. »Ja. Die Wunden schmerzen und jucken. Damit sie heilen können, darf er sie nicht lecken.«

»Was genau haben Sie operiert? Wie schwer sind die Verletzungen? Welche Medikamente bekommt er?«

Freundlich geht anders, dachte Pieter. Aber immerhin redete sie jetzt mit ihm. Geduldig beantwortete er die Fragen. Währenddessen fuhren ihre Hände vorsichtig über den Hundekörper, strichen über die rasierten Stellen im Fell und ertasteten die geklammerten und genähten Verletzungen. Der Retriever winselte, als sie den Verband am rechten Oberschenkel berührte. Der Stoff war mit gelblicher Wundflüssigkeit getränkt. Pieter ergriff ihre Hand und zog sie sanft zurück.

»Bitte nicht. Die Wunde ist noch nicht geschlossen.«

Einen Augenblick hielt sie inne. Eine steile Falte stand zwischen ihren Augenbrauen. »Ich kann ihn nicht mitnehmen?«, fragte sie leise.

Pieter roch Vanille. War das ihr Haar? »Nein. Es tut mir leid.« Er drückte ihre Hand.

»Es tut Ihnen leid?« Mit einem Ruck zog sie ihre Hand aus seiner. »Mehr fällt Ihnen nicht ein als ›es tut mir leid‹?«

Er verzog das Gesicht. Was hatte er erwartet? Schließlich hatte er ihren Hund überfahren. Oder zumindest glaubte sie das.

Herr Schliemann stemmte sich auf die Vorderpfoten, pendelte mit dem Kopf hin und her und stieß mit dem Plastikkragen gegen ihren Arm.

»Die Halskrause stört ihn«, erklärte Pieter.

Sie schnaubte. »Von Führhunden verstehen Sie offenbar wenig«, sagte sie. »Herr Schliemann ist viel zu gut erzogen, um sich von so etwas stören zu lassen. Nein, er riecht Ihre Katze.«

»Störtebeker?« Pieter stutzte. Wie hatte sie den Praxiskater bemerkt? Er war schon für Sehende fast unsichtbar.

Sie lächelte. Zum ersten Mal. »Störtebeker? Netter Name. Wie der Freibeuter?«

Pieter nickte und fügte ein »Ja« an. Hatte sie Störtebeker gefühlt? Gehört? Gerochen? Er merkte, wie die Gegenwart der jungen Blinden ihn verunsicherte. Wie dachte eine Blinde, was fühlte sie? Wie nahm sie die Welt wahr? Er sah Tammy Eggers von der Seite an. Sie war blind, sie war schlagfertig und verdammt hübsch.

Ein Handy summte. Sie suchte nach ihrem Stock und stand auf. »Mein Taxi wartet.«

Ohne ihren Führhund konnte sie sicher nicht mit dem Bus oder mit der S-Bahn fahren, ging Pieter durch den Kopf. »Die Taxirechnungen bezahle ich selbstverständlich«, sagte er rasch.

Sie lächelte spöttisch. »Davon gehe ich aus«, erwiderte sie, zog eine kleine Karte aus der Tasche und streckte sie Pieter hin. »Wie sind die Chancen, dass er wieder gesund wird?«

»Es kann Monate dauern, bis der Oberschenkelbruch verheilt ist«, antwortete er vage. Oder Jahre. »Bewegungstherapie wäre gut, am besten täglich.« Am besten auf einem Unterwasserlaufband. Er hatte keines.

»Ich komme so bald wie möglich wieder und rufe Sie jeden Tag an. Ich will alles wissen, hören Sie, alles. Und nein, Sie müssen mir nicht helfen, ich finde allein hinaus.« Mein Gott, war die zickig!

Sie öffnete eine Tür. Pieter hätte am liebsten laut aufgelacht. »Das ist die Abstellkammer. Raus geht es hier.« Er zupfte kurz an ihrem Ärmel, schnell genug, damit sie ihn nicht wieder abstreifen konnte wie eine lästige Fliege.

»Pah.« Sie reckte das Kinn vor, stapfte an ihm vorbei und tastete sich die Treppe hinunter. Der weiße Stock pochte auf die Stufen.

Die Karte in Pieters Hand war rau, übersät mit kleinen Noppen, die aussahen, als hätte jemand mit einer Stricknadel ein Muster hineingedrückt. Blindenschrift. Sie überlagerte die gedruckte Schrift, »Tammy T. Eggers«. Unter den geschwungenen Buchstaben stand in Blockschrift M. Sc. Psych. Eine Psychologin also. Nachdenklich schloss er die Praxistür.

Herr Schliemann lag mit geschlossenen Augen auf seiner Decke. Er musste sehr erschöpft sein, denn er hatte keinen Versuch gemacht, seinem Frauchen zu folgen.

»Ich mach dich gesund, mein Lieber«, murmelte Pieter.

Er legte die Visitenkarte auf den Tresen und startete den Praxisrechner. »Unterwasserlaufband für Hunde« tippte er in die Suchmaschine. Holla, waren die Dinger teuer! Vor allem die Markenmodelle. Gab es die auch gebraucht? Er zog die Tastatur heran und begann mit der Recherche. Eineinhalb Stunden später stieß er auf die Anzeige eines Kollegen aus Husum, der seine Praxis aufgab und ein fast neues Gerät anbot. Er griff zu und überwies sofort zweitausendeinhundert Euro. Er hatte keine andere Wahl.

Ein neuer Führhund war schwer zu bekommen. Und teuer. Viel teurer als ein Laufband. Das war allerdings so ziemlich alles, was Pieter über Blindenhunde wusste, wie er sich beschämt eingestand. Er kochte sich einen Darjeeling und gab »Blindenhund« in die Suchmaske ein. Der Browser meldete zweihundertzehntausend Treffer. Er klickte auf die Seite eines Sehbehindertenverbandes und begann zu lesen. Weit nach Mitternacht merkte er, dass seine Augen zu brennen anfingen, und er fuhr den Rechner herunter.

»Ohne meinen Hund kann ich nicht leben.« Wie oft hatte er diesen Satz gehört, wenn Herrchen oder Frauchen in Sorge um ihr Tier waren. Was er tatsächlich bedeutete, wurde Pieter erst jetzt bewusst. Wenn jemand diesen Satz sagen durfte, dann wohl eine Blinde, die auf ihren Führhund angewiesen war. Tammy Eggers jedoch hatte ihn nicht ausgesprochen.

Pieter ging ein letztes Mal zu Herrn Schliemann. Der Retriever schlief und rührte sich nicht. Er maß eine leichte Untertemperatur und installierte eine Infrarotlampe über der Gitterbox.

7

Als Pieter am nächsten Morgen sterbensmüde aus der Teeküche schlurfte, saß Marion bereits auf ihrem Platz am Empfang.

Sie sah ihn mitfühlend an. »Moin, Piet. Du siehst ja aus wie der Tod auf Latschen.«

Er rieb sich die Augen. Immer wieder war er in der Nacht hochgeschreckt und hatte nach dem Hund gesehen, hatte die Wärmelampe ab- und später wieder angestellt, die Wunden kontrolliert und seine Nase befeuchtet, die ihm zu trocken erschien.

»Ich fühl mich, als wäre ich doppelt so alt«, nuschelte er.

Marion lachte. »Dann wärst du sechsundsiebzig. Absolut kein Alter, um schlappzumachen.«

Gähnend schleppte er sich unter die Dusche und drehte das Wasser auf kalt. Als er kurz darauf aus dem Bad kam, standen zwei dampfende Espresso Doppio auf dem Tresen. Daneben lag das *Morgenblatt* von gestern.

Marion klopfte mit dem Fingerknöchel auf die Titelzeile. »So, und jetzt erzählst du erst mal.«

Ergeben setzte Pieter sich neben sie und erzählte – die offizielle Version des Unfalls. Die, die in der Zeitung stand. »Ich hatte einfach zu viel getrunken«, schloss er.

Seine Sprechstundenhilfe schaute ihn über ihre Halbbrille an. »Ich glaube dir kein Wort.«

Pieter senkte den Blick wie ein ertappter Taschendieb. Was hatte er anderes erwartet? Er hatte Marion im Labor an der Uni kennengelernt und die erfahrene Fachkraft abgeworben, als er die Praxis eröffnete. Fünf Jahre stand sie ihm jetzt schon zur Seite, kam klaglos nachts oder am Wochenende, wenn es nötig war. Sie kannte ihn durch und durch. Besser als Janine ihn kannte? Egal. Pieter hob tapfer den Kopf. Er war ihr eine Erklärung schuldig.

»Janine hat am Steuer gesessen«, gab er zu und merkte, wie eine Last von ihm abfiel. Es tat gut, die Wahrheit auszusprechen.

Marion stellte ihre Tasse so heftig auf den Tresen, dass der Espresso auf den Tischkalender schwappte. »Sag mal, geht's noch? Sie baut betrunken einen Unfall, und du nimmst die Schuld auf dich? Warum um alles in der Welt?«

Pieter goß Kaffeesahne in seine Untertasse und schob sie mit der Schuhspitze unters Regal. Eine rote Pfote mit ausgefahrenen Krallen schoss darunter hervor.

»Es ist wegen der Kinder«, sagte er lahm.

»Kapier ich nicht, Piet.«

»Es würde sie zu sehr verwirren.«

Er konnte in ihrem Gesicht lesen, dass sie ihn mindestens für verrückt hielt.

»Egal. Von mir erfährt niemand etwas, das verspreche ich dir«, brummte sie versöhnlich und tupfte die feuchten Flecken vom Kalender. Dann wechselte sie das Thema. »Was machst du morgen? Ich fahre an die Ostsee. Auf die Randale am ersten Mai habe ich keinen Bock.« Marion wohnte unweit der Hafenstraße auf St. Pauli.

Pieter zog den Praxiskalender heran. Freitag, 1. Mai, stand dort unübersehbar in Rot zwischen den welligen Kaffeeflecken. Auch das noch. Den Feiertag hatte er völlig vergessen. Ein langes Wochenende stand ihm ins Haus, besser gesagt, in die Praxis. Freie Tage. Einsame Tage.

Sie sah ihn prüfend an. »Kannst ja mitkommen nach Fehmarn. Wetter soll gut werden.«

Er schüttelte den Kopf. »Lieb von dir, aber … nein.« Marion und Friedel waren auch nach elf Monaten noch knallverliebt. Er würde es garantiert schlecht ertragen, den beiden beim Turteln zuzusehen. Vor allem nach dem Streit mit Janine. »Eigentlich hatte ich vor, etwas mit den Kindern zu unternehmen. Aber jetzt – ich muss bei dem Hund bleiben und …« Er brach ab.

Ja, was und? Die Steuerunterlagen vorbereiten? Mahnungen tippen? Stundenlang über Janines Worte brüten? Darüber, ob er die endgültige Trennung noch aufhalten konnte? Oder sollte er gleich anfangen, im Internet nach einer Wohnung zu suchen? Die Nadel im Heuhaufen zu finden war nichts gegen die Suche nach einer bezahlbaren Bleibe in Hamburg. Wie er es drehte und wendete, vor ihm lagen drei einsame Tage mit lauter deprimierenden Aufgaben. Keine erhebende Aussicht.

Marion rollte mit dem Bürostuhl zur Tür des Nebenraumes, in dem Herr Schliemann schlief. »Ich dachte, er würde sich schneller erholen«, sagte sie.

»Ich auch«, stimmte Pieter zu. Eigentlich müsste der Retriever sich schon längst munterer verhalten, versuchen aufzustehen, Interesse an dem Futter haben, das vor ihm stand. Eigentlich. »Die Wundheilung ist sehr kräftezehrend.« Er ging zum Lager des Hundes und klopfte sich auf die Schenkel. »Na, komm her.«

Herr Schliemann gehorchte. Mühsam stützte er sich auf die Vorderläufe und zog das kranke Bein für zwei, drei Schritte nach. Dann knickte er weg. Er schloss die Augen und schnaufte wie nach einem langen Lauf.

»Bist ein ganz Tapferer«, murmelte Pieter und bugsierte ihn auf die Decke zurück. Er hatte schon so viele Tiere durch ihr Leben begleitet und diesen alten Bekannten dann auch noch die letzte Spritze gegeben, die ihre Qualen beendete. Doch wenn seine Patienten litten, litt er mit ihnen. Immer noch, nach all den Jahren als Tierarzt.

Die Tür zum Treppenhaus klappte. Pieter richtete sich auf. Endlich, ein Patient kam. Die Ruhe in der Praxis wurde ihm langsam unheimlich. Nicht einmal Frau Pieske rief an, um Ronaldos neueste Katastrophen zu vermelden. Eigenartig. Normalerweise hätte er um diese Zeit schon mindestens fünf Tiere untersucht, unter anderem Dietmar, den Königspudel von Frau Schmütz-Linden. Doch die hatte heute Morgen einen Termin zur Messung von Dietmars Lungenfunktion verfallen lassen.

»Moin, Herr Schäfers«, grüßte er den Mann, den Marion und er insgeheim nur Catman nannten. Catman trug stets denselben karierten Pullunder, hatte drei streunende Katzen in seiner Zweizimmerwohnung aufgenommen und kümmerte sich liebevoll um »seine Lütten«, wie er die Tiere nannte.

Marion holte einen Vierkilosack Trockenfutter aus dem Lager. Phosphor- und salzarm, zwei von Catmans Tieren hatten chronische Nierenschwäche. Der schmächtige Mann schielte in das leere Wartezimmer. »Bannig ruhig hier.«

Pieter schwieg. Worauf wollte der Katzenfreund hinaus?

»Weet se eegens, dat alle Lüüd över Se schludert?«

»Was sagen Sie?« Pieter verstand sehr wohl Plattdeutsch, auch wenn er es selbst nicht gut sprach. Aber er wollte nicht glauben, was er hörte.

»Die Leute reden über Sie«, artikulierte Schäfers überdeutlich auf Hochdeutsch. »Der Zeitungsartikel, Sie wissen schon. Der Tierarzt, der den Blindenhund umgenietet hat.« Er grinste und zeigte seine Nikotinzähne.

»Ach, was die Zeitung so schreibt«, wiegelte Pieter ab. Er versuchte ein Lächeln, was ihm wahrscheinlich misslang. »Danke, dass Sie mir dennoch die Treue halten«, sagte er und hielt die Tür auf.

»Ist mir ein Vergnügen, Herr Doktor. Tschüssing, und bis zum nächsten Mal.«

Marion knurrte hörbar. Es war klar, warum Catman in die Praxis kam – Pieter ließ ihm das teure Nierenfutter zum Einkaufspreis.

»Merkst du jetzt, was du dir eingebrockt hast?« Die Sprechstundenhilfe ließ sich auf den Schreibtischstuhl fallen, der unter ihrem Gewicht bedenklich knarzte, und hieb auf die Tastatur des Computers ein.

Pieter warf einen Blick durch die offene Tür in den Nebenraum und antwortete nicht. Schliemann lag apathisch in der offenen Box und hechelte. Zum Kuckuck, irgendetwas hatte er – aber was? Pieter zog die Diagnostikleuchte aus der Tasche seines Arztkittels, knipste sie an und kontrollierte zum wiederholten Mal die Pupillen des Tieres. Sie reagierten normal auf den Lichteinfall, ein Schädel-Hirn-Trauma konnte er mit ziemlicher Gewissheit ausschließen. Es wäre der größte anzunehmende Unfall gewesen. Der Hund wäre vielleicht nicht daran gestorben, aber zum lebenslangen Pflegefall geworden. Nur, ein SHT wäre gleich nach dem Unfall aufgetreten. Er steckte die Leuchte wieder ein und machte das Thermometer startklar.

»0,8 Promille hattest du?«, kam Marions Stimme vom Tresen. »Hör zu, was Google dazu sagt: ›Je nach Schwere des Vergehens reicht die Strafe von zwei Punkten in Flensburg und

500 Euro Bußgeld bis zu einem Strafbefehl und Führerscheinentzug.‹ Bei einem Unfall im alkoholisierten Zustand mit Personenschaden kann der Lappen sogar lebenslang eingezogen werden. Sogar Freiheitsstrafe ist möglich.« Sie stöhnte auf. »Tierarzt ohne Auto, geht das eigentlich? Ich befürchte, Hausbesuche wirst du in der nächsten Zeit nicht machen können.« Sie drehte sich um. »Hörst du mir überhaupt zu, Piet?«

»Nein.« Pieter schüttelte das Thermometer in seiner Hand. »Herr Schliemanns Temperatur ist in den letzten Stunden stark gestiegen.«

»Sch…eibenkleister.« Marion sprang auf und brachte ungefragt das Stethoskop. Pieter legte es auf die Hundebrust und horchte. »Sein Herz rast. Völlig unregelmäßig.« In ihm keimte ein schrecklicher Gedanke. Er richtete sich abrupt auf. »Es könnte eine Maligne Hyperthermie sein.«

Die Möglichkeiten seiner Praxis, das war Pieter sofort klar, reichten nicht aus, diese Narkosekomplikation zu behandeln. Sie war lebensbedrohlich. Und selten. Ein einziges Mal hatte er einen Fall von MH erlebt. Der Chihuahua war unter seinen Händen gestorben.

Pieter hetzte zum Tresen, griff zum Telefonhörer und dirigierte gleichzeitig Marion. »Wir schließen wegen Notfall. Häng einen Zettel an die Tür. Du kannst schon heute freinehmen … Hallo? Hier spricht Dr. Kreutzfeldt aus Eppendorf«, rief er, als am anderen Ende jemand abhob. »Ich habe einen Notfall. Verdacht auf MH bei OP nach Verkehrsunfall. Ein Golden Retriever. Ich bringe ihn sofort vorbei.«

Das Taxi kam rasch. Marion half, den Hund in den Wagen zu verfrachten. Pieter quetschte sich auf den Rücksitz neben dem Retriever. »Rissener Landweg 111, Blankeneser Tierklinik. Und schnell, bitte, es geht um Leben und Tod.«

Herr Schliemann, der mittlerweile bewusstlos war, kam sofort auf die Intensivstation.

»Es könnte auch eine Sepsis sein oder eine andere seltene Reaktion auf die Narkose«, sagte Franz von Lebus. »Die Symptome sind in meinen Augen nicht eindeutig. Wir untersuchen ihn jetzt, aber der Laborbericht wird frühestens Montag vorliegen.«

»Montag.« So lange noch? Pieter konnte plötzlich die Ungeduld nachempfinden, mit der viele Patienten auf die Untersuchungsergebnisse warteten, um endlich Gewissheit über den Gesundheitszustand ihrer Tiere zu bekommen.

»Mach dir keinen Kopf, Piet, bei uns ist er gut aufgehoben.« Sein ehemaliger Studienkollege klopfte ihm aufmunternd auf den Rücken. »Und überleg noch mal, ob du nicht doch bei uns anfangen willst. Einen guten Veterinär können wir immer gebrauchen.«

Pieter war erleichtert, dass Franz ihn nicht auf den Unfall ansprach. Wahrscheinlich las er eine andere Zeitung als das *Morgenblatt*. Oder gar keine. Als leitender Tierarzt der größten Tierklinik Norddeutschlands arbeitete Franz beinahe rund um die Uhr.

In Gedanken versunken, machte Pieter sich auf den Weg zum Bahnhof Blankenese. Franz' Angebot war reizvoll. In Eppendorf behandelte Pieter fast ausschließlich Kleintiere, Hunde und Katzen. Ein größeres Tier als der Bernhardiner vom Dönerladen gegenüber war bislang nur einmal in seine Praxis gekommen. Ein Tiertransport war auf der Kellinghusenstraße umgekippt, und einen Tag später brachten zwei Jugendliche ein verletztes Ferkel zu ihm, das sich im Gebüsch hinterm Holthusenbad versteckt hatte, wo die beiden gerade kiffen wollten. Schade eigentlich. Er mochte die Abwechslung, Nager ebenso wie Rindviecher, Meerschweinchen genauso wie Zuchtsauen. Genau diese Mischung bot die Arbeit in der Tierklinik. Dazu geregelte Arbeitszeiten und ein regelmäßiges Einkommen ohne finanzielles Risiko. Pieter war so in seine Überlegungen versunken, dass er beinahe vergaß, am Jungfernstieg in die U1 zu wechseln.

Andererseits war er gerne selbstständig. Zwar arbeitete er oft von frühmorgens bis spätabends, war dafür aber flexibel, wenn Laura und Fabian ihn brauchten. Wenn Schulstunden ausfielen, kamen die Kinder zu ihm in die Praxis. Waren sie krank, konnte er etwas früher schließen oder zwischendrin mit ihnen einen Arzttermin wahrnehmen. Sich um die Kinder kümmern zu können war ihm wichtig. Sein eigener Vater war nach der Trennung seiner Eltern aus seinem Leben verschwunden. Die Erinnerung daran schmerzte ihn heute noch.

Janine hingegen war in einem intakten Elternhaus mit allen finanziellen Möglichkeiten aufgewachsen, und ihr Vater tat heute noch alles für sie. Joop hatte Pieter dringend geraten, von Tiermedizin zu Humanmedizin zu wechseln. Ärzte verdienten schließlich deutlich mehr als Veterinäre, war sein Argument. Pieter hatte nicht auf seinen zukünftigen Schwiegervater gehört, und der Zweifel, ob er seiner Familie durch seinen Beruf zu viel zumutete und zu wenig Geld nach Hause brachte, nagte seitdem an ihm.

Aber was konnte Janine für all das? Sie machte sich wahrscheinlich wenige Gedanken darüber, was eine Scheidung für Kinder bedeutete.

In der Kellinghusenstraße stieg Pieter aus. Noch auf dem Bahnsteig schickte er eine WhatsApp an Franz. »Danke für dein Angebot, aber ich bleibe in Eppendorf.« Ja, genau so fühlte es sich richtig an. Beschwingt lief er die Treppe hinunter.

Am U-Bahn-Ausgang kam ihm Frau Schmütz-Linden entgegen, die ihren frisch frisierten Königspudel hinter sich herzog. Pieter grüßte freundlich, erinnerte sie an ihren verpassten Termin und beugte sich zu dem Hund hinab. Noch bevor er den weichen Lockenkopf des Pudels streicheln konnte, zog die hagere Dame an der Hundeleine.

»Herr Meynecke in Altona ist ein sehr guter Tierarzt«, sagte sie laut und stach ihre Hakennase in die Luft. »Komm, Dietmar-Schatz.«

Mit hängenden Armen sah Pieter ihr nach.

Ein älteres Ehepaar drehte sich zu ihm um und tuschelte. Sie wissen es. Alle, schrillte eine Stimme in Pieters Kopf. Bestimmt redeten inzwischen alle 2,1 Millionen Hamburger darüber, dass er den Blindenhund auf dem Gewissen hatte. Die Erkenntnis presste ihn nieder wie eine Baggerschaufel voller Elbschlick. Gebeugt schlich er zurück in die Praxis und blickte unterwegs stur auf sein Handy. Die beste Art, niemanden sehen oder gar grüßen zu müssen. Seine Wangen brannten vor Scham und Ärger. Er könnte sich selbst ohrfeigen. Warum bloß hatte er die Verantwortung für den Unfall übernommen? Aus Feigheit, Pieter, schalt er sich. Aus Angst, eine Ablehnung würde ihre Ehekrise noch weiter anheizen. Und was hatte es ihm genützt? Gar nichts. Janine hatte alle Probleme auf ihn abgewälzt. Trennen wollte sie sich dennoch.

Denk positiv, ermahnte er sich. An das halb volle Glas Wasser, nicht an das halb leere. An die Kinder, nicht an Janine. Jetzt, wo der Hund bei Franz in Behandlung war, war er nicht an die Praxis gebunden. Er könnte Pumuckls Einladung annehmen und mit Laura und Fabian ins Alte Land fahren. Gleich morgen. Pumuckl hatte Geflügel, Ziegen und eine Tochter, die genauso alt war wie Laura.

Mit ziemlich schlechtem Gewissen dachte Pieter daran, dass sein langes Wochenende nur Herrn Schliemanns miserablem Gesundheitszustand geschuldet war. O weh, er würde Tammy Eggers anrufen und davon berichten müssen. Wahrscheinlich würde sie explodieren wie ein Vulkan. Grund genug hatte sie wahrlich dafür. Trotzdem, er beschloss, sich nicht telefonisch beschimpfen zu lassen. Er wischte über sein Smartphone, um eine WhatsApp an Herrn Schliemanns Frauchen zu schicken, da summte eine Nachricht ein. Ein Foto von Laura und Fabian im Strandkorb. »Sind bis Montag in Timmendorfer Strand. LG Janine.«

Pieter blieb die Spucke weg. Meinte sie, jetzt über die Kinder verfügen zu können, ohne ihn vorab zu fragen? Er tippte ihre Nummer ins Handy. Janines Mailbox meldete sich umgehend.

Er trat gegen eine Bierdose, die scheppernd über den Gehsteig kollerte. Und jetzt? Die freien Tage lagen vor ihm wie ein schwarzes Loch.

8

Im Nebel ruhet noch die Welt,
noch träumen Wald und Wiesen:
Bald siehst du, wenn der Schleier fällt,
den blauen Himmel unverstellt,
herbstkräftig die gedämpfte Welt
im warmen Golde fließen.«

Pieter stoppte sein Rad auf dem Altonaer Balkon, der Aussichtsplattform am Ende der Palmaille, und genoss den eindrucksvollen Blick über die Elbe.

»Septembermorgen« hieß das Gedicht. Es war von … Goethe? Nein, von Mörike. Pieter hatte in der fünften Klasse eine schlechte Note bekommen, weil er es auswendig lernen sollte und die Zeilen ihm einfach nichts sagten. Warum fielen sie ihm ausgerechnet heute ein, am ersten Mai? Aber doch, das Herbstgedicht passte auch zu diesem Morgen. Die Kastanien am Elbhang blühten weiß und rot vor einem wolkenlosen Himmel. Der Nebel hatte sich bis auf wenige Schleier in den Hafenbecken am gegenüberliegenden Elbufer schon verzogen. Oder war gefallen, wie Mörike es ausgedrückt hätte. Innehalten. Genießen. Möwen kreischten, über einem Papierkorb zeterten Spatzen. Zu dieser frühen Stunde machte Hamburg seinem Ruf als grüne Großstadt alle Ehre. In der Parkanlage vor dem Altonaer Museum war ihm sogar ein Fuchs vors Rad gesprungen. Welche andere Metropole bot so viel Natur? Angeblich war im Niendorfer Gehege vor ein paar Wochen sogar ein Wolf gesichtet worden.

Eine Kirchturmuhr schlug. Sieben Uhr. Pieter stieg aufs Rad, fuhr ein Stück die Elbchaussee entlang und rollte dann den steilen Hang zum Wasser hinunter. Neben ihm floss die Elbe wie warmes Gold. Wann war er das letzte Mal so früh und ohne Eile durch Hamburg geradelt?

Am Fährplatz endete der Vergleich mit dem Mörike-Gedicht.

Das Rasenrondell am Anleger konnte kaum als träumende Wiese durchgehen. Es war winzig und wurde trotz der frühen Stunde von einer Unzahl von Ausflüglern platt getrampelt. Die HADAG-Fähre, die Fußgänger und Radler über die Elbe brachte, hatte gerade festgemacht, und eine Traube von Menschen drängte sich vor dem Steg. Unmöglich, noch einen Platz auf diesem Schiff zu bekommen. Wollten all diese Leute ins Alte Land? Na toll. In seiner Fantasie hatte Pieter sich allein durch die stille Marsch radeln und später mit Bertil unterm Apfelbaum sitzen sehen. »Beachboy, du alter Romantiker.« Pumuckls Stimme in seinem Kopf.

Er stellte sich in die Schlange vor dem Fahrkartenautomaten, ließ sich fünfundzwanzig Minuten später zwischen Familien mit Kindern in Anhängern, Senioren mit neuen E-Bikes, Rennradlern und Fußgängern auf die nächste Fähre schieben und ergatterte einen Platz an der Reling. Drei Damen in bunten Funktionsjacken studierten ein Faltblatt.

»Sechzigtausend letztes Jahr.«

»Und da hat es geregnet.«

»Guckt euch den Himmel an. Heute werden es garantiert mehr.«

»Wo wollen wir überhaupt hin?«

Der Rest des Gespräches ging im Motorenlärm des Seitenstrahlruders unter. Die Elbprinzessin gab Signal und legte ab.

Pieter schielte auf das Faltblatt in den Händen seiner Nachbarin. »25 Jahre Apfelblütenfest Elbwerder« entzifferte er. »Essen, trinken und feiern.«

Aha, das war also der Grund für diese Völkerwanderung. Der gleiche Flyer hatte im Bioladen am Isemarkt gehangen. Er erinnerte sich an die ungeschickt gezeichneten Obstbäume auf der Vorderseite und hatte ihn nicht gelesen. Auch die anderen Aushänge nicht, die Feste, Vergnügungen und Feierlichkeiten ankündigten. Trübe starrte Pieter in das schäumende Kielwasser. So wenig Zeit in den letzten Jahren für Entspannung. Für die schönen Dinge im Leben. So wenig Zeit für sich. Für die Kinder. Und Janine.

Die Fähre tuckerte ein Stück parallel zum Ufer und ließ ein Containerschiff passieren, um das vier Schlepper herumschwirrten wie Putzerfische um einen Pottwal.

Pieter hob den Blick und sah den Elbhang in der Sonne liegen. Der Turm einer cremefarbenen Villa thronte über den Bäumen, die Sprossenfenster der schmucken Kapitänshäuser glänzten im Morgenlicht. Generationen von Hamburger Seefahrern hatten sich nach einem Leben auf den sieben Weltmeeren im sogenannten Treppenviertel niedergelassen, von wo aus sie dem Ein- und Auslaufen der Schiffe zusehen konnten.

Als die Fahrrinne frei war, nahm die Elbprinzessin Kurs auf das südliche Ufer. Pieter hielt das Gesicht in den Wind. Gischt wehte auf seine Wangen, als die Fähre die Bugwellen des Frachters querte. Ein wohliger Schauer lief ihm über den Rücken. Ob Nord- oder Ostsee, Binnen- oder Außenalster, er liebte das Wasser. Besonders die Elbe mit ihren Stränden, die im Sommer beinahe südliches Leben ermöglichten, mit dem Hamburger Hafen, den Kränen, Docks, Werften und den dicken Pötten aus aller Welt. Am Willkomm-Höft bei Schulau wurde jedes Schiff mit seiner Nationalhymne begrüßt. An etlichen Papanachmittagen waren Pieter, Laura und Fabian zu der Schiffsbegrüßungsanlage gefahren und hatten »Woher kommt der Dampfer?« gespielt. Ein großer Spaß. Pieter kniff die Augen zusammen und fixierte die blau-weiß-rote Flagge des Containerschiffes. Kuba? Puerto Rico? Kapverden? Beim Flaggenraten waren die Kinder ihm inzwischen haushoch überlegen.

Laura und Fabian ... Pieter schlang die Arme um seinen Körper. Er hatte den Kindern versprochen, den Hund wieder gesund zu machen. Er würde dieses Versprechen auf Teufel komm raus einhalten. Am nächsten Papanachmittag könnte er mit ihnen in die Tierklinik fahren und ihnen zeigen, dass es Herrn Schliemann schon wieder besser geht. Hoffentlich. Er stützte seine Zuversicht auf Franz' gelassene Aussage. Und was, wenn nicht? Wenn der Hund stirbt? Das wäre eine Katastrophe. Würden die Kinder ihm jemals wieder vertrauen?

Eine japanische Touristin warf Brotstückchen in die Luft, und eine Möwe schoss herab. Ihr Flügel streifte Pieters Haar. Schluss mit dem Gegrübel! Er straffte die Schultern. »Lebe im Hier und Jetzt!« Der Ratschlag aus einem der Lesezirkelhefte kam ihm in den Kopf. Ja, er wollte diesen Tag genießen, egal, was danach kam. Er sah dem Ufer entgegen und freute sich auf den Anblick der unzähligen Obstbäume, die die Elbmarschen jetzt im Mai in einen riesigen blühenden Garten verwandelten. Noch allerdings verdeckte der Deich den Blick auf das Festland. Lediglich das rot-weiße Unterfeuer Elbwerder unterbrach den breiten grünen Strich.

»Anleger Auesperrwerk« dröhnte wenige Minuten später aus dem Schiffslautsprecher. Sollte er aussteigen und zur Karibik radeln, wie der Elbwerder Strand genannt wurde? Nein, am besten erst zu Bertil.

Die Elbprinzessin tuckerte in Schrittgeschwindigkeit durch die gigantischen Fluttore des Sperrwerks in die Auemündung. Mit leichtem Schaudern dachte Pieter an das Video, das Bertil ihm letzten Winter geschickt hatte. Im Januar war ein Orkan über die Deutsche Bucht gefegt, und in der Sturmflut, die er mit sich brachte, schlugen die Wellen bis an die Oberkante des Tores.

Lautes Hämmern schallte übers Wasser. Die Werft am linken Ufer der Aue existierte also immer noch, wie Pieter erfreut feststellte. Ein Bootsrumpf lag auf der Helling, dick und gedrungen, wahrscheinlich ein Eisbrecher.

Kurz hinter der Werft verengte sich der Fluss und führte in einer lang gezogenen Schleife bis in den winzigen Hafen von Elbwerder, den die HADAG-Fähren nur bei Flut anlaufen konnten. Der Fährmann ließ die Klappe herunter, eine Glocke ertönte, und Pieter ließ sich mit dem Strom von Ausflüglern von der Fähre treiben.

»25. Apfelblütenfest – willkommen in Elbwerder!« grüßte ein Banner über dem Hafendeich. Er stieg auf den Sattel und fuhr hinter einer Gruppe älterer Herren her, die auf der Fähre schon die ersten Biere geköpft hatten und nun johlend und leicht schwankend in die Pedale traten.

Aus dem Alten Fährhaus, einem Gartenlokal neben dem Anleger, klang leise Akkordeonmusik. Pieter radelte vorbei, überquerte die Brücke über die Aue und hielt kurz darauf an einem hölzernen Wegweiser, an dessen oberem Ende ein mit Nase und Augen versehener Apfel seine Faust streitlustig in die Luft reckte. »Appelhoff« stand darauf. Er zeigte den Deich hinunter zu Bertils und Heynkes Obstplantage. Bertil kümmerte sich um das Obst, Heynke besorgte den Gemüseanbau und den Hofladen. Zwei Sechzigstundenjobs. Aber immerhin sah Bertil seine Frau bei der Arbeit auf dem Hof, konnte für sie da sein. Und für Line, ihre Tochter.

Und er, Pieter? Warum hatte er nicht mehr Zeit für Janine und die Kinder gehabt? Das musste anders werden! Wenn, ja, wenn er noch eine zweite Chance bekäme.

Unter dem kämpferischen Apfel hing ein Zettel in einer Klarsichthülle. »Hoffest, 10 bis 18 Uhr«. Gemalte Filzstiftbäume rundherum, wahrscheinlich Lines Werk. Die Uhr des Elbwerder Kirchturms zeigte fünf nach acht. Super, dann würde Pumuckl sicher noch Zeit für eine Tasse Kaffee haben.

Pieter bog ab und tauchte in ein rosa-weißes Apfelblütenmeer ein. Signe Tillisch, Alkmene, Brandts Nr. 3 las er auf Schildern, die unter den knorrigen Bäumen im Löwenzahn steckten. Bertil gehörte zu den wenigen Obstbauern, die dem harten landwirtschaftlichen Wettbewerb die Vermehrung alter Obstsorten und ökologische Bodenbewirtschaftung entgegensetzten.

Der Weg bog nach rechts und endete auf einem Hofplatz, der von zwei Scheunen, einem Stall und dem uralten Wohnhaus begrenzt wurde. Bertil und Heynke hatten sein traditionelles Reetdach vor ein paar Jahren schweren Herzens gegen ein Pfannendach getauscht. Zu schade, fand Pieter, aber die Brandversicherung für ein Strohdach war unbezahlbar.

Er lehnte sein Fahrrad an die Wand neben einem zerschlissenen Transparent, das »Nein zur Elbvertiefung« forderte, und sah sich um.

Der Hof war mit Tischen und Zelten übersät. Jemand trug einen riesigen Kistenstapel aus einer Scheune. Nur seine grünen Gummistiefel schauten unter dem Stapel hervor.

»Moin, Pumuckl.«

Der Stapel geriet ins Wanken. Pieter sprang hinzu und schnappte sich die obersten Kisten. Bertil Matthiesens roter Haarkranz kam dahinter hervor.

»Holla, du bist's. Moin ook, Piet. Hier lang.« Neben einem Partyzelt stellten sie die Kisten ab. Alle enthielten kleine Töpfe mit grünen Pflänzchen. Bertil reckte sich und gähnte. »Ich bin seit fünf Uhr auf den Beinen. Die drei Tage Apfelblütenfest sind die Hölle. Die Hamburger fallen hier in Scharen ein, um auf dem Appelhoff ein Stück unverfälschtes Altes Land zu genießen.« Mit einer ausladenden Handbewegung wies er über den Hof. »Sorry, Beachboy, heute habe ich null Zeit für dich. Zwei Helfer sind krank. Ich weiß nicht, wie wir die Arbeit dieses Jahr überhaupt schaffen sollen und …« Er hielt inne, grinste und hieb Pieter seine sommersprossige Pranke auf die Schulter. »Aber wenn du vielleicht …?«

»… mithelfen könntest?«, beendete Pieter den Satz. »Warum nicht?« Die Arbeit auf dem Hof seiner Freunde würde ihn garantiert auf andere Gedanken bringen. »Okay, Pumuckl. That's what friends are for«, intonierte er den Achtzigerjahre-Hit.

Bertil lachte und hielt sich die Ohren zu. »Hab Mitleid mit meinen Gehörgängen.«

9

Um zehn Uhr stand Pieter, stilecht ausstaffiert mit Gärtnerschürze und Strohhut, hinter einem wackeligen Tisch, auf dem sich Töpfe mit Setzlingen und Kisten mit allen möglichen Knollen und Zwiebeln drängten, während ein Schwarm von gartenbegeisterten Ausflüglern sich um ihn scharte.

»Kann ich Dahlien jetzt schon setzen?«

»Wächst das Currykraut im Balkonkasten?«

»Warum packen Sie Lavendel ein? Ich wollte Rosmarin.«

Pieter geriet ins Schwitzen. Das lag nicht nur an der Sonne, die vom wolkenlosen Himmel brannte. Dass das Grüne nach oben gehörte, war im Großen und Ganzen alles, was er über Pflanzen wusste. Nachdem er Bertil mehrere Male hastig zugewinkt hatte, schickte dieser Line an Pieters Stand.

Er staunte nicht schlecht, als die Neunjährige ihm eine Blitzeinweisung gab: »Die kleinen Pflanzen hier sind Tagetes, die müssen vor Schnecken geschützt werden. Diese hier sind völlig unempfindlich, Sonne oder Schatten, trocken oder feucht, die wachsen überall. Die lila Kartoffeln erst nach den Eisheiligen setzen. Das da ist Storchschnabel, der hält den Boden unkrautfrei.«

Pieter notierte sich alles auf dem Rand einer alten Zeitung.

»Also von Pflanzen hast du echt keinen Schimmer, Onkel Piet«, sagte Line respektlos.

»He, kleines Fräulein, ich bin Tierarzt, kein Pflanzendoktor«, parierte er lachend.

Massen von Gästen schoben sich über den Hof, aßen bei Heynke Quittenkuchen und Apfelbrot, probierten Bertils Kirschlikör, kauften Pflanzen bei Pieter und Spargel bei einem Helfer, dessen ebenholzschwarze Haut das weiße Gemüse noch leuchtender erscheinen ließ. Fröhliche Paare mit neugierigen Kleinkindern bestaunten die Entenküken am Teich und den Trecker des Nachbarbauern, der die angrenzende Wiese mähte. Alle fünf Minuten knatterte er am Zaun entlang, und der Motorenlärm übertönte das Stimmengewirr auf dem Hof. Pieter verzog das Gesicht. Musste der unbedingt heute mähen? Na ja, das Landleben war eben nicht nur Idylle. Mehr als einmal drehte er sich um, weil er meinte, Laura oder Fabian lachen zu hören. Jedesmal gab es ihm einen Stich. Wie schön wäre es, wenn sie hier sein könnten.

»Wie geht es Piggy und Ginny?«, fragte Pieter, als Line eine neue Kiste mit Setzlingen auf den Tisch stellte. Er hatte ihr bei ihrem letzten Besuch in Hamburg zwei Meerschweinchen geschenkt, die aus demselben Wurf stammten wie Pingpong und Wuschel.

»Gestorben«, antwortete Line. »Sie hatten irgendwas. Wir sind zum Tierarzt nach Neuenschleuse, aber der war gerade selber krank. Am nächsten Tag waren sie tot.« Zwischen ihren Brauen erschien eine Falte, die sie deutlich älter aussehen ließ als die neun Jahre, die sie war.

»Das tut mir leid. Ich bring dir zwei neue mit, ja?« Am Schwarzen Brett in der Praxis hing mal wieder ein Zettel »Meerschweinchen abzugeben«.

»Ist das hier Katzenminze? Wie hoch wird die?« Eine Gruppe junger Männer mit Babys in Tragetüchern umringte Pieters Tisch. Bis zum Mittag stand er unter dem bunt gestreiften Schirm und verkaufte alle Arten von Pflanzen, von denen er am Morgen noch nicht gewusst hatte, dass sie überhaupt existierten.

Dann zog Bertil ihn in die kühle Küche des Bauernhauses. »Gibt Kartoffelsuppe mit Krabben. Wir essen in Schichten, sonst bricht auf dem Hof alles zusammen.« Er füllte zwei große Teller und schnitt Brot. Pieter setzte sich auf die Eckbank und merkte jetzt erst, wie hungrig er war.

»Macht Spaß«, sagte er und betrachtete durch die offene Tür das Gewimmel auf dem Hof. »Komm ich mal auf andere Ideen.«

Bertil warf ihm einen prüfenden Blick zu. »Probleme?«, nuschelte er mit vollem Mund.

Pieter fischte mit einem Stück Weißbrot eine Krabbe aus der Suppe und nickte.

»Deine schöne Frau?«

Pieter seufzte. Stand ihm die Ehekrise etwa schon auf die Stirn geschrieben? »Sie will Abstand. Vielleicht sogar die Scheidung.« Es fiel ihm schwer, diesen Satz auszusprechen.

Bertil kratzte sich an der Schläfe. »Das will Heynke auch, mindestens jede Woche einmal. Das gibt sich wieder. Eine Ehe ist für immer.«

Pieter lächelte dünn. »*Eine* Ehe vielleicht, und das ist deine, Pumuckl.« Der kompakte Bertil und die baumlange Heynke hatten sich kurz nach dem Abitur in der Disco in Stade kennengelernt, in Weiß geheiratet und die Petersilienhochzeit gerade hinter sich. Die ruhige Bauerntochter Heynke konnte temperamentvoll streiten, wenn Bertil über einer Internetrecherche nach einer alten Obstsorte vergaß, die Hühner zu füttern oder die Ziegen in den Stall zu sperren. Aber alles in allem führten die beiden eine harmonische Beziehung, so schien es Pieter. Unter Garantie besser als seine und Janines Ehe.

Janine. Dass Gedanken so wehtun konnten. Vielleicht gab es noch eine Chance für sie. Vielleicht konnte er die Scheidung ja noch verhindern.

»Vielleicht gibt es sich wieder …«, murmelte Pieter. Es waren zu viele Vielleichts in seinem Leben. Schwer auszuhalten. Zögerlich erzählte er von den Ereignissen der letzten Tage, von Herrn Schliemann, dessen Frauchen und Lauras und Fabians Reaktion auf den Zeitungsartikel. Janines Schuld am Unfall erwähnte er nicht. »Echt, die Pflanzen, der Hof, die frische Luft…« Er schob den leeren Teller von sich. »Ich bin froh, hier zu sein.«

Bertil leckte seinen Löffel ab und feixte. »Ich sollte Beschäftigung auf dem Bauernhof als Therapie für gestresste Hamburger anbieten.« Er stand auf und räumte die Teller in die Spüle. »Beachboy, du Glückspilz, du bekommst die Behandlung samt Anleitung heute umsonst. Also hopp, hopp, keine Müdigkeit vorschützen.«

10

Sechs Stunden später hievte Pieter die letzte Kiste auf den Stapel in der Scheune, beugte sich nach vorne und ließ die Arme baumeln. »Fertig, endlich.«

»Rücken?« Bertil klang munter.

»Jep. Und platte Füße. Und verbrannte Arme.«

»Bist nix mehr gewohnt, was?«

»Hab Mitleid mit einem armen Städter.« Pieter stützte die Hände auf die Oberschenkel. »Außerdem muss ich noch den ganzen Weg durch Hamburg zurückradeln.«

»Bleib über Nacht. Heynke hat Spargelquiche vorbereitet. Und außerdem ... wartet doch eh niemand auf dich.«

Aua. Bertils Bemerkung schmerzte mehr als der Sonnenbrand auf den Unterarmen. Ja, es wartete niemand auf ihn. Samstag und Sonntag würde er allein in der Praxis hocken. Absolutes Kontrastprogramm zu heute, depressive Verstimmung inklusive.

»Es geht nicht«, sagte Pieter. »Ich muss mich um den Hund kümmern. Ich habe seinem Frauchen versprochen, jeden Tag nach ihm zu schauen, und den Kindern, ihn wieder gesund zu machen.«

»Musst du wissen, Beachboy.«

Gemeinsam schoben sie das Scheunentor zu. Der Hof lag ruhig in der Abendsonne, das Apfelblütenfest war für heute zu Ende. Über einigen Reihen neu angepflanzter Spindelbäume hinweg sah Pieter Trauben von Menschen Richtung Fähre ziehen.

»Wie die Lemminge«, sagte er tiefsinnig. »Nur dass sie sich nicht ins Wasser, sondern wieder in die Großstadt stürzen.«

Bertil lachte. »Die letzte Fähre geht in einer Stunde. Nimm die, die ist garantiert fast leer. Und vorher radeln wir noch eine Runde ums Dorf, ja? Pumuckls Geheimtour, abseits der Touristenpfade. Hast unser hübsches Elbwerder ja lange nicht zu Gesicht bekommen.«

Er holte ein rostiges Rad aus dem Schuppen neben der Scheune, stieg auf und winkte Pieter, ihm zu folgen.

Auf einem Trampelpfad hoppelten sie über die Streuobstwiese, die an einem Graben endete. Bertil hielt an und zeigte mit großer Geste auf das reichlich moderige Rinnsal. »Die Süderaue, ein verlandeter Arm der Aue. Elbwerder war im Mittelalter eine richtige Insel.«

Pieter schmunzelte. Bertils Stolz auf sein Elbwerder war rührend. Dabei war er in demselben Barmbeker Mietblock aufgewachsen wie Pieter und erst durch die Heirat mit Heynke zum Altländer Obstbauern geworden.

Ein Brett lag über dem Graben, zu schmal, um das Rad hinüberzuschieben. Bertil fuhr mit Schwung darüber und verschwand im Schilf auf der anderen Seite. Pieter rollte langsam balancierend hinterher. Reet rauschte, Wasser gluckste, in einiger Entfernung trabte eine Reiterin auf einem Rappen durch die Wiesen. Pieter betrachtete die Sommersprossen auf dem Hinterkopf seines Freundes und fuhr sich unwillkürlich mit den Fingern durch den eigenen Schopf. Gottlob, einen Ansatz von Glatze konnte er bei sich noch nicht feststellen.

Ein Vogel zwitscherte kurz und vieltönig. »Stieglitz«, sagte Bertil über die Schulter. »Hörst du bei euch in der Stadt bestimmt nie.«

Pieter lachte. »Doch, jeden Tag.« Der Zwei-Uhr-Vogel auf der Vogeluhr war ein Stieglitz.

Der Pfad endete auf einem Wirtschaftsweg, der nach kurzem Anstieg wieder auf die Dorfstraße führte. Pieter sah nach links. Die Backsteinblöcke, die sich in einiger Entfernung hinter einer Pappelreihe duckten, waren ihm noch nie aufgefallen.

»Spaakenwisch. Die Werftarbeitersiedlung«, erklärte Bertil, der seinen Blick bemerkte. »Anfang der Siebziger heuerte die Werft Zimmerleute aus der Türkei an und baute neue Wohnungen. In den ollen Häusern im Dorf wollte außer ein paar Einheimischen kaum einer mehr wohnen.« Bertil rollte mit den Augen. »Heute kannste gar nicht so schnell gucken, wie die Hamburger hier die Häuser wegkaufen und auf Schick bringen. Genau wie auf Sylt.«

»Lass das Meckern, Pumuckl. Elbwerder gehört zu Hamburg wie Eimsbüttel und Eppendorf.«

»Aber nur auf dem Papier.« Bertil schwenkte die Faust. »Freiheit für das Alte Land!«, skandierte er.

Pieter grinste. Bertil sah aus wie das Logo seines Appelhoffs, der geschnitzte Kampfapfel. Sie schoben ihre Räder zur Straße, die auf dem Deich ins Dorf führte. Die Häuser rechts der Straße thronten wie Schmuckkästchen auf der Deichkrone, die auf der linken Seite versteckten sich hinterm Deich.

»Von hier betrachtet ist Elbwerder richtig malerisch«, bemerkte Pieter.

Nur die beiden Gebäude ihnen gegenüber störten das gepflegte Ortsbild. Moos wucherte auf den Dächern, Farbe blätterte vom Holz, verblichene Plastikblumen standen hinter grauen Gardinen. Das rechte Haus war winzig, sein

Strohdach ein struppiges Kamel. Nur der für das Alte Land typische Spruch auf dem Balken unterhalb des Giebels deutete darauf hin, dass es kein Stall war. »All, de mi kennt, de geev Gott, wat se mi gönnt«, entzifferte Pieter.

Das linke Haus war größer und bestand aus zwei aneinandergebauten Teilen. Einer Bauernstelle mit weit herabgezogenem Reetdach, davor ein ziegelgedecktes Haus, das den Kapitänshäusern am Blankeneser Elbhang zum Verwechseln ähnlich sah. Allerdings war es im Gegensatz zu den Prunkstücken am anderen Elbufer völlig heruntergekommen. Das Gestrüpp im Vorgarten wuchs bis an die Fenster, grünes Gerank erklomm die Fassade und umschlang die Säulen beiderseits der kleinen Loggia vor der Eingangstür, in deren Ecken Laub und vergilbte Werbezeitungen moderten. Ganz klar, hier war seit Ewigkeiten niemand mehr aus und ein gegangen. Wie spannend, dachte Pieter.

Bertil stellte sein Rad ab und schlug den Weg ein, der seitlich zwischen dem Haus und einer Weide entlangführte.

»Wart mal, Pumuckl.« Pieter schlug sich durch Brennnesseln zur Hauswand durch, legte Hände und Gesicht an eines der Sprossenfenster und lugte ins Haus. Er sah in ein Schlafzimmer, erahnte ein Doppelbett mit Schnitzerei am Kopfende, karierte Federbetten, ein Schaukelpferd. Eine Truhe oder Kommode in der Ecke. Die Tür war offen, dahinter der Flur und die Küche. »Wow, Bertil, ist das euer Heimatmuseum?«, rief er.

»Nein. Ja. Irgendwie schon.« Bertil war weitergegangen. Eigenartig, dachte Pieter, Pumuckl interessierte sich doch sonst für alles Alte. Dann eben nicht. Er wischte sich die staubigen Hände an der Hose ab und schloss zu ihm auf.

Fünfzig Meter weiter endete der Pfad am Wasser. Nach der dürftigen Landkarte in Pieters Kopf musste es der Hauptarm der Aue sein. Feldsteine um eine Feuerstelle, ein paar leere Dosen, ein Angelplatz. Nett, aber nichts Besonderes.

»Das ist es noch nicht.« Bertil schlug sich rechts in die Büsche und stieg über ein paar vermoderte Latten, die in ihrem früheren Leben einmal ein Gartenzaun gewesen waren.

Pieter zögerte kurz. Egal, das Haus stand leer, also rüber über den Zaun. Dahinter erstreckten sich noch mehr Schilf und ein Brombeerdickicht. Als sie es umrundet hatten, sah er, dass sich darunter ein verwittertes Bootshaus versteckte. Ein mächtiger Baum beugte sich darüber und ließ seine Zweige in den Fluss hängen.

»Zu viel versprochen?« Bertil setzte ich auf eine Bank vor dem Bootshaus und verschränkte die Hände vor der Latzhose. »Für mich der lauschigste Platz in Elbwerder. Und garantiert touristenfrei.«

Die Sonne warf tausend Lichtpunkte durch das Blätterdach aufs Wasser. Eine Brandente schwamm vorbei. Hinter den Bäumen am anderen Ufer leuchteten Apfelblüten, und im Schilf raschelte irgendetwas. Er dachte an den Aquarellkasten, den er für Fabian gekauft hatte und der immer noch in seiner Fahrradtasche steckte. Konnte man Ruhe malen? Wenn ja, dann müsste sie so aussehen.

»Paradiesisch«, bestätigte Pieter.

Unwillkürlich dachte er an Tammy Eggers. All diese Schönheit, die ihn so berührte, konnte sie nicht sehen.

11

Das Rascheln im Reet wurde lauter. Was kam da, ein großes Tier? Pieter richtete sich auf, und sein schlechtes Gewissen meldete sich augenblicklich. Zwischen den grünen Halmen zeigten sich weiße Haare.

Oje, war das Haus doch bewohnt und der Besitzer kam, um sie vom Grundstück zu jagen? Die oder der, der da kam, war eine ziemlich kleine Person. Egal. Er wünschte sich spontan, unsichtbar zu sein. Auf Ärger mit wem auch immer konnte er heute echt verzichten. Er blickte zu Bertil. Der legte den Zeigefinger auf die Lippen und sah auf einmal ziemlich besorgt aus.

Durch das Reet humpelte eine Frau, mindestens hundert Jahre alt. Gebückt, den Blick vor sich auf den Pfad gerichtet, brabbelte sie leise vor sich hin, in der linken Hand einen Gehstock, in der rechten einen langen Nagel. »Revkau un Beenpien de süllt vergahn, as de Regen, de Wind un de Dau up dat Gras.« Plattdeutsch war das, das wusste Pieter sofort. Doch was das unheimliche Gemurmel bedeuten sollte, wusste er nicht.

Die Alte bemerkte die beiden Männer nicht. Zweimal bückte sie sich und stach mit dem Nagel etwas vom Boden auf. Als sie näher kam, sah Pieter, dass dieses Etwas sich bewegte. Nacktschnecken! O nein, sie spießte Schnecken auf!

Was ging hier vor? Voodoo? Ein antiquierter Brauch? Leise stieß er Bertil an. »Was … Wer ist das denn?«, wisperte er.

Offenbar nicht leise genug. In Zeitlupe richtete die Frau sich auf. Ihre Augen wurden von dicken Brillengläsern auf Eulenformat vergrößert. Sie stützte sich auf den Stock und fixierte die beiden Männer. Minutenlang, so kam es Pieter vor. Unruhig rutschte er auf der Bank hin und her. Wieso sagte sie nichts? Er zwang sich zu einem Lächeln. »Goden Dag.« Wahrscheinlich war es gut, wenn er die Frau auf Platt ansprach. Die norddeutsche Sprache schaffte oft eine spontane Verbindung zwischen den Menschen. Zumindest bei seinen Hamburger Patienten funktionierte das.

Hier nicht. Die Eule glotzte weiter.

»Moinsen, Quade.« Auch Bertil verfiel ins Platt.

Keine Antwort. Pieter litt mit den aufgespießten Schnecken. Sie wanden sich auf dem Nagel, bis eine hinunterfiel und auf einem der orangen Plastikpantoffeln landete, die zwei blau geäderte Beine mit der gemusterten Kittelschürze verbanden. Der konnte selbst der beste Tierarzt nicht mehr helfen.

»Kommt mal mit.« Endlich eine Reaktion. Die Eule wandte sich um und hinkte wieder ins Schilf.

Bertil sprang so heftig auf, dass Pieter fast von der Bank fiel. Na toll, dachte dieser genervt. Er fühlte sich wie damals, als sie beide in der Schule beim Rauchen erwischt worden waren und zum Schafott, zu Oberstudiendirektor Schafuttke, geführt wurden.

Er folgte Bertil und der Alten zwischen hohem Gras und knorrigen Obstbäumen durch das, was wohl einmal ein Garten gewesen war. Das kleine Gebäude, an dem vorbei sie jetzt auf die Rückfront des Kapitänshauses zusteuerten, war unter seiner Efeuhülle kaum noch zu erkennen. Nur ein überdimensionierter Schornstein ragte aus dem Grün, obendrauf ein Storchennest. Pieter stolperte über eine Ranke am Boden. Dornröschen kam ihm in den Sinn, und eine Gänsehaut überlief ihn. Bloß nicht stehen bleiben, hier schien ja alles Unbewegte und Unbewohnte in Windeseile von irgendwelchen Schling- oder Rankpflanzen erobert zu werden. Auch der offene Schuppen, der sich an die Rückwand des Kapitänshauses lehnte, duckte sich unter einer grünen Haube. Er war vollgestopft mit Heu, Holz und allem möglichen Gerät.

»Schafft mir mal was rüber, Jungs.« Die Alte zeigte auf einen Holzstapel. Pieter merkte, wie die Anspannung von ihm abfiel. Aha, daher wehte der Wind. Sie brauchte Hilfe. Hätte sie auch etwas freundlicher sagen können. »Und du, hol die Schubkarre.« Das ging an Bertil. Er lief folgsam in den Unterstand und zog einen schwerfälligen Urahn der heutigen leichten Aluminiumkarren heraus.

Auf einmal hatte die Alte einen Hammer in der Hand. Die konnte doch nicht …, dachte Pieter ungläubig. Doch. Mit einem einzigen Schlag trieb sie den Schneckenspieß in einen Balken des Schuppens. Er war mit Nägeln übersät, auf denen die häuserlosen Weichtiere in allen möglichen Stadien der Verwesung hingen. Sie ließ den Hammer fallen, humpelte über den Hof und verschwand in der Hecke zwischen den beiden Häusern.

Pieter atmete aus. Er hatte nicht gemerkt, dass er die Luft angehalten hatte. Sonnenklar, hier handelte es sich um irgendein uraltes Ritual. Er ergriff zwei Holzscheite und warf sie in die Schubkarre, die Bertil neben den Holzstapel gestellt hatte. Als sie rappelvoll war, packte Pieter die Karre. Je eher sie fertig waren, desto schneller würden sie dieser schrulligen Person entkommen.

»Hier rein.« Die Eule stand in der niedrigen Tür des Nachbarhauses. Ein gelbäugiger Kater strich um ihre Beine.

Pieter bückte sich tief unter dem zerrupften Reetdach und schob die Karre in eine dämmerige Küche. Eilfertig begann Bertil, die Scheite neben einem Hackklotz zu stapeln, in dem ein Beil steckte.

Pieter richtete sich auf und stieß mit dem Kopf gegen einen Balken. Donner und Doria, wieso redete hier keiner miteinander? Wer mit Moinmoin statt mit Moin grüßt, ist ein Schnackfatt, ein Schwätzer, sagt man an der Elbe. Trotzdem, dieses sture Schweigen ging ihm gegen den Strich. Er schaute die Frau an und setzte sein strahlendstes Lächeln auf. »Nett haben Sie es hier.« Ein wenig freundliche Ansprache würde das Eis sicher brechen.

Schweigen.

Noch ein Versuch. »Sehr nett!« Pieter merkte, dass sein Lächeln verrutschte. So ein Quark, dieses verräucherte Gemäuer war alles, bloß nicht nett. Es war … Ja, was war es eigentlich? Archaisch? Spartanisch? Völlig veraltet? Wer hier wohnte, hatte auf jeden Fall keine Luxusprobleme.

Die Eule kam näher. Pieter wurde mulmig. Was glotzte die so? Sie griff nach seiner Hand. Er zuckte zusammen. Wollte sie ihn verzaubern? In einen schwarzen Raben verwandeln und sich auf die Schulter setzen?

»To düster hier«, krächzte sie und zog ihn zur Tür. Sie hob seine Finger, bis ihre Nase sie beinahe berührte. Mit einer ihrer krummen Krallen fuhr sie über seine Handfläche. Ihr rauer Fingernagel schabte seine Haut. Dabei murmelte sie unablässig vor sich hin. Bertil stapelte wie ein Weltmeister. *Hänsel und Gretel* kamen Pieter in den Sinn. Er widerstand dem Impuls, die Hand wegzuziehen.

Schließlich hielt die Alte inne. »Hier steihst du, mien Jung.« Sie tippte auf eine Falte in seiner Handfläche. Seine Lebenslinie. Wie versteinert sah er hin. Sie machte an dieser Stelle einen abrupten Knick.

Unwillkürlich schloss er die Augen. Die Bilder der letzten Tage schossen wie Flipperkugeln durch seinen Kopf. Der verletzte Hund. Tammy Eggers im Schein der Blaulichter. Fabian mit Wuschel auf dem Arm. Janine und ihre Einkaufstaschen. Eine abgrundtiefe Erschöpfung stieg in ihm hoch. Fühlte sich so ein Burn-out an? Ja, er stand an einem Scheideweg, und die unheimliche Alte konnte das sehen. Oder merken. Oder fühlen? Egal, sie wusste es eben. Unauffällig zog Pieter die Nase hoch. Fang bloß nicht an zu weinen, ermahnte er sich.

Immer noch hielt sie seine Hand. Mit der anderen machte sie eine vage Bewegung gegen das Kapitänshaus. »Steiht leddig. Jümmers noch beter as dat, wat du hest.«

Was sollte das denn jetzt bedeuten? Er sah irritiert auf das riesige Reetdach, unter dem die Fachwerkwände auf mächtigen Feldsteinen ruhten.

»Överlegg di dat.« Sie drückte seine Hand, drehte sich um und humpelte zurück ins Haus.

Pieter wusste nicht mehr, wie er auf den Deich gekommen war.

»Das war Quade.« Bertil hatte offenbar die Sprache wiedergefunden. »Echt, ich sitze oft da unten am Bootsschuppen. Die ist sonst nie da.«

Pieter sog die frische Luft ein. »Seltsamer Name, Quade.« Für eine noch seltsamere Frau.

Bertil griff sein Fahrrad.

»Eigentlich Frau Lühmeyer. Quade ist ein alter friesischer Schimpfname. Bedeutet ›böse‹ oder so. Die Häuser gehören ihr.«

Sie stiegen auf und fuhren langsam Richtung Elbe. Frisch gestrichene Häuser säumten die Straße und drängten sich im Ortskern um die Kirche. Weiße Säulen umrahmten geschnitzte Haustüren, Blumen leuchteten in gepflegten Vorgärten, duftige Gardinen hingen hinter blanken Fenstern. Das Kapitänshaus könnte ähnlich aussehen. Tat es aber nicht. Warum? Pieter blickte zurück. Quade Lühmeyers Gemäuer duckten sich hinter den Deich wie zwei unwillkommene Verwandte des adretten Dorfes.

»Verrückte Alte«, schimpfte Bertil vor sich hin. »Was meinst du, wie lange der olle Kasten schon leer steht? Ich wette, der ist völlig rott von innen. Trotzdem, die verkauft nicht.« Er pfiff durch die Zahnlücke. »Hat letztens gerade so 'nen Immobilienheini rausgeworfen. Aber wer da einzieht …«

»… muss verrückt sein«, beendete Pieter den Satz. »Viel Arbeit reinstecken. Und noch mehr Geld.«

Warum bloß hatte die Lühmeyer ihm das Haus angeboten? Den rauen Finger der alten Frau spürte er immer noch auf seiner Handfläche. Hatte sie etwa gemerkt, dass er im Stillen immer häufiger darüber nachdachte, aufs Land zu ziehen?

Hamburg wurde immer hektischer und lauter. Ein ruhiges Plätzchen im Grünen wäre ein Traum. Aber nein, es ging nicht. Schon gar nicht jetzt, da Janine von Trennung redete. Irgendwo zwischen seiner Eppendorfer Praxis und ihrem Haus in Winterhude musste er eine Wohnung finden. Laura und Fabian sollten zu Fuß zwischen ihm und Janine hin und her wechseln können. Er wollte ihnen mehr sein als ein Wochenendpapa.

Ein Schiffshorn hallte über die Häuser.

»Mann in de Tünn, wir haben die Zeit verpennt!« Bertil stieg in die Pedale, und Pieter tat es ihm gleich. Die Klappe der Fähre hob sich gerade, als sie auf den Fährplatz rasten.

»Wart mal, Henning«, brüllte Bertil, und der Fährmann fuhr die Gangway wieder herunter. »Tschüss, Beachboy. Komm bald wieder. Und halt die Ohren steif.«

12

Die Elbprinzessin pflügte sich durch die einsetzende Ebbe zum anderen Ufer. Elbwerder verschwand hinter dem Deich. Pieter zog die Fleecejacke über und blickte mit einem unbehaglichen Gefühl auf die Dunstglocke über Hamburg. Eine halbe Stunde später fädelte er sich auf der Elbchaussee in den Ausflugsverkehr ein, der in die Stadt zurückflutete, und gähnte unablässig. Bertil hatte recht, er war nix mehr gewohnt, keine körperliche Anstrengung, keine Arbeit unter freiem Himmel.

Aber nein, daran lag es nicht, dass er sich erschöpft fühlte wie nach einer Hundertkilometertour mit dem Rad. Auch nicht an der frischen Luft und der abendlichen Kühle. Es waren die Eulenaugen, die er immer noch vor sich sah. Wie diese Quade ihn angeschaut hatte. Als ob sie durch ihn durchsehen könnte. Er schüttelte sich. Gab es in der Großstadt noch solche Originale? Verglichen mit der war selbst der karierte Catman ein harmloser Durchschnittsbürger.

Pieters Handy klingelte. Er hielt an der Ampel unter der Sternbrücke und wischte über den Bildschirm. »Krieg keinen Schreck, hier ist Franz.« Herr Schliemann, Himmel auch! Er hatte völlig vergessen, dass er noch in der Tierklinik vorbeifahren wollte. Im Hintergrund hörte er Stimmengewirr. »Piet, ganz kurz, ich hab gerade einen Pelikan im OP«, sagte Franz. »Dem Hund geht's besser, Hyperthermie ist es auf keinen Fall. Wir kümmern uns. Mach dir einfach ein schönes Wochenende.«

Gottlob, Herr Schliemann würde überleben. Eine Zentnerlast flog von Pieters Herzen. Und landete gleich darauf auf seinen Füßen. Und jetzt? Ohne Aufgabe, ohne Zuhause, ohne die Kinder lagen die freien Tage wie ein Klotz vor ihm. Langsam radelte er weiter und überlegte, ob er Bertils Einladung doch noch annehmen sollte. Das Apfelblütenfest dauerte noch zwei Tage.

Am Isemarkt kam ihm ein Mann entgegen, der seine Katze an der Leine führte. Herr Schilling mit Sir Henri. Der preisgekrönte Perser war wegen Atembeschwerden bei Pieter in Behandlung. Pieter wechselte die Straßenseite. Bloß nicht noch einmal auf den Unfall angesprochen werden. Die Begegnung mit Frau Schmütz-Linden steckte ihm noch in den Knochen.

Vor der Schaufensterscheibe von Mertens Lederwaren sprang er vom Sattel und schloss die Haustür auf. In seinem Briefkasten steckte Post, ein neues Lesezirkelheft und ein länglicher Brief ohne Marke. Dr. jur. van Kanters Wappen prangte in der linken Ecke des Briefes. Pieters Vermieter wohnte in einer Villa am Goldbekkanal und trug jeden Brief persönlich aus.

Als er den Briefkasten schloss, pingte eine WhatsApp auf seinem Handy ein. Janine, endlich. Nervös wischte er über den Screen, und ein Foto erschien. Fabian und Laura lächelten in die Kamera. Er erkannte, dass sie auf der Terrasse der Ferienwohnung waren, die Janines Vater in Timmendorf besaß. Auf dem Tisch vor ihnen lagen Malstifte und Papier. Sie hielten ein Bild in die Kamera. Pieter entzifferte »Für Papa« in der oberen Ecke der Zeichnung, Fabians ungelenke Kinderschrift.

Mit einem Mal war Pieter hellwach. Ein Lebenszeichen, ein Gruß, ein Hallo von den Kindern. Sie waren ihm nicht mehr böse. Hurra und Halleluja!

Er unterbrach seinen Freudentanz erst, als der Yuccie aus dem zweiten Stock interessiert über das Treppengeländer blickte. Pieter brachte sein Rad in den Keller, schloss die Praxis auf, legte Brief und Zeitschrift neben die Spüle, kochte Kakao und schenkte sich einen Becher voll. Ganz in Ruhe wollte er die Zeichnung bewundern. Er schob sein Bettzeug zur Seite, setzte sich aufs Sofa und betrachtete das Bild. Es zeigte ein Schiff, an Deck und am Ufer winkende Menschen. Die Flaggen am Schornstein liebevoll ausgestaltet. Beide Kinder hatten einen Blick für Details, bemerkte Pieter mit Vaterstolz. Laura hatte das Schiff gezeichnet, wie er an dem fantasievoll bemalten Rumpf erkannte, Fabian die Menschen an Bord. Ach, er könnte mit ihnen Schiffe zeichnen gehen. Ja, die Alsterdampfer, von denen sie unverkennbar einen auf das Bild für ihren Papa gezeichnet hatten.

Er schaute sich in der stillen Praxis um, und ihm wurde wieder bewusst, wie er seine Kinder vermisste. Janine und er waren hart geblieben, als die beiden sich eigene Handys wünschten. Also wählte er Janines Nummer. Sie würde ihm wohl nicht verbieten, mit den Lütten zu sprechen. Dachte er.

»Pieter, willst du nicht verstehen?« Ihre Stimme war kühl. Sie machte keine Anstalten, die Kinder zu rufen, die im Hintergrund mit irgendjemandem Ball spielten. »Die zwei haben immer noch damit zu tun, alles zu verarbeiten. Vor allem die neue Situation mit uns beiden.«

»Welche neue Situation?«, stotterte er und wusste im selben Moment, was sie meinte. Das konnte, das durfte nicht wahr sein! »Du hast … Hast du ihnen etwa gesagt, dass du dich scheiden lassen willst?«

»Joop hat es ihnen erzählt. Sie haben einfach nicht aufgehört zu fragen.«

Joop also. Es kostete Pieter große Überwindung, ruhig zu bleiben. Sein Schwiegervater mischte sich mal wieder in Angelegenheiten ein, die nur Pieter und seine Frau etwas angingen. Zu Pieters Leidwesen war Janine immun gegen Kritik an ihrem Vater. Er konnte sie vor sich sehen, wie sie auf einem der eleganten Deckchairs auf Joops Terrasse saß, im Hintergrund die Ostsee. Andererseits, so sagte er sich, sorgte sie sich tatsächlich mal um die Kinder. Und ihr Vater unterstützte sie. Pieter versuchte ein Gefühl der Dankbarkeit zu spüren. Vergeblich.

»Bis du deinen Führerschein wiederhast, hat Joop sich angeboten, die Kinder zum Ballett, zum Klavier und zum Hockey zu fahren. Und mittwochs zum Streichelhof. Mit Bus und Bahn wäre das für dich doch auch zu viel«, fuhr Janine fort. »Ich denke, es ist auch in deinem Sinne, ihnen in der neuen Situation so viel Normalität wie möglich zu bieten.«

Normalität. »Für mich wäre es normal, meine Kinder zu sehen«, sagte er mit trockenem Mund.

»Ich verstehe dich ja.« Janines Stimme klang, als spräche sie mit einem Kleinkind. »Schau, Hase, die Kleinen haben es gerade nicht leicht. Ich habe ihnen Stifte und Papier gegeben. Du hast doch selbst mal gesagt, dass Zeichnen dabei hilft, schwierige Situationen zu verarbeiten.«

»Ja, das stimmt«, presste er hervor. »Und sie haben ein Bild gemalt. Ein Bild für mich. Ganz so schlimm, wie du es darstellst, kann es also nicht um sie stehen.« Er hörte die beiden im Hintergrund lachen.

Janine schnaubte ins Telefon. »Entweder bist du blind oder unsensibel. Falls nicht, sieh dir das Bild mal genau an.« Er hörte, wie sie aufstand. Ihre Schuhe klapperten über das

Holz der Terrasse. »Ich muss jetzt Schluss machen. Wichtig ist, dass du das Versprechen einhältst, das du ihnen gegeben hast, den Hund gesund zu machen.« Und als ob sie Fabian zum zwanzigsten Mal erklären würde, dass zu viel Eis Bauchweh macht, sagte sie: »Hase, tu ihnen den Gefallen und lass sie noch eine Weile zur Ruhe kommen.«

Klick. Sie hatte aufgelegt.

»Und hör endlich auf, mich Hase zu nennen!«, brüllte er ihr hinterher. Wütend starrte er aufs Handy, bis der Bildschirm dunkel wurde.

Was um Himmels willen meinte sie? Er trank einen Schluck Kakao, klemmte die Tasse zwischen die Knie und klickte noch einmal auf das Foto mit der Kinderzeichnung.

Was sollte er übersehen haben? Das Bild zeigte Wasser und den Ausflugsdampfer und bunte Leute. Alle winkten, alle lachten. Fabian und Laura sehnten sich nach einem harmonischen Beisammensein. Wenn er irgendetwas hineininterpretieren sollte, dann das. Was sonst sollte er daraus erkennen?

Mit Daumen und Zeigefinger vergrößerte er die Zeichnung.

Aha. Zwischen den anderen Menschen auf dem Alsterdampfer standen eine Frau, ein Mädchen und ein Junge. Seine Familie. Sie winkten wie die anderen Leute an Deck. Sie winkten einem Mann zu, der am Ufer stand. Er hatte Arme wie Popeye, mit hartem Stift gepunktete Bartstoppeln und ein türkises Shirt mit aufgemalter Katze. Pieter nickte. Das war er selbst, eindeutig. Neben ihm begann das Schilf. Irgendetwas lag darin. Er zog das Bild noch größer. Aus dem Reet ragten vier hellbraune Pfoten in die Luft. Herr Schliemann. Ein Pfeil zeigte auf den Retriever. Darüber stand in winzigen Buchstaben »Armer Hund«. Auch über den Köpfen von Laura und Fabian schwebten zwei blasse Sprechblasen – »Tschüss, Papa« und »Mach's gut«.

Blut pochte in seinen Schläfen. Das war es, was Janine ihm sagen wollte. Das Bild war ein Abschiedsbild. Die gnadenlose Wahrheit, die in Pieters Kopf schoss, war: Die Kinder wollten nichts mehr mit ihm zu tun haben.

Kraftlos sank er nach hinten in die Kissen. Der Becher fiel hinunter, und sein warmer Inhalt lief über seine Hosenbeine. Nach einer Weile registrierte er ein Geräusch unter dem Sofa. Störtebeker schlabberte den Kakao vom Boden.

Unfähig, einen Finger zu rühren, saß er da und starrte auf die Zeichnung, keine Ahnung, wie lange.

Tu was, irgendwas.

Er hievte sich vom Sofa, als würde er drei Zentner wiegen. Störtebekers Krallen landeten in seiner Hacke. Der Schmerz ließ ihn spüren, dass er lebendig war. Immerhin etwas. Er schleppte sich zum Empfang. Kein grünes Blinken auf dem AB. Die Patienten riefen doch auch am Feiertag oder am Wochenende an. Wenigstens Frau Pieske. Pieter warf sich auf den Schreibtischstuhl und vergrub den Kopf in den Händen. Wellen von Selbstmitleid brandeten an seine verzagte Seele. Wahrscheinlich würde das jetzt so weitergehen. Nie wieder würde auch nur ein einziger Tierhalter etwas mit ihm zu tun haben wollen. Ganz Eppendorf würde einen riesigen Bogen um ihn machen. Genau wie seine Kinder.

Er wankte zurück in die Küche. Dort lag der Brief auf dem Lesezirkelheft. Seine Finger zitterten, als er ihn in die Hand nahm. Bürdete das gnadenlose Schicksal ihm jetzt noch eine Mieterhöhung auf? Er fetzte ein Loch in den Umschlag, zog das Schreiben heraus und las. Las noch einmal. Der Brief rutschte ihm aus der Hand und fiel in die Kakaopfütze. Van

Kanter meldete Eigenbedarf an. »Bitte räumen Sie die Praxis Ende Oktober.«

Pieter stützte sich schwer auf den Tresen. Eine abgrundtiefe Apathie erfasste ihn. Es war zwecklos. Neue Praxisräume würde er nie finden, nicht in dieser Gegend. Und wenn, dann wären sie unbezahlbar. Noch unbezahlbarer als eine Wohnung. Herrje, wieso war es keine Erhöhung der Nebenkosten? Oder gerne auch eine Mieterhöhung? Seltsam, dachte er, wie schnell die Perspektive wechselte, wenn man von einer Minute auf die andere vor dem beruflichen Aus stand.

Sein Blick fiel auf den Titel der Illustrierten. »Radikale Akzeptanz – der neue Weg aus der Überforderungsfalle«. Radikale Akzeptanz – Pieter merkte, wie die Wut in ihm aufstieg. Das Schicksal zog ihm gerade mit fiesem Grinsen den Boden unter den Füßen weg, und er sollte es radikal akzeptieren? Welcher Volltrottel dachte sich eigentlich Woche für Woche diese pseudoauthentischen Tipps aus? Der hatte garantiert nie das erlebt, was Pieter gerade durchmachte. Er ergriff das Heft und stopfte es in den Papiermüll unter der Spüle. Schluss und aus. Er würde den Lesezirkelkram endlich abbestellen. Kündigungsfrist sechs Monate. Wie für die Praxis.

Auf dem Handy blinkte eine Nachricht auf. Marion schickte ein Foto vom Sonnenuntergang an Fehmarns Weststrand. Wann würde sie es sich überlegen und ihn gänzlich gen Ostsee verlassen? Die nächste Katastrophe.

»Hier steihst du.«

Als sein Vater die Familie verließ, war Pieter so alt wie Fabian. Monatelang hatte er gelitten. Ach was, Jahre. Meinte er etwa, seine Kinder würden die Trennung leichter wegstecken?

Widerwillig gestand er sich ein, dass Janine recht hatte. Wenn Fabi und Lauri Abstand bräuchten, dann würde er warten. Wenn sie ihn wiedersehen wollten, würde er für sie da sein. Das war das Einzige, was er jetzt für sie tun konnte. Und sein Versprechen einhalten.

Er schickte eine WhatsApp an Janines Handy: »Ich mach den Hund gesund, allergrößtes Indianerehrenwort. In Liebe, Euer Papa.«

Pieters Augen brannten. Wieso war die Luft in der Praxis so abgestanden? Er riss das Fenster auf, spürte den Wind und schloss die Augen.

Als er sie wieder öffnete, leuchteten die Straßenlaternen auf. Über der Ampel an der Kreuzung flimmerte blass ein Stern. Im Sonntagsmagazin hatte er einen Bericht über eine alte Chinesin gesehen, die Peking noch nie verlassen hatte. Als sie zum ersten Mal aufs Land fuhr, brach sie in Tränen aus beim Anblick des Nachthimmels. In Peking gab es keine Sterne.

»Överlegg di dat.«

Pieter rieb sich das Gesicht, kratzte sich die Hand. Wieso juckte die immer noch? Werd nicht verrückt. Hamburg ist nicht Peking. Und diese Quade ist keine Hexe. Konzentrier dich auf den nächsten Schritt. Mach weiter, für dich und die Kinder. Er beugte sich weit aus dem Fenster und zählte. Er kam bis fünf. Die anderen zehn Millionen Sterne verschluckte die Lichtglocke der Stadt.

»Jümmers noch beter as dat, wat du hest.«

Abrupt stieß er sich vom Fensterbrett ab. Glasklar stand ihm vor Augen, was er tun musste. Für seine Ehe, die Kinder, den Hund. Und für sich.

13

Wie lange ich schon hier bin, Pumuckl? Seit Montag. Also seit gestern.«

»Hm …?«

»Doch, das ist genau das, was ich jetzt brauche. Also Zeit. Zeit für mich und den Hund.«

»Hm.« Bertil kaute auf seiner Unterlippe.

»Wie, hm? Du selbst hast mich draufgebracht, Bertil. Mit deinem Spruch über gestresste Stadtmenschen und Therapie in Elbwerder. Ich … Ach, danke, Heynke.« Ein Stück Kirschkuchen landete auf Pieters Teller. »Zum Glück stand ihre Nummer im Telefonbuch. Die Lühmeyer war gleich am Apparat, als ich sie Samstagmorgen anrief. Als hätte sie auf meinen Anruf gewartet. Also, Pumuckl, ich freue mich.« Pieter betonte das Wort ich.

»Ich doch auch, Beachboy.«

Na, endlich eine positive Reaktion.

Pieter war am frühen Nachmittag zum Appelhoff geradelt und hatte sich auf Bertils und Heynkes überraschte Gesichter gefreut.

»Tataaa. Vor euch steht der neueste Bewohner von Elbwerder. Ich wohne für einen Monat im Kapitänshaus.«

»Ohaueha.«

»Mensch, Piet …«

Die Überraschung war gelungen. Aber begeistert klang anders.

Heynke schenkte Kaffee nach. »Hoffentlich tut sie dir gut, deine Auszeit.«

»Ein richtiges Time-out ist es ja nicht. Ein paar Radtouren werden wohl drin sein. Aber hauptsächlich will ich mich intensiv um den Retriever kümmern. Ich hole ihn gleich von der Fähre ab.«

Er hatte täglich nach dem Hund geschaut. »Piet, hier in der Klinik ist er bestens aufgehoben. Hast du nichts anderes zu tun?«, hatte Franz gescherzt. Doch, hatte er. Und wie. Nachdem er mit Quade Lühmeyer telefoniert hatte, reichten Samstag und Sonntag kaum aus, die Praxis in Eppendorf urlaubsfertig zu machen, mit Marion zu besprechen, wer von beiden wann in der Praxis vorbeischaute, um die Post zu sichten, einen Transporter samt Fahrer für Montag zu bestellen, seinen Laptop und die wenigen Kleidungsstücke einzupacken, die er im Abstellraum in der Praxis gelagert hatte, und dafür zu sorgen, dass das Unterwasserlaufband direkt ins Kapitänshaus geschickt wurde. Es kam zeitgleich mit Pieter am späten Montagnachmittag an. Er hatte es an die altersschwache Elektrik des Hauses angeschlossen und erleichtert ausgeatmet, als die Sicherungen hielten.

Jeden Abend rief er Tammy Eggers an. Herrn Schliemanns Frauchen bestand darauf, genauestens über den Gesundheitszustand des Hundes informiert zu werden. Pieter konnte ihr erzählen, dass es dem Retriever langsam besser ging.

»Wird er jemals wieder einsatzfähig sein?«, fragte sie jeden Abend. Pieter wusste es nicht. Ein Blindenhund musste hochkomplexe Aufgaben meistern, sein Herrchen oder Frauchen führen, Gefahren erkennen und davor warnen. Für die Arbeit als Führhund, hatte Tammy Eggers ihm klargemacht, musste Herr Schliemann topfit sein. Sonst musste ein neuer Hund her. Der ihn weit mehr als einen Monatsverdienst kosten würde. Für Tammy Eggers hingegen, das war ihm klar geworden, war Herr Schliemann unbezahlbar.

Dieser Gedanke hatte ihm die Entscheidung erleichtert, seine Praxis für die nächsten Wochen zu schließen und sich ausschließlich um die Gesundung des Hundes zu kümmern. Wenn er regelmäßig mit ihm übte, konnte Herrn Schliemanns Hinterlauf die volle Bewegungsfähigkeit wiedererlangen. Konnte. Vielleicht. Franz schätzte die Chance auf fünfzig zu fünfzig.

»Der Kuchen war köstlich, Heynke.« Pieter pickte die letzte Kirsche mit der Gabel auf. »So lange Betriebsferien hatte die Praxis noch nie. Marion freut sich total.«

Der neue Tierarzt am Eppendorfer Baum auch. Während seiner Abwesenheit würde Pieters Anrufbeantworter seine Patienten an den jungen Kollegen verweisen. Sicher konnte er sich nicht sein, dass sie danach wieder zu ihm zurückkommen würden. Zurück zu dem Tierarzt, der betrunken einen Hund überfahren hatte. »Die Leute vergessen schnell«, hatte Janine gesagt. Abwarten, ob das auch für seine Patienten galt.

»Wie ist es denn so, das Kapitänshaus?« Bertil zupfte an seinem Bart.

Aha, langsam zeigte er doch Interesse. Pieter lachte. »Staubig und völlig aus der Zeit gefallen. Als hätte jemand das Haus von einem Tag auf den anderen verlassen. Wasser und Strom gibt es. Möbel, Geschirr, ein asbach uraltes Badezimmer auch.«

»Hm.« Wieder Bertils skeptischer Blick.

»Ich find's urig, eine Zeit lang in einem Museum zu wohnen. Außerdem will die Lühmeyer kaum Geld dafür.«

»Und sie?« Das war Heynke. »Wie ist sie so?«

»Frau Lühmeyer? Sie ist eine ... also, eine besondere Person. Aber nett. Doch.« Nett, aber höchst sonderbar. Er versuchte, unbekümmert zu klingen. Die auffällige Zurückhaltung seiner beiden Freunde ging ihm langsam auf die Nerven.

»Hallo, ich bin wieder zurück! Oh, Tag, Onkel Piet.« Line kam durch die Hintertür in die Küche, küsste Heynke, klatschte Bertil ab und umarmte Pieter. Weiches Kinderhaar an seiner Wange. Sofort flammte die Sehnsucht wieder auf, nach Fabi, der hinter den Ohren noch nach Baby roch, nach der kitzeligen Lauri. Seine Kinder, die nichts mehr mit ihm zu tun haben wollten. Line kicherte. »Onkel Piet, du kannst mich jetzt wieder loslassen.«

»Äh, ja.«

Sie setzte sich auf die Türschwelle und streifte schwarze Stiefel von den Füßen.

»Warst du reiten?«

»Wollte ich. Ausreiten sogar. Hatte Monty mir versprochen, weil ich beim Abäppeln der Weide geholfen habe. Aber dann kam Bodo, und sie haben sich mal wieder in die Wolle gekriegt.«

»Wo reitest du, nebenan?« Auf der Nachbarweide standen Pferde. Ihr warmer Geruch drang durch die offene Küchentür.

Bertil schnaubte. »Ja leider«, antwortete er für seine Tochter.

»Wenn ihr mir kein Pony kauft.« Line blickte Pieter an und zog eine Schnute.

»Ich wohn jetzt in Elbwerder«, sagte er. Mal schauen, ob wenigstens sie sich freute.

»Toll! Wo? Bei uns?«

»Am anderen Ende, im Kapitänshaus.«

»Oh, bei Quade?« Lines Lächeln fiel in sich zusammen.

Jetzt reichte es. Irgendetwas wussten die drei und sagten es nicht. »Himmel Herrgott, was ist los? Man könnte meinen, ihr wollt mich hier nicht. Elbwerder leidet ja nicht gerade an Überbevölkerung, oder?«

Bertil betrachtete die schwarzen Ränder unter seinen Fingernägeln.

»Da ... da spukt es«, grummelte er.

»Sagt man«, murmelte Heynke.

»Wo? Im Kapitänshaus?«

Die Matthiesens nickten stumm.

Pieter lachte auf. Spuken sollte es? Gespenster, Geister, Dämonen, Vampire und sonstige Nachtmahre gab's nicht. Oder nicht mehr. Nicht im einundzwanzigsten Jahrhundert. Auch nicht hier auf dem platten Land. Er hob die Tasse.

»Also auf gute Nachbarschaft. Auf Elbwerder. Und danke für den Anhänger.« Pieter trank den letzten Schluck Kaffee und stand auf. »Seid nicht so abergläubisch. Kommt einfach mal vorbei.«

14

Pieter koppelte Lines ausgedienten Kinderanhänger an sein Rad und polsterte ihn mit einer alten Wolldecke. Mit einem ähnlichen Buggy hatte er Laura und Fabi früher zum Kindergarten gefahren. Wie hatte er es genossen, wenn die beiden hellwach alles und jedes kommentierten, was sie unterwegs sahen, jede Baustelle, jeden Hund, jeden … Halt, stoppte Pieter seinen Gedankenfluss. Bloß nicht wieder ins Grübeln geraten.

Er fuhr durch die Apfelbaumreihen hoch zur Straße, langsam, damit der leere Anhänger nicht ins Schlingern geriet. Ein Buntspecht klopfte an einem der toten Bäume, die Bertil aus ökologischen Gründen und gegen jede wirtschaftliche Vernunft zwischen den Reihen von Spindelobst stehen gelassen hatte. Auch auf der Werft wurde gehämmert, ansonsten war alles still.

Nein, doch nicht. Vom Nachbargrundstück drangen laute Stimmen herüber, ein Mann und eine Frau. Oha, das klang nach einem deftigen Streit. Egal, er hatte seine eigene Ehekrise. Und einen Berg anderer Sorgen. Die Probleme seiner Kurzzeitnachbarn würde er sich garantiert vom Leib halten.

Er bog auf die Deichstraße und rollte über die Holzbrücke. Mit einem Bein stützte er sich auf dem weißen Geländer ab und blickte nach unten. Es war Ebbe, und die Aue war auf ein dünnes Rinnsal geschrumpft. Auf der Suche nach Würmern hüpften zwei Bachstelzen durch den Modder, der in ein paar Stunden wieder den Grund des Flusses bilden würde.

Einatmen, ausatmen, wahrnehmen. Pieter merkte, wie eine Welle der Entspannung durch seinen Körper strömte. In den letzten Jahren hatte sein Leben sich immer schneller gedreht. Praxis, Hausbesuche, Fortbildung, Kongresse. Dokumentieren, Steuern, Rechnungen schreiben, mahnen. Kinder holen, bringen, versorgen, trösten. Janine zu Cocktailpartys, Shoppingtouren und Möbelhäusern begleiten. Jetzt hatte er Zeit. Nur für sich. Und den Hund natürlich. Hier in Elbwerder würde er vor allem eines, es sutje angehen lassen. Er stieß sich vom Geländer ab und radelte gemächlich Richtung Sperrwerk, wo er eine Viertelstunde später der Elbprinzessin beim Anlegemanöver zusah.

Aus den wenigen Passagieren ragte der Leiter der Blankeneser Tierklinik wie ein Fahnenmast heraus. Franz von Lebus ließ die anderen Leute vor, dann führte er Herrn Schliemann langsam über die Rampe an Land. Das Becken des Hundes steckte in einer blauen Hose mit Tragegurten, mit denen Franz dem Hund das Gewicht von den Hinterläufen nahm und das Gehen erleichterte.

»Ich hätte ihn doch abholen können«, sagte Pieter zur Begrüßung. »Du hast schon mehr als genug für mich getan.«

»Alles gut, Piet«, erwiderte Franz. Er beugte sich zu Herrn Schliemann und tätschelte die unverletzte Stelle an seiner Flanke. »Der liebe Kerl hier hat mir einen guten Vorwand geliefert, mal aus der Klinik rauszukommen.« Dann zog er einen Schnellhefter aus seiner Schultertasche und übergab ihn Pieter. »Er ist dem Tod gerade noch von der Schippe gesprungen. Hättest du zwei Stunden länger gewartet, wäre es zu spät gewesen.«

Pieter überflog den Klinikbericht, der die Untersuchungsergebnisse und alle Messprotokolle der vergangenen Tage enthielt.

»Die Wundheilung ist bislang zufriedenstellend. Ich bin allerdings skeptisch, ob der verletzte Hinterlauf die volle Bewegungsfähigkeit jemals wiedererlangt. Du als Physiotherapeut kannst das sicher am besten einschätzen.

Wie dem auch sei, am wahrscheinlichsten ist demnach tatsächlich eine allergische Reaktion auf eines der Narkosemittel«, fasste Franz den Bericht zusammen.

»Genau konnte ich das nicht feststellen. Wir haben alle möglichen Tests durchgeführt, Backenabstrich, Bluttests, das volle Programm. Und bevor du jetzt fragst, was dich das alles kostet, Piet«, er malte eine große Null in die Luft, »gar nichts.«

Pieter umarmte ihn gerührt. Er kannte die Tagessätze der Tierklinik und die Kosten für die Laboruntersuchungen. Beide waren schwindelerregend hoch. Er schloss den Hefter und steckte ihn in die Seitentasche des Anhängers.

Seine Einladung, mit ihm im Alten Fährhaus zu Abend zu essen, schlug Franz aus. Er hatte für den Abend noch die komplizierte OP eines wertvollen Zuchtbullen angesetzt und wurde in der Klinik erwartet. »Gern ein anderes Mal.« Franz schob ihn ein wenig von sich weg und sah Pieter an. »Du siehst blendend aus, Piet. Na ja, tust du eigentlich immer. So eine Auszeit täte mir sicher auch gut.«

Pieter bemerkte die Ringe unter den Augen seines Studienkollegen. Franz besaß einen Porsche und ein Penthouse in Poppenbüttel, das wusste er, aber hatte er überhaupt ein Privatleben? Wenn sie sich sahen, sprachen sie immer nur über die Arbeit.

Aufmunternd klopfte er Franz auf die Schulter. »Erster Schritt: Du kommst mich bald mal besuchen. Versprochen?«

Die Elbprinzessin gab Signal zur Rückfahrt, und Pieter winkte, bis die Fähre hinter Schaapsand verschwand, der lang gestreckten Vogelinsel, die vor Elbwerder den Strom in die Haupt- und die Nebenelbe teilte. Dann kippte er den zweirädrigen Anhänger nach hinten, ließ den Hund einsteigen, schwang sich auf den Sattel und wollte den Anstieg zum Sperrwerk hochfahren. Nach wenigen Metern begann er zu schnaufen. Herr Schliemann wog vielleicht dreißig Kilo, und es war doch noch gar nicht lange her, da hatte er Laura und Fabian spielend im Fahrradanhänger die Rampe zu den Landungsbrücken hochgezogen. Er war wirklich nicht mehr in Form, gestand er sich ein. Na gut, außerdem wehte ein steifer Südwest. Der Windsack auf dem Brückenhaus stand stramm waagerecht.

Also schob er. Das Graffito an der Spundwand unterhalb der Brücke fiel ihm erst jetzt auf. Äpfel auf blauem Grund, die neongrün und rot die Worte »Altes Land« umrahmten. Wie langweilig, dachte er. Die »Drei Meilen«, wie das Alte Land auch genannt wurde, hatten viel mehr zu bieten als Obst – Fachwerkhäuser, Leuchttürme, Brücken, Windmühlen, dazu Kirchen mit Orgeln, zu denen Musikfans aus der ganzen Welt pilgerten. Stattdessen mal wieder Äpfel. Schlecht gemalte noch dazu. Beziehungsweise gesprayte. Sie sahen eher aus wie Tomaten.

Andererseits, schalt er sich, was sollte der künstlerische Dünkel? Die Sprayer hatten offenbar viel Spaß an ihrem Werk gehabt. Die Schrift war liebevoll schattiert, und aus einem Apfel schaute ein Wurm heraus. Wenn er selbst Äpfel zeichnete, würden die wahrscheinlich auch nicht besser aussehen. Geschweige denn seine Kirchen, Klappbrücken, Mühlen oder Orgeln. Er hatte heute Morgen spontan ein Detail in der Küche des Kapitänshauses gezeichnet, den Blick aus dem Fenster mit dem steinernen Krug auf der Fensterbank. Der

Krug war krickelig und das Sprossenfenster viel zu klein geworden.

Oben auf der Straße stieg er aufs Rad und ließ sich auf der anderen Seite den Weg ins Dorf hinunterrollen. Genau, er könnte die Zeit zwischen Herrn Schliemanns Behandlungen nutzen, um endlich mal wieder zu zeichnen und zu aquarellieren. Ganz in Ruhe, ohne Zeitdruck. Vor Lauras Geburt hatte er ständig einen Skizzenblock bei sich gehabt und Seite um Seite gefüllt. Dabei konnte er wunderbar abschalten. Genau wie beim Surfen. Wann hatte er beides zuletzt getan?

Eine Bö fuhr in seine Locken. Er trat kräftig an, stellte sich in die Pedale und blickte sich um. »Willkommen in Elbwerder, Herr Schliemann!« Die Hundezunge flatterte im Fahrtwind, der Retriever hielt den Kopf schräg, und seine schokoladenfarbenen Augen blickten genauso zuversichtlich, wie Pieter sich auf einmal fühlte.

15

Das Alte Fährhaus kam in Sicht. Pieter erinnerte sich an die Altländer Gerichte, die beim Blütenfest auf einer Stelltafel vor der Tür angepriesen waren, und stellte fest, dass sein Magen schon wieder knurrte. Dabei war der Kuchen, den er bei Heynke verdrückt hatte, üppig gewesen. Na gut, frische Luft machte eben hungrig. Er überflog in Gedanken den Vorrat an Dosensuppen und Fertiggerichten, auf deren Zubereitung sich seine Kochkünste beschränkten, und entschied sich spontan, auch ohne Franz essen zu gehen.

Außerdem flößte der altertümliche Herd im Kapitänshaus ihm Respekt ein. Er hatte ihn und die Küche gestern als Erstes entstaubt, gewischt und dort auf dem plüschigen Tischsofa, Modell Uroma, genächtigt. Unmengen an Staub und Spinnweben hatten sich angesammelt, seitdem die alte Lühmeyer das Haus abgeschlossen und offenbar nie wieder betreten hatte.

Bis auf drei Männer, die in einer Ecke Karten spielten, war das Fährhaus leer. Pieter wählte einen Tisch am Fenster, von dem aus er bis zur Werft sehen konnte. Die wenigen Schritte vom Anhänger in die Gaststube, bei denen Pieter den Hund mit der Tragehose unterstützt hatte, hatten Herrn Schliemann angestrengt, und er ließ sich mit einem Seufzer unter dem Tisch nieder. Unwillkürlich schmunzelte Pieter. Die blaue Hose und die vielen kahl rasierten Stellen gaben dem Retriever das Aussehen eines abgeliebten Plüschtiers.

Die dunkelhaarige Bedienung kam hinter dem Tresen hervor und legte die Speisekarte auf den Tisch. »Nee, wat is de sööt. Hett he en Unfall hatt?«

Pieter nickte und wunderte sich. Das Plattdeutsch und ihr orientalisches Aussehen passten so wenig zueinander wie die Gerichte auf der Karte zu den Ankern, Buddelschiffen und Steuerrädern, die er an den holzgetäfelten Wänden entdeckte. »Kadinbudu Köfte«, las er, »Iskender Kebab« und »Tavuk Izgara«.

Er musste erstaunt ausgesehen haben, denn die junge Frau lachte. »Nach dem Apfelblütenfest sind auch die eingefleischtesten Ureinwohner Elbwerders froh über ein wenig Abwechslung von Aalsuppe und Apfelgrütze.«

Pieter entschied sich für gebackene Auberginen und fragte für Herrn Schliemann nach Hühnchen und Quark. Der Hund stürzte sich darauf, als hätte er seit Tagen nichts zu fressen bekommen. Pieter vermutete, dass die Kost in der Tierklinik ähnlich unerfreulich war wie die in menschlichen Krankenhäusern.

Auch Pieters Auberginen schmeckten köstlich. Er musste sich zurückhalten, nicht wie Herr Schliemann alles in einer Minute hinunterzuschlingen, und verspürte nach dem Essen das dringende Bedürfnis, sich neben den Retriever zu legen und wie dieser einen Verdauungsschlaf einzuschieben.

Hinter vorgehaltener Hand gähnte er. Heute Morgen hatte er eine der dreigeteilten Seegrasmatratzen in dem Doppelbett gegen das Billigmodell aus einem Discounter eingetauscht, zu dem ihn der Fahrer des Umzugswagens chauffiert hatte. Endlich würde er wieder in einem richtigen Bett schlafen, auch wenn es nicht sein eigenes war. Keine ergonomisch geformte Sieben-Zonen-Taschenfederkernunterlage. Keine Janine mehr, die sich abends an ihn schmiegte, kein schlaftrunkener Sex am Morgen.

Nie wieder? Verwirrung und Trauer vermengten sich in seiner Brust. Mehrfach hatte er versucht, sie zu erreichen, und auf ihre Mailbox gesprochen. Zurückgerufen hatte sie nicht.

»Noch ein alkoholfreies Alster?« Pieter schreckte hoch. War er tatsächlich eingenickt? Die Kellnerin räumte Teller und Besteck vom Tisch. Unentschieden drehte er das leere Glas zwischen den Fingern, als die Tür des Restaurants aufflog und eine kleine Frau auf seinen Tisch zustürmte. In ihrem Pferdeschwanz steckten Strohhalme.

»Meryem, ich 'ab die Nase voll«, rief sie und umarmte die Kellnerin mitsamt dem Geschirr. »Dieser Mann ist unmöglich.«

»Nadja hat Stress mit ihrem Chef«, raunte Meryem Pieter entschuldigend zu.

Die junge Frau sank Pieter gegenüber auf einen Stuhl. »Monsieur …«, sie hob die Arme zur Decke, »sagen Sie mir, ist das normal, dass Männer immer recht 'aben müssen? C'est normal?«

Pieter setzte ein bedauerndes Lächeln auf. »Sie fragen den Falschen, Madame. In meiner Welt haben die Frauen immer recht. Zumindest behauptet das meine Gattin.« Er hoffte, durch die scherzhafte Bemerkung die aufgebrachte Frau etwas zu entspannen.

Nadjas Augen weiteten sich. »Oh! Sind Sie auch auf der Flucht vor ihr?« Sie ergriff seine Hand.

Pieter verkniff sich ein Lachen. Ihm gegenüber saß eindeutig die Dramaqueen von Elbwerder. »Nicht auf der Flucht. Ich suche nur etwas Ruhe.« Warum genau er hier war, behielt er tunlichst für sich. In Elbwerder wurde bestimmt ebenso getratscht wie in Eppendorf.

Seine Jackentasche vibrierte, und »The Power of Love« erklang. Die Erkennungsmelodie für Janines Anrufe. Endlich! Er entzog Nadja seine Hand, zückte das Handy und zögerte kurz. Wie sollte er sie ansprechen? Sämtliche Kosenamen, mit denen er sie in den letzten dreizehn Jahren bedacht hatte, waren wohl zukünftig fehl am Platz.

Janine kam ihm zuvor. »Du bist also abgehauen.« Die Begrüßung sparte sie sich. Ihre Stimme klang kühl und geschäftsmäßig. »Ich hab deinen Anrufbeantworter in der Praxis abgehört. Zufällig. Wer weiß, wann ich sonst davon erfahren hätte.«

»Ich hab dich angerufen«, stammelte Pieter überrumpelt. War das zu glauben? Die fünf Nachrichten, in denen er sie gebeten hatte, zurückzurufen, zählten offenbar nicht.

»Sag mal, spinnst du jetzt komplett?« Die Frage war rhetorisch, und Janine beantwortete sie, ohne Atem zu holen, selber. »Ja, natürlich tust du das.«

Pieter blickte auf das Foto, das bei ihrem Anruf auf dem Bildschirm erschienen war. Janine in Shorts neben dem neuen Surfbrett, ihr Geschenk zu seinem dreiunddreißigsten Geburtstag. War das wirklich dieselbe Frau am anderen Ende? Er merkte, wie sich seine Finger fester um das Handy schlossen. Dabei drückte er unwillentlich auf die Lautsprechertaste.

»Ich möchte nicht wissen, was deine lustige Landpartie kostet. Vergiss nicht, wir haben gemeinsame Kasse. Noch, mein Lieber, noch«, schallte ihre wütende Stimme durch den Raum.

Nadja beugte sich interessiert über den Tisch, und Meryem unterbrach ihre Gläserpolitur. Die Männer spielten weiter Karten, aber Pieter merkte, dass ihr Gespräch verstummte.

Himmel, wie peinlich war das denn? Mit glühenden Wangen schaltete er den Lautsprecher wieder aus und drehte sich zum Fenster.

»Janine, was soll das Drama?«, zischte er. Okay, er hätte vielleicht nicht wegziehen sollen, ohne vorher mit ihr zu reden, schoss ihm durch den Kopf. Das gab ihr aber noch lange keinen Grund, ihn so anzugiften. »Du willst die Trennung. Du willst, dass ich ausziehe. Du willst doch nicht im Ernst mitreden, wo ich zukünftig wohne«, knurrte er. Aber vielleicht hatte sie einfach nicht aufgenommen, dass er nur für vier Wochen im Alten Land war? Er sog scharf die Luft ein. »Schatz, jetzt hör mal zu …«

»Schluss mit Schatz. Du, du …« Er hörte ihren Atem. Dann, leise und scharf: »Pieter Arnold Kreutzfeldt, du bist auch nicht besser als dein Vater.«

Das saß. Pieter schnappte nach Luft. Janine konnte schonungslos verletzend sein und stach mitten hinein in seine Wunde. Sie wusste genau, wie sehr er immer noch litt, weil sein eigener Vater aus seinem Leben verschwunden war.

Verdammt, er wollte anders sein als sein Erzeuger. Er wollte kämpfen. Für die Kinder, um Janine. Er bemerkte erschrocken, dass es aus ihrer Sicht genau andersherum aussehen musste. So als zöge er bei der ersten ernsthaften Ehekrise den Kopf ein und verkröche sich im letzten Winkel Hamburgs.

Die Gedanken wuselten durch seinen Kopf wie eine Horde panischer Chinchillas. Einatmen, ausatmen. Jetzt bloß ruhig und überlegt antworten. »Ich wollte euch nicht wehtun, dir und den Kindern«, fing er an. »Ich …«

Jemand griff nach seinem Ärmel. Verdutzt drehte er sich um. Es war Nadja, die seine Hand mit dem Smartphone zu sich heranzog.

»'ören Sie, Madame Janine, Sie stören. Ihr Mann 'at gerade eine wichtige Konversation, und zwar mit mir.« Nadjas Zunge schubste die Worte aus dem Mund wie kleine Melonenkerne. »Rufen Sie später wieder an. Plus tard. Non, am besten, Sie lassen ihn ganz in Ru'e. So ein netter Mann. Seine Schuld kann das alles nicht sein.«

Sie ließ sein Handgelenk los, lächelte breit und deutete ein High Five an.

Was war das jetzt? Pieter erwachte aus seiner Starre, warf Nadja einen finsteren Blick zu und presste das Handy wieder ans Ohr. Stille am anderen Ende. »Janine, bitte. Du hast doch eh gesagt, die Kinder brauchen Abstand. Und der Hund …«

»Pieter, wer war das?«

»Äh, das ist Nadja, sie …«, krächzte er.

Janines Stimme kroch als eisiger Hauch in seinen Gehörgang. »Ich verstehe sehr gut, Pieter. Ich habe den Abstand gewollt und bin froh, dass du mir nicht allzu lange nachtrauerst. Offenbar habe ich recht, dass es zwischen uns schon lange nicht mehr stimmt.«

»Schatz, nein! Es ist nicht so, wie du denkst …« Er verstummte. In was für ein Klischee driftete er gerade ab? Er klang wie ein ertappter Ehebrecher in einem lahmen Liebesfilm. Und Janine war die betrogene Gattin.

»Du brauchst eine Auszeit. Du willst dem Hund helfen. Du willst dein Versprechen gegenüber den Kindern einhalten.« Ihre Stimme troff vor Verachtung. »So blöd bin ich nicht, Pieter. Viel Spaß mit deiner kleinen Französin. Nadja heißt sie? Sehr sexy.«

Pieter schnappte nach Luft. Was dachte Janine – er und diese Nadja? Das war doch ein schlechter Scherz!

Pieters Vater hatte ihm nichts hinterlassen außer einer Neigung zu urplötzlichen Wutanfällen. Er war stolz darauf, diese gut im Griff zu haben. Normalerweise. Aber jetzt war nichts mehr normal.

»Und wenn es so wäre, was geht dich das an?«, brüllte er in das Handy, in dem es in kurzen Abständen piepte. Janine hatte die Verbindung unterbrochen.

Ohne weiter auf Nadja zu achten, sprang er auf. Er fingerte sein Portemonnaie aus der Tasche, warf einen Betrag auf den Tresen, der garantiert irgendwie stimmte und noch ein ordentliches Trinkgeld enthielt, führte Herrn Schliemann aus dem Lokal und wählte Janines Nummer. Er musste ihr alles in Ruhe erklären, sofort.

Sie nahm nicht ab.

16

Der Zorn verrauchte so schnell, wie er gekommen war. Mit zitternden Fingern rieb Pieter sich die Schläfen. Das war ja so was von in die Hose gegangen. Janine war überzeugt davon, er hätte eine Geliebte und wäre deshalb aus Hamburg weggegangen. Wie absurd war das denn?

Er sah zurück zum Fährhaus. Die drei Skatspieler wandten schnell die Gesichter ab. Die hatten ihn doch garantiert beobachtet. Ganz großartig, wie er sich im Ort einführte. Der neue Nachbar, ein gefühlloser Egoist, geflohen vor seinen Eheproblemen. Pieter merkte, wie sein Gesicht glühte.

Als er den Retriever in den Anhänger setzte, klappte die Restauranttür abermals, und jemand legte ihm die Hand auf den Arm. Es war Nadja.

»Monsieur, Sie ’aben gesagt, dass Sie ’ier in Elbwerder Ru’e suchen. Vor Ihrer Frau. Voilà, jetzt ’aben Sie Ru’e.«

»Ruhe?« Pieter schaute sie fassungslos an. »Jetzt habe ich mehr Ärger als zuvor.« Er schüttelte ihre Hand ab.

»Oje, war ich … War es nicht richtig, was ich getan ’abe?« Sie lächelte unsicher, zupfte sich einen Strohhalm aus den feinen blonden Haaren und schob ihn sich zwischen die Lippen.

»Absolut nicht«, knurrte er, schob das Fahrrad an und stieg auf. Diese kleine französische Nervensäge hatte gerade Brandbeschleuniger auf seine Ehekrise gekippt.

Nadja lief neben dem Rad her und rang die Hände. »Oh, Monsieur, ich ’abe eine Idee. Sie sind neu im Ort. Venez avec moi. Kommen Sie, ich werde Ihnen eine Führung durch Elbwerder geben. Als Entschuldigung.«

Pieter antwortete nicht und trat in die Pedale. Warum sollte er ihr verzeihen?

Doch sie ließ sich einfach nicht abschütteln und lief immer schneller neben ihm her. »Monsieur, es tut mir so leid. Ich wollte nur 'elfen«, schnaufte sie.

»'elfen?« Unwillkürlich musste er lächeln. Eine Elfe oder ein anderes Zauberwesen konnte er wahrlich gut gebrauchen. Und diese Nadja schien ihre Indiskretion ehrlich zu bereuen. Er kannte in Elbwerder nur Bertil und seine Familie. Und Quade Lühmeyer. Auch wenn er sich in den nächsten Wochen vor allem um Herrn Schliemanns Genesung kümmern wollte, ein netter Kontakt würde ihm sicher guttun.

»Na gut.« Pieter bremste und stieg wieder vom Rad.

»Ah, parfait! Perfekt!« Ihr zerknirschter Gesichtsausdruck wich einem begeisterten Strahlen. Sie lief ein paar Schritte voraus und breitete die Arme aus. »Fangen wir gleich an. Vor sich se'en Sie die Brücke aus dem Jahr 1689. Über diese Winde 'ier kann sie geöffnet werden. Eine typisch 'olländische Brücke. Die ersten Siedler im Alten Land kamen aus den Niederlanden«, erklärte Nadja eifrig. »Sie machten die Marsch urbar und entwässerten das Land. Über zehntausend Kilometer Gräben gibt es 'eute noch, aneinandergereiht eine Strecke weiter als von 'amburg bis Kapstadt.«

Während die beiden langsam durchs Dorf gingen, erfuhr Pieter alles über die ersten Bewohner Elbwerders, die Geschichte der Kirche und ihre Orgel (»gebaut von dem berühmten Arp Schnittger«) und die Schäden, die die großen Sturmfluten im Ort angerichtet hatten (»die Markierungen an der Kirche zeigen die 'öhe des Wassers«). Er ließ die Flut an Informationen nachsichtig über sich ergehen. Nadja war offenbar voll in ihrem Element.

»Hast du Geschichte studiert?« Mittlerweile waren sie beim Du angelangt, und Nadja hatte sich bei Pieter untergehakt.

»Mais non.« Nadja schüttelte so heftig den Kopf, dass ihr Pferdeschwanz Pieters Wange streifte. »Ich war als Au-pair-Mädchen in Buxte'ude und musste für die Schule zu 'ause in der Normandie einen Aufsatz über die Gegend schreiben. Ich mag das Alte Land, und als ich ... Also auf jeden Fall bin ich wieder 'ier. Seit vier Monaten. C'est ça.«

Das war es? Pieter wartete auf eine weitere Erklärung, aber ihr Redefluss war auf einmal versiegt. Sie hatten das Kapitänshaus erreicht, das letzte Gebäude des Ortes. Herr Schliemann winselte und versuchte aufzustehen.

»Auf jeden Fall vielen Dank für die Führung. Bis bald.« Er machte sich von ihrem Arm frei.

Nadjas Gesicht war ein einziges Erstaunen. »Mon dieu, 'ier wohnst du?«

»Jupp.« Wie lange und warum er hier wohnte, behielt er für sich. Er ließ den Hund aus dem Anhänger und entfernte die Tragehilfe. Der Retriever humpelte zielstrebig zum nächsten Gebüsch. Hinter dem Kapitänshaus versank die Sonne im Dunst. Die Straßenlaternen flammten eine nach der anderen auf.

»Darf ich mit 'ineinkommen?«, fragte Nadja unvermittelt.

Pieter zögerte. Die Landluft hatte ihn schläfrig gemacht, und er wollte nichts als ins Bett. Andererseits, für die junge Französin, die so an der Geschichte von Elbwerder interessiert war, musste seine Bleibe eine wahre Schatzgrube sein. Er unterdrückte ein Gähnen. Wenigstens schien sie von den Gerüchten, dass es hier spuke, nichts gehört zu haben. »Na gern doch«, sagte er nickend und pfiff nach Herrn Schliemann.

Da es mittlerweile beinahe dunkel war, beschränkte er die Besichtigung auf die Räume, die über elektrisches Licht verfügten. Die riesige Diele mit den Truhen, das niedrige Schlafzimmer mit den wuchtigen Betten, die Küche mit einem hochbeinigen Vorkriegsherd aus weißer Emaille. Auf dem Küchentisch lag noch die Zeichnung, die er heute Morgen angefertigt hatte. Nadja nahm sie und betrachtete sie neugierig.

»Du bist Künstler?«

»Ist nur ein Versuch«, murmelte Pieter und nahm ihr das Blatt aus der Hand. Die Skizze war wirklich nicht gelungen.

»Ich möchte bei dir schlafen«, sagte sie.

Überrascht schüttelte er den Kopf. Hatte er sich verhört? Sicher, sie war niedlich, und ja, er könnte sich zu ihr hingezogen fühlen, aber so schnell?

»Mon dieu, du siehst aus, als 'ättest du ein Gespenst gese'en.« Sie stupste ihm den Ellbogen in die Seite. »Wo ist das Bad?«

Überrumpelt zeigte er über den Flur. Janine hielt ihn für einen Schürzenjäger. Vielleicht war er einer und merkte es noch nicht mal?

Im Gehen löste sie ihren Pferdeschwanz und legte sich kurz darauf in Hemd und Slip und mit zwei geflochtenen Zöpfen auf die eine Seite des alten Ehebettes. »Gute Nacht, Pieter. Und merci.«

Er stand immer noch im Türrahmen, als sie zu schnarchen begann. Auf seiner neuen Matratze. Jetzt erst ging ihm auf, was sie gesagt hatte. Sie wollte bei ihm schlafen, nicht mit. Kleines Wort, großer Unterschied.

Während er überlegte, ob er erleichtert oder doch enttäuscht war, fütterte er Herrn Schliemann, schob Störtebeker, den er mit nach Elbwerder genommen hatte, eine Dose Thunfisch unter eine der Truhen auf dem Flur, putzte die Zähne und schlüpfte in seinen Schlafanzug. Und jetzt? Sollte er sich neben sie legen? Die Seegrasmatratze auf der anderen Seite des alten Ehebettes war völlig durchgelegen. Dann eben wieder das Küchensofa. Schlaflos lauschte er dem leisen Schnarchen, das aus dem Schlafzimmer kam.

Nadja. Wo wohnte sie? Warum war sie nicht nach Hause gegangen? Kam da etwa Ärger auf ihn zu? Mit Janine hatte er ihn ja schon wegen dieser Französin.

»Janine will die Trennung, Herr Schliemann«, wisperte er in die Dunkelheit. »Verstehst du, warum? Irgendwas ist in sie gefahren, aber was? Sie hat viel zu tun im Moment. Und ich auch. Im Beruf und mit den Kindern. Abends sind wir oft einfach mega k. o. Vielleicht liegt es daran?«

Herr Schliemann raschelte auf seinem Lager. Es tat Pieter gut, seine Gedanken auszusprechen und sie nicht nur in seinem Kopf zu wälzen.

»Aber Stress allein ist doch kein Grund zur Trennung, finde ich. Irgendwie ist unsere Beziehung auf die schiefe Ebene geraten. Aber was? Und wann?«, fuhr er fort. »Die Kinder brauchen Abstand von mir, hat Janine gesagt. Wegen des Unfalls. Was hältst du davon?«

Herr Schliemann jappte im Dunkeln.

Pieter fröstelte. »Schon okay, Kumpel. Wenn ich schon keine Antwort weiß, wie solltest du eine haben?«, spann er die einseitige Diskussion fort.

Er nahm sein Handy vom Tisch und scrollte sich durch die Bildergalerie. Auf beinahe jedem Foto war Janine zu sehen.

Janine mit Laura beim Backen. Mit beiden Kindern lachend hinter einem Rieseneisbecher. Janine und Laura barfuß am Strand. Janine, die mit Fabian im Bett kuschelte.

»Vielleicht brauchten wir alle ein wenig Abstand voneinander«, fuhr er fort, »um uns neu zu sortieren und danach neu durchzustarten. Das ist das Beste, oder?« Gemeinsam neu durchstarten. Er, Janine und die Kinder, seine kleine Familie.

Erwartungsgemäß antwortete Herr Schliemann nicht.

Unmerklich glitten Pieters wirre Gedanken in einen traumlosen Schlaf hinüber.

Mitten in der Nacht schreckte er hoch. Hatte er geträumt? Oder war das Rumpeln und Krachen von draußen gekommen? Der Retriever knurrte leise. »Schsch, Herr Schliemann.« Pieter linste in die Dunkelheit hinter den Küchenfenstern. War da jemand? Ein Einbrecher etwa? Es war Neumond und dunkel wie im Kohlenkeller. Die Bäume an der Koppel neben seinem Haus raschelten leise im Wind. Auf der anderen Seite des Flures schnaufte Nadja im Schlaf. Sonst war alles still.

Pieter zog die grobe Wolldecke fester um die Schultern. Wenn das Schicksal ihn dazu verdammt hatte, sein restliches Leben auf Küchensofas zu schlafen, dann doch bitte schön mit einer vernünftigen Bettdecke.

17

Als Pieter um halb sieben am nächsten Morgen ins Schlafzimmer linste, war das Bett leer. Nur das zerwühlte Laken zeigte an, dass Nadja dort gelegen hatte. Wo war sie hin? Warum hatte sie überhaupt bei ihm geschlafen? Offenbar wollte sie nichts von ihm. Und er nichts von ihr. Oder?

Verschlafen öffnete er die Tür nach draußen, und Schliemann humpelte hinaus, dann schlüpfte er in eine dunkelblaue Cargohose und einen gestreiften Pullover und öffnete das Fenster des Schlafzimmers. Ein leichter Wind wehte von Westen, und zarte Wolkenschleier verhüllten die Sonne. Es würde ein schöner Tag werden. Eine Weile beobachtete er zwei Kühe, die sich über die benachbarte Weide jagten. Er mochte Kühe, ihre Gemütsruhe, ihre sanften Augen. Die ihn wieder an Janine erinnerten.

»Komm, Kumpel, Zeit fürs Training«, sagte er, als Herr Schliemann wieder ins Haus kam.

Pieter hatte das Laufband in einem Raum aufgestellt, der mit Wasseranschluss und Strom ausgestattet war. Eine zerfurchte Hobelbank und die Haken an der Wand, an denen ein verstaubter Hammer und mehrere Feilen hingen, ließen ihn vermuten, dass es einmal eine Werkstatt gewesen war. Bevor er gestern das gläserne Becken gefüllt und beheizt hatte, hatte er das Wasser aus den Leitungen laufen lassen, bis es klar und kalt war. Wahrscheinlich hatte es jahrelang darin gestanden.

Er legte ein Geschirr um die Brust des Hundes, um ihn während des Trainings in der richtigen Position halten zu können, und führte ihn über die schräge Rampe auf das Laufband. Während er Band und Hund ins Wasser senkte, zückte er ein Leckerli und hielt es in einigem Abstand vor die Hundenase. Herr Schliemann schnupperte und setzte sich in Bewegung. »So ist's brav«, lobte Pieter und startete das Laufband.

Nach drei Minuten begann Herr Schliemann den rechten Hinterlauf nachzuziehen. Oje, selbst die langsamste Stufe des Lauftrainings war noch zu viel für ihn. Pieter stoppte das Band, rubbelte das Fell des Hundes mit einem alten Handtuch trocken und föhnte es anschließend. Eine Erkältung war das Letzte, was Herr Schliemann jetzt gebrauchen konnte. Dann ging er auf den Hof, um das Handtuch auf die Leine im Unterstand zu hängen, und erstarrte.

Den Unterstand gab es nicht mehr. Sein Stützbalken, an den Quade täglich ihre Schnecken nagelte, war weggeknickt. Wie ein schweres Tuch bedeckte das von Efeu überzogene Dach Feuerholz, Stroh, Schubkarre und alles, was darunter lagerte.

Vorsichtig umrundete Pieter den Trümmerhaufen. Also doch, dachte er perplex, der Krach in der Nacht war kein Traum gewesen.

»Dat is'n Schiet, wat?«, sagte eine Stimme hinter ihm. Er drehte sich um. Quade Lühmeyer kam durch die Hecke gewackelt.

Er nickte. »So ein Glück, dass niemand zu Schaden gekommen ist. War wohl einfach alt, der Schuppen.«

»Alt, ja.« Sie klopfte mit ihrem Gehstock auf den zersplitterten Schneckenbalken. »Aber stabil. Bis gestern.«

Wieder fixierte sie ihn mit ihren Eulenaugen. Er wich ihrem Blick aus. Erwartete sie etwas von ihm? Hoffentlich nicht, dass er den Schuppen wiederaufbaute.

Sein Handy summte. Dankbar für die Ablenkung zog er es aus der Hosentasche und entfernte sich mit einem entschuldigenden Nicken Richtung Bootsschuppen. Herr Schliemann schlich mühsam hinterher.

Marion war am Apparat. »Moin, Piet. Ich schau grade in der Praxis nach der Post.« Sie raschelte mit Papier. Im Hintergrund hörte Pieter die U-Bahn-Linie hinter der Praxis vorbeirattern. »Ist nichts Eiliges dabei. Eine Mahnung ist zurückgekommen, ›Empfänger unbekannt verzogen‹, eine Rechnung für die homöopathischen Medikamente und die neue Ausgabe der *Tier und Arzt*. Nichts Eiliges also.« Sie kicherte. »Außer Frau Pieskes Notruf. Sie hat gerade angerufen. Ronaldos Krallen müssen dringend geschnitten werden.« Sie ahmte die Stimme der beleibten Patientin nach. »Ich bin hin zu diesem Milchbubi, Dr. Wie-heißt-er-noch? Wissen Sie, Fräulein Marion, wie er meinen kleinen Liebling genannt hat? Eine bissige Krähe! Unmöglich! Sagen Sie Dr. Kreutzfeldt, Ronaldo und ich warten auf ihn.«

Pieter lächelte. Ach ja, die gute Emilie Pieske. Wenigstens eine, die ihn vermisste. Er versprach Marion, demnächst in der Praxis vorbeizuschauen, damit sie die nächste Woche ungestört bei Friedel verbringen konnte.

»Alles klar bei dir?«, fragte sie. Die Besorgnis in ihrer Stimme rührte ihn.

»Alles klar«, schwindelte er und verabschiedete sich.

Bedrückt beobachtete er zwei Stockenten, die unter dem Bootssteg nach Muscheln tauchten, Köpfchen unters Wasser, Schwänzchen in die Höh. Marion war die Seele seiner Praxis, seine rechte Hand. Sie hatte jahrzehntelange Erfahrung, arbeitete für zwei und liebäugelte seit einiger Zeit mit einem Umzug nach Fehmarn. Was dann? Der Arbeitsmarkt für tiermedizinische Fachangestellte war leer gefegt. Ein weiteres Problem, das ihm bevorstand.

Eine Stunde später wischte Pieter sich die Hände an der Hose ab und betrachtete den Klapptisch und die verwitterten Biergartenstühle, die er im Bootshaus gefunden und zu der Bank am Wasser gestellt hatte. Mit einer karierten Tischdecke und einem Krug mit Wiesenblumen sah die provisorische Kaffeetafel ausgesprochen einladend aus. Diese Idylle am Ufer, das ruhig strömende Wasser, das leise Rascheln des Schilfes, all das musste jeden Menschen friedlich stimmen. Hoffentlich auch den Besuch, den er heute erwartete.

»Was fällt Ihnen ein, mit meinem Hund wegzuziehen?«, hatte Tammy Eggers ihn angefahren, als Pieter sie anrief und von seinem neuen Domizil erzählte. Zehn Minuten redete er auf sie ein, um sie davon zu überzeugen, dass die Bedingungen im Alten Land ideal für Herrn Schliemanns Gesundung wären. In der Umgebung von Elbwerder könnte er statt auf Asphalt im Gras und im Strandsand mit ihm trainieren.

»Ehrlich, ich tue es nur für Ihren Hund«, beteuerte er und fühlte sich dabei ziemlich schäbig. Wäre seine Ehe in Ordnung, wäre er nie auf die Idee gekommen, vier Wochen fern von seiner Frau und den Kindern zu verbringen. Aber seine Ehekrise ging niemanden etwas an. Vor allem Tammy Eggers nicht. Er hatte ihr angeboten, sie, sooft sie es wünschte, mit dem Hund zu besuchen. »Nein. Ich komme«, hatte sie gefaucht und sich für heute Nachmittag eingeladen. Okay, wenn sie es so wollte.

Auf dem Rückweg zum Haus hängte Pieter sich an den Ast eines knorrigen Apfelbaums und lockerte seine verspannten

Nackenmuskeln. Auf den Besuch der jungen Blinden freute er sich nicht wirklich. Der Nachmittag würde garantiert anstrengend werden. Pah, dachte er, wenn sie lediglich kam, um ihm tausend Vorhaltungen zu machen, könnte sie gleich wieder gehen. Er probierte ein paar Klimmzüge, sprang wieder auf die Füße und schob einige Rumpfbeugen nach. Schließlich hatte er den Hund nicht überfahren. Er nicht. Aber auch das würde er ihr nicht erzählen.

Gegen ein Uhr montierte er den Schiebegriff an den Fahrradanhänger, ließ Herrn Schliemann einsteigen und machte sich zu Fuß auf den Weg zur Fähre.

Die Dorfstraße lag still in der Mittagssonne. Keiner seiner neuen Nachbarn war zu sehen. Nur vor einem endlos langen Bauernhaus stand ein kahlköpfiger Mann und strich eine Tür.

Eine Brauttür. Pieter blieb stehen. Diese prächtig geschnitzten und bunt bemalten Holztüren wurden nur geöffnet, wenn eine Braut ins Haus kam, hatte er von Nadja gelernt. Oder wenn das Reetdach brannte. In der Diele dahinter lagerte in vergangenen Zeiten die Mitgift, die rasch durch diese Tür in Sicherheit gebracht werden konnte.

»Moinsen«, rief er.

»Moin ook«, brummte der Mann und blickte auf. »Ah, unser neuer Nachbar. Schöne Nacht gehabt?«, sagte er zweideutig und grinste. Jetzt erst erkannte Pieter in ihm einen der Kartenspieler von gestern Abend.

»Äh, ja.« Pieters Augenlid zuckte nervös. Ach du je, Nadjas Übernachtung bei ihm war offenbar nicht unentdeckt geblieben. Erst sein Ehestreit im Fährhaus, dann Damenbesuch über Nacht. Na toll, er lieferte ja reichlich Futter für den Dorfklatsch. Eilig ging er weiter.

18

Buntpapierblumen leuchteten an den Fenstern von Lines kleiner Grundschule. In Elbwerder wurden vier Jahrgangsstufen in einer Klasse unterrichtet, hatte Nadja erzählt. Vor allem Fabian wäre in dieser Zwergenschule wahrscheinlich besser aufgehoben als in der riesigen Stadtteilschule in Winterhude, vermutete Pieter.

Ach Fabi, ach Lauri. Heute war Mittwoch, Papatag, und der war bis auf Weiteres gestrichen. Pieter schniefte und gestattete sich ein paar Atemzüge voller Melancholie.

Nach wenigen Hundert Metern wurde die enge Bebauung um die Kirche von Bauernhäusern auf weitläufigen Grundstücken abgelöst. Schon sah er den Wegweiser zu Bertils und Heynkes Hof.

Das letzte Haus vor dem Appelhoff war ein Bungalow. Mit seinen Glasbausteinen, braunen Dachpfannen und der Eingangstür in Eiche rustikal passte er zu dem anheimelnden Elbwerder wie Senf zu einer Sahnetorte. Davor ein eckiges Betonbecken, in dem vielfarbige Fische schwammen, Kois. »Strucks Pferdeparadies und Landmaschinenhandel« stand an einer verbeulten Wellblechhalle, hinter der sich gelbe Kanister, Autoreifen und Paletten stapelten. und dahinter erblickte er einen Pferdestall. Hier ging Line also zum Reiten.

Über den Hof wehte eine blau-weiße Fahne, das Banner des HSV. So viel zum Thema gute Nachbarschaft, dachte Pieter belustigt. Bertil war eingefleischter St.-Pauli-Fan. Hier lebten Hund und Katze direkt nebeneinander, oder Donald

Duck und Gustav Gans, oder Harry Potter und Draco Malfoy, oder … Im selben Moment wurde ihm bewusst, dass es das einzige Haus war, über das Nadja ihm nichts erzählt hatte.

Sie wohnte hier.

Ihre wütende Stimme drang aus dem Stall bis auf die Straße.

»Non, Bodo. Das ist abscheulich.«

Ein Mann in Lederweste erschien in der Stalltür. »Schluss jetzt. Das Vieh kostet uns viel zu viel«, rief er. Er zog einen Grauschimmel ins Freie, der nervös den Kopf hin und her warf. Pieter merkte, wie sein Kiefer sich anspannte. Es tat ihm körperlich weh, wenn jemand grob mit einem Tier umging. Und das tat der Mann. Nadja stürmte hinter ihm ins Freie. Sie zog der Lederweste den Strick aus der Hand und schlang ihn um einen Balken.

»Lass mich in Ru'e meine Arbeit machen, ja?«

Holla, zwischen den beiden brannte die Luft, das war überdeutlich. Pieter sah auf die Uhr und ging weiter. Die Fähre kam in einer Viertelstunde. Keine Zeit, anzuhalten. Außerdem wirkte Nadja so, als könnte sie sich sehr gut selbst helfen.

»'allo, bonjour, Pieter!« Zu spät. Die junge Französin hatte ihn entdeckt. Sie rannte auf ihn zu und umarmte ihn überschwänglich. Noch bevor er zu Wort kam, zog sie ihn mit sich. »Bodo, das ist Piet. Er ist Künstler und wohnt im Kapitänshaus.« Sie strahlte Pieter an, als hätte er sie gerade aus größter Seenot errettet.

»Künstler, na ja.« Pieter lächelte und streckte die Hand aus. »Pieter Kreutzfeldt. Moin.«

»Struck.« Der hagere Mann verschränkte die Arme. Es war nicht zu übersehen, dass er nicht das geringste Bedürfnis hatte, Pieter kennenzulernen. »Ein Künstler im Kapitänshaus ist das Letzte, was wir brauchen«, knurrte er.

Aha. Pieter ließ die Hand wieder sinken.

Nadja hängte sich an seinen Arm und zeigte über den Hof. »Ah, und da kommen Maren und Onni.«

Eine große Frau kam auf sie zu. Das Kleinkind auf ihrem Arm spielte mit einer Strähne ihres dunklen Haares.

»Maren Struck, hallo.«

Immerhin grüßte sie freundlich.

Bodo Struck fixierte Pieter aus zusammengekniffenen Augen. Was soll das werden, dachte Pieter unwirsch. High Noon in einer Westernstadt? Es war mit Händen zu greifen, dass dieser Mann etwas gegen ihn hatte. Aber was? Und warum? Ganz sicher war Pieter dem Kerl nie zuvor begegnet.

Am besten ignorierte er diese offenkundige Abneigung, beschloss er und wandte seine Aufmerksamkeit dem Pferd zu. Jetzt erst sah er, dass das weißgraue Fell des Hengstes über und über mit offenen Stellen bedeckt war. Zuckungen liefen über den Körper des Tieres, und es wandte immer wieder den Kopf, um an einer der Stellen zu scheuern. »Es muss ihn fürchterlich jucken«, stellte Pieter fest.

Nadja und Maren Struck nickten gleichzeitig. »Es war furchtbar! Diese schrecklichen Pusteln sind ganz plötzlich aufgetreten«, erzählte Nadja. »Ganz plötzlich!«

»Zuerst dachten wir an ein Sommerekzem«, ergänzte Maren. »Drei Wochen haben wir alles probiert, aber nichts hat geholfen, nicht die Schutzdecke, nicht die Salbe vom Tierarzt.«

»Es ist der 'orror, Piet. Wir wissen nicht mehr, was wir machen sollen. Über'aupt nicht mehr.«

»Na was schon?«, polterte Struck. »Zum Pferdeschlachter mit ihm.«

Immer schön ruhig bleiben, ermahnte sich Pieter. Dieser Struck gab sich wirklich alle Mühe, unausstehlich zu sein. Und ganz klar gab er hier den Ton an. Hier war Fingerspitzengefühl gefragt. Pieter hatte oft genug Menschen ausgeredet, ihr Tier einschläfern zu lassen, nur weil sie die Behandlung nicht bezahlen konnten. Oder wollten. Er fuhr mit der Hand über die Kruppe des Pferdes, das nervös hin und her tänzelte. »Ich habe selten einen so schönen Hengst gesehen. Ein wirklich wertvolles Tier. Haben Sie etwas Geduld, Herr Struck. Ich denke, die Ursache sollte zu finden sein.«

»Sagt der Herr Künstler.« Struck lachte unfroh. »Was verstehen Sie schon von Pferden?«

»Mehr als Sie.« Pieter konnte sich die Spitze nicht verkneifen. »Ich bin Veterinär und Tierphysiologe. Malen und Zeichnen ist nur mein Hobby«, schob er mit einem Blick auf Nadja nach.

»Tier… was? So 'nen Quacksalber brauchen wir nicht, Maren. Der schmeißt womöglich noch mit kleinen weißen Kügelchen nach dem Zossen. Homöopathie und so 'n Schiet. Der Abdecker muss her. Basta.«

Mann, war das ein Unsympath, dachte Pieter. Dieser Struck gefiel sich offenbar darin, den Rüpel zu spielen. Pieter hätte sich nie getraut, so mit seiner Frau zu reden. Und es auch nicht gewollt. Janine wäre ihm an die Kehle gegangen. Wie konnte diese Maren bloß so ruhig bleiben?

»Wart doch mal, Bodo.« Maren Struck setzte sich den kleinen Jungen auf die Hüfte und streichelte mit der anderen Hand die Nüstern des Schimmels. »Palucco ist mein Reitpferd, wissen Sie«, wandte sie sich an Pieter. »Keines von den Schulpferden. Ein Araber-Lipizzaner-Mix, aber das sehen Sie sicher selbst. Ich hänge sehr an ihm.« Sie schenkte Pieter ein warmes Lächeln.

Nadja drückte seinen Arm. »Du wirst uns 'elfen, nicht wahr?«

»Geht dem nicht so um den Bart«, polterte Struck. »Der will nur Geld schneiden.«

Pieter merkte, dass er kurz davor war zu platzen. Noch bevor er sich eine passende Antwort überlegt hatte, fing der kleine Junge an zu weinen, der bislang still auf dem Arm von Maren Struck gesessen hatte. Bodo Strucks finsterer Gesichtsausdruck verschwand urplötzlich.

»Was ist denn, mein Kleiner?«, fragte er mit einer sanften Stimme, die Pieter ihm nicht zugetraut hätte, und nahm den kleinen Jungen seiner Frau ab.

»Mama!« Onni strampelte und machte sich steif. »Mamaa!« Sein rundes Gesicht wurde dunkelrot, und er streckte die Arme aus. Nach Nadja.

Pieter zog die Luft ein. Hatte er sich verhört? Nadja hatte ein Kind? Kein Wort hatte sie gestern darüber verloren. Doch nicht etwa von diesem Struck? Entgeistert blickte er auf Nadja. Sie nahm Onni liebevoll in Empfang und strich ihm die Tränen von den Wangen.

»Still, mon chéri«, säuselte sie.

Pieters Gehirn arbeitete auf Hochtouren. Wenn die Buschtrommeln in Elbwerder so funktionierten wie in Eppendorf, war klar, warum Struck auf ihn reagierte wie ein Pavianmännchen auf das andere: Nadja hatte bei Pieter übernachtet, und Struck war eifersüchtig. Aber nein, korrigierte er sich, das ergab keinen Sinn. Wenn sie ein Kind von diesem Bodo hätte, wäre Maren Struck garantiert nicht so gelassen.

Onnis Schluchzen ging in Schluckauf über. Ein Moment verstrich, in dem niemand etwas sagte. Verdimmich, grollte

Pieter in sich hinein, hier wurde doch irgendein Spiel gespielt. Mit Regeln, die er nicht durchschaute. Noch nicht. Sein Kopf plädierte für Rückzug, sein Bauch ebenfalls.

Er tippte sich grüßend an die Stirn und wandte sich zum Gehen. »Tschüss auch. Ich kann das Pferd untersuchen, wenn Sie wollen. Überlegen Sie in Ruhe.«

»Ja, schönes Leben noch«, knurrte Struck ihm hinterher.

»À bientôt, Piet«, rief Nadja. »Wir se'en uns.«

»Verstehst du das, Herr Schliemann?«, knurrte Pieter, als er den Hundebuggy über die Holzbrücke schob. Der Retriever blickte zu ihm hoch und hechelte. »Ach, lass gut sein, Kumpel.« Er fing an zu laufen. Ein Schiffshorn kündete die Fähre an. »Du hast deine eigenen Probleme. Ich auch.« Eines davon kam gerade mit der Elbprinzessin auf ihn zu.

19

Tick, tock, tick. Tammy Eggers' weißer Stock klapperte über die Gangway der Fähre, als Pieter außer Atem auf den Hafenplatz trabte. Er stellte den Fahrradanhänger ab und sah, wie sie sich an Land tastete, eine Hand am Geländer. Wieder staunte er über die Farbe ihrer Kleidung. Ihr pfauengrüner Mantel, die wasserblauen Schuhe und das golddurchwirkte Tuch, das ihr Haar zurückhielt, ließen ihn an eine Nixe denken.

Herrn Schliemanns Schwanz schlug wie ein Teppichklopfer, als er ihre Schritte hörte. Bevor Pieter ihn am Halsband packen konnte, hüpfte der Hund aus dem Buggy, jaulte vor Freude und sprang an seinem Frauchen hoch. Beeindruckt sah Pieter, welche Kraft die Wiedersehensfreude dem Tier verlieh.

»Aus! Sitz!«, rief er.

Der Ansturm traf Herrn Schliemanns Frauchen unerwartet. Sie riss die Arme hoch und stolperte rückwärts, Richtung Wasser. Pieter reagierte rasch. Eine halbe Sekunde bevor sie zwischen Kaikante und Fähre ins Hafenbecken fiel, packte er ihre Schultern und zog sie an sich.

»Hoppla«, sagte er schmunzelnd. »Wie Sie sehen, geht es Ihrem Hund schon wieder viel besser.«

Ihre Locken streichelten sein Kinn. Da war er wieder, dieser Vanillegeruch. Dann streifte sie seine Hand von ihrem Arm, als wäre sie eine bissige Hornisse. »Kein Grund für Intimitäten«, fuhr sie ihn an.

Pieter rang mit dem Impuls, sie doch ins Wasser fallen zu lassen. Wie undankbar war die denn? Immerhin hatte er sie gerade vor dem Ertrinken gerettet. Oder wenigstens davor, den Rest des Nachmittags in seinem verwaschenen Jogginganzug zu verbringen, während ihre Kleider auf der Wäscheleine trockneten.

»Gern geschehen«, gab er ruppig zurück und führte sie zu einer Bank, die an der Hafenmauer in der Sonne lag. Herr Schliemann hinkte mühsam hinterher und legte den Kopf auf ihre Füße.

Tammy Eggers zog ihren Mantel glatt und fuhr sich mit den Händen durchs Haar. Eine vorwurfsvolle Geste, wie Pieter fand. Als wäre seine Rettungsaktion der Grund für ihr Lockenwirrwarr, dachte er finster.

Sie faltete die Hände im Schoß. »Und, was machen wir jetzt?«, fragte sie spitz.

Pieter zog die Augenbrauen zusammen. Das klang so, als würde sie von ihm ein regelrechtes Unterhaltungsprogramm erwarten. Er war Tierarzt, kein Entertainer. Und so, wie sie mit ihm umsprang, verspürte er nicht die geringste Lust, länger als unbedingt nötig mit ihr zusammen zu sein. Geschweige denn, sie mit zu sich nach Hause zu nehmen.

»Ach wissen Sie, bleiben wir doch einfach hier sitzen. Ich erzähle Ihnen, wie es Ihrem Herrn Schliemann geht, und Sie nehmen die nächste Fähre zurück nach Hamburg.«

Ein guter Plan, beglückwünschte er sich. In einer Stunde wäre er sie wieder los. Er könnte den Rest des Nachmittags ganz allein am Bootshaus verbringen, in der Sitzecke, die er eigentlich für ihren Besuch vorbereitet hatte, und sich von ihr erholen.

»Ich dachte, vielleicht zeigen Sie mir dieses Unterwasserlaufband?«, fragte sie.

»So, dachten Sie das?«, schnappte er. Mit klammheimlicher Befriedigung registrierte er die Enttäuschung in ihren Worten. Andererseits, so meldete sich eine leise Stimme in seinem Kopf, würde er die nächsten vier Wochen irgendwie mit ihr auskommen müssen. Es konnte nicht schaden, ihr das Laufband zu zeigen. Immerhin hatte er das megateure Ding extra für ihren Hund angeschafft. Und vielleicht wäre sie ja weniger kratzbürstig, wenn sie sah, wie er mit Herrn Schliemann arbeitete. Wobei »sehen« natürlich nicht gerade das richtige Wort war. »Na gut, kommen Sie«, brummelte er und stand auf.

Tammy Eggers tastete nach dem Buggy, legte die Hand auf den Griff und erhob sich. Prima, ein Problem gelöst. Er hatte sich schon gefragt, wie er sie führen könnte, ohne ihren Arm oder ihre Hand zu halten. Anfassen würde er die kleine Giftnatter garantiert nicht noch einmal.

Herr Schliemann humpelte zu seinem Frauchen.

»Komm, Kumpel, bis zum Ende des Dorfes zu laufen ist noch zu anstrengend für dich«, sagte Pieter und beförderte ihn mit sanftem Nachdruck in den Anhänger. Von dort ließ der Retriever sein Frauchen nicht aus den Augen.

Pieter schob los, und Tammy Eggers hielt sich dicht neben ihm, ihre rechte Hand lag neben seiner linken. Während sie das Fluttor des Hafens passierten und am Fährhaus vorbeigingen, wandte sie aufmerksam den Kopf nach rechts und links. Pieter kniff die Lippen zusammen und schwieg. Fremdenführer würde er nicht für sie spielen, dachte er stur.

Als sie die Brücke über die Aue erreichten, blieb sie stehen. »Es ist schön hier«, sagte sie.

Pieter schaute sie überrascht an. Die Klappbrücke war eine der Hauptattraktionen von Elbwerder und der Blick auf die von Gärten und blühenden Apfelbäumen gesäumte Flussschleife ein oft fotografiertes Postkartenmotiv. Eine Augenweide für jemanden, der sehen konnte. Aber für eine Blinde?

Sie wandte ihm das Gesicht zu. »Sie fragen sich sicherlich, wie ich das bemerke.«

Wie jetzt? Pieter blickte überrascht in ihre grünen Augen. Konnte sie etwa Gedanken lesen?

»Eher frage ich mich, was genau Sie hier schön finden«, sagte er, zufrieden, ihr nicht uneingeschränkt recht geben zu müssen.

»Das muss Ihnen nicht peinlich sein.« Sie lachte leise. »Alle Leute stellen sich die gleichen Fragen, wenn sie zum ersten Mal mit sehbehinderten Menschen in Kontakt kommen.«

Dass es ihm peinlich war, merkte sie auch. Und woher wusste sie, dass er tatsächlich noch nie mit Blinden zu tun gehabt hatte? Gut, sie war Psychologin. Die lernten das Durch-einen-Durchgucken wahrscheinlich im ersten Semester.

Sie tastete nach dem Brückengeländer und lehnte sich daran. »Sehen ist der wichtigste menschliche Sinn, aber bei Weitem nicht der einzige. Daneben schmecken, riechen, hören und fühlen wir, können das Gleichgewicht halten und Schmerz empfinden«, erklärte sie.

Pieter unterdrückte ein Stöhnen. Was sollte das jetzt werden? Ein Vortrag über Wahrnehmungspsychologie? Als Tierarzt kannte er sich mit Sinnesreizen nun wahrlich aus, zumindest bei Aalen, Bienen oder Zebrafinken. Er betrachtete seine Fingernägel, bis ihm einfiel, dass sie diese gelangweilte Geste gar nicht sehen konnte.

»… kurz gesagt, Blinde ersetzen visuelle Informationen durch haptische, olfaktorische, akustische und manchmal auch gustatorische Reize, und …«

»Und was genau finden Sie hier schön?«, unterbrach er ihre Rede.

»Okay, schön ist …« Sie drehte den Kopf hin und her und erinnerte Pieter dabei an eine Siamkatze, die Witterung aufnahm. »… der Geruch von Pferden und frisch gemähtem Gras. Das Hämmern auf der Werft. Das leise Rauschen, mit dem der Wind durchs Schilf streicht. Der Vogel hier rechts.«

Pieter lauschte und schnupperte. Zum Kuckuck, sie hatte recht. Er wusste, dass er ein Augenmensch war und seine Umgebung hauptsächlich über den Sehsinn wahrnahm. Wenn überhaupt, so hatte er all diese Geräusche und Gerüche lediglich unbewusst bemerkt. Er spähte über das Geländer der Brücke. Tatsächlich, ein kleiner braungrauer Vogel flatterte im Röhricht. Ein Schilfrohrsänger.

»Wie Sie sehen, ist Sehen nicht alles, Herr Dr. Kreutzfeldt. Und jetzt können wir weitergehen«, sagte sie.

»Wuff.« Herr Schliemann stimmte seinem Frauchen offenbar zu.

Pieters Laune sank wie eine Möwe im Sturzflug. Überheblich war sie wohl auch noch. Missmutig wartete er, bis sie die Hand wieder auf den Bügel des Buggys gelegt hatte, stapfte weiter und warf ihr seine finstersten Blicke zu.

Der Skatspieler, der gerade einen geschnitzten Engel an seiner Tür mit goldener Farbe bepinselte, hob anerkennend den Daumen, als sie vorbeigingen. Pieter tat, als ob er es nicht sehen würde.

20

Der Auftrieb des Wassers verringert das Körpergewicht des Hundes. Das entlastet seine Sehnen und erleichtert den Muskelaufbau, der durch die Bewegung auf dem Laufband angeregt wird.« Jetzt war es an Pieter zu dozieren. Mit Genugtuung registrierte er, dass seine Besucherin aufmerksam zuhörte.

Er legte Herrn Schliemann den Brustgurt um und beobachtete gleichzeitig, wie ihre Hände die Dimensionen des Wasserbeckens ertasteten, über die Glasscheiben der Seitenwände strichen, das raue Gummi der Lauffläche befühlten und schließlich auf dem Rücken ihres Hundes verharrten, als Pieter das Band in Gang setzte. Konzentriert und mit halb geschlossenen Augen spürte sie Herrn Schliemanns Bewegungen nach.

»Vorerst trainiere ich ihn nur kurz, aber dafür mehrmals täglich. Mit jeder Behandlung erhöhe ich die Anforderungen ein wenig. Die Arbeit auf dem Laufband und die daran anschließenden Massagen leisten einen wesentlichen Beitrag zu seiner Gesundung.«

»Hoffentlich«, sagte Tammy Eggers schnippisch. »Sehen Sie nicht, dass er schon humpelt?«

Pieter blickte perplex auf die Hinterläufe des Hundes. Verdammt, sie hatte recht. Nach nicht einmal einer Minute, wie die Uhr am Trainingsgerät anzeigte, zog Herr Schliemann wieder den verletzten Hinterlauf nach. O Mann, wie peinlich. Ihm wurde bewusst, dass er, statt auf den Hund zu achten, die ganze Zeit dessen Frauchen angestarrt hatte.

»Sie haben ein gutes Gespür für Ihr Tier«, krächzte er, fuhr das Laufband wieder hoch und föhnte den Hund trocken, bevor er Herrn Schliemanns Sprunggelenke massierte und Kaffee kochte.

Der Retriever war nach der Anwendung so erschöpft, als hätte er ihn stundenlang über den Strand gescheucht. Pieter band ihm die Tragehose um und half ihm durch den Garten zum Bootshaus, wo der Hund erschöpft unter den Tisch kroch. Dann holte er den Kaffee und führte Tammy Eggers zu der Sitzecke am Wasser. Sie setzte sich auf die Bank, Herr Schliemann legte ihr den Kopf auf den Schoß, sein Frauchen tastete an dem Plastikkragen entlang, den er immer noch trug, und massierte schweigend seine Ohren.

Die Vertrautheit zwischen den beiden berührte Pieter. Neugier stieg in ihm auf. Dass sie Psychologin war, okay, das stand auf ihrer Visitenkarte. Aber wie übte sie diesen Beruf aus? Sie konnte keine Fachbücher lesen, keine Fachartikel, keine Patientenakten. Oder gab es die auch in Blindenschrift?

Er räusperte den Kloß im Hals weg und entschied, dass es an der Zeit war, einen Vorstoß zu wagen, um die Stille zu durchbrechen, die schon wieder zwischen ihnen hing und die sie offenbar sehr viel besser aushielt als er.

Er zog den Stuhl ein wenig näher an den Tisch. »Was genau machen Sie eigentlich beruflich?«, fragte er und hoffte, möglichst beiläufig zu klingen.

Tammy Eggers drehte den Kaffeebecher zwischen ihren Händen. »Ich schreibe an meiner Doktorarbeit.«

Aha. »Und über welches Thema?«, setzte er nach. Musste er ihr jede Einzelheit aus der Nase ziehen? Anscheinend war sie immer noch der Meinung, es wäre seine Aufgabe, sie an diesem Nachmittag zu unterhalten.

»Es geht um ›Selbst- und Fremdwahrnehmung in der Interaktion von Familien‹. Im weitesten Sinne um Familientherapie.«

»Ach so.« Er gab es ungern zu, aber er hatte keine Ahnung, wovon sie sprach. Es hatte mit Therapie von menschlichen Macken zu tun, vermutete er. Sicher, seine tierischen Patienten hatten oft auch ihre Schrullen. So wie Ronaldo, der zuschnappte, wann und wo er nur konnte. Pieter hatte Frau Pieske geraten, mit dem Ara zu einem Tiertherapeuten zu gehen. »Mein Ronaldo ist doch nicht plemplem!«, war ihre empörte Reaktion. Vielleicht stimmte das sogar, überlegte er. Nach seiner Beobachtung waren die Ticks der Tiere fast immer Reaktionen auf die Marotten ihrer Menschen. Allerdings mochte er sich nicht ausmalen, wie die Pieske reagierte, wenn er ihr vorschlug, sie selbst solle zur Psychologin gehen. Oder gab es so eine Art Familientherapie auch für Menschen und ihre tierischen Familienmitglieder? Pieter hatte sich darüber noch nie Gedanken gemacht.

Tammy Eggers trank einen Schluck Kaffee und stellte die leere Tasse auf den Tisch. Bevor Pieter ihr nachschenken konnte, tastete sie nach der Kaffeekanne. Beeindruckt beobachtete er, wie sie die Kanne kippte, den linken Zeigefinger über den Rand der Tasse steckte und langsam einschenkte, bis die warme Flüssigkeit ihre Fingerspitze erreichte.

»Sie sind Tierarzt. Und was machen Sie sonst so?«, fragte sie.

»Sonst so?«, wiederholte er etwas einfältig. Sollte er jetzt sein ganzes Leben vor ihr ausbreiten?

Sie wandte ihm das Gesicht zu und schien auf eine Antwort zu warten. Beobachtete sie ihn etwa? Unsinn, dachte er gleich darauf, sie konnte nicht sehen. Aber wenn eine Psychologin Gesten, Mimik und Haltung ihres Patienten nicht wahrnehmen konnte, wie konnte sie dann überhaupt in seiner Seele lesen?

Verunsichert fuhr er sich mit dem Zeigefinger über die Dreitagestoppeln am Kinn. Quade Lühmeyer kam ihm in den Sinn. Die merkwürdige Alte hatte irgendwie gespürt, was er auf dem Herzen hatte, was ihn belastete und was er brauchte. Konnte Tammy Eggers das vielleicht auch?

»Na sonst eben. Außer Hunde überfahren.«

»Sehr witzig.« Er lachte gequält. »Frauen vor dem Ertrinken retten vielleicht?«

»Punkt für Sie. Der erste.«

Verdammt, war die schlagfertig. Pieter suchte nach einer gepfefferten Antwort. In dem Moment beugte sie sich vor und lachte. Später fragte er sich, was in diesem Moment seine Gehirnwindungen leer gefegt hatte wie ein Orkan, der das Wasser aus der Elbe trieb. Waren es die Grübchen, die auf ihren Wangen erschienen? Die goldenen Sprenkel, die in ihren Augen aufleuchteten?

Er verspürte das spontane Bedürfnis, ihr sein Herz auszuschütten, ihr von seiner Familie zu erzählen, von Janine, die wollte, dass er auszog, von Fabian und Laura, die ihn nicht mehr sehen wollten.

Sie schwieg und lächelte immer noch, auffordernd, wie er fand. Ein Psychologentrick, dachte er verdrießlich. Wahrscheinlich kriegte man so Leute zum Reden. Nein! Seine Sorgen gingen sie nichts an.

»Von Psychologie verstehe ich nicht viel«, bemerkte er deshalb, »von Wahrnehmung allerdings schon. Ich zeichne und male. Als Hobby natürlich nur.«

»Erzählen Sie.« Sie stützte die Arme auf den Tisch und faltete die Hände unterm Kinn.

Tüünkram, Pieter. Sie kann dich gar nicht beobachten, schalt er sich. Er räusperte sich. Ehrlich währt zwar am längsten, aber das hieß noch lange nicht, dass er ihr all die Probleme präsentieren musste, die sich vor ihm auftürmten. Besser, er erzählte etwas Harmloses.

Also plauderte er. Möglichst unverfänglich, wie er hoffte. Von der Freude, die er seit seiner Kindheit verspürte, wenn er Farben und Formen aufs Papier brachte. Von der Herausforderung, zu versuchen, die Schönheit um ihn herum einzufangen. »Ich habe lange geschwankt, ob ich Arzt, Tierarzt oder lieber doch Illustrator werden sollte«, endete er.

»Sie verstehen sicherlich, dass ich vom Malen wenig Ahnung habe.« Sie schloss die Augen und schwieg. In den Brombeerranken, die das Bootshaus einhüllten, tschilpten Spatzen, drei Erpel glitten mit der Strömung flussabwärts. Pieter atmete tief ein und aus. Der Druck, den er verspürt hatte, seit er Tammy Eggers von der Fähre abgeholt hatte, wich von ihm. Es tat verdammt gut, einmal nichts zu tun, einfach nur sitzen und sein. Ganz bestimmt war es genau diese Ruhe, die Janine und ihm schon lange gefehlt hatte, dachte er.

Offenbar entspannte sich Tammy Eggers ebenfalls. Er sah, dass die scharfe Falte zwischen ihren Augen verschwunden war. Mit ihren kleinen schimmernden Zähnen knabberte sie an einem der staubigen Kekse, die Pieter als Einzige zum Kaffee hatte auftreiben können. Sie lehnte sich mit dem Rücken an die Wand des Bootshauses, hatte die Augen geschlossen und hielt das Gesicht in die Sonne. Winzige Sommersprossen sprenkelten ihre Wangenknochen. Zu allem kitschigen Überfluss flatterte ein Schmetterling heran und setzte sich in ihr Haar. Mit Mühe verkniff er sich die Frage, ob er sie porträtieren dürfe.

Wie die Welt wohl aussah, wenn man sie nicht sehen konnte? Pieter hatte sich nie Gedanken darüber gemacht. Er schloss die Augen. Spürte, wie eine Fliege über die Haare an seinem Unterarm krabbelte. Roch, dass im Dorf irgendwer Brot buk. Hörte Schilf rascheln und die Spatzen, die sich zu zanken begannen. Herr Schliemann schnarchte leise unter dem Tisch. Gedankenverloren tastete Pieter nach dem Hund – und traf auf Tammy Eggers' Hände.

»O Verzeihung.« Er öffnete die Augen und zog seine Hand zurück. »Warum heißt er eigentlich Herr Schliemann?«, fragte er, um seine Verlegenheit zu überspielen.

Sie lachte. »Sie werden es merken, wenn er wieder gesund ist«, sagte sie. Dann wurde ihre Stimme ernst. »Ich werde keine Anzeige gegen Sie erstatten.«

»Wie bitte?« Verwirrt blinzelte er sie an. Ihre Grübchen waren verschwunden.

»Sie bemühen sich wirklich um meinen Hund«, sagte sie leise. »Um ehrlich zu sein, dachte ich bislang, Sie tun es nur, damit ich Sie wegen des Unfalls nicht vor Gericht ziehe. Aber jetzt merke ich, dass Sie es ernst meinen. Ich werde deshalb von einer Klage absehen.«

Du meine Güte. Pieter sackte das Herz in die Hose. Klar, seinen Führerschein war er los. Aber dass ihm ein Prozess ins Haus stünde, daran hatte er noch gar nicht gedacht. Eine dunkle Ahnung ballte sich in seiner Brust zusammen. Es dauerte mehrere Sekunden, bis er begriff, was er bislang offenbar erfolgreich verdrängt hatte. Janine war Juristin. Bei Lichte betrachtet, musste sie gewusst haben, in was sie ihn da hineinzog. Der Gedanke traf ihn wie ein Schlag. Mit einer heftigen Bewegung lehnte er sich zurück.

Offenbar zu heftig für den altersschwachen Klappstuhl. Ein morsches Knacken, und die Lehne gab nach. Im Zeitlupentempo kippte er nach hinten und kugelte ins Gras. Himmel noch mal, jetzt machte er sich auch noch lächerlich. Entnervt blieb er liegen, bis Herr Schliemann ihm übers Gesicht leckte.

»Aus, du Racker.« Er wedelte mit der Hand. Unterdrücktes Kichern drang an sein Ohr, zweistimmig. Ein Kopf schob sich in sein Blickfeld, und lange Haare streiften seine Nase.

»Oh, du Armer! 'ast du dir wehgetan, Piet? Was 'at dich denn vom 'ocker ge'auen?«

O nein, Nadja. Musste sie ausgerechnet jetzt kommen? Sie streckte ihm die Hand entgegen und zog ihn mit Schwung auf die Füße.

»War halt alt, der Stuhl«, brummte Pieter und klopfte sich die Grashalme von der Hose.

Nadja ließ sich mit einem fröhlichen »'allo« neben Herrn Schliemanns Frauchen auf die Bank fallen.

Meine Güte, merkte sie nicht, dass sie ungelegen kam?

»Willst du uns nicht vorstellen, Piet?«, forderte sie ihn auf und zog einen Schmollmund.

»Tammy Eggers. Nadja äh ...« Pieter stockte.

»Montmartin«, half diese aus. »Nadja Montmartin. Oder Monty, wenn du willst. Die Reitschüler nennen mich so, nach diesem Pferdeflüsterer Monty Roberts.«

»Tammy, freut mich, dich kennenzulernen.« Tammy Eggers ertastete Nadjas ausgestreckte Hand und schüttelte sie.

Nadja zog Pieters leere Tasse zu sich und goss sich einen Kaffee ein. »Hm, il est bon, le café, findest du nicht auch, Tammy?«, lobte sie nach einem tiefen Schluck. »Pieter ist – wie sagt man auf Deutsch – ein guter 'ausmann.«

»Hausmann«, verbesserte Pieter mechanisch. Er setzte sich vorsichtig auf den zweiten Stuhl und vermied es diesmal, sich anzulehnen. »Was treibt dich denn her?«, fragte er etwas zu barsch. Hoffentlich wollte Nadja nicht wieder bei ihm schlafen oder sonst was Peinliches.

Nadja schlug die Hand vor den Mund. »Oh, ja, entschuldige, ich störe euch, n'est-ce pas?« Na, immerhin merkte sie doch etwas. »Es ist wegen Palucco. Meine Chefin schickt mich. Sie bittet dich, dass du ihn doch einmal untersuchst.« Sie schob ihm einen Zettel mit Maren Strucks Handynummer hin.

»Morgen, okay?«, sagte er knapp. »Am besten gegen Mittag.«

»Merci, Piet«, entgegnete sie strahlend, sprang auf und küsste ihn stürmisch auf beide Wangen. »Das ist zu lieb von dir.«

Mit einem Seitenblick registrierte er, dass Tammy Eggers nach ihrer Armbanduhr tastete, auf der eine kleine Kugel langsam um das Zifferblatt wanderte. Sie ersetzte die Zeiger, vermutete er.

»Ich muss los. Bringst du mich zur Fähre, Pieter?«, sagte sie.

»Schon?«, entfuhr ihm, und er wunderte sich, dass er sich noch gar nicht so gerne von ihr trennen mochte. Immerhin, Nadjas unverfängliches »Du« hatte dazu geführt, dass Tammy ihn jetzt ebenfalls duzte. »Wie bedauerlich, dass du schon gehen musst«, sagte er und klickte die Leine an Herrn Schliemanns Halsband, der die Aufbruchstimmung spürte und sich an sein Frauchen drängte.

Er brachte den Hund ins Haus, doch der winselte so jämmerlich, dass Pieter seufzend den Buggy startklar machte.

Auch Tammy schien froh, sich noch nicht von ihrem Hund verabschieden zu müssen. Als sie das Haus verließen, hakte sie sich bei Pieter unter. Nadja, die den beiden wie selbstverständlich gefolgt war, tat dasselbe auf seiner anderen Seite. Von den beiden so unterschiedlichen Frauen flankiert, ging Pieter los. Dem kahlköpfigen Brauttürenstreicher, der gerade mit seinem Dackel aus dem Haus kam, blieb der Mund offen stehen.

»'n Abend«, grüßte Pieter und feixte innerlich. Sollte der ihn doch für einen Casanova halten. Er war es nicht. Schade eigentlich, oder?

21

Am Pferdehof verabschiedete sich Nadja, und Pieter brachte Tammy zum Anleger am Sperrwerk. Gerührt beobachtete er, wie sie ihrem Hund Lebewohl sagte. Noch lange nachdem die Fähre Kurs auf Hamburg genommen hatte, stand er am Anleger und blickte ihr nach.

»Sie kommt bestimmt bald wieder«, sagte Pieter und fragte sich im selben Moment, ob er den Hund oder sich selbst damit beruhigen wollte. Der Nachmittag war so anders verlaufen, als er erst geplant und dann befürchtet hatte. Und seine Gefühle waren Karussell gefahren.

Nachdenklich nahm er Herrn Schliemann an die Leine, schaute eine kleine Weile einem kapuzenverhüllten Jugendlichen zu, der das »Willkommen in Elbwerder«-Graffito um einige gesprayte Schafe bereicherte, und schlug im Schneckentempo den Weg zur Karibik ein. Ohne die blaue Tragehose, mit der er Herrn Schliemanns Gang unterstützen konnte, lief der Hund noch sehr unsicher.

Der breite Strand, der dem Deich vorgelagert war, war an diesem Abend beinahe menschenleer. Ein paar Austernfischer, die an der Wasserkante nach Würmern suchten, flogen auf. Die schwarz-weißen Vögel kreisten einen Moment in der Luft und ließen sich ein Stück elbabwärts wieder auf dem Sand nieder. Bestimmt hatten sie auf der gegenüberliegenden Insel ihre Nester, dachte Pieter.

Er zog Schuhe und Strümpfe aus, krempelte die Hose bis zu den Knien auf und watete im flachen Wasser am Strand entlang. Der Hund trottete neben ihm durch die kleinen Wellen. Golden Retriever wurden für die Jagd nach Entenvögeln gezüchtet, wie Pieter wusste. Sie liebten das Wasser. Er fragte sich, ob Tammys Führhund wohl jemals die Gelegenheit hatte, so unbeschwert herumzuplanschen wie andere Hunde, die hier an den Strand kamen. Er zückte sein Handy, kniete sich neben Herrn Schliemann ins flache Wasser, schoss ein Selfie von sich und dem Hund und schickte es an Tammy.

Wie dämlich ist das denn, fuhr ihm gleich darauf durch den Kopf. Sie konnte das Bild ja gar nicht sehen. Oder doch? Zwei Minuten später kam die Antwort: ein Smiley und ein Daumen-hoch-Emoji.

Überrascht setzte er sich auf einen Stein am Ufer und tippte »Blind« und »Handy« in den Internetbrowser seines Smartphones. Aha, es gab Geräte mit Sprachausgabe, die SMS vorlesen und sogar Bilder beschreiben konnten. Unter Garantie hatte Tammy so ein »BlindPhone«.

Pieter beobachtete einen Surfer, der im abflauenden Wind Richtung Ufer glitt. Fast alles, was ihm Spaß machte, hatte mit Sehen zu tun – Surfen, Zeichnen, Malen, Fahrradfahren. Für Tammy war das alles völlig unmöglich.

Alles? Moment mal! Fahrradfahren ginge. Ein Tandem müsste doch irgendwo aufzutreiben sein, überlegte Pieter. Janine und er waren nach ihrer kirchlichen Trauung auf einem Tandem zu dem edlen Restaurant gefahren, das Janines Vater für die Hochzeitsfeier angemietet hatte. Janine. Der Ärger in seiner Brust flammte wieder auf. Ärger auf Janine. Und noch viel mehr Ärger über sich selbst.

Er hätte sich weigern müssen, ihr die Wagenschlüssel zu geben, dachte er gallig. Warum, verdammt, hatte er seiner

Wahrnehmung nicht getraut, dass sie zu viel intus hatte? Ja, doch, die ungeschminkte Wahrheit war, dass er selbst den Unfall hätte verhindern können.

Hätte, hätte, Fahrradkette.

Ein einfaches »Nein, mein Schatz, du fährst nicht« hätte gereicht, und er läge jetzt zu Hause auf dem Kinderzimmerteppich und würde Laura und Fabian eine Gutenachtgeschichte vorlesen, statt sich vor den Scherben seiner Ehe in einem kalten alten Katen zu verkriechen.

Er konnte es nicht leugnen, in diese Zwickmühle hatte er sich höchstselbst manövriert.

Warum?

Mit der Fußspitze schubste er einen Stein vor sich her. Nach einer Antwort brauchte er nicht lange zu suchen. Janine hatte sie ihm vor einiger Zeit in einem Streit geliefert.

Weil er konfliktscheu war. Harmoniesüchtig. Aggressionsgehemmt.

Darum.

Ein Weichei, hatte sie in Rage hinzugefügt.

Er holte aus und kickte den Kiesel mit Schwung ins Wasser. Es lag ihm eben nichts an Machtspielchen und Hahnenkämpfen, er war kein Batman, der seine Scarlett O'Hara mit dem Laserschwert vor Voldemort rettete, er hielt alten Damen die Tür auf, trennte den Müll und … Ach verdammt! Wahrscheinlich passte er sowieso nicht zu Janine, zielstrebig, scharfzüngig, durchsetzungsstark, wie sie war.

»Komm, Kumpel, ab nach Hause.« Voller grauer Gedanken ging er zum Kapitänshaus zurück, setzte sich auf die Bank am Bootshaus und verfütterte die restlichen Kekse an sich und Herrn Schliemann.

Eine Ehe ist für immer – Bertils Spruch kam ihm in den Kopf. Und nun verstand er ihn. Der Mensch, mit dem man Träume und ein Bett geteilt, Kinder bekommen und ein Heim eingerichtet hatte, war für immer mit dem eigenen Leben verbunden. Die guten Erinnerungen blieben. Die schlechten auch. Für immer. Auch wenn man sich nicht mehr sah und nicht mehr riechen konnte.

Ja, Janine hatte sich geändert, während er immer noch derselbe war. Oder war es umgedreht? War die Trennung unabwendbar, oder gab es noch eine Chance für sie? Er lehnte den Kopf zurück und lauschte dem Rauschen der Baumkrone, bis Herr Schliemann bellte und ihm auf den Fuß trat.

Pieter blickte auf und sah Quade auf sich zuhumpeln, den Krückstock in der einen und den rostigen Nagel in der anderen Hand. Der Retriever begrüßte sie schwanzwedelnd. Er mochte die Alte. Vielleicht, weil sie genauso schlecht laufen konnte wie er, dachte Pieter.

Die Lühmeyer fixierte ihn mit ihren Glupschaugen.

»Allens good bi di?«

Ihre Rede war nie länger als ein Tweet bei Twitter. Bei seinem Einzug hatte er befürchtet, dass sie, typisch einsame Seniorin, ihn mehr in Beschlag nehmen würde, als er sich wünschte. Nachdem er jedoch zweimal damit aufgelaufen war, sie auf einen Kaffee in seine Küche zu bitten und ihr ein unverfängliches Gespräch anzutragen, hatte er erleichtert registriert, dass sie Abstand hielt.

»Jo«, antwortete er deshalb ebenso kurz. »Und selbst?«

»Alles gut, bis auf die Knie«, krächzte sie.

Noch bevor er ihrem Blick nicht mehr standhielt, bückte sie sich und durchbohrte eine Wegschnecke. Pieter lief ein

Schauder über den Nacken. Na gut, in feuchten Gärten wie diesen gab es eindeutig zu viele dieser Plagegeister, und er wusste, dass viele Gärtner mit Gift oder Fallen gegen sie vorgingen. Aber sie aufzuspießen und wie zur Abschreckung der Artgenossen an einen Pfahl zu pinnen war garantiert wenig wirkungsvoll. Hoffentlich kam sie nicht auf die Idee, ihre schleimigen Opfer an den Bootsschuppen zu nageln, jetzt, wo der Unterstand zusammengebrochen war, dachte er. An den Anblick der leidenden Tiere würde er sich jedenfalls nie gewöhnen.

Seine kauzige Vermieterin wackelte weiter. Pieter blickte ihr nach, bis sie im Gebüsch verschwand, und merkte, wie seine Nackenmuskeln sich entspannten. Die Energie, die Quade trotz ihrer Gehbehinderung ausstrahlte, ihr Eulenblick und der gelbäugige Kater, der aus dem Gebüsch huschte und ihr wie ein pelziger Schatten folgte, ließen ihn wieder an die Hexe aus *Hänsel und Gretel* denken.

Es dunkelte, und das Gras im Obstgarten durchfeuchtete seine Schuhe, als er den Hund rief und ins Haus zurückging. Er gähnte. Heute würde er mit den Hühnern schlafen gehen, auch wenn er selbst keine hatte. Er fütterte Herrn Schliemann, desinfizierte seine Verletzungen und versorgte die Naht an seinem rechten Hinterbein mit einer aktiven Wundauflage, um sie vor Keimen und Austrocknung zu schützen.

Eine halbe Stunde später lag er im Bett und lauschte auf die Geräusche der Nacht. Ein Rind auf der Nachbarweide muhte. Von der Aue her rollte ein Auto Richtung Straße. Vermutlich ein später Angler, der nach Hause fuhr. Holz knackte, und im riesigen Reetdach über ihm raschelte eine Maus. Wenn überhaupt, war das einzig Unheimliche an dem Haus seine Besitzerin, die alte Lühmeyer, dachte er müde. Herr Schliemann lag auf dem Bettvorleger und knurrte im Halbschlaf.

»Gute Nacht, Kumpel«, murmelte Pieter und glitt in einen unruhigen Traum, in dem er Horden von Nacktschnecken und Paarhufern über das Laufband jagte.

22

Vom Rauschen des Regens auf dem Reetdach wachte Pieter am nächsten Morgen auf. Fröstelnd schlüpfte er in die klobigen Holzpantinen, die er in einer Ecke gefunden und kurzerhand zu Hausschuhen umfunktioniert hatte, fütterte Herrn Schliemann und kochte Kaffee.

Du meine Güte, wie dunkel und kalt es heute Morgen war. Er griff sich das erstbeste warme Kleidungsstück von der Garderobe, ein Jackett, das er, warum auch immer, nach Elbwerder mitgenommen hatte, zog es über den kurzen Schlafanzug und öffnete die Küchenvorhänge. Vielleicht kam von Westen ja schon besseres Wetter auf. Mit der Handfläche wischte er über die beschlagene Scheibe – und prallte erschrocken zurück. Etwas rosafarbenes Feuchtes glitt außen über das Fensterglas. Eine riesige Nacktschnecke? Er brauchte einige Sekunden, um zu begreifen. Draußen stand eine Kuh und leckte mit ihrer breiten rosa Zunge über das Fensterglas.

Verwirrt zog er die Vorhänge wieder zu, wankte zum Herd und nahm einen großen Schluck Kaffee. Das hier war die Wirklichkeit, oder? Kein Traum, keine versteckte Kamera? Als das Koffein seine Wirkung entfaltete und Pieter wieder ans Fenster trat, war die Kuh immer noch da.

Und sie war nicht allein. Hinter dem massigen Nacken seines tierischen Gegenübers erblickte er die Silhouetten von ungefähr zwanzig ausgewachsenen Rindern. Triefend vor Nässe und jedes mindestens vierhundert Kilo schwer, drängten sie sich auf dem Hof. Ein besonders großes Tier hatte einen herzförmigen Fleck auf der Kruppe, der Pieter bekannt vorkam. War das möglich? Dies waren eindeutig die Kühe, die auf der Nachbarweide standen. Besser gesagt, stehen sollten, korrigierte er sich. Sie mussten ausgebrochen sein. Aber wie? Und warum standen sie jetzt alle auf seinem Hof?

Ihm fiel der Wolf ein, der im Norden von Hamburg gesichtet worden war. Vielleicht war der mittlerweile bis ins Alte Land gekommen und hatte die Herde in Panik versetzt? Nein, unmöglich. Der Niendorfer Wolf, wie er in den Medien genannt wurde, wurde beinahe lückenlos überwacht. Fernsehen, Radio und alle Zeitungen hätten garantiert groß berichtet, wenn er über die Elbe geschwommen wäre.

Vorwurfsvoll blickte Pieter auf Herrn Schliemann, der gerade die letzten Happen aus seinem Napf leckte.

»Ich weiß, du bist ein Blindenhund, kein Wachhund. Aber wenn wir das nächste Mal Besuch bekommen, bellst du bitte, auch wenn es mitten in der Nacht ist.«

Herr Schliemann duckte den Kopf und schaute ihn so schuldbewusst an, dass Pieter lachen musste.

»Na ja«, sagte er versöhnlich, »zum Glück sind es keine Einbrecher, sondern nur Kühe.«

Wobei Einbrecher von alleine wieder gingen. Die Schwarzbunten auf Pieters Hof allerdings machten keine Anstalten, das Grundstück zu verlassen. Sie hatten das Futter unter dem zusammengebrochenen Unterstand entdeckt und taten sich daran gütlich. Pieter beobachtete amüsiert, wie sich eine Menge Heu in den Hörnern eines Tieres verfing und auf seiner Stirn thronte wie ein extravaganter Hut. Es schüttelte den Kopf, ging rückwärts und stolperte über den Deckel der Jauchegrube. Das hohle Geräusch beim Drauftreten erschreckte das Rind, und es ließ einen Haufen fallen.

Fabian wäre begeistert. Seine Lieblingslektüre waren seit Jahren die Bücher über die Abenteuer einer unternehmungslustigen Kuh. Allerdings, das hier war keine Kindergeschichte und auch kein YouTube-Video, bei dem Pieter nach genüsslicher Betrachtung der Katastrophe, die die Rindviecher anrichteten, weiter zum nächsten herzigen Tierfilmchen klickten konnte. Sein ärztliches Gewissen meldete sich. Er musste die Tiere vertreiben. Wer weiß, wie alt das Heu war. Verschimmelt vielleicht sogar. Sie konnten sich eine Kolik daran holen.

Er ergriff das rot karierte Tischtuch und öffnete die Tür zum Hof. »Hoh«, rief er und riss die Arme hoch. Die Kühe hoben neugierig die schweren Schädel. Tischtuchschwenkend ging er auf sie zu, stemmte die Schulter gegen ihre mächtigen Flanken, klatschte mit der flachen Hand auf tropfnasses Kuhfell. Die Rindviecher glotzten ihn aus sanften Augen an, streckten wieder die Köpfe ins Heu und fraßen weiter.

Nach einigen Minuten blieb er keuchend stehen. Der Regen war bis auf seine Haut durchgedrungen, und die grünbraunen Spritzer an seinen nackten Beinen waren hoffentlich nur Schlamm. Herr Schliemann saß in der Küchentür und beäugte alles aus sicherer Entfernung.

»Du könntest mir auch helfen, Kumpel«, japste Pieter.

Doch dieser rührte sich nicht vom Fleck. Na gut, Retriever waren keine Hütehunde. Und eigentlich war es besser, wenn Herr Schliemann sich zurückhielt, dachte er. Der Hund humpelte immer noch, Rinder konnten ziemlich aggressiv werden, und eine neuerliche Verletzung ihres Tieres würde Tammy ihm nie verzeihen.

»Dat is Ketelsen sien Vieh«, sagte jemand hinter ihm. Pieter drehte sich um. Quade kam auf ihn zu. »Hebb em schon Bescheed seggt.«

Pieter wunderte sich wieder einmal, wie winzig seine Vermieterin war. Gerade mal eins fünfzig, schätzte er. Eine hölzerne Spange hielt ihr graues Haar zu einem Knoten zusammen, der ihm gerade bis zum Oberarm reichte. Dennoch überfiel ihn unter ihrem Eulenblick stets das Gefühl, er wäre zehn Jahre alt und hätte irgendetwas ausgefressen.

Auf der Deichstraße näherte sich Motorengeknatter. Eine Qualmwolke zeigte an, dass sich ein Trecker näherte und in den Aueweg einbog. Einen Augenblick später drängte sich ein kahlköpfiger Mann in grüner Cordjacke und Latzhose durch die Rinderherde.

»Moin, Broder«, grüßte Quade.

Der auch noch. Pieter stöhnte innerlich auf. Es war der brauttürenstreichende Skatspieler.

Broder Ketelsen musterte ihn unverhohlen und grinste. »Na, gut ge-schla-fen?«

Pieter sah an sich runter und verzog das Gesicht. Mit den überdimensionierten Holzpantinen und dem Jackett über den seidenen Boxershorts sah er aus wie ein Gigolo auf Landurlaub.

Die Lühmeyer klopfte mit ihrem Stock auf den Boden. »Lass ihn, Broder.«

Ketelsen zuckte zusammen wie ein Schuljunge. Ohne weitere Worte machte er sich an die Arbeit.

Quade Lühmeyers durchdringender Blick forderte Pieter zum Mithelfen auf. Während sie wieder in ihrem Haus verschwand, rannte er mit »Hoh« und »Hüh« um die Rinder herum und schwenkte sein Tischtuch mit wenig Erfolg. Dafür musste er neidvoll anerkennen, dass der stämmige Bauer seine Herde gut im Griff hatte. Einige ruhige Bewegungen und leichtes Klopfen auf die Hinterflanken genügten, und die Schwarzbunten setzten sich gemächlich in Bewegung. Eine halbe Stunde später standen sie wieder auf ihrer Wiese, und Ketelsen hatte seinen Zaun, den sie niedergetrampelt hatten, notdürftig geflickt.

Er streckte Pieter die Hand entgegen. »Na ja, danke, Herr …«

»Pieter«, sagte Pieter. Er biss die Zähne zusammen, als Ketelsen seine Finger quetschte. Hier im Dorf duzten sich offenbar alle, und so konnte er sich gleich richtig einführen.

»Also Herr Pieter, danke, dass du die Viecher hier auf dem Hof festgehalten hast. Wer weiß, wo sie sonst hingelaufen wären. Womöglich noch auf die Straße.« Ketelsen schob die Mütze in den Nacken. »Wat'n Schiet. Wie ist das bloß passiert?«

23

Schweißgebadet und schlammbespritzt stand Pieter auf dem Aueweg und blickte dem Trecker hinterher, mit dem Ketelsen davonrumpelte. Auf dem Weg zurück zum Hof stolperte er über einen Draht, der sich im Gras ringelte. Das eine Ende war an einem Busch befestigt. Pieter runzelte die Stirn. Wo kam der her? Er benutzte den Weg, wenn er mit Herrn Schliemann Gassi ging, und war sich sicher, dass der Draht bis gestern nicht hiergelegen hatte.

Eine Gänsehaut lief seinen Nacken hinunter. Jetzt verstand er, warum Ketelsen meinte, Pieter habe die Kühe auf seinen Hof gesperrt. Nachdem die Kühe den Lattenzaun zwischen Schuppen und Stall niedergetrampelt hatten, hatte irgendjemand diesen Draht gespannt, und dieser Jemand hatte zuvor die Kühe auf den Hof getrieben. Aber wer – und warum? So viel war klar: Ein Wolf war das nie und nimmer gewesen.

Das Kopfsteinpflaster auf dem Hof war übersät mit glitschigen Placken, auf die die letzten Regentropfen fielen. Pieter musste grinsen, als er sein kuhfladenverziertes Fahrrad sah. Er holte sein Handy und machte ein Foto. Irgendwann, hoffentlich, würde er es Laura und Fabian zeigen. Mit Sehnsucht dachte er daran, wie sie sich kringeln würden vor Lachen. Ob er das Bild an Tammy schicken sollte? Wäre spannend, was ihr BlindPhone ihr über das Foto erzählen würde.

Tammy. Ein warmes Gefühl breitete sich in Pieter aus. Heute Nachmittag würde er sich umhören, wo er ein Tandem leihen könnte. Hoffentlich hatte sie Lust, Fahrrad zu fahren.

Eine Stunde später hatte er dreiundfünfzig Haufen Kuhscheiße hinter das Storchenhaus geschippt, wie er das efeubewachsene Gebäude getauft hatte, das den Hof zum Garten abgrenzte, fand einen Außenwasserhahn und einen Gartenschlauch und spülte die letzten braungrünen Reste vom Hof. Er roch an seinem Ärmel und verzog das Gesicht. Das Jackett, nein, einfach alles an ihm stank. Die Sachen zog er besser gleich hier auf dem Hof aus. Schaudernd stellte er fest, dass die Dusche nur eiskaltes Wasser von sich gab, wenn er den emaillierten Badeofen nicht stundenlang mit Holz befeuerte. Egal. Mit zusammengebissenen Zähnen wusch Pieter sich den Geruch nach Kuhstall von der Haut, rubbelte sich mit einem harten Handtuch warm, schob Störtebeker sein Futter unter den Küchenschrank und aß ein Müsli.

Es hatte wieder zu regnen begonnen, der Wind fegte nasse Schleier über den Hof. Klar, bei Apfelblüte und Sonnenschein war das Alte Land ein Idyll. Aber jetzt, bei Regen? Oder gar im Winter? Wenn der Nebel aus den Gräben kroch und kein Tourist mehr über die Elbe setzte, war es in Elbwerder ganz bestimmt genauso einsam und still wie überall sonst auf dem platten Land.

Er spülte die Müslischüssel, setzte sich aufs Küchensofa und beobachtete die Tropfen, die vom Reetdach rannen und sich vor dem Fenster in einer Pfütze sammelten. Bei Quade drüben brannte Licht. Warum eigentlich wohnte sie in dem düsteren Katen? Selbst das Kapitänshaus wirkte geradezu modern dagegen, grübelte er, zumindest der hintere Teil, den er bewohnte.

Unverhofft wurde ihm klar, was er mit dem verregneten Vormittag anfangen könnte. Das Vorderhaus hatte er bislang nicht betreten und verließ das Haus durch den Hinterausgang, der auf den Hof führte. Höchste Zeit also für eine Exkursion in den eigenen vier Wänden.

Herr Schliemann sah erwartungsvoll auf, als Pieter zur Tür ging.

»Bleib liegen«, sagte er und versprach ihm, später mit ihm spazieren zu gehen. Er durchquerte den rückwärtigen Flur, betrat die Diele und wartete, bis seine Augen sich an die Dunkelheit gewöhnt hatten.

Rechts und links der mächtigen Stützbalken, die diesen großen Raum zur Seite begrenzten, waren Nischen abgeteilt, Ställe aus der Zeit, als Mensch und Tier noch unter einem Dach lebten. Eine Stiege aus rohen Bohlen führte nach oben. Pieter kletterte hinauf. Der riesige Raum unter dem Reetdach war bis auf einige Schwalbennester leer.

Er stieg wieder hinunter und steuerte auf die Tür zu, die das Hinterhaus mit dem Vorderhaus verband. Sie war verschlossen. Merkwürdig, dachte er und überlegte, ob er das Vorderhaus nicht mit gemietet hatte oder es vielleicht gar nicht betreten durfte. Nein, Quade hatte nichts dergleichen gesagt.

Er durchstreifte die Diele, fasste auf Balken, befingerte Mauervorsprünge und lugte in steinerne Töpfe, bis er unter der Stufe vor der Tür einen rostigen Schlüssel fand, der passte. Die Tür gab einen lang gezogenen Klagelaut von sich, als er sie aufzog.

Dunkelheit und Stille empfingen ihn. Spinnweben hingen von der Decke und bebten im Luftzug, der hinter Pieter hereinwehte. Er verspürte eine Mischung aus Abenteuerlust und Grusel. Wie lange war es her, dass der letzte Bewohner das Haus verlassen hatte?

Er tappte durch die nächste Tür in den Flur, der durch die Scheiben der Haustür ein wenig Licht erhielt. Rechts und links gingen Zimmer ab. Er fand einen Lichtschalter, der nicht funktionierte, trat durch die Tür zur Linken, tastete sich zu einem Fenster und zog die Innenläden zur Seite. Durch die von Regen und Vogelkot halb blinden Scheiben fiel Helligkeit in den Raum. Das Zimmer rechts vom Flur war bis auf einen Kachelofen ebenso unmöbliert wie ein kleineres Gelass und die Küche dahinter. Er stieg die Treppe hinauf und öffnete alle Türen. Auch hier gähnende Leere. Er drückte die letzte Klinke hinunter und stutzte. Das Zimmer war verschlossen. Als er durch das Schlüsselloch linste, erblickte er einen Porzellanhund, der auf der Fensterbank stand.

Verbarg sich etwas in diesem Raum? Und wenn ja, was? Pieters Forscherdrang erwachte. Er lief durchs Haus, zog Schlüssel aus allen Türen und probierte einen nach dem anderen. Erst der Kellerschlüssel ließ sich drehen. Pieter biss sich vor Spannung auf die Unterlippe, als er den Raum betrat.

Der verstaubte Porzellanhund schien ihm erwartungsvoll entgegenzusehen, ebenso wie sein seitenverkehrtes Ebenbild auf dem Sims des zweiten Fensters.

Zwischen den Fenstern stand ein zierlicher Tisch mit Spiegelaufsatz. Wahrscheinlich ein Frisiertisch, vermutete er. Die Tapeten waren pudrig rosa, verziert mit Kirschblüten und Segelbooten, und an den verblichenen Stellen erkannte er die Umrisse der Möbel, die einmal hier gestanden haben mussten. Zierliches Inventar, ein Bett, eine Kommode und ein Schrank, das Zimmer einer Frau also, nahm er an.

Vor dem Spiegel auf dem Tisch stand ein Kästchen. Pieter trat näher und strich über den verstaubten Deckel. Als wäre sein Finger ein Zauberstift, tauchten aus dem Staub Verzierungen aus Perlmutt auf, in das rote Holz eingelassene Drachen und Blütenzweige. Ein Schmuckkästchen? Er nahm es in die Hand. Etwas befand sich darin.

Pieter rang mit sich. Er ging zum Fenster und betrachtete einen der beiden Porzellanhunde, typische Mitbringsel der Seefahrer vergangener Zeiten an ihre Frauen. Anschließend schob er die Gardine zurück und blickte auf die Dorfstraße. Da das Haus am Deichfuß und die Straße auf der Krone des Deiches lag, befand sie sich direkt auf seiner Augenhöhe. Er beobachtete das Bäckerauto, das auf der Straße hielt, und Quade, die aus dem Haus kam und Brot kaufte.

Dann war es mit seiner Selbstbeherrschung vorbei, und seine Neugier siegte über die vorwurfsvolle Stimme in seinem Inneren, die sagte, dass man nicht in fremden Sachen herumwühlte. Er ging zurück zum Tisch und öffnete das Kästchen.

Kein Schmuck lag darin, wie er mit leichter Enttäuschung feststellte, sondern ein Stapel Fotos und Postkarten. Schwarz-weiß die meisten und mit altertümlichem Zackenrand. Pieter blätterte das Sammelsurium durch, sah Ansichten von Altländer Dörfern und dem Hamburger Michel, den Rügener Kreidefelsen und das Bild einer Dschunke. Mehrere Postkarten zeigten das Innere von Kirchen, auf einer war ein stattliches Segelschiff zu sehen, auf einer weiteren ein fernöstlicher Tempel. Die meisten Karten waren eng beschrieben und die Schrift so verblichen, dass er sie nicht entziffern konnte.

Er wollte die Karten schon zurücklegen, als sein Blick auf das letzte Foto fiel. Es zeigte eine Loggia mit verzierten Säulen und Blumenkästen, und Pieter begriff erst nach einem Moment, dass es der Eingang zum Kapitänshaus war. Vor dem Haus stand ein Mann mit Hut und Trenchcoat, der Pieter an Humphrey Bogart in *Casablanca* erinnerte. Er hielt ein etwa sechsjähriges Mädchen an der Hand, dessen glänzende schwarze Haare von einer großen Spange zur Seite gehalten wurden.

Der Mann war ernst und hager. Spiegelnde Brillengläser verbargen seine Augen. Pieter fixierte das mit den Jahren verblasste Abbild. Ein Chinese? Ein Japaner? Ein fernöstlicher Besuch des Kapitäns, der hier gewohnt hatte?

Er legte die Karten zurück in den Kasten und ging wieder ins Erdgeschoss. In dem Moment kam die Sonne heraus, und das wuchernde Gerank vor der Eingangstür tauchte den Flur in grünes Licht. Pieter kam sich vor wie der Prinz in einem verwunschenen Schloss, in dem nur das Dornröschen fehlte. Laura und Fabian fielen ihm ein. Die Kinder würden die alten Räume bestimmt ebenso spannend finden wie er.

Bevor er es sich anders überlegte, zog er das Handy heraus und wählte Janines Nummer.

»Sorry, Piet, ich bin grad in einer Besprechung«, sagte sie im Stakkatoton. Im Hintergrund hörte er eine Männerstimme, die irgendwelche Zahlen herbetete. Herrje, Janine arbeitete ja um diese Zeit. Pieter überfiel ein schlechtes Gewissen. Während anständige Hamburger Familienväter und -mütter ihren Brotjobs nachgingen, stöberte er in einem alten Haus herum.

»Ganz kurz, können die Kinder am Wochenende kommen?«, sagte er deshalb schnell.

»Du wolltest ihnen Zeit lassen, Piet«, zischte sie unwirsch, und er hörte, dass sie ihr Handy mit der Hand abschirmte. »Also halt dich bitte dran. Außerdem geht Joop Samstag mit ihnen paddeln und Sonntag in den Zoo.«

»Grüß sie bitte und sag ihnen, dem Hund geht es besser!«, rief er. Sie legte wortlos auf.

Pieter umklammerte sein Handy, als wollte er es erwürgen. Joop mal wieder. Der würde schon dafür sorgen, dass die Kinder ihn nicht vermissten, dachte er verbittert. Sein Herr Schwiegervater drängte sich geradezu zwischen ihn und die Lütten. Und Janine fand offenbar überhaupt nichts dabei. Er stapfte aus dem Vorderhaus und pfefferte die Tür hinter sich zu. Der Knall und Herrn Schliemanns erschrockenes Bellen ließen seinen Ärger schlagartig verpuffen. Mach einen Schritt nach dem anderen, redete er sich zu und zwang sich, ruhig zu atmen.

Pieter holte Herrn Schliemann und massierte seine Muskulatur. Im Schultergürtel des Hundes ertastete er deutliche Verhärtungen. Kein Wunder, mit den Vorderbeinen glich der Retriever die fehlende Kraft der Hinterläufe aus, und das führte zu Verspannungen an anderer Stelle des Bewegungsapparates. Dann kontrollierte er die Wunden. Pieter sah zufrieden, dass nur die große Narbe am Hinterlauf noch ein wenig gerötet und geschwollen war. Die restlichen Nähte sahen gut aus, sodass er kurz entschlossen die Fäden zog. Er ließ dem Hund einen Moment Zeit, die Stellen zu beschnuppern, dann legte er ihm die Halskrause wieder um, um ihn daran zu hindern, an den frischen Narben zu knabbern.

»Du bist tapfer, Kumpel«, lobte er den Retriever, der unglücklich aus dem Plastikkragen guckte, und gab ihm zur Belohnung einen Kauknochen.

Während Herr Schliemann sich darüber hermachte, startete Pieter seinen Laptop und fand mit ein paar Klicks heraus, dass ein Laden namens Fahrrad-Fiete in Finkenwerder ein Tandem verlieh. Er reservierte es für Sonntag, sandte eine Sprachnachricht an Tammy, und die Vorfreude auf die Fahrradtour vertrieb den letzten Rest seiner schlechten Laune.

24

Es hatte aufgehört zu regnen, und die blaue HSV-Fahne tropfte vor Nässe, als Pieter mit Herrn Schliemann gegen Mittag das Tor von Strucks Hof passierte.

Vor der Maschinenhalle stand Ketelsens Trecker. Die Motorhaube war geöffnet, Werkzeug lag auf dem Boden, und ein so scharfer Geruch wehte über den Platz, dass Pieter die Nase rümpfte. Wahrscheinlich fand da gerade ein Ölwechsel statt, ein Austausch der Bremsflüssigkeit oder sonst irgendetwas mit Schmiere oder Chemie, von dem er keinen Schimmer hatte.

Aus einer geöffneten Nebentür des Bungalows hörte er Stimmen und Geschirrgeklapper, Strucks aßen offenbar zu Mittag. Pieter steuerte den Pferdestall an. Gleich in der ersten Box stand Palucco. Er ließ Herrn Schliemann neben der Boxentür Platz machen und schickte Maren Struck eine SMS, dass er schon da sei und mit der Untersuchung beginne, er habe nämlich nicht viel Zeit. Was nicht stimmte, aber aus dem Munde eines Arztes immer glaubwürdig klang. Pieter streifte Gummihandschuhe über und hängte sich das Stethoskop um. Wenn er ehrlich mit sich war, wollte er schnell fertig werden, um dem unseligen Bodo Struck nicht in die Arme zu laufen.

Der Grauschimmel stand in der hinteren Ecke der Box und schubberte die Flanke an der hölzernen Trennwand. Seine Nüstern zuckten, immer wieder hob er die Hinterhufe und stieß sie gegen den Unterleib, auf dem Pieter mehrere offene

Stellen ausmachte. Und dann sah er, dass Palucco sich an der Kruppe schon blutig gescheuert hatte. Das Pferd litt, das war offensichtlich, aber woran?

»Na komm, mein Guter«, lockte er. Geduldig hielt er die Hand hin, doch das Tier reagierte nicht.

Vielleicht half Futter, um es von seinem Leid abzulenken. Pieter sah sich um. Neben einer Box, aus der ein zottelmähniger Isländer schaute, stand eine Truhe auf der Stallgasse. Er ging hin und öffnete sie. Treffer. Sie war randvoll mit Kraftfutter. Er tauchte seine Hand in die Pellets, als er Schritte hinter sich hörte und jemand ihn am Kragen packte.

»Na, der Herr Künstler auf Diebestour?« Es war Bodo Struck.

Pieter versuchte, unter dem groben Griff den Kopf zu drehen, und stöhnte unwillig auf.

Natürlich, für Struck sah es so aus, als hätte Pieter klauen wollen. Obwohl er unter Garantie wusste, dass das nicht der Fall war, würde er es so hindrehen. So viel zum Thema Konfliktvermeidung, dachte Pieter.

Struck war nicht allein gekommen, wie Pieter feststellte. Im Gegenlicht der Stalltür nahm er die gedrungene Gestalt von Ketelsen wahr, einen weiteren Mann im Blaumann und ein schmales junges Mädchen in rotem Overall, der Lehrling wahrscheinlich.

Na toll, bestes Publikum für Struck, um sich hervorzutun, dachte Pieter. Er war fest entschlossen, dem groben Kerl dazu keine Chance zu bieten.

»Tag, Herr Struck.« Er richtete sich zu seiner vollen Größe auf, verschränkte die Arme vor der Brust und sah auf den wütenden Mann hinunter. Struck, der neben ihm aussah wie ein hagerer Zitteraal, der sich an seinem Kragen festgebissen hatte, begriff offenbar, dass er jetzt die schlechtere Figur abgab, und ließ los.

»Macht man sich nur die Pfoten schmutzig«, knurrte er und starrte Pieter an, als würde er über die nächste Bosheit nachdenken.

»Hallo, Dr. Kreutzfeldt! Schön, dass Sie gekommen sind.« Maren Struck kam mit langen Schritten in den Stall. Pieter schob sich erleichtert an Struck vorbei, gab ihr die Hand und folgte ihr zu Paluccos Box. Struck und die beiden anderen Männer bauten sich im Halbkreis hinter ihm auf, lauernd, wie Pieter empfand.

»Wenn Sie gestatten, werde ich Palucco jetzt untersuchen«, sagte Pieter, die angespannte Situation ignorierend.

»Wenn Sie gestatten, wenn Sie gestatten«, äffte Struck nach.

Er erinnerte Pieter an einen Hahn, der seinen Hühnerhof verteidigte. Fragte sich nur, was dieser Hühnerhof war, der Hof oder das ganze Dorf. Wie zum Truthahn sollte er diesem Alphatierchen klarmachen, dass er ihm absolut überhaupt nichts wegnehmen wollte? Bei störrischen Tieren oder deren zickigen Herrchen halfen oft viel Freundlichkeit und noch mehr Geduld. Also schluckte er seinen Ärger hinunter, zog die Mundwinkel hoch und hoffte, dass er freundlich aussah.

»Ich werde einige Proben nehmen«, erklärte er, an Maren Struck gewandt. »Haar, Blut und …«

»Das hat Karl schon gemacht«, blaffte Bodo Struck. »Das bezahl ich nicht noch mal. Nix ist dabei rausgekommen. Das wird schon wieder, hat Karl gesagt.«

»Der Tierarzt aus Neuenschleuse«, erklärte Maren Struck.

Pieter rang sich ein Lächeln ab. »›Tut nicht weh.‹, ›Dauert nicht lange‹ und ›Das wird schon‹ sind Sätze, die Sie keinem Arzt glauben sollten, Herr Struck. Auch keinem Tierarzt.«

Das war der einzige Witz, den Pieter behalten konnte.

Ketelsen lachte auf. Das Mädchen hustete sein Grinsen in den Ärmel. Struck hingegen lief rot an bis unter die Haarspitzen.

»Ich werde noch ein paar Untersuchungen machen lassen, wir finden sicher etwas«, erklärte Pieter so ruhig es ihm möglich war. »Und warum auch immer Sie sich so aufregen, Herr Struck, damit Sie es wissen: Ich behandle das Pferd umsonst.«

»Umsonst ... Das heißt so viel wie – vergebens?«, sagte Struck und blickte triumphierend in die Runde.

Pieter zählte im Kopf bis zehn. Strucks Geprotze ging ihm eindeutig zu weit. Über die Motive konnte er nur spekulieren.

»Sie sind gereizt, Herr Struck.« Pieter bemühte sich um einen neutralen Ton. »Mögen Sie mir verraten, warum?«

Struck machte eine wegwerfende Geste. »Warum pinkelt der Hund an einen Baum?«

Bleib ruhig, ermahnte Pieter sich. »Stört Sie etwas an mir?«, fragte er.

Struck klopfte ihm auf die Schulter. »Aber nein, Herr Doktor Künstler. Ich finde es super, dass Sie jetzt hier im Dorf wohnen. Vor allem in Quades alter Absteige. Wenn die endlich zusammenbricht, ergibt das doppelt Sinn.«

Okay, dachte Pieter entnervt. Struck wollte ihn offenbar hassen. Er gab es auf. Als er sich wieder dem Pferd zuwenden wollte, drängte sich Struck zwischen ihn und Palucco. Pieter roch Männerschweiß und Bratensoße.

Zum Glück griff Maren Struck jetzt ein. »Geht mal wieder arbeiten, Männer«, sagte sie ruhig. »Das Pferd ist schon ganz nervös wegen der vielen Leute. Und Broder, du brauchst doch deinen Trecker wieder.«

Pieter sah, wie es in Bodo Strucks Gesicht arbeitete. Dann stakste er breitbeinig aus der Box.

»Komm mit, Benni«, herrschte er das Mädchen an.

Sie stopfte die Hände in die Taschen und lief lustlos hinter den Männern her. Pieter konnte sich kaum vorstellen, dass die blasse junge Frau sich bei dem reizbaren Lehrherrn wohlfühlte.

»Entschuldige die Unannehmlichkeiten«, sagte Maren Struck. »Ich darf doch du sagen?«

Pieter nickte.

Palucco war inzwischen etwas ruhiger geworden. Er streckte den Kopf aus der Box und schnupperte an Herrn Schliemann, der sich ebenfalls für das Pferd zu interessieren schien.

Pieter nahm die erforderlichen Proben und gab dem Hengst ein homöopathisches Medikament zur Steigerung der Abwehrkraft.

»Es ist nett, dass du das gratis machst«, sagte Maren, als Pieter die Proben in seine Tasche räumte.

»Keine Ursache«, erwiderte Pieter und nahm Herrn Schliemann an die Leine. Er dachte an Franz, der den Hund umsonst operiert und tagelang auf der Intensivstation behandelt hatte. Eine Hand wäscht die andere, philosophierte er. Und irgendwann kommt alles Gute wieder zu einem selbst zurück. Hatte er zumindest mal irgendwo gelesen. Wahrscheinlich in einem Lesezirkelheft.

Maren brachte ihn zum Tor. »Wenn du reiten möchtest, bist du jederzeit willkommen. Bezahlen musst du natürlich nichts.«

»Danke, aber nein«, sagte Pieter. »Ich bin als Kind vom Pferd gefallen.« Seitdem hatte er Respekt vor jedem noch so kleinen Pony. Ihre Kräfte waren enorm. Einmal hatte er einen Isländer auf Hufrehe untersucht, als dieser sich erschrak und auskeilte. Der Huf war nur einen Zentimeter an Pieters Schädel vorbeigesaust.

Maren lachte. »Wir haben sehr brave Großponys. Überleg's dir.«

Während er sich verabschiedete, fing er Bodo Strucks finsteren Blick auf. Dieser thronte auf der Motorhaube des Treckers, zu seinen Füßen das Mädchen und die beiden anderen Männer. König Bodo, Herrscher über das Struck'sche Reich. Schönes Königreich, dachte Pieter grimmig. Stallungen und Reitplatz waren gepflegt und aufgeräumt, doch neben der Maschinenhalle stapelten sich rostige Bleche, Autoreifen und verbeulte Kanister in den Brennnesseln.

»Ist Palucco immer im Stall?«, fragte er, einer plötzlichen Eingebung folgend.

Maren schüttelte den Kopf. »Erst seit ein paar Tagen. Vorher stand er auf unserer besten Weide. Der hinter der Halle. Ob er drinnen oder draußen stand, das Ekzem ist immer schlimmer geworden«, sagte sie betrübt.

»Bis wohin reichen eure Weiden?«, fragte Pieter.

Maren machte eine halbkreisförmige Bewegung mit dem Arm. »Bis zur Süderaue. Da unten ist es zurzeit allerdings recht nass.«

Pferde sind Steppentiere, und Pieter wusste, dass sie Feuchtigkeit nicht immer vertrugen. »Bitte stell ihn trotzdem einmal dahin«, sagte er. Die Wiese an der Süderaue war die einzige Möglichkeit, um den Verdacht zu erhärten, der plötzlich in ihm aufgekeimt war. »Möglichst weit weg vom Hof. Wenigstens für ein paar Tage«, ergänzte er.

Maren lachte. »Aus dem Blickfeld von Bodo, nehme ich an?«

Pieter schmunzelte. Maren Struck hatte Humor. Unentbehrlich, um es mit dem Ekelpaket Bodo auszuhalten, dachte er.

25

Eine Stunde später stand Pieter am Küchentisch und inspizierte den kläglichen Rest seines mitgebrachten Essensvorrates, als sein Handy klingelte.

»Vera Oldenburg, ich hoffe, ich störe nicht?«

Maren, also Frau Struck, habe ihr Pieters Telefonnummer gegeben, erzählte die Anruferin. Sie züchte alte Haustierrassen. Ob er wohl Zeit habe, sich zwei ihrer Tiere anzuschauen?

»Kein Problem«, beteuerte Pieter und notierte sich die Adresse. Er wolle später zum Einkaufen nach Jork fahren und könne auf dem Rückweg bei ihr vorbeikommen. Wie schnell sich seine Anwesenheit hier herumsprach, dachte er belustigt. Tratsch und Buschfunk funktionierten im Alten Land ja bestens.

Zwei Stunden später brachte er sein Fahrrad vor einem imposanten Anwesen in Borstel zum Stehen. Eine üppige Mittvierzigerin in kariertem Hemd und Gummistiefeln kam die Auffahrt herunter.

»Ich bin Vera, hallo. Wie schön, dass du dir die Zeit genommen hast.«

Er ließ Herrn Schliemann aus dem Anhänger, in dem er eingeklemmt zwischen drei randvollen Einkaufstaschen saß, und band ihn mit der Leine an eine Strebe der kunstvollen Prunkpforte, die die Einfahrt überspannte.

Pieter staunte nicht schlecht. Warum auch immer, er hatte einen alternativen Hof erwartet, Freaks mit Rastazöpfen und wenig Geld, die mit viel Begeisterung eine Bleibe für seltene Haustierrassen eingerichtet hatten, ein liebenswertes Durcheinander an Selbstgebautem und niemals Fertigem.

Es war nicht zu übersehen, dass er sich geirrt hatte. Vera Oldenburgs Hof sah aus wie aus einem Werbeprospekt für die Elbmarschen. Er lag direkt hinterm Hauptdeich, das riesige Haus hinter dem schmucken Bauerngarten war frisch mit Reet gedeckt, sein Balkenwerk mit aufwendig gemustertem Mauerwerk ausgefacht. Im ebenfalls reetgedeckten Carport stand ein schwarzer Porsche neben einem SUV.

»Hier entlang, bitte.«

Vera Oldenburg ging voran, und Pieter nutzte die Zeit, um hinter ihrem Rücken sein Handy zu checken. Eine Nachricht von Tammy war eingetroffen. Er öffnete sie und blickte alarmiert auf ein stirnrunzelndes Emoji und ein Fragezeichen. Ach herrje, hatte Tammy seine Einladung zum Radfahren falsch verstanden und gedacht, er wollte sich über sie lustig machen?

»Tandem«, tippte er.

Sekunden später kam ein Smiley und ein Daumen hoch zurück. Uff, das war geklärt. Erleichtert steckte er das Handy wieder ein und folgte seiner Gastgeberin der Längsseite des Hauses, in dessen hinterer Hälfte etliche niedrige Türen in die Außenwand eingelassen waren.

»Die Ställe«, erklärte Vera. Sie öffnete die Pforte zu einem Außengehege, das aussah, als wäre es frisch umgepflügt, und stapfte in den Modder. Als sie sich zu ihm umdrehte, war ihr Gesicht ernst.

»Mein Mann stammte aus dem Alten Land und arbeitete für einen Ölkonzern. Madrid, Venezuela, Indonesien, nirgendwo wohnten wir länger als zwei, drei Jahre. Helmut hat viel Geld gemacht – in einer schmutzigen Branche. Als er in Rente ging, zogen wir hierher. Er wollte mit seinem Vermögen etwas für die Natur tun und seltene Haustierrassen vermehren.« Sie räusperte sich. »Er starb letzten Silvester.«

»Das tut mir leid«, sagte Pieter betroffen. Er sah beeindruckt, dass die Oldenburgs eine stattliche Anzahl unterschiedlicher Tierrassen versammelt hatten, und erkannte Weiße Edelziegen, Blaue Hamburger Hühner und eine schlanke braune Kuh, wahrscheinlich ein Angelner Rind.

Vera scheuchte eine kleine Gans fort, die an ihrem Gummistiefel knabberte, und zeigte auf eine Ecke in dem umgepflügten Gehege.

Erst jetzt sah Pieter, dass im Matsch zwei Schweine lagen. »Rotbunte Husumer«, sagte er überrascht.

»Wir ... Ich habe sie vor ein paar Wochen von einem Hof in Amt Neuhaus übernommen. Es gibt vielleicht noch hundertfünfzig Tiere dieser Rasse. Julika und Elmo sind eigentlich ein schönes Paar, und es ist wirklich wichtig, dass sie sich vermehren. Aber ...« Vera strich sich eine graue Haarsträhne aus der Stirn. »Er probiert es ständig. Es klappt einfach nicht.«

Pieter verkniff sich ein Grinsen. »Das kann passieren. Es gibt auch im Tierreich Antipathien.« Wie bei uns Menschen, dachte er. Allerdings würden die Schweine nicht so dicht beisammenliegen, wenn sie sich nicht leiden könnten.

»Aber sie mögen sich«, antwortete Vera deshalb auch. Sie holte einige kleine Brocken aus ihrer Schürzentasche. »Kommt«, lockte sie. In den Matschhaufen kam Bewegung. Die beiden Tiere sprangen erstaunlich flink auf und liefen zu ihr.

»Die kleine ist Julika?«, fragte Pieter. Bei den dreckverkrusteten Tieren konnte er die Geschlechter nicht unterscheiden.

»Nein, das ist Elmo.«

Pieter zog sein Handy heraus. »Dann ist alles klar. Ausgewachsene Husumer Eber sind normalerweise deutlich größer als die Sauen. Ich glaube, Elmo ist noch ziemlich jung, oder?«

Vera nickte. Er googelte die Seite eines Händlers für Veterinärbedarf und zeigte sie ihr.

»Hier gibt es so einen handlichen Führungstrichter. Damit kannst du dem Eber helfen, auf die Sau hinaufzukommen. Also entweder legst du selbst Hand an, oder du wartest, bis Elmo ausgewachsen und etwas erfahrener ist.«

Vera lachte. »Ich ziehe es vor, der Natur ihren Lauf zu lassen.« Sie schob den kleinen Eber zur Seite, der an ihrer Hosentasche nach weiteren Leckerbissen schnüffelte, und schloss das Gatter des Schweinekobens hinter sich. »Tausend Dank für deine Hilfe.« Sie zog ein bedauerndes Gesicht, als Pieter ihr erklärte, dass er eigentlich in Hamburg praktiziere und nur für kurze Zeit im Alten Land sei.

»Was ist mit dem Kollegen aus Neuenschleuse?«, fragte er.

»Dr. Karl?« Vera wusch sich die Hände in einer Regentonne. »Der hat Bandscheibe und macht schon ewig keine Hausbesuche mehr. Eine Katastrophe, vor allem für die Milchbauern. Jede kranke Kuh zum Tierarzt zu karren kostet Zeit. Wann sollen die das noch machen? Vor allem die, die so wenig verdienen, dass sie noch einen Nebenjob oder ein zweites Standbein haben.«

»So wie Strucks wahrscheinlich«, dachte Pieter laut. »Die Einkünfte aus der Maschinenreparatur unterstützen den Pferdehof.«

Vera schüttelte energisch das Wasser von den Händen. »In diesem Fall liegt das anders«, murmelte sie.

Aha. Pieter zog die Augenbrauen hoch, doch sie schien seinem Blick auszuweichen. Vermutlich hatte die so ruhig wirkende Maren ihre Freundin in Dinge eingeweiht, über die Vera nicht sprechen wollte.

26

»Sitz, Schliemann … und Platz … und wieder Sitz.« Herr Schliemann rappelte sich abwechselnd auf und legte sich gleich darauf erneut in den Sand. Langsam und mit ausreichenden Pausen wiederholte Pieter die Befehle, doch selbst diese einfachen Übungen strengten den Hund an.

Pieter tastete vom Kopf über den Nacken des Tieres, strich die Muskelstränge seitlich der Wirbelsäule aus und griff zum Schluss abwechselnd Herrn Schliemanns Vorderpfoten und dehnte und bewegte die Zehen gegeneinander.

»So, das war's fürs Erste, Kumpel.«

Er ließ sich neben den Hund in den Strandsand fallen und blickte in den Himmel. Die Sonne, die seit Mittag wieder schien, hatte den Sand der Karibik getrocknet, und dicke weiße Wolkenschiffe schaukelten elbaufwärts.

Ja, es war die richtige Entscheidung gewesen, sich eine Auszeit zu nehmen, um sich intensiv um den Hund zu kümmern, dachte er zufrieden. Die über den Tag verteilten leichten Übungen taten Herrn Schliemann sichtlich gut.

Seine Gesundung machte Fortschritte, ohne Zweifel. Aber es würde noch lange dauern, bis er wieder als Blindenhund für Tammy würde arbeiten können. Sehr lange.

Pieter fuhr mit der Hand durch den Sand und ließ die feinen Körner durch die Finger rieseln. Herr Schliemann lag dicht neben ihm. Durch seinen Wollpullover spürte Pieter die Wärme des Tieres.

Ob er sich selbst einen Hund anschaffen sollte? Einen

Malteser vielleicht? Die intelligenten Hunde passten in jeden Fahrradkorb. Oder einen Australian Shepherd, diese vielfarbigen quirligen Tiere, die oftmals sogar zwei verschiedene Augenfarben hatten. Laura und Fabian wären garantiert total aus dem Häuschen, sinnierte er.

Aber nein, er konnte keinen Hund halten. Völlig unmöglich. Er brauchte dringend eine Wohnung, und die meisten Vermieter würden ihm garantiert die Tür vor der Nase zuknallen, wenn er das Wort Hund auch nur erwähnte. Diese Art Leidensgeschichten auf der Suche nach einer bezahlbaren Bleibe kannte er zur Genüge von seinen Patienten. Und wenn die Kinder zwischen ihm und Janine hin und her wechseln würden, müsste ein potenzieller Vermieter sich schon mit den beiden Meerschweinchen anfreunden. Das war schwierig genug. Falls die Kinder überhaupt zu ihm wollten.

Er sah einem Kleinkind zu, das in einiger Entfernung den Deich herunterlief und quietschend vor Vergnügen aufs Wasser zustrebte. Die Mutter lehnte ihr Fahrrad an eine der Bänke, die in regelmäßigen Abständen auf dem Deich standen, lief hinterher und hob es auf, bevor es in die Wellen tappen konnte. Das kleine Kind schrie empört. Dann blickte sie auf, winkte und stapfte auf Pieter zu. Jetzt erst erkannte er Nadja und Onni.

»Ist es nicht absolut ’errlich hier?«, rief sie zur Begrüßung. Sie setzte Onni ab und küsste Pieter rechts – links – rechts auf die Wangen. »Die Luft, der Sand, das Wasser …« Sie drehte sich begeistert einmal um sich selbst. »Erinnert mich alles an zu ’ause, an die Normandie. Non! Lass das, Onni!« Lachend wehrte sie den Sand ab, mit dem der Junge sie bewarf, hielt seine kleinen Fäuste fest und kitzelte ihn, bis er vor Lachen gluckste. Dann ließ sie sich neben Pieter auf den Strand fallen.

Pieter schmunzelte. In ihrer robusten Reithose und dem groben Wollpullover entsprach die stämmige Nadja so gar nicht seinem Bild einer kultiviert-eleganten Französin.

Ihr Sohn begann Sand auf Herrn Schliemanns Schwanz zu streuen.

»Wo ist eigentlich Onnis Vater?«, wagte Pieter sich vor.

»Pascal? In Frankreich.« Die junge Frau kniff die Augen zusammen und blickte einem Kitesurfer nach, der mit rasender Geschwindigkeit übers Wasser zischte.

Aha, also war Struck nicht Onnis Erzeuger. Immerhin. Mit einem Seitenblick auf Nadjas Sohn meinte Pieter festzustellen, dass er diesem polternden Mann auch gar nicht ähnlich sah.

»Wir waren so verliebt, Pascal und ich. Zu Anfang. Dann wurde ich schwanger.« Nadja runzelte die Stirn. »Wie er sich auf das Kind gefreut 'at. Aber dann kam Onni auf die Welt, und alles war anders.«

Pieter nickte stumm. Er wusste aus eigener Erfahrung, dass die Geburt eines Kindes eine Beziehung völlig auf den Kopf stellen konnte.

Ihre Stimme wurde lauter. »Stell dir vor, Pascal wollte mir erzählen, wie ich das Baby füttern und tragen soll. Ich 'abe mich so blöd gefühlt.«

»Das kann ich gut verstehen«, sagte Pieter. Auch er stand bei Lauras Geburt oft hilflos neben Janine und der Hebamme und hatte den Eindruck, jede dieser Frauen wusste genau, wie man mit einem Kind umging. Er hatte sich damit getröstet, dass Janine im Geburtsvorbereitungskurs offenbar besser aufgepasst hatte als er.

»Ja, nicht wahr?« Bewegt ergriff sie seine Hand. »Er wollte mir sogar ins Stillen hineinreden, ins Wickeln und Baden.

Alles wusste er besser als ich. Was denkst du, wie bescheuert ich mich gefühlt 'abe!«, rief sie.

Mein Gott, dieser Pascal muss ja ein ausgewachsener Narzisst gewesen sein, dachte Pieter bestürzt.

»Eines Tages lief Onni nackt durch die Küche. Er sollte lernen, aufs Töpfchen zu gehen. Und 'at stattdessen auf den Fußboden ... wie sagt man? ... gekackt? Stell dir vor! Da 'ab ich ... da 'at er ...« Rot vor Empörung brach sie ab und schlug mit der Hand auf den Sand.

»Geschlagen hat er ihn?«, fragte Pieter und schaute betroffen auf den kleinen Jungen, der mit einem sandigen Finger in der Nase bohrte.

»Er ihn? Mais non!« Nadjas Zopf peitschte um ihren Kopf, so sehr schüttelte sie ihn. »Ich 'abe geschlagen. Jawohl. Also ich Pascal.«

Pieter starrte sie verwirrt an.

»Dass er Mediziner für Kinder ist, also Professeur für die Kinder ... Sagt man so?«

»Kinderarzt?«

»Exactement, Kinderarzt. Das gibt ihm kein Recht, nicht wahr, mir Vorträge darüber zu 'alten, wie wichtig es ist, dass Onni sich frei entfalten kann, auch beim Kakamachen!«

Pieter presste die Lippen aufeinander und kämpfte mit dem Lachen. Er verspürte spontan heftiges Mitleid mit dem armen Pascal.

»Also bin ich weg, so weit ich konnte«, schloss Nadja zufrieden. »Maren 'ilft mir mit Onni. Und Bodo, na ja ...«

»Hunger, Mama!«, rief Onni auf einmal. Eindeutig konnte er das »H« besser aussprechen als seine Mutter. Nadja zog ihn zu sich heran und drückte ihn an sich.

»Er wollte zu 'ause nichts essen. Wieso gibt es so oft Kartoffeln in Deutschland?«

»Pommes!«, rief Onni. »Eis!«

Pommes mit Eis. Pieter schwieg diplomatisch. Was wohl Pascal dazu sagen würde?

Nadja stand auf. »Kommst du mit? Der Imbiss am Sperrwerk 'at wieder geöffnet.«

Pieter merkte, wie es in seinem Magen ebenfalls rumpelte. Er hatte seit dem Frühstück nichts mehr gegessen.

Onni kicherte, als Pieter ihn hochhob und neben Herrn Schliemann in den Fahrradanhänger setzte. »Nicht anfassen«, schärfte er ihm ein und zeigte auf die Wunden des Hundes, auf denen sich schon der erste Flaum bildete.

Unter einem Baum am Anleger hatte sich ein Imbisswagen platziert, über dem ein Werbebanner wehte und »Mannis Mampfpoint« anpries.

»Manni ist im Sommer der Treffpunkt für Biker, Radler und andere Ausflügler«, erklärte Nadja und hob Onni auf die Ablage am Tresen.

»Pommes«, brüllte Onni.

Pieter freute sich, dass er einmal nicht das Essensvorbild für seine Kinder abgeben musste, und bestellte für sich Pommes rot-weiß. Er bugsierte das Tablett mit dem Essen zum letzten freien Tisch und überlegte, wie er Nadja einige Informationen über Bodo Struck entlocken könnte. Vielleicht hatte sie eine Ahnung, warum ihr Chef so schlecht auf ihn zu sprechen war.

Sie hatten sich gerade gesetzt, da schob sich ein untersetzter Mann mit einem frisch gezapften Bier zu ihnen an den Platz.

»Mein Gott, mein Gott, alle Leute wollen ins Alte Land, nicht? Kaum dass die Sonne raus ist, ist hier kein Platz mehr zu finden. Ich darf doch, oder?« Ungefragt zog er sich einen freien Stuhl heran und setzte sich zu Nadja und Pieter. »Familienausflug?«, plapperte er weiter. »Tja, ist schön hier, nicht? Bin sozusagen auch in Sachen Familie unterwegs.« Er stellte das Bier auf den kleinen runden Tisch, wobei er Onnis Pommes ein wenig zur Seite schob.

»Lass das!«, quietschte Onni.

»Entzückendes Söhnchen haben Sie da, nicht?« Der Mann strich sich über seine Haartolle, die Pieter an ein toupiertes Rosettenmeerschweinchen denken ließ. Dann zog er ein Faltblatt aus der Tasche und schob es Pieter hin. »Immobilien Meier von Meyer und Meier Real Estates«, stellte er sich vor. Er sprach es Rielesteets aus, mit breitem Hamburger Akzent. »Meier mit i, Sie gestatten, Altes Land, Elbmarschen, rauf und runter. Wenn Sie einmal vorhaben, nicht nur Ihren Wochenendausflug hierher zu unternehmen, sondern gleich mit Ihrer bezaubernden Familie nach Elbwerder oder Jork zu ziehen, sind Sie bei mir an der richtigen Adresse, nicht?«

Was sollte das werden?, dachte Pieter. Eine Werbeveranstaltung? Wochenendausflug, bezaubernde Familie. Es war mitten in der Woche, sie waren keine Familie und der mayonnaisebeschmierte Onni im Moment alles andere als entzückend. Auch Nadja verzog das Gesicht. Meier mit i störte das nicht.

»Schick, nicht?«, sagte er selbstgefällig und tippte auf den Flyer.

Pieter schaute hin. Auf dem Faltblatt war ein großes Altländer Haus zu sehen, ähnlich dem von Vera Oldenburg. Es reckte seinen prächtigen Giebel in einen strahlend blauen Himmel. Unnatürlich rosafarbene Kirschblüten, garantiert in das Bild hineinkopiert, umrankten den Anblick und konnten nicht darüber hinwegtäuschen, dass in das Reetdach des Hauses riesige Stahlgauben hineingebaut waren. Völlig unpassend, wie Pieter fand.

»Wunderhübsch, oder?« Meier mit i strahlte über sein hängebackiges Gesicht. »Haben wir gerade in Neuenfelde ausgebaut, vierzehn Eigentumswohnungen. Die hier«, er tippte mit dem Zeigefinger auf die letzte Gaube, »die hier ist noch zu haben, vierhundertachzigtausend, hundert Quadratmeter, ein Schnäppchen, wenn ich so sagen darf, nicht?« Er lehnte sich sichtlich zufrieden mit seinem Vortrag auf dem Stuhl zurück und trank sein Helles in einem Zug aus.

Pieter faltete den Flyer auf. Um den Kerl rasch wieder loszuwerden, war es vermutlich ratsam, so zu tun, als hätte man Interesse. Das Innere des Faltblattes zeigte Grundrisse und Modellansichten von dem Blumenhof genannten ehemaligen Bauernhaus, das bis unters Dach mit Lofts und Suiten vollgestopft worden war, von einem Text angepriesen, der lauter Ausrufezeichen enthielt und Worte, die mit »ex« begannen – »exquisit«, »extravagant«, »exklusiv«. Alles exzellente Begründungen dafür, dass das Wohnen dort garantiert extrem überteuert war, dachte Pieter.

»Danke, wir wohnen hier«, sagte er und legte den Prospekt wieder auf den Tisch.

Die kleinen Augen über Meiers Hängebäckchen begannen listig zu funkeln. »Oh, echte Einheimische, nicht?« Er nahm das Faltblatt und schob es unter Pieters Teller. »Nehmen Sie, nehmen Sie es mit. Ist vielleicht mal bares Geld für Sie wert. Ich suche Grundstücke und Immobilien und zahle gut für die Vermittlung. Die Nachfrage ist immens. Baugrundstücke, Gewerbeflächen, Ferienanlagen, Wochenendhäuser unter Reet, stadtnah und gleichzeitig ländlich, nicht?«

»Weiß nicht«, knurrte Pieter, dem das Gespräch langsam, aber sicher auf den Keks ging. Er verschränkte die Arme vor der Brust. »In den Dörfern hier stehen doch etliche Häuser leer.«

»Ja, ja.« Meier mit i setzte eine bedauernde Miene auf. »Aber kaum eines ist zu haben. Die meisten Bauern hier sind wohl zu reich, um verkaufen zu müssen, nicht?« Er lachte künstlich.

Pieter hob eine Augenbraue. Ob die Bauern hier reich waren? Eher wohl wollten sie nicht an einen so unsympathischen Kerl verkaufen, dachte er.

Meier mit i wandte sich an Nadja. »Die lassen die Häuser lieber leer stehen. Stur sind sie hier ja, nicht wahr, gnädige Frau?«

»Keine Ahnung«, antwortete Nadja schmallippig und fütterte Onni mit den restlichen Pommes.

Der Makler lächelte säuerlich. »Na, ich will denn mal nicht weiter stören, nicht?«, sagte er und stand auf. »Dann noch einen schönen Tag?«

Pieter nickte knapp und blickte ihm nach, wie er mit rudernden Armen zurück zu seinem silberfarbenen Mercedes watschelte.

»Unangenehmer Kerl«, sagte er.

Nadja fuhr mit dem Finger durch den Mayonnaiserest in Onnis Pommesschale.

»Den 'ab ich schon mal gese'en«, meinte sie, »aber wo?«

27

Bertil und Heynke waren drei Tage auf einer ökologischen Landwirtschaftsmesse in Niedersachsen, wie Pieter am nächsten Morgen feststellte, als er den Zettel an Matthiesens Hofladen las.

Was jetzt? Eigentlich hatte er sich vorgenommen, die beiden unauffällig über Bodo Struck, ihren nervigen Nachbarn, auszufragen, und sich dabei noch eine Einladung zum Mittagessen erhofft. Doch bevor er sich allein fühlen konnte, klingelte sein Handy, und fünf Minuten später radelte er über den Deich nach Hove und befreite einen vor Schmerzen bissigen Ziegenbock von einem eingetretenen Dorn.

Während er den Huf desinfizierte, rappelte sein Handy abermals. Pieter wunderte sich schon gar nicht mehr, dass es eine neue Anfrage war. Die Kunde, dass ein Tierarzt angekommen war, der auch Hausbesuche machte, schien sich mit Lichtgeschwindigkeit zu verbreiten.

Am Nachmittag fuhr er nach Estebrügge zu einem hustenden Haflinger, und Freitagfrüh fand Pieter sich im Pfarrhaus ein, wo der betrübte Pastor ihn bat, seinen Kater einzuschläfern, der bis auf die Knochen abgemagert war.

»Jupp ist schon siebzehn. Dr. Karl sagte bereits vor Monaten, da kann man nichts mehr machen«, berichtete Pastor Hinrichs.

Pieter untersuchte das teilnahmslos auf dem Sofa liegende Tier und stellte fest, dass es völlig gesund war. »Bis auf die Zähne. Deshalb frisst er nicht«, erklärte er und gab Hinrichs die Nummer der Blankeneser Tierklinik, die auch Zahn-OPs durchführte. »Wenn das Gebiss saniert ist, kann Ihr Jupp noch gut und gern vier Jahre Kirchenmäuse fangen.«

Der Pastor verabschiedete ihn gerührt, und neue Anfragen liefen auf Pieters Handy ein. Er würde einen Terminkalender anlegen müssen, dachte er und stellte verwundert fest, dass ihm die unverhoffte Arbeit hier Freude machte.

Seine Klientel in Hamburg bestand mehr und mehr aus Modetieren. Zurzeit waren in Eppendorf Französische Bulldoggen der letzte Schrei. Pieter hielt nichts von dieser modegetriebenen Tierliebe und wusste genau, dass er manche der fledermausohrigen Hunde in einigen Jahren im Tierheim wiedersehen würde, wenn die Mode sich geändert hatte und die knuffigen Bullis einer neuen hippen Rasse weichen mussten.

Hier auf den Dörfern konnte er neben Kleintieren auch alle Arten von Großtieren behandeln. Er entschloss sich, Dr. Karl demnächst einen Besuch abzustatten, um ihm zu versichern, dass er keine Konkurrenz für ihn darstellte. Er behandelte die Tiere momentan zwar umsonst, warb aber nach jeder Behandlung um eine angemessene Spende für den Tierschutz.

Pieter vertröstete den letzten Anrufer auf die kommende Woche, radelte mit Herrn Schliemann und den Malsachen ins Dorf und pinnte am Abend zwei Bilder an die Wand in der Küche, ein Aquarell der holländischen Brücke und einen kitschig bunten Kirschbaum.

Zufrieden betrachtete er seine Werke, die allerdings nicht übermäßig gut gelungen waren. Dafür hatte ihm das fast meditative Malen ziemlichen Spaß gemacht. Und Lust auf weitere Bilder. Langeweile würde die nächsten Wochen garantiert nicht aufkommen, so viel stand fest.

Am Samstagfrüh holte Pieter das Tandem von Fahrrad-Fiete, verband Herrn Schliemanns Anhänger mit der Hinterachse und schob das lange Gefährt auf den Fähranleger, während der HADAG-Dampfer schon die Gangway ausfuhr und Scharen von Ausflüglern aus dem Schiff quollen. Er schirmte die Augen ab und linste ins Gewühl, bis er Tammy entdeckte, die als eine der Letzten das Schiff verließ. Heute trug sie eine weiße Caprijeans und einen sandfarbenen Grobstrickpullover, auf den in Pailletten »Ich will Spaß!« aufgestickt war. Noch bevor Pieter das unhandliche Tandem abstellen konnte, um sie abzufangen, rief sie: »Herr Schliemann, gib Laut!«

Der Retriever bellte und wedelte wild mit dem Schwanz; und Pieter half ihm aus dem Anhänger, bevor er heraussprang und seine Hinterläufe strapazierte.

»He, ihr zwei!«

Zielsicher steuerte Tammy auf Pieter und Herrn Schliemann zu und streckte die Hand aus. Als Pieter sie ergriff, zog sie ihn zu sich heran und umarmte ihn. Pieter hielt still und genoss den Vanilleduft, bis Herr Schliemann sich zwischen sie drängte und mit dem Leckschutz an Tammys Caprihose schubberte.

Sie kniete zu ihrem Hund und liebkoste ihn, und Pieter kämpfte mit einem spontanen Gefühl von Neid.

»Wie geht's ihm?«, fragte sie.

»Wieder ein Stückchen besser. Gestern habe ich die Fäden gezogen. Die Nähte sind gut verheilt.« Er beugte sich zu ihr, nahm ihre Hand und führte ihre Fingerspitzen über die Narbe an der rechten Schulter. »Allerdings ist die Bewegungsfähigkeit des rechten Hinterlaufs noch sehr eingeschränkt, und er ist immer noch sehr schnell erschöpft. Immerhin, die Tragehose benötigt er nicht mehr.«

Tammy holte ein Leckerli aus der Hosentasche, und Herr Schliemann steckte seine schwarze Nase in ihre Handfläche und fraß gierig.

»Ich gönne ihm von Herzen, dass er die Zeit bekommt, die er braucht, um sich wieder zu erholen, aber ohne Herrn Schliemann ist mein Leben sehr viel anstrengender. Und, um ehrlich zu sein, auch langweiliger.«

Pieter nestelte umständlich am Verdeck des Buggys und schämte sich. Während sie den Hund dringend brauchte, genoss er die Gegenwart ihres tierischen Gefährten.

Er setzte Herrn Schliemann in den Anhänger, half Tammy auf den hinteren Fahrradsitz und setzte ihr einen Fahrradhelm auf. »Ich will nicht, dass dir auch noch etwas passiert«, sagte er.

»Danke.« Sie zog die Nase kraus, und er sah ihre Sommersprossen tanzen. Sie fuhren die lange Rampe vom Anleger hinunter, und Pieter merkte, wie ihr ungewöhnliches Gefährt die Blicke auf sich zog. Das Fahrrad mit Anhänger war weit über drei Meter lang. Er müsste eine Strecke wählen, die möglichst wenige Kurven enthielt.

»Wir fahren als Erstes zum Strand«, schlug er vor.

»Aye, aye, Sir«, antwortete Tammy und trat kräftig in die Pedale.

Pieter reihte sich in den Strom von Fahrradfahrern ein, die den Frühsommertag für einen Ausflug ins Alte Land nutzten, und stoppte nach einer halben Stunde auf dem belebten Parkplatz an der Karibik.

Tammy schlüpfte aus ihren Sneakern, verstaute sie in ihrem Rucksack und holte den weißen Stock wieder hervor.

Ihre Fußnägel waren rosa. Perfekt lackiert. Wie zum Geier bekam sie das hin, fragte er sich.

Ein wenig abseits fand er noch einen ruhigen Platz im Sand, an dem tatkräftige Strandbesucher einen Windschutz aus angeschwemmten Hölzern hinterlassen hatten. Herr Schliemann ließ sich auf die Seite fallen und kuschelte sich dicht an sein Frauchen.

Tammy grub ihre Zehen in den Sand. »Erzähl mir, was du siehst«, sagte sie.

»Vier Windsurfer, die ihre Bretter zum Wasser tragen. Zwei Seekajaks, die vorbeifahren. Einige Familien mit Kleinkindern. Ein paar Jugendliche aus dem Dorf spielen Frisbee.« Pieter versuchte, alles möglichst anschaulich zu erklären. »Wochentags ist es hier allerdings viel ruhiger«, ergänzte er. »Dann kann man oft Vögel beobachten, die sich am Wochenende nach Schaapsand zurückziehen. Das ist die Insel, die am Rand des Fahrwassers in der Elbe liegt, ein Vogelschutzgebiet. Dort gibt es sogar eine kleine Kolonie Seeschwalben. Und Zwergstrandläufer, wie ich gelesen habe.«

Tammy hörte interessiert zu. »Wie rufen die?«, fragte sie.

Pieter schaute sie irritiert an. Er könnte ihr beschreiben, wie sie aussahen, die kleinen graubraunen Vögel mit den langen Schnäbeln, aber wie riefen die eigentlich? Ihre Rufe erkannte er, aber sie nachahmen?

»Keine Ahnung.« Er hob die Schultern.

Tammy zog die Beine heran. »Schade«, sagte sie. »Vogelstimmen sind für mich ein wichtiger Teil des Naturerlebens. Warte mal … ich höre Möwen.« Sie zeigte nach rechts in die Luft. »Lachmöwen, wenn ich mich nicht irre.«

Pieter blickte in die Richtung, in die sie zeigte. Tatsächlich, zwei Möwen mit hellem Gefieder und schwarzen Köpfen jagten über den Himmel und kreischten.

Er kniff die Augen zusammen, lauschte und hörte Kinderlachen, Windrauschen und die Ruder der Kajakfahrer, die aufs Wasser klatschten, dazwischen die Stimmen von Vögeln, doch er konnte beim besten Willen nicht unterscheiden, welche davon vor, über oder neben ihm krächzten, schrien oder piepten.

»Schräg hinter uns sitzen andere Vögel«, hörte er Tammys Stimme. »Die kenne ich nicht.«

Er drehte sich um. »Austernfischer.« Ein Trupp schwarzweißer Vögel trippelte über den Deich, pickte mit roten Schnäbeln in die Grasnarbe und ließ ihr charakteristisches »Kiewiep« hören.

Herr Schliemann hatte die Vögel ebenfalls entdeckt und bellte.

»Jetzt fliegen sie auf. Hierüber.« Sie hatte die Augen halb geschlossen und zeichnete mit der Hand die Fluglinie der Austernfischer nach, die Schaapsand ansteuerten.

Pieter blickte beeindruckt auf ihre dichten Wimpern. Ihre Sinneswahrnehmungen kamen ihm beinahe unheimlich vor. Er räusperte sich und schluckte die Frage hinunter, die ihm schon so oft auf der Zunge gelegen hatte. Genauso wenig wie er ihr erklären könnte, was Farben sind, wie die Sonne aussah oder ein Gemälde von Paula Modersohn, würde sie ihm als Sehendem erklären können, wie es ist, blind zu sein.

Sie wandte das Gesicht in seine Richtung und schmunzelte. »Ich kann förmlich hören, wie es in deinem Kopf arbeitet«, sagte sie. »Nun frag schon.«

»Wieso kannst du eigentlich Gedanken lesen?«, stöhnte er. »Also gut: Wie ist es eigentlich, blind zu sein?«

»Das weiß ich nicht, Pieter«, antwortete sie fröhlich lachend. »Ich bin nicht blind.«

»Wie bitte?« Pieter schnappte nach Luft. Wollte sie ihn veräppeln? Der weiße Stock, die Plakette mit den drei schwarzen Punkten und der Blindenhund … und sie sagte, sie sei nicht blind? »Nicht?«, stammelte er wenig geistreich.

»Noch nicht«, sagte sie leise. Er wartete, bis sie weitersprach. »Als ich klein war, konnte ich sehen wie ein Falke«, fuhr sie fort. »Ich erinnere mich noch an einen kleinen bemalten Holzengel, den ich zu Weihnachten bekommen habe, als ich fünf war. Der hatte als Nasenlöcher winzige hellgraue Punkte. Nächstes Jahr zu Weihnachten waren die Punkte weg. Ich habe meine Mutter gefragt, ob sie sie weggewischt hat. Aber das hatte sie nicht. Ich konnte sie nicht mehr sehen. Ein halbes Jahr später verschrieb der Augenarzt mir eine Brille. Erst als ich die dritte Brille innerhalb von zwei Jahren bekam, wurden meine Augen richtig untersucht. Da betrug meine Sehfähigkeit nur noch siebzig Prozent.«

»Es … wird immer weniger?«

Sie nickte. »Es sind Nerven, die absterben. Warum, hat kein Arzt herausgefunden. Ich bin gottfroh, dass es langsam passiert. Als ich Abitur machte, waren es noch fünfzehn Prozent. Jetzt sind es zwei. Noch. Das, was ich bin, nennt man ›hochgradig sehbehindert‹. Erst unter zwei Prozent gilt man offiziell als blind.«

Pieter schaute um sich und merkte, was für eine Gnade es war, sehen zu können. »Wie ist die Welt, wenn sie … so dunkel ist?«, fragte er betroffen.

»Keine Ahnung. Bei mir ist es nicht dunkel, es ist hell. Du musst es dir vorstellen, als wenn dich Nebel umgibt. Oder Rauch. Der ist eben mit den Jahren immer dichter geworden. So konnte ich mich daran gewöhnen, mich mehr und mehr auf meine Sinne verlassen: Irrsinn, Wahnsinn, Blödsinn.« Wieder lachte sie.

Pieter konnte es kaum fassen. Das, was sie in einem fröhlichen Plauderton erzählte, würde jeder sehende Mensch als geradezu untragbar empfinden. Seine Eheprobleme waren dagegen geradezu lächerlich, kam ihm in den Sinn.

Sie schlang die Arme um die Knie und wurde ernst. »Es ist tatsächlich so, dass die anderen Sinne sich mit der Zeit schärfen, wenn der Sehsinn langsam verloren geht. Und auch der wird schärfer. Denn mit meinem Rest Sehkraft kann ich bei bestimmten Lichtverhältnissen noch Schemen von Häusern und Bäumen wahrnehmen. Und von Menschen natürlich. Aber wie die genau aussehen, kann ich kaum erkennen. Ich reime es mir irgendwie zusammen.«

Also war es doch kein falscher Eindruck gewesen, dass sie ihn beobachtet hatte, dachte er. »Wie sehe ich denn für dich aus?«, fragte er spontan und schämte sich ebenso spontan für seine Frage.

»Gut.« Sie lächelte schelmisch. »Willst du es genauer wissen?«

»Ja.« Er wurde rot.

»Okay.«

Sie tastete nach seinen Knien und setzte sich vor ihn, ihr Gesicht nah an seinem. Als ihre Fingerspitzen seine Stirn berührten, meinte er einen leichten Stromstoß zu spüren. Vorsichtig, ganz sanft, ließ sie die Hände beidseitig von seinen Kieferknochen über seine Wangen fahren.

»Bartstoppeln. Du rasierst dich nicht seit … drei Tagen?«

»Vier.«

Ihre Finger tasteten weiter. »Hm, volle Lippen hast du und… eine ziemlich gerade Nase. Oh … war die mal gebrochen?«

»Fußballunfall, in der zehnten Klasse«, murmelte Pieter und hoffte, sie würde nicht aufhören zu tasten.

Ihr Zeigefinger glitt über den winzigen Grat, der von dem Unfall übrig war, hoch zur Nasenwurzel, wo sie beide Hände über die Brauen fahren ließ und dann sanft auf seine Augen senkte.

»Ups, so dichte Wimpern. Augenfarbe?«

»Grau. Blau. Irgendwas dazwischen«, nuschelte er in ihre Handflächen.

Ihre Fingerspitzen zeichneten seine Brauen nach. »Dicht. Wahrscheinlich dunkel, oder?«

Er nickte und beobachtete, wie ihre Zungenspitze konzentriert die Lippen befeuchtete. Eine von diesen Lesezirkelsprüchen kam ihm in den Sinn: »Das Schönste im Leben sind die Momente, in denen du spürst, dass du zur richtigen Zeit am richtigen Ort bist.« Dies war so was von die richtige Zeit und der richtige Ort, und selbst das ältere Ehepaar, das gerade vorbeiging und zu ihnen herüberblickte, schien irgendwie dazuzugehören.

Als ihre Finger durch seine Haare wühlten und dann über die Ohren und die Schultern die Arme hinabstrichen, unterdrückte er ein wohliges Grunzen.

»Muskulös«, sagte sie, »mit leichter Neigung zu einem Bäuchlein.« Sie pikte in seinen Magen und ließ sich rückwärts in den Sand fallen. »Alles in allem sympathisch und gut aussehend. Der jüngere Bruder von George Clooney.« Sie lächelte. »Tut mir leid, dass ich dich nicht mit aktuelleren Beaus vergleichen kann. Clooney war der attraktivste Mann zu der Zeit, als ich noch besser sehen konnte.«

Sie breitete die Arme aus und schob sie über den Boden, sodass die glatt gestrichenen Viertelkreise im Sand aussahen wie Engelsflügel.

Mit einem wohligen Schauder spürte er dem Gefühl nach, das ihre Finger auf seinem Gesicht hinterlassen hatten.

Wieder überkam ihn der Drang, der jungen Frau an seiner Seite alles erzählen zu wollen, von dem wahren Hergang des Unfalls, von Janine, die sich scheiden lassen wollte, von den Kindern, von Joop. Aber nein. Er lächelte tapfer. Das alles ging nur ihn etwas an, und davon wollte er sich den schönen Nachmittag mit Tammy nicht verderben lassen.

Sie setzte sich auf. »Weißt du, früher habe ich in der Schule sogar beim Staffellauf mitgemacht. Ich bin immer als Letzte gelaufen, da ich selbst das Staffelholz nicht punktgenau übergeben konnte. Radfahren mochte ich auch gern. Zu blöd, dass ich das ohne Hilfe nicht mehr kann.« Sie ballte die Fäuste und schlug in die Luft. »Aber ich habe ein paar Sportarten gefunden, die ich auch allein ausüben kann.«

»Und welche?«, fragte Pieter und wedelte eine Wespe weg, die vom Duft ihres Haares angelockt um ihren Kopf surrte.

»Rate.«

»Uff.«

Was könnte man tun, wenn man nichts sah? Etwas, was auch mit Bewegung zu tun hatte. Ratlos blickte er über den Strand, auf dem gerade eine Gruppe Jugendlicher ein Volleyballnetz aufbaute.

»Na los.« Sie boxte ihn spielerisch gegen den Arm. »Denk nach. Es gibt eine Menge Sportarten, die auch Sehbehinderte ausüben können. Fußball zum Beispiel oder Skilanglauf, Wandern, Joggen. Es gibt sogar Blindentennis. Aber ich brauche etwas, was ich allein und spontan tun kann.« Wieder knuffte sie ihn.

»Aua … äh, Boxen?«

»Erraten!« Zwei Grübchen erschienen auf ihren Wangen. »Ich habe einen Boxsack zu Hause. Den traktiere ich jeden Tag. Und der Bademeister im Schwimmbad Holstenstraße sperrt manchmal eine Bahn für mich ab. Schwimmen und Boxen – du glaubst nicht, wie gut mir Bewegung tut.«

Doch, glaubte er. »Dann lass uns weiterfahren«, sagte er und stand auf. Sie hielt ihm beide Hände hin, und er zog sie auf die Füße. Einen Moment lang standen sie dicht beieinander. Er lachte verlegen. »Ich verspreche dir, ich jage dich durch die Gegend, bis du heute Abend vor Muskelkater nicht mehr laufen kannst.«

Sie hakte sich bei ihm unter, und er führte sie zurück zum Parkplatz und unterdrückte das Verlangen, die Augen zu schließen und mit den Fingerspitzen ihr Gesicht zu erkunden, so wie sie es eben bei ihm getan hatte.

28

Zwei Stunden später war Pieter schweißgebadet. Sie waren auf kleinen Wirtschaftswegen kreuz und quer durch endlose Obstplantagen gefahren und hatten die großen Straßen gemieden, auf denen heute wahre Heerscharen von Motorradfahrern durchs Alte Land zogen. Der Tacho des Tandems zeigte an, dass beinahe vierzig Kilometer hinter ihnen lagen.

»Ich brauche eine Pause«, ächzte er und ließ das Fahrrad vor dem Café an der Borsteler Mühle ausrollen.

»Echt, schon?« Tammy hielt sich an seiner Schulter fest und kletterte vom hinteren Sitz. »Ich könnte stundenlang so weiterfahren.«

»Ich brauch auf jeden Fall Kaffee und Kuchen, sonst fahr ich keinen Meter mehr. Du hast dich nämlich die Hälfte der Zeit von mir durch die Gegend fahren lassen und gar nicht mitgestrampelt«, maulte Pieter gespielt beleidigt.

»Och, ich dachte, du merkst es nicht«, sagte sie kichernd.

Am Eingang des Kaffeegartens stand eine Tafel. »Wegen des großen Andrangs ist Selbstbedienung. Hunde im Café sind deshalb nicht erlaubt«, las Pieter. Auf dem Rasen hinter dem Schild standen mehrere Wassernäpfe, neben denen ein Berner Sennenhund im Schatten döste. Der mächtige Hund klopfte mit dem Schwanz auf den Boden, als Pieter den Retriever neben ihm an einen Apfelbaum band.

»Wenn Herr Schliemann im Dienst wäre, dürfte er mit

rein«, erklärte Tammy. »Nach dem Gesetz ist ein Blindenhund nämlich ein medizinisches Hilfsmittel und darf überall hinein, wo andere Hunde draußen bleiben müssen.«

Pieter führte sie in den Garten des Mühlencafés, in dem Buchenhecken die Sitzgruppen vor Wind schützten.

Ein junges Paar stand auf. »Wir gehen gerade«, sagte der Mann. Tammy setzte sich, und Pieter stellte sich in die Schlange vor dem Kuchentresen.

Nach einer gefühlten Ewigkeit balancierte er ein Tablett mit Milchkaffee und Kirschkuchen aus der Mühle. Über das Kaffeegartengemurmel drang eine laute Frauenstimme an sein Ohr.

»Welche Silbe des Wortes ›nein‹ verstehen Sie nicht?« Das war Tammys Stimme! Verdammt, was war da los? Pieter merkte, wie sich seine Nackenhaare aufstellten. Ungestüm balancierte er das Tablett durch das Gewühl.

Als er um die Hecke bog, die Tammys Tisch von den anderen abschirmte, stockte ihm der Atem. Auf dem Stuhl neben ihr fläzte sich ein kahlköpfiger Biker. Und hinter ihr stand ein Koloss von einem Kerl, die Lederweste voller Nieten und Totenkopfaufnäher, die fleischigen Arme tätowiert bis zu den Fingern. Unter einem schwarzen Tuch, das er um seinen Schädel geschlungen hatte, wucherte ein drahtiger Bart, der in zwei geflochtenen Zöpfen endete.

Pieters Puls beschleunigte. Was war hier los? Was wollten diese Kerle von Tammy? Auch die Leute an den Nachbartischen schielten ängstlich auf das Geschehen, wie ihm schien.

»Ey, du siehst doch ganz nett aus, Süße«, röhrte der Rocker und trat einen Schritt auf sie zu.

Tammy rückte ihren Stuhl zur Seite. »Es ist aber nicht alles nett, was so aussieht«, fauchte sie.

Der Fleischberg stierte sie an. »Hö, hö, Puppe, bist ja ’ne ganz Helle«, grunzte er endlich. Definitiv hatte der schon einen im Tee.

Pieter zögerte. Tammy konnte sich eindeutig gut zur Wehr setzen. Wenn er sich jetzt als ihr Retter aufspielen und dazwischengehen würde, wäre er dann nicht ebenso ein Macho wie die beiden betrunkenen Biker?

Der Fleischberg beugte sich tief über sie und ergriff mit beiden Pranken die Lehne ihres Stuhles. Er starrte begehrlich in ihren Ausschnitt, entdeckte dann die Schrift auf ihrem Pulli und tippte mit einem seiner tätowierten Finger darauf. »Ich will Spaß«, buchstabierte er lallend.

So, das reichte eindeutig. Mit einem »’tschuldigung, dauert nicht lange!«, schob Pieter das Kuchentablett zwischen zwei ältere Damen auf den Tisch.

Gerade brachte der Koloss seinen Mund ganz dicht an Tammys Ohr. »Trifft sich gut, Zuckerschnute, ich suche grad ’ne Frau, mit der ich Spaß haben kann.« Tammy war zwischen seinen Armen eingeklemmt wie eine Maus zwischen den Fängen eines riesigen Katers.

Pieter merkte, wie plötzliche Wut in ihm aufflammte. Er holte tief Luft und legte dem Rocker die Hand auf die Schulter. »Suchen Sie woanders. Die Dame hat kein Interesse an Ihnen«, sagte er kühl.

Fleischberg gab ein Grollen von sich. Langsam wandte er sich um, schob das Kinn vor und fixierte Pieter wie ein Grizzlymännchen das andere. Im Kaffeegarten konnte man jetzt die sprichwörtliche Nadel zu Boden fallen hören. »Diggah, was geht dich das an?«, knurrte er. Er war kräftig wie ein Kampfhund und roch nach Bier und Testosteron.

»Was es mich angeht? So viel wie jeden anderen, der mitkriegt, dass jemand belästigt wird«, antwortete Pieter, bemüht, das Zittern in seiner Stimme zu kontrollieren, von dem er nicht wusste, ob es Wut oder Angst war.

Der Satz war eindeutig zu kompliziert für sein Gegenüber. »Lächle, solange du noch kannst«, grunzte der und ballte die Hände.

Pieters Adrenalinspiegel stieg bis unter die Schädeldecke. Gern hätte er den Typen um den nächsten Apfelbaum gewickelt. Allerdings genügte ihm ein Blick auf die tätowierten Muskelpakete, dass er dazu keine Gelegenheit bekommen würde. Im Gegenteil, Fleischberg sah so aus, als wollte er Pieter im nächsten Moment mit einem Schlag seiner gewaltigen Fäuste in den Boden rammen. Bei einer Prügelei würde er auf jeden Fall den Kürzeren ziehen.

Langsam gewannen seine höheren Hirnfunktionen wieder die Oberhand. Hieß es nicht »Hunde, die bellen, beißen nicht«?, entsann er sich. Mit gespielter Gelassenheit wandte er seinem Kontrahenten den Rücken zu, setzte sich mit weichen Knien neben Tammy und legte den Arm um sie. Er merkte, dass sie am ganzen Körper zitterte.

Der zweite Rocker stand langsam auf. Pieters Herz klopfte bis zum Hals. Würde er gleich eine Bierflasche über den Kopf bekommen? Oder einen Schlagring? Aber nichts dergleichen passierte.

»Nu lass mal gut sein, Diddi«, hörte Pieter die fistelige Stimme des kleineren Lederkerls. »Die ist eben vergeben.« Er griff nach dem Arm seines Kumpels.

Fleischberg-Diddi fixierte Pieter aus geröteten Augen. Dann drehte er bei und schwankte gehorsam hinter seinem Kumpel her. »Bei Frauen weiß man auch nie, was sie wollen«, maulte er im Fortgehen. »Ich dachte halt, der Spruch auf ihrer Brust meinte mich.«

Irgendwoher kam unterdrücktes Lachen. Eine halbe Minute später jagten zwei Motorräder mit aufheulenden Motoren vom Parkplatz.

»Diddi, was für ein bescheuerter Name für einen Rocker«, flüsterte Tammy. »Hoffentlich steht irgendwo eine Polizeistreife.«

»Fridolin ist noch blöder«, sagte Pieter und drückte sie sanft an sich. »Oder Giselbert.«

»Theobald.«

»Ottokar.«

»War der so gruselig, wie er sich anhörte?«

»Schlimmer. Captain Hook auf Landgang. Fehlten nur noch das Holzbein und die Hakenhand.«

»Und die Augenklappe?«, sagte sie.

»Die hatte er. Echt.« Gerührt sah Pieter, wie eine Träne ihre Wange hinunterlief. »Nicht weinen, ist schon vorbei«, murmelte er.

Die Frau vom Nachbartisch brachte das Tablett. »So einen Beschützer hat nicht jede, meine Liebe«, sagte sie anerkennend.

Tammy versuchte ein Lächeln. Dann atmete sie tief durch und rückte ihren Stuhl zurecht.

»Erzähl mir von dir.«

Der plötzliche Schwenk verwirrte ihn.

»Was willst du hören? Meine ganze Lebensgeschichte?« Er lachte unsicher. Der Satz »meine Ehe ist schon lange nicht mehr in Ordnung« lag ihm auf der Zunge. Er spülte ihn mit einem Schluck Kaffee hinunter. Die abgeschmackte Mitleidstour, mit der Männer versuchten, Frauen für sich zu interessieren. Nein, nicht mit ihm. »Die letzte Zeit war etwas schwierig für mich und meine Kinder«, sagte er. Ja, das war gut, das klang neutral.

»Hm.«

»Der Unfall, also Herr Schliemanns schwere Verletzung, hat die Kinder sehr mitgenommen«, fuhr er fort. »Sie sind sehr tierlieb, weißt du, also Laura und Fabian. Sie … sie …«, meine Güte, warum stotterte er? »Sie brauchen ein wenig Abstand von mir.«

Tammy drehte ihm den Kopf zu und legte die Ecken ihrer Serviette aufeinander. Sie musste ein unglaubliches Fingerspitzengefühl haben. Ein angenehmer Schauder lief über seinen Rücken, als er daran dachte, wie diese Finger über sein Gesicht gestrichen hatten.

»Brauchen sie das?«, fragte sie sachlich.

»Den Abstand? Ja.« Pieter riss sich aus der Betrachtung ihrer Hände. »Sie haben mir ein Abschiedsbild geschickt«, erklärte er. Er holte sein Handy heraus, rief das Bild auf und erzählte Tammy, was darauf zu sehen war. »›Tschüss, Papa‹ steht dort.« Sein Herz zog sich schmerzhaft zusammen, als er Lauras saubere Handschrift sah. »Sie wollen mich nicht mehr sehen.«

Tammy klopfte mit dem Zeigefinger auf die Tischplatte. »Sagt wer?«

Was wollte sie damit sagen? »Das steht dort«, antwortete er irritiert.

»Da steht ›Tschüss, Papa‹«, entgegnete sie knapp.

»Ja, sie brauchen Abstand.«

Sie schwieg. Lange. Pieter starrte sie an, bis ihr Gesicht vor seinen Augen verschwamm. Und dann fiel der Groschen. Du meine Güte, dachte er alarmiert, es stimmte. Da stand

»Tschüss, Papa« und nicht »Wir wollen dich nicht mehr sehen«. Das hatte er selbst daraus gemacht, in seinem Kopf, in seinen Gedanken. Verflixt, warum?

Der nächste Groschen fiel. Janine hatte das gesagt. Es war ihre Interpretation. Und er hatte sie übernommen. Pieter umklammerte den Henkel seiner Tasse. Um ihn herum drehte sich alles. Aber hatte Janine recht?

Tammy schlug die Beine übereinander. »Du hast Angst vor Liebesverlust«, stellte sie fest.

Pieter schnaubte. Diese Psychologen, reden die alle so in Rätseln? »Was meinst du damit?«, entgegnete er pampig.

»Wenn du einen Rat von mir haben willst: Folge deinem Herzen.«

»Meinem Herzen?«, ächzte Pieter. Sein Herz klopfte, und zwar heftig. Es versuchte, sich in dem Gefühlssturm, der über ihn hereingebrochen war, über Wasser zu halten, das war es. Aber Himmel noch mal, zog es ihn irgendwohin?

Tammy saß sehr nah neben ihm. Durch die Blätter des Apfelbaumes schien die Sonne und malte Lichtflecken auf ihre Haut.

»Ich weiß, das ist ein kitschiger Spruch«, sagte sie. »Benutze beides, Kopf und Herz, bedeutet er. Wer nur mit dem Verstand schaut oder nur mit dem Gefühl, der ist wirklich blind.« Sie lachte leise. »Oder mach es wie die Hunde: Sie unterscheiden nicht zwischen Verstand und Herz.« Es folgte eine kurze Pause. »Du liebst sie sehr«, stellte sie fest.

»Ja«, sagte er voller Überzeugung. Doch schon im nächsten Moment blickte er sie verwirrt an. Wen meinte sie? Die Kinder? Janine? Wusste sie überhaupt, dass er verheiratet war?

Bevor er fragen konnte, erhob sie sich abrupt und tastete nach ihrer Tasche. »Danke noch mal für den schönen Nachmittag und deinen heldenhaften Einsatz. Bring mich bitte zurück zur Fähre.«

29

Seine Beine waren angenehm schwer vom Radfahren, und sein Körper war nach der Bewegung und der überstandenen Aufregung entspannt. Trotzdem fühlte Pieter sich mies. Warum bloß hatte zum Schluss wieder diese rätselhafte Distanz zwischen Tammy und ihm gestanden, fragte er sich und dachte betrübt daran, wie sie zusammengezuckt war, als er sie am Finkenwerder Fähranleger zum Abschied in den Arm genommen hatte. Er gab das Tandem wieder ab und fuhr gedankenversunken zurück nach Elbwerder.

Schon von Weitem sah er, dass bei Bertil und Heynke wieder die St.-Pauli-Fahne wehte, und schlug spontan den Weg zum Appelhoff ein. Die beiden waren offenbar von der Biomesse zurück. Bertil lud gerade eine kleine Maschine aus seinem altersschwachen Transporter.

»Eine Flockenpresse«, erklärte er statt einer Begrüßung. »Neuestes Modell. Ab morgen gibt's frisch gequetschte Haferflocken in Bioqualität. Für unser Vieh und unsere Kunden.«

Pieter holte Herrn Schliemann und folgte seinem Freund in den engen Hofladen. »Warum gibt es eigentlich keinen Supermarkt in Elbwerder?«, wunderte er sich.

»Kein Platz«, sagte Bertil, rückte ein paar Gläser Gurken zur Seite und stellte die Presse auf den Tresen. »Niemand verkauft hier sein Land. Fast alle Weiden rundherum sind sogenannte Außenbereiche und dürfen nicht bebaut werden.

Und das Dorf steht unter irgendeiner Art von Denkmalschutz.«

Pieter dachte an diesen aufdringlichen Immobilienmeier, dessen Faltblatt er umgehend im Müll entsorgt hatte. Die Matthiesens hatten vor einigen Jahren ihren Laden erweitern wollen und waren in heftigen Streit mit dem Bauamt geraten, das den Bauantrag schließlich ablehnte. »Dieser lütte Anbau würde angeblich das Ortsbild verschandeln«, hatte Bertil gewütet. Später beruhigte er sich. Immerhin bedeutete dies, dass Elbwerder seinen ursprünglichen Charakter behielt und das Dorf von Großparkplätzen, Einkaufszentren und anderen Bausünden verschont würde, urteilte er milde.

Pieter wechselte das Thema. »Kannst du mir Werkzeug leihen?«

»Logo.« Bertil öffnete eine Tür, die vom Laden in den Stall führte, und ging voran zu seiner Werkstatt.

Herr Schliemann trottete hinterher und schnupperte an einer dickbäuchigen Katze, die es sich auf einem Stapel alter Lappen gemütlich gemacht hatte. Die Graugetigerte sprang auf und fauchte. »Aus, Schliemann«, kommandierte Pieter.

Bertil zeigte auf das Wirrwarr auf seiner Werkbank. »Drillbohrer, Fräse, Flex? Was brauchst du? Alles da.«

Pieter strich sich übers Haar. »Eher Hammer, Drahtzange und Akkuschrauber. Ich will den Zaun reparieren, den hinterm Schuppen.«

Bertil wandte ihm den Rücken zu und wühlte in einer Kiste. »Der stand doch letztens noch, der Zaun«, wunderte er sich.

»Ich hatte tierischen Besuch.« Pieter erzählte in kurzen Zügen von dem Ausflug der Rinder auf seinen Hof. »Passieren schon lustige Zufälle auf dem Land«, sagte er.

»Lustig?« Bertil drehte sich abrupt um. »Das war kein Zufall. In dem Haus geht es nicht mit rechten Dingen zu. Da ist Unglück drin, Piet. Ehrlich wahr.«

»Bertil«, sagte Pieter eindringlich, »mir ist noch kein Geist begegnet, kein Alien, keine Frau ohne Kopf. Das ist Aberglaube.«

Bertil nahm einen Beutel und warf Werkzeug hinein. »So? Dann erklär mir doch mal eines: Selbst Quade setzt keinen Fuß in das Haus.«

Das stimmte, dachte Pieter erstaunt. Die alte Lühmeyer hatte nach dem Laufband gefragt. Er hatte angeboten, es ihr zu zeigen, und sie hatte es sich angeschaut – durchs Fenster, von draußen. Merkwürdig. Er schaute der dicken Katze nach, die gemächlich aus der Werkstatt tappte. Offensichtlich war Quade ein Outlaw im Dorf, überlegte er, jemand, den man mied. Weil es immer schon so war? Oder weil vielleicht doch etwas mit dem Haus nicht stimmte?

Pieter nahm Bertil den Beutel aus der Hand. Er hatte sich vorgenommen, sich nicht in die Angelegenheiten anderer Leute hier im Dorf einzumischen. »Weißt du, warum?«, hörte er sich trotzdem fragen.

»Was weiß denn ich.« Bertil schüttelte die roten Locken. »Dat is keen Tüünkram!« Seine Stimme wurde laut. »Früher wurde als Unsinn abgetan, dass die Erde sich um die Sonne dreht. Selbst als die wissenschaftlichen Methoden so weit waren, das als Tatsache zu beweisen, hat sich diese Erkenntnis nur langsam durchgesetzt. Heute bringen manche Menschen alternative Heilmethoden mit Aberglauben in Verbindung, tibetische Medizin, Reiki, Klangmassage.«

»Homöopathie.« Warum auch immer, trotz aller Bedenken, die Pieter als klassisch ausgebildeter Mediziner hatte,

hatte er mit den Jahren festgestellt, dass bei einigen Tieren homöopathische Medikamente ausgesprochen gut wirkten, bei anderen wiederum nicht.

Bertil stach mit dem rechten Zeigefinger in die Luft. »Genau. Denk doch nicht, dass wir schon alles wissen«, ereiferte er sich. »Es gibt Dinge zwischen Himmel und Erde, die einem kein Wissenschaftler erklären kann und die es trotzdem gibt. Spontanheilungen zum Beispiel.«

Pieter nickte und dachte an einen Chinchillazüchter, einen pensionierten Wissenschaftler, der seine Tiere in Pieters Praxis impfen ließ. Er hatte Krebs, wie Pieter wusste. Er sah den Mann immer dünner werden, und als er nicht mehr kam, befürchtete er, er sei gestorben. Ein halbes Jahr später stand derselbe Mann wieder auf der Matte mit einem schwangeren Chinchillaweibchen unterm Arm. Sein Krebs war verschwunden. Warum? Die Ärzte wussten es nicht.

Quades Handleserei fiel Pieter ein. Obwohl es fast unmöglich war, hatte sie gesehen, was in ihm vorging, wie es um ihn stand und was er brauchte. Alles Hirngespinste?

»Habt ihr Kohl?«, fragte er Bertil unvermittelt.

»Weißkohl, Pak Choi, Wirsing?« Bertil stapfte zurück in den Hofladen. »Was brauchst du?«

»Gib mir einen Weißkohl.« Pieter hatte sich plötzlich daran erinnert, dass dieser Wissenschaftler, mittlerweile eine Art spiritueller Guru in Eppendorf, für die Behandlung von Gelenkentzündungen auf Krautwickel schwor. Die Wirkung von Kohl wurde von den meisten klassischen Medizinern als unbewiesen abgetan, wusste Pieter. Dennoch schienen sie dem Mann zu helfen. Und seinen Chinchillas. Vielleicht, so hoffte er, halfen sie ja auch Herrn Schliemann?

Mit dem Kohl im Gepäck fuhr Pieter zum Kapitänshaus, nahm Herrn Schliemann an die Leine und schlug den Weg entlang der Süderaue ein, den er am ersten Abend in Elbwerder mit Bertil geradelt war. Dem Retriever taten die kurzen, über den Tag verteilten Spaziergänge gut. Außerdem wollte Pieter Maren Strucks Hengst einen Besuch abstatten.

Der Grauschimmel stand neben zwei Ponys auf einer Wiese auf der anderen Seite des Grabens und steckte den Kopf ins hohe Gras. Leider gab es keinen Weg über den Graben, kein Brett, keinen Steg, wie Pieter feststellte. Schade, dachte er enttäuscht. Er hatte gehofft, auf diesem Weg diskret einmal nach Paluccos Gesundheitszustand schauen zu können, ohne diesem unsäglichen Bodo Struck begegnen zu müssen.

Er rief das Pferd, und tatsächlich hob es den Kopf. Von Weitem waren die wunden Stellen in seinem hellen Fell kaum zu erkennen. Ob sie tatsächlich besser geworden waren, wie Pieter hoffte, konnte er aus dieser Entfernung nicht feststellen. Immerhin schien der Hengst nicht mehr unablässig das Bedürfnis zu haben, sich scheuern zu wollen. Pieter reckte sich und rutschte an der feuchten Uferböschung ab. Wasser drang in seine Schuhe.

In dem Moment bemerkte Herr Schliemann das Pferd und bellte. Palucco wieherte, setzte sich in Bewegung und trottete zum Zaun, der die Weide vom Graben trennte.

»Danke, Kumpel«, sagte Pieter und tätschelte Herrn Schliemann den Kopf. Nun konnte er deutlich sehen, dass die allergische Reaktion auf der Pferdehaut abgeklungen war. Genau wie er es erwartet hatte. Er hinterließ Maren Struck eine Nachricht auf dem Anrufbeantworter und kündigte an, morgen zu kommen, um den Hengst zu untersuchen. Sehr gut, dachte er zufrieden. Oder auch nicht. Wenn er den Strucks eröffnete, was die schwere Allergie ausgelöst hatte, würde Bodo zweifellos explodieren wie eine überhitzte Pressluftflasche.

Herr Schliemann lief aufgeregt am Ufer auf und ab und bellte.

Pieter nahm die Leine enger. »Du gehst heute Abend nicht mehr baden. Einmal nasse Füße reichen.«

Sein Handy klingelte, und das Display zeigte Tammy am Strand. Er hatte das Foto am Nachmittag geknipst. Heimlich, aber sie hatte das leise Geräusch der Kamera gehört. »Ich brauche ein Profilbild für deine Nachrichten«, hatte er rasch erklärt und war froh, dass sie nicht sehen konnte, wie rot er wurde. Der Grund war ein anderer gewesen. In Wahrheit wollte er ein Bild von ihr bei sich haben.

»Ich möchte dir danken«, sagte sie. »Ich bin so lange nicht mehr Fahrrad gefahren. Und, um ehrlich zu sein, noch nie von einem edlen Seefahrer aus den Fängen eines bösen Korsaren befreit worden.«

Pieter lächelte. Die Kühle, die er beim Abschied empfunden hatte, war aus ihrer Stimme verschwunden. »Sei froh, dass du den Kerl nicht gesehen hast«, erwiderte er. »Für einen Moment dachte ich, der wird mir gleich mindestens so viele Knochenbrüche zufügen, wie dein Herr Schliemann sie hat.«

Er erzählte von seinem Vorhaben, die Hüfte des Hundes über Nacht in einen Kohlwickel zu packen, um die Heilung des Gelenkes zu stimulieren.

»Kohlwickel …« Sie kicherte. »Das klingt nach urwüchsigem Landleben.«

»Einen Versuch ist es wert.«

»Ja, natürlich. Und, wer heilt, hat recht, oder? Das gilt für den Körper und für die Seele. Es ist doch gar nicht so lange her, da behandelten Ärzte Menschen, die an der Seele litten, lieber mit Stromstößen oder mit Medikamenten. Oder sperrten sie weg. Dass Gespräche heilen können, also Psychotherapie, galt als Kokolores. Das hat sich zum Glück geändert.«

Pieter hörte ihren leisen Atem am anderen Ende der Leitung. Sie schien nachzudenken.

»Weißt du«, fuhr sie zögerlich fort, »ich habe gemerkt, dass es Herrn Schliemann bei dir gut geht. Ich bin sicher, du hast recht, auf dem Land ist es einfacher, ihn zu therapieren. Einfacher als in der Stadt mit all den Glasscherben auf den Bürgersteigen, dem Dreck, an dem er sich verletzen oder die Wunden infizieren kann. Trotzdem ... ich vermisse ihn so.«

»Das verstehe ich«, sagte Pieter sanft.

Er steckte das Handy erst ein, als ihr Bild vom Display verschwunden war. Die Sonne färbte den Himmel rot, und zwei Störche flogen über die Wiesen. Wie seltsam, dachte er, nach nicht einmal einer Woche fühlte er sich in Elbwerder beinahe zu Hause. Und das lag nicht nur an der Stille und der guten Luft. Es fühlte sich gut an, hier zu sein. Irgendwie richtig. Zumindest für die nächsten drei Wochen. Danach war Schluss, musste Schluss sein. Er wollte zurück zu seinen Kindern. Dann würde er wieder bereit sein, es mit den Anforderungen der Großstadt aufzunehmen. Und Herr Schliemann hoffentlich auch.

30

Sonntagfrüh brachte Pieter den Retriever zu Quade Lühmeyer, nahm wenig später die Acht-Uhr-Fähre und radelte nach Eppendorf, um die Praxispost zu sichten. Zwischen der üblichen Werbung steckten die Rechnung einer Pharmafirma und ein Fensterumschlag mit dem Siegel der Hansestadt. Er schlitzte den Brief mit dem Finger auf und merkte, wie sein Magen sich zusammenkrampfte. »Betreff: Fahren unter Alkoholeinfluss« stand unter einem langen Aktenzeichen. Hastig überflog er die Zeilen. Entzug der Fahrerlaubnis für sechs Monate. Eintausendfünfhundert Euro Bußgeld. Zwei Punkte in Flensburg. Einspruchsfrist einen Monat.«

Das hatte er nun davon. Warum nur hatte er freiwillig die Schuld auf sich genommen? Janine war wunderbar aus der Sache heraus, dachte er aufgebracht. Hatte sie sich so sehr verändert? Oder hatte er nur nicht gemerkt, dass sie schon immer so egoistisch gewesen war?

Er stopfte den Brief in das Seitenfach seiner Fahrradtasche und zerrupfte wütend die Werbepost in kleine Schnipsel. Als er wieder in der Lage war, klar zu denken, wählte er Marions Nummer und erzählte ihr, dass sie in den nächsten Tagen nicht in die Praxis kommen müsse, um nach der Post zu sehen.

»Dann schau ich Ende nächster Woche einmal rein, okay?«, antwortete seine Sprechstundenhilfe. Pieter wartete. Er kannte Marion nach all den Jahren gut und merkte, dass sie noch etwas auf dem Herzen hatte. Im Hintergrund hörte er Gemurmel und das Rauschen des Meeres. »In Dänschendorf hat ein neuer Tierarzt aufgemacht«, begann sie zögerlich.

Oje. Pieter riss sich zusammen, um nicht laut aufzuseufzen. Er hatte diesen Moment gefürchtet, seitdem Marion und Friedel sich verliebt hatten.

»Der … braucht eine Praxisleitung«, berichtete sie. Pieter hatte selten erlebt, dass seine Sprechstundenhilfe nach Worten suchte. Er hörte an ihrer Stimme, wie schwer es ihr fiel, ihm von dem Stellenangebot zu erzählen. »Das Gehalt kann mit dem, was ich bei dir verdiene, natürlich nicht mithalten. Und auch die Arbeitszeiten sind ziemlich heftig. Die Praxis hat auch am Wochenende geöffnet, wegen der ganzen Zweitwohnungsbesitzer hier.«

Pieter hörte in einem Nebensatz heraus, dass der Kollege sie schon vor zwei Monaten angesprochen hatte.

»Es wäre ungerecht, dir gegenüber nicht mit offenen Karten zu spielen, Piet. Wir beide in der Praxis, wir sind ein echtes Dream-Team. Ich weiß nicht, ob ich jemals wieder einen so tollen Arbeitgeber finde wie dich. Aber ich überlege ernsthaft, das Angebot anzunehmen. Ich möchte endlich mit Friedel zusammenleben.«

Er habe volles Verständnis, wenn sie sich für Fehmarn entscheide, versicherte Pieter, und freue sich mit ihr über diese Chance. Es gelang ihm offenbar, genug Optimismus in seine Stimme zu geben, und Marion legte beruhigt auf.

Pieter lehnte sich entmutigt an den Tresen. Problem Nummer wie viel auf seiner Katastrophenliste war das jetzt eigentlich, dachte er entnervt. Sie wolle sich das Angebot des Fehmarner Kollegen gut überlegen, hatte Marion beteuert.

Trotzdem, es war sonnenklar, über kurz oder lang würde er eine neue Praxishilfe brauchen. Eine bezahlbare, zuverlässige Kraft, mit der er jeden Tag mindestens zehn Stunden eng zusammenarbeiten mochte. Ein Sechser im Lotto also. Na gut, immerhin war Marions Weggang eine der wenigen Sorgen, die nichts mit Janine zu tun hatten, dachte er bitter.

Er riss sich aus seiner Apathie und packte Desinfektionsspray, Untersuchungsbesteck und einige Medikamente in seine Satteltaschen. Wenn weiterhin so viele Anfragen kamen wie in den letzten Tagen, würde er im Alten Land noch etliche Arbeitsmaterialien benötigen. Gestern am späten Abend hatte eine Frau aus Eißendorf angerufen und ihn gebeten, sich einmal den Vogel ihrer Tante anzuschauen, die vor Kurzem ins Krankenhaus gekommen war. Sie schien geradezu Angst vor dem Tier zu haben. Sie könne jederzeit vorbeikommen, hatte Pieter die aufgeregte Frau beruhigt.

Er schloss die Praxis ab und stand unschlüsssig auf der Straße. Herr Schliemann war bei Quade, er hatte hundefrei. Er könnte nach Elbwerder zurückfahren und eines der alten Fachwerkhäuser malen. Oder die Borsteler Mühle. Sein Blick fiel auf sein Spiegelbild in der Schaufensterscheibe von Mertens Lederwaren. Oje, das, was er noch hier in Hamburg vorhatte, hatte er verdrängt. Er brauchte saubere Kleidung. Das wenige, was er mit ins Alte Land genommen hatte, hatte er in Heynkes Waschmaschine gestopft und sich von Bertil ein paar Sachen geliehen, die ihm deutlich zu kurz und zu weit waren.

Es ging nicht anders, er musste nach Winterhude fahren, nach Hause, in seinen Bungalow. Langsam radelte er Richtung Stadtpark. Ihm war mulmig bei dem Gedanken, Janine gegenüberzutreten. Ob sie ihn überhaupt ins Haus lassen würde? Ob die Kinder da wären? Wahrscheinlich nicht. Janine hatte gesagt, sie seien mit Joop unterwegs, erinnerte er sich.

Als er in die Straße bog, in der ihr Bungalow stand, sah er von Weitem, dass Janines Auto gerade aus der Auffahrt kam. Er trat in die Pedale und winkte, aber Janine sah ihn nicht. Oder wollte ihn nicht sehen. Was jetzt?

Er ließ das Fahrrad ausrollen, schloss es an ein Halteverbotsschild und ging zu seinem Haus. Konnte er in Janines Abwesenheit einfach hineingehen? Was soll's, dachte er und steckte den Schlüssel ins Schloss. Sie würde es gar nicht bemerken, wenn einige Sachen in seinem Kleiderschrank fehlten.

Er zog die Tür sacht hinter sich zu und ging durch den Flur. Im Haus sah alles so aus wie immer. Warum auch nicht? Auf dem Küchentresen stapelten sich Geschirr und Gläser. Eine leere Weinflasche stand neben einer Vase mit frischen Papageientulpen. Janine hatte Besuch gehabt. Freundinnen vielleicht. Hatten sie Spaß gehabt? Oder sich ernst und leise über Janines Version ihrer Eheprobleme ausgetauscht? Ein schweres Gefühl von Vergangenem und Unwiederbringlichem legte sich auf Pieters Brust.

Voll Gram stieg er die Treppe hinauf, ging ins Ankleidezimmer, holte Hosen aus seinem Schrank, Shirts, eine Sweatjacke, Socken und seine Joggingschuhe und türmte alles zu einem Stapel. Als er den Raum verlassen wollte, fiel sein Blick auf die Kommode, in der alle möglichen Erinnerungsstücke lagen – Lauras letzter Schnuller, ihre ersten Ballettschuhe, Fabians Nabelklemme, seine Kindergartenbasteleien, seine ersten Zeichnungen. Und kistenweise Fotos. Ein Jahrzehnt im Bild festgehaltenes Familienleben. Sie waren nie dazu gekommen, die Bilder in Alben zu kleben oder gar Fotobücher drucken zu lassen.

Spontan ergriff Pieter eine der Kisten und packte sie zu seiner Kleidung, als etwas knackte. Er hielt in der Bewegung und lauschte. Das Geräusch kam aus einem der Nebenräume. Waren es die Meerschweinchen? Ihr Käfig stand bei Fabian. Das Geräusch war wieder verstummt. Pieter strich sich über das Gesicht. Wieso zum Geier kam er sich in seinem eigenen Haus nur wie ein Einbrecher vor?

Er stand auf und ging in Fabians Zimmer. Wuschel und Pingpong pfiffen aufgeregt, als sie ihn sahen. Wie immer erwarteten sie Futter. Er nahm eine Knabberstange aus der Futterdose und hielt sie in den Käfig. Wuschel drängelte seinen Bruder zur Seite, stemmte sich am Gitter hoch, biss in die Stange und zog sie durch die Käfigstäbe. Seine Nägel waren mal wieder viel zu lang, stellte Pieter fest. Er suchte nach der Krallenzange und fand sie in Fabians Schreibtischschublade.

»Na komm, mein Kleiner«, sagte er mit seiner beruhigenden Tierarztstimme, hob den flauschigen Nager hoch und schnitt seine Nägel kurz.

Während er das Tier zurück in den Käfig setzte, sah er sich im Kinderzimmer um. Fabians Kleinjungen-Chaos rührte ihn. Kuscheltiere bedeckten das Bett und Legosteine den Boden, an der Wand hingen Selbstgemaltes und ein riesiges Poster mit Walen, das Pieter ihm zum letzten Geburtstag geschenkt hatte. Er nahm Fabians Lieblingsbären und drückte ihn an sich. Folge deinem Herzen, hallte Tammys Rat durch seinen Kopf. Und in seinem Herzen waren eindeutig zwei Plätze leer. Er hatte Sehnsucht nach den Kindern. Wenn sie ihn nicht sehen mochten, dann könnte er ihnen wenigstens einen Brief hierlassen.

Wieder ein Geräusch. Wahrscheinlich knackte irgendwo das Parkett in der Sonne. Pieter klemmte sich hinter Fabians Kinderschreibtisch, schrieb eine Karte für die Lütten – »Meine beiden Mäuse, wollt ihr mich nicht mal besuchen kommen? Hier ist es schön, und einen Reiterhof gibt es auch.« –, malte mit Fabis abgekauten Buntstiften ein Bauernhaus und einige Apfelbäume unter blaue Wolken und platzierte die Karte auf der Ablage im Kinderbadezimmer.

Gerade wollte er die Treppe hinuntersteigen, da hörte er die Haustür klappen. »Ich bin da-ha!« Ach du grüne Neune, Janine.

31

Ohne nachzudenken, hastete Pieter zurück ins Badezimmer und zog die Tür hinter sich zu.

Was jetzt? Er setzte sich ratlos auf den Toilettendeckel. Wusste sie, dass er da war? Unmöglich, sein Rad stand an der nächsten Straßenecke. Und im Erdgeschoss hatte er nichts angerührt. Andererseits, wenn die Kinder seine Karte fanden, war auch Janine klar, dass er hier gewesen war. Und warum auch nicht? Schließlich war es auch sein Zuhause.

»Schatz?« Janines Stimme klang warm und dunkel. Wen rief sie? Nicht ihn, das war sonnenklar. Sonst würde sie unter Garantie nicht so freundlich klingen, ja, geradezu verführerisch.

Wieder dieses Knacken, dann ein Grunzen. Und jetzt wusste Pieter, woher es kam. Aus dem Schlafzimmer. Das Rascheln kam von der Bettwäsche. Jemand lag dort. Im Bett.

Pieter spürte, wie sich seine Härchen an den Unterarmen aufstellten. Janine hatte Besuch. Eindeutig ein Mann, der, wie er durch die angelehnte Schlafzimmertür hörte, langsam aufzuwachen schien. Er merkte, wie das Blut in seinen Ohren rauschte. Kaum war er aus dem Haus, suchte Janine sich einen Neuen.

Blödsinn, Pieter, wisperte eine Stimme in seinem Hinterkopf. Mach die Augen auf. Janine hat schon länger einen Lover. Deshalb hat sie dich vor die Tür gesetzt. Die Erkenntnis traf ihn wie ein Schlag. So war das also. In einer Millisekunde schaltete sein Gehirn in den Urzeitmodus, und er sah sich, gekleidet in ein Bärenfell, Janine an den Haaren aus dem Haus und in seine Höhle schleppen.

Einatmen, ausatmen, befahl er sich. Es dauerte eine kleine Ewigkeit, bis sein Herzschlag sich beruhigte und er in der Lage war, wieder klar zu denken.

Janine hatte sich von ihm getrennt. Sie waren verheiratet, noch, aber kein Paar mehr. Also hatte sie alles Recht der Welt, ins Bett zu gehen, mit wem sie wollte. Außerdem war sie der Meinung, er hätte ebenfalls eine Freundin, nämlich Nadja. Er hatte also nicht den geringsten Anlass, ihr eine Szene zu machen.

Aber sie, stellte er erschrocken fest, sie hatte einen Grund. Er hielt sich hier im Badezimmer versteckt. Völlig nachvollziehbar, dass es in ihren Augen so aussehen musste, als würde er ihr nachspionieren. Er saß in der Falle. Möglicherweise würde er noch hier hocken, während Janine wieder zu ihrem Lover ins Bett stieg. In sein Bett, auf seine ergonomisch geformte Matratze. Das wäre der Super-GAU. Dann könnte er keine Garantie mehr dafür übernehmen, was sein Steinzeithirn anstellte.

Verlier nicht die Nerven, ermahnte er sich. Wie kommst du aus der Nummer wieder raus?

Das Beste wäre, er könnte sich heimlich aus dem Haus stehlen, ohne dass sie ihn bemerkte. Feige wäre das, na klar. Und spätestens wenn die Kinder ihr seine Nachricht zeigen würden, wüsste sie, dass er in ihrer Abwesenheit im Haus war. Doch am Telefon mit ihr zu streiten schien ihm wesentlich einfacher, als jetzt die Treppe hinunterzuschlendern und so zu tun, als wäre es völlig normal, dass sie sich hier an einem Sonntagmorgen begegneten. Ihm war wirklich nicht nach einem Konflikt zumute. Vor allem nicht, wenn bei ihrem Lover ebenfalls das Testosteron die Regie im Oberstübchen übernahm.

Pieter stand auf, öffnete leise die Badezimmertür und schlich die Treppe hinunter. Aus der offenen Küchentür hörte er vertraute Geräusche. Er linste um die Ecke. Janine. Auf dem Küchentresen lag eine Tüte mit Brötchen. Sie drehte ihm den Rücken zu und kippte Kaffeebohnen in den monströsen Kaffeeautomaten, den Joop ihr letztes Weihnachten geschenkt hatte. Na klar, sie bereitete alles für ein intimes Frühstück zu zweit vor, dachte er zornig. Egal, wenigstens war sie abgelenkt. Er schlich weiter Richtung Haustür. Gerade als er mitten im offenen Türrahmen stand, drehte sie sich um.

»Du?« Die Kaffeedose glitt ihr aus der Hand, und die Bohnen prasselten auf den Boden.

Pieter war nie ein guter Schauspieler gewesen. Seine letzte und einzige Rolle hatte er in der elften Klasse in einer Schulaufführung gehabt. Mit wenig Erfolg. Das Jahr darauf war er freundlich, aber bestimmt dazu verpflichtet worden, die Kulissen zu malen. Er lehnte sich an den Türrahmen, zwang sich zu lächeln und hoffte möglichst entspannt auszusehen. »Guten Morgen, Janine.«

»Kannst du nicht klingeln?«, fauchte sie.

Pieter fiel ein Stein vom Herzen. Perfekt. Sie dachte tatsächlich, er wäre gerade erst gekommen.

»He, he«, sagte er und hob die Hände, »schließlich wohne ich auch hier. Ich wollte mir nur ein paar Klamotten holen.«

Sie sah ihn von oben bis unten an und hob die Augenbrauen. »Das ist auch bitter nötig. Du siehst aus, als wärst du aus einer Hippiekommune entlaufen.«

Pieter brauchte gar nicht erst an sich hinabzuschauen, um zu wissen, wovon sie sprach. Himmelblaue Hose, oranger Pullover mit einem weißen Stern darauf, Ärmel und Hosenbeine zu kurz. Na und, dachte er gereizt. Als sie sich kennenlernten, fand Janine Hippies ultracool.

Aus dem Augenwinkel nahm Pieter eine Bewegung wahr. Beiläufig blickte er in den Garderobenspiegel, in dem sich die Treppe spiegelte. Auf dem Treppenabsatz stand er, der Mann, der in seinem Bett übernachtet hatte. Blasse Stoppeln auf Storchenbeinen, zerknitterte seidene Shorts unter einem Wohlstandsbauch, kurzer Hals, hängendes Kinn. Der Spiegelrand verdeckte den Rest. Bevor Pieter unauffällig in die Knie gehen konnte, um dem Mann ins Gesicht zu schauen, drehte der sich um und verschwand aus Pieters Blickfeld.

Pieter riss sich zusammen, um nicht hinterherzustürzen. Irgendwie kam er ihm bekannt vor. Menschen sahen anders aus, wenn man sie nur halb und dazu noch in Unterhose sah, als wenn sie angezogen vor einem standen. Wer verdammt noch mal war der Typ? Eines wusste Pieter genau, Janines Beuteschema entsprach der nie und nimmer.

Janine wischte die Kaffeebohnen zurück in die Dose, ohne gemerkt zu haben, dass er ihren Liebhaber gesehen hatte.

»Ja, hol dir dein Zeug von oben! Und dann geh bitte wieder!«

Leise klappte oben eine Tür.

»Ich geh ja schon«, sagte Pieter und stieg die Treppe wieder hoch. Ihm war klar, warum sie so laut gesprochen hatte. Damit ihr Hausfreund sie hörte. Und verschwand. Als er am Schlafzimmer vorbeiging, verhielt der sich mucksmäuschenstill.

Feigling, grollte Pieter in sich hinein. Er ging ins Ankleidezimmer, tat, als würde er in den Schränken wühlen, nahm die Kleidung, die er schon zurechtgelegt hatte, und deckte einen Pullover über die kleine Kiste mit den Fotos. Wozu sich mit Janine darüber streiten, ob er sie mitnehmen konnte? Wenn er seine Kinder schon nicht sehen durfte, wollte er wenigstens ein paar Bilder von ihnen haben.

32

»Sie hat einen Lover!«

Pieter warf sich auf das durchgesessene Sofa in Bertils engem Arbeitszimmer. Katzenhaare stoben auf und tanzten in den Sonnenstrahlen, die hinter Bertils Uralt-Bildschirm und Stapeln von Ökozeitschriften durch das Sprossenfenster drangen. Stundenlang war er kreuz und quer durch die Stadt geradelt, um den Kopf freizubekommen. Genützt hatte es nichts. Er musste sich aussprechen, entschied er schließlich. Wozu hatte man einen besten Freund?

Bertils Gesicht wirkte bläulich im Licht des Bildschirms.

»So ein Schiet. Mensch, du Armer. Aber bist du dir ganz sicher? Könnte es nicht einfach Besuch sein? Ein Verwandter vielleicht?«

»Sie hat einen Cousin. Der ist zwanzig. Und einen Onkel, der fast achtzig ist. Passt beides nicht zu den Beinen, die ich gesehen habe. Außerdem würden die im Gästezimmer übernachten, nicht im Schlafzimmer. Ich spüre das: Es ist ihr Lover.« Pieter dachte an Janine und sein Liebesleben, das in den letzten Jahren zusammengeschrumpelt war wie ein Apfel über Winter. »Und dann ausgerechnet so ein Typ. Storchenbeine, Wampe, was hat der, was ich nicht habe?«, lamentierte er. Er rutschte tiefer in die Polster und stieß mit dem Fuß gegen eine überquellende Altpapierkiste, auf der sich die Graugetigerte niedergelassen hatte.

Bertil faltete die Hände und blickte milde wie ein Hobby-Buddha auf Pieter. »Innere Werte, Beachboy. Frauen stehen auf so was. Meinst du, sonst wäre Heynke mit mir zusammen?« Er kniff sich in das Bäuchlein, das sich unter seiner Latzhose wölbte. »An deinem Aussehen kann es jedenfalls nicht liegen. Neben dir hätte doch höchstens Ryan Reynolds noch eine Chance. Wahrscheinlich liegen seine ... äh ... Qualitäten auf einer anderen Ebene.«

»Ryan wer?« Pieter beugte sich vor und wollte die Graugetigerte steicheln, die sich aber knurrend von ihm abwandte. Auf welcher Ebene sollten die Qualitäten wohl liegen? Wie ein Womanizer hatte Janines Lover nicht gewirkt. Zumindest nach dem, was Pieter von ihm gesehen hatte. Und Janine stand auf gut aussehende Männer, das wusste er eindeutig.

»Wäre doch gelacht, wenn wir nicht herausfinden, wer er ist«, sagte Bertil und rollte seinen Stuhl vor den Schreibtisch. »Gehen wir systematisch vor. Reynolds war übrigens 2015 Sexiest Man Alive.« Er ruckelte an der Computermaus, und mit einem elektrischen Knistern wurde der Bildschirmschoner von der Browsermaske abgelöst. Pieter schaute verdattert auf den fusseligen Haarkranz seines Freundes. Eine methodische Vorgehensweise war das Letzte, was er von Pumuckl erwartet hätte. Das Vorletzte war, dass er sich mit männlichem Sex-Appeal beschäftigte.

Bertils kurze Finger klopften Janines Namen in die Suchmaske. »Bildersuche ... schauen wir mal, mit wem sie im Netz zu sehen ist.«

Der Bildschirm füllte sich mit Fotos. Pieter beugte sich vor. Janines Porträtfotos auf den Webseiten der Justizbehörde. Janine im Interview mit einer Stadtteilzeitung. Janine auf einem Empfang in der amerikanischen Botschaft, Janine mit einer japanischen Delegation vor dem Rathaus. Hundertmal Janine.

Bertil kroch fast in den Bildschirm. »Ein Japaner war es nicht, oder?«

Pieter schüttelte den Kopf. »Größer, dicker, wahrscheinlich rot oder hellhaarig. Seine Beine waren kaum behaart.«

»Größer … rotblond …«, murmelte Bertil und scrollte langsam durch die Bilderflut. Er stoppte und vergrößerte ein Bild. »Der da?«

Pieter stellte sich neben Bertil. »Zu groß.« Unwillkürlich musste er lachen. »Außerdem vermute ich nicht, dass sie ein Verhältnis mit dem isländischen Fischereiminister hat.« Er tippte auf den Namen, der unter dem Foto zu sehen war.

»Oh, stimmt«, gluckste Bertil und suchte weiter. Janine am Schreibtisch, Janine bei der Eröffnung der Elbphilharmonie, der Mann neben ihr war Pieter selbst. Janine mit Hafenarbeitern, Janine bei der Faschingsfeier …

»Stopp, Pumuckl.« Pieter griff unwillkürlich nach Bertils rechter Hand, die die Maus führte. »Mach das mal größer.«

Die Hamburger Justizbehörde hatte am diesjährigen Rosenmontag eine Faschingsfeier organisiert. Alle Ämter hatten an diesem Tag geöffnet, aber die Mitarbeiter kamen als Yetis, Prinzessinen, Räuber oder in wilden Fantasieverkleidungen zum Dienst. Die Medien hatten ausführlich berichtet.

Janine war Marilyn Monroe. Pieter erinnerte sich noch genau, dass der Briefträger mit dem Rad gegen eine Laterne gefahren war, als sie mit aufreizendem Dekolleté und wasserstoffblonder Perücke aus dem Haus stöckelte.

Bertil tippte auf das Foto, und die verlinkte Seite öffnete sich. Es war ein Artikel aus der Online-Ausgabe des *Morgenblatts* und zeigte die Belegschaft der Justizbehörde, die für den Fotografen vor der Eingangstür des Behördenhochhauses posierte. Janine in ihrem knallroten Kleid stand unübersehbar im Mittelpunkt. Sie hatte die Arme um eine Zweimeterfrau in Elfenkostüm gelegt, in der Pieter eine ihrer Kolleginnen erkannte. Links neben ihr stand ein Mann mit Fotoapparat und Hawaiihemd. Bunt bedruckte Shorts gaben die dürren Beine frei, und über den abstehenden, runden Ohren saß ein kleiner Anglerhut. »Staatsrat für Justiz A. Jacobsen (verkleidet als Tourist, Mitte) hatte die ungewöhnliche Idee zu dieser Rosenmontagsfeier« stand unter dem Bild. Jacobsen lächelte – wie alle Menschen auf dem Foto, aber nicht in die Kamera, sondern Richtung Janine.

»Treffer«, sagte Pieter tonlos.

Es gab kein Vertun. Der Mann, der heute Morgen in seinem Bett gelegen hatte, war Axel Jacobsen, Janines Vorgesetzter. Tatsächlich überhaupt nicht ihr Beuteschema.

»Is dat wohr? Der da?« Bertil tippte auf Jacobsens Gesicht. Der schwarze Rand unter seinem Fingernagel zeichnete einen absurden Schnurrbart unter die Nase des Staatsrates.

Pieter nickte stumm. Der Mann mit den Knubbelohren. Janine hatte ihn selber so getauft, als sie in der Behörde anfing.

»Der muss in der Tat eine Menge innere Werte haben«, orakelte Bertil und klapperte auf der Tastatur herum. »Aha«, knurrte er fünf Sekunden später. »Axel T. Jacobsen, Alter … stammt aus … Studium … willst du das wissen?«

Pieter schüttelte den Kopf. »Ledig?«

»Jupp.«

Pieter rechnete zurück. Seit wann war Janine so zickig? Februar? Ja. Seitdem sie als Marilyn im Ministerium aufgekreuzt war. Im März, auf dem letzten Empfang, auf dem Pieter dabei gewesen war, hatte Jacobsen sehr dicht neben ihr gestanden. Zu dicht nach Pieters Empfinden. »Du fantasierst,

Hase«, hatte sie auf der Heimfahrt abgewiegelt. Kurz danach hatten sie ihren ersten Streit, der so heftig war, dass Fabian weinend aus der Küche lief.

Er ließ sich mit dem Rücken gegen die Sofalehne fallen. Knubbelohr Jacobsen. Tatsächlich. Er hatte etwas, was Pieter nicht hatte – Einfluss, Beziehungen, Macht. Und er hatte Janine befördert. Zu seiner rechten Hand.

»Pumuckl, warum behauptest du, eine Ehe sei für immer?«

»Weil, ja, weil ...« Bertil kratzte sich am Kopf. »Wegen der Kinder. Weil man alles aufgibt, was man sich gemeinsam aufgebaut hat. Weil man sich immer mitnimmt, auch in die nächste Beziehung. Dann kann ich doch meine Probleme auch gleich jetzt mit Heynke klären. Manchmal muss man auch Streit aushalten. Und kämpfen für seine Liebe«, schloss er.

Hinter Bertil hing an der Wand zwischen einem Che-Guevara-Plakat und einer Schautafel alter Apfelsorten ein Kreuz. »Eine Ehe ist für immer« hatte sicherlich auch damit zu tun, dachte Pieter.

Auf der Fähre hatte er die Fotokiste geöffnet. Obenauf lag ein Bild, auf dem der siebenjährige Pieter an der Hand seines Vaters auf dem Hamburger Fischmarkt stand. Weiter unten im Stapel fand er eines, das dreißig Jahre später aufgenommen worden war. Der erwachsene Pieter, Fabi an seiner rechten Hand, Laura an seiner linken. Wie die Bilder sich gleichen, sann er wehmütig. Man nimmt so viel mit – von einer Beziehung in die andere, von einer Generation in die nächste.

Aber nicht ganz, dachte er entschlossen. Er hatte nicht vor, es seinem Erzeuger gleichzutun, zu verschwinden und sich nie wieder um seine Kinder zu kümmern. Laura und Fabian sollten mit ihrem Vater aufwachsen, nicht ohne ihn. Eins und eins ist zwei. Aber eine Ehe ergibt mehr als die Summe zweier Menschen. Sie ist das Zentrum der Familie, der Mittelpunkt für die Kinder.

Axel Knubbelohr Jacobsen. Pieter straffte die Schultern. Das konnte einfach nicht Janines Ernst sein. Doch neben der Wut spürte er eine spontane Erleichterung, dass sein Gegner nun sichtbar war.

33

Oje, es geht los«, rief Bertil. Er sprang auf und kniete sich neben die Altpapierkiste, in der die Katze sich um sich selbst drehte.

»Was geht …?« Pieter schreckte aus seinen Gedanken auf.

»Mieke bekommt Junge. Ich dachte, sie braucht noch ein paar Tage.«

Pieter hatte die Graugetigerte schlicht für zu dick gehalten. Wie unaufmerksam. Aber in dem dichten Fell der Langhaarkatze konnte sich ein kleiner Schwangerschaftsbauch gut verstecken, tröstete er sich.

Bertil war bleich geworden, Schweißtropfen standen auf seiner Stirn, und er krampfte die Finger um den Rand des Kartons.

»Hol bitte warmes Wasser und saubere Tücher«, bat Pieter. Er lächelte Bertil nachsichtig hinterher, der aus dem Raum stolperte. Pumuckl konnte kein Blut sehen, das wusste er. Selbst das Hühnerschlachten war Heynkes Sache.

Die Katze lag auf der Seite, stützte sich mit den Vorderpfoten auf und hechelte mit offenem Maul. Dann hob sie ein Hinterbein, und Pieter sah ein nasses winziges Bündel auf dem Zeitungsstapel. Mieke war eine erfahrene Mutter, wie Pieter merkte. Erstgebärende Katzen wussten oft nicht genau, wie sie mit den Jungen umgehen sollten. Mieke aber drehte sich zu ihrem Kleinen, zerbiss die Nabelschnur, leckte es trocken und verschlang die Plazenta.

»Hier, das Wasser.« Bertil stellte die Schüssel auf den Boden, legte die Handtücher daneben und postierte sich in sicherer Entfernung an der Tür.

Das nächste Baby kam schwieriger. Das dunkle Köpfchen erschien, dann steckte es fest. Pieter hob das Erstgeborene zur Seite, damit die unruhige Mutterkatze sich nicht aus Versehen darauflegte, wartete auf die nächste Wehe und zog sanft an dem winzigen dunkelnassen Körper, der noch in der Fruchtblase steckte. Unter seinen Fingern merkte er die schwachen Bewegungen des Katzenbabys. Es lebte. Mieke biss die Fruchtblase auf und beleckte das zarte Köpfchen. Eine Welle von Demut und Dankbarkeit durchströmte Pieter. Momente wie dieser waren das, was er an seinem Beruf von ganzem Herzen liebte.

Mit der nächsten Presswehe rutschte das dritte Baby auf die Welt, und in weniger als einer halben Stunde lagen sechs miekssende feuchte Jungtiere auf Bertils alten Zeitungen, zwei graugetigerte, zwei schwarze und zwei von Herrn Schliemanns Farbe, sandfarben. Sie schlenkerten mit den Köpfchen und wurden von der Mutter sanft Richtung Zitzen geschoben.

»Alles in Ordnung«, sagte Pieter. »Die weitere Versorgung kann ich euch überlassen, oder?«

Herr Schliemann wartete sicher schon ungeduldig auf ihn. Hoffentlich hatte Quades gelbäugiger Kater ihn am Leben gelassen.

Die Dämmerung legte sich übers Dorf, und eine Amsel flog zeternd auf, als er kurz darauf bei Quade Lühmeyer klopfte. Durch die fleckigen Glasscheiben der Haustür sah er, wie die alte Frau aus der Küche kam und zur Haustür wackelte.

»Danke, dass Sie … dass du auf den Hund aufgepasst hast«, sagte Pieter. Sie duzte ihn von Beginn an, doch er fiel immer wieder ins Sie. Er überreichte ihr eine Packung Apfelkekse, die er auf der Rückfahrt in einem Café in Othmarschen erstanden hatte.

»Kumm rin«, sagte sie, schloss die Tür hinter ihm und schlurfte in die Küche. Herr Schliemann lag neben dem Ofen und starrte ängstlich auf den kohlschwarzen Kater, der vor ihm saß und die Hundekekse fraß, die Pieter für den Retriever dagelassen hatte.

»Kschsch, Lieping«, sagte Quade und schob den knurrenden Kater mit dem Gehstock vom Futternapf fort. Eigenartiger Name, dachte Pieter, Friesisch oder Plattdeutsch wahrscheinlich.

Herr Schliemann freute sich, Pieter zu sehen. Er kam aus der Ecke und humpelte ihm entgegen.

»Er läuft noch nicht gut«, bemerkte Quade.

»Besser als ich zu hoffen gewagt habe«, entgegnete Pieter. »Ich werde ihm heute Abend wieder einen Kohlwickel machen, das scheint ihm gutzutun.«

»Kohl hilft bei mir nicht mehr.« Quade kramte in der Tasche ihres Kittels und zog zwei Blisterpackungen mit kleinen gelben und großen roten Tabletten heraus.

Pieter betrachtete die Packungen. Glukosamine und Hyaluronsäure. Okay, das konnte sicher nicht schaden, dachte er. Zumindest gab er Katzen und Hunden ähnliche Medikamente bei Arthrose. Aber richtig nützen taten die Wirkstoffe offenbar nicht, so mühsam, wie die alte Lühmeyer sich fortbewegte.

Ging sie nicht zum Arzt? Ging sie überhaupt noch aus dem Haus, rätselte er. Vor ein paar Tagen hatte ein rollender Lebensmittelladen auf dem Deich gehalten, und der Fahrer hatte mehrere Tüten vor Quades Haustür abgestellt.

Er sah sich in der niedrigen Küche um und wunderte sich zum wiederholten Mal, warum die alte Dame in dem kleinen, muffigen Gebäude lebte anstatt im Kapitänshaus. Es war gegen Quades Bleibe geradezu modern, die Mauern trocken und die Räume größer und heller. Glaubte sie auch an das Gerücht, dass es dort spuken sollte?

Pieter musste sich eingestehen, dass er sich nicht traute, sie danach zu fragen. Aber was hielt ihn eigentlich ab? Zu ihm war sie zwar kurz angebunden, aber freundlich. Immerhin hatte sie sich sogar angeboten, heute auf Herrn Schliemann aufzupassen. Und warum mieden die meisten Leute die alte Frau? So viele Fragen.

»Ich hab was Merkwürdiges gehört.« Pieter lachte aufgesetzt und beobachtete dabei Quades Gesicht. »Angeblich soll es im Kapitänshaus spuken. Dat is Tüünkram, oder? Also, ich hab jedenfalls noch nichts davon gemerkt.« Mal schauen, was sie sagte.

Die Falten über ihren Augen verwandelten sich in ein runzliges Labyrinth. »Wat? Dat schall spökeln?« Sie drehte ihm den Rücken zu und steckte die Apfelkekse in eine Schublade ihres schwarzbraunen Küchenbüfetts. Pieter wartete, aber sie schien ihn geradezu vergessen zu haben. Offenbar war das gemütliche Beisammensein hiermit beendet, dachte er. Er nahm Herrn Schliemann an die Leine.

»Na, dann tschüssing. Und danke noch mal fürs Hundesitten«, sagte er freundlich.

Sie folgte ihm in den Flur und schloss die Haustür auf.

»De ollen Öster«, hörte er sie knurren. »He spökelt nich.«

Pieter drehte sich überrascht um, aber Quade hatte schon die Tür hinter ihm ins Schloss geworfen.

»He spökelt nich« hieß »er spukt nicht«. Aber wer war »he«, also »er«? Was um alles in der Welt sollte das bedeuten?

»Du weißt das auch nicht, oder?«, fragte er Herrn Schliemann, der ihn aufmerksam anschaute. »Na, egal, wir gehen erst mal Gassi.«

Sie umrundeten die Schuppenruine, die in der Dämmerung aussah wie ein buckliges Kamel, stiegen über den zerbrochenen Zaun und gingen den Aueweg entlang zum Wasser. Morgen würde er endlich den Zaun reparieren, dachte Pieter. Während Herr Schliemann sein Geschäft verrichtete, klingelte Pieters Handy. Eine unbekannte Nummer. »Kreutzfeldt«, sagte er kurz angebunden. Wahrscheinlich ein Werbeanruf oder ein neuer Patient.

»Hallo, Papa, hier ist Laura.«

»Lauri!« Pieter merkte, wie sein Herz vor Freude zu hüpfen begann.

»Papa, wir haben deinen Brief gefunden. Und ich hab jetzt ein Smartphone. Hat Mama mir gekauft.«

Aha. Er runzelte die Stirn. Laura und Fabian sollten noch keine Handys haben, wegen der Strahlung und der Gefahren, die im Internet auf sie lauerten. Jetzt hatte Janine sich also eigenmächtig über ihre gemeinsam aufgestellten Erziehungsprinzipien hinweggesetzt. Aber egal, dachte er. Immerhin konnte er nun direkt mit den beiden sprechen, ohne Janine anrufen zu müssen. Ob sie es deshalb erlaubt hatte?

Am anderen Ende der Leitung hörte Pieter ein kleines Handgemenge.

»Papa, wann kommst du nach Hause? Kannst du den Hund nicht hier gesund machen?« Fabian hatte offenbar das Handy an sich gebracht. Aber nur kurz. Bevor Pieter antworten konnte, drang nach einem »Eh, Fabi, das ist *meins*« wieder Lauras Stimme aus dem Lautsprecher.

»Papa, echt, stimmt das, dass man bei dir reiten kann?« Sie klang aufgekratzt. »Können wir nächstes Wochenende zu dir kommen?«

»Na logisch könnt ihr kommen, ihr Süßen. Samstag? … Übernachten wollt ihr auch? Klar geht das! Ich freue mich auf euch!«

Er knipste ein Selfie mit Herrn Schliemann und schickte es den beiden. Laura und Fabian sendeten umgehend ein Bild von sich zurück, auf dem sie in die Kamera grinsten und Wuschel und Pingpong hochhielten. Pieter betrachtete ihre Gesichter und hätte am liebsten das Handy geküsst. Endlich, endlich hatte er wieder Kontakt zu seinen Kindern.

Offenbar war es so, wie Janine gesagt hatte. Lauri und Fabi hatten nur ein wenig Zeit gebraucht. Und jetzt, endlich, war es so weit. Sie waren ihm nicht mehr böse. Wie wunderbar!

Warum bloß hatte er Janine misstraut? Hatte er gefürchtet, sie wolle ihm die Kinder wegnehmen? Vielleicht könnte er sich auch mit ihr wieder aussöhnen. Ja, er würde kämpfen. Für die Kinder und die Ehe. Knubbelohr Jacobsen müsste sich auf Gegenwind gefasst machen.

»Komm, Herr Schliemann«, sagte Pieter und ging beseelt durch die Dunkelheit zurück zum Kapitänshaus. Im Flur tastete er nach dem Lichtschalter. Und erstarrte in der Bewegung. Etwas war im Haus. Nein, korrigierte Pieter sich, viele Etwasse.

Herr Schliemann knurrte leise.

34

Im Dunkeln raschelte und fiepte es. Pieter fand den Lichtschalter, die funzelige Beleuchtung flammte auf, und er sah die Bescherung. Winzige Hühnerküken, vielleicht drei Tage alt, trippelten über die ausgetretenen Bodenfliesen, unzählige kleine gelbe, schwarze und braune Federbälle. Teufel auch, wo waren die hergekommen?

Er ging vorsichtig durch den Flur, immer darauf bedacht, nicht auf eines der Tierchen zu treten, die überall waren, ängstlich, ob er nicht bald auf ein totes Küken stoßen würde, denn Störtebeker war im Haus. Doch als er in die Küche kam, saß der Kater auf dem Küchenschrank, den Schwanz gesträubt wie eine Flaschenbürste.

»So, so, ein Feigling bist du also«, sagte Pieter grinsend. Aber er war sich unsicher, ob Störtebeker sich nicht doch im nächsten Moment über die Küken hermachte. Er musste sie einsperren, und zwar dringend. Auf der großen Diele zwischen dem Vorder- und dem Hinterhaus fand er einen Weidenkorb und fing an, die kleinen Tiere einzusammeln.

Sie waren überall, wuselten durch die Küche, schlüpften unter Ofen, Tisch und Küchenbank, liefen ins Schlafzimmer und verschwanden unter dem Bett. Einige der hellgelben Flaumbälle, die gut in dem spärlichen Licht zu sehen waren, erwischte er, doch die braunen und schwarzen verschmolzen vollständig mit der Dunkelheit in den Ecken. Er dachte an Tammy. Mit ihrem perfekten Gehör würde sie bestimmt mit Leichtigkeit die Verstecke der kleinen Tiere orten. Für Pieter allerdings kam das Trippeln von überall und nirgendwo.

Er gab es auf. Gut, dann würde er die Tiere eben morgen früh einfangen. Hier im Haus wären sie über Nacht eh am sichersten, und morgen früh könnte er in Ruhe überlegen, wohin mit ihnen.

»So, mein Lieber, dann musst du heute draußen schlafen.« Pieter schnappte sich den knurrenden Kater und beförderte ihn kurzerhand vor die Tür, für den Fall, dass Störtebeker nachts doch Appetit auf Kükenfleisch bekam.

Müde ging er ins Badezimmer. Dort stand das Fenster offen. Merkwürdig, dachte er, er hatte es heute Morgen doch verschlossen hinterlassen. Er beugte sich nach draußen und leuchtete mit der Taschenlampe seines Smartphones in die Dunkelheit. An der Außenwand des Hauses erspähte er eine Kiste. »Geflügelzucht J. Ott« entzifferte er den Schriftzug auf dem weißen Plastik. Kein Spuk, keine Zauberei hatten ihm die Küken ins Haus befördert, sondern irgendwer, der ihm einen Streich spielen wollte. Aber warum? Oder galt die Aktion nicht ihm, sondern Quade? In Gedanken versunken ging er schlafen. Das Piepen der Küken begleitete ihn bis in seine Träume.

Am nächsten Morgen lag Herr Schliemann auf dem Flickenteppich vor dem Bett, und die kleinen Hühner hatten sich um den Retriever und auf ihm zusammengekuschelt. Pieter angelte sein Handy vom Nachttisch, knipste die herzallerliebste Szene und schickte das Bild Laura und Fabian.

»Ooh, wie süüüß!«, kam postwendend zurück, umrahmt mit Herzchen und hopsenden Smileys. »Sind das deine?? Wir freuen uns sooo auf nächsten Sonntag!!!«

Perfekt, dachte Pieter und verwarf den Gedanken, die Küken so schnell es geht wieder loszuwerden. Laura und Fabian sollten sich bei ihm wohlfühlen. Unter Garantie wären sie völlig begeistert, wenn sie die flauschigen Hühnchen streicheln und in die Hand nehmen dürften. Also würde er sie erst einmal behalten. Er könnte sie bestimmt auf dem Appelhoff unterbringen, wenn er nach Hamburg zurückging.

Um neun Uhr am nächsten Morgen schob Pieter sein Rad die steile Böschung des Deiches hoch. Vor Quades Haus sah er auf der Straße einen Mercedes stehen. Sie hat Besuch, dachte er und merkte, dass er sich für die alte Frau freute. Offenbar war sie doch nicht so alleine, wie er es sich ausgemalt hatte. Hatte sie eigentlich Kinder? Und Enkel? Er nahm sich vor, seine Vermieterin bei Gelegenheit behutsam zu fragen.

Pieter fuhr durch die winzige Altstadt Elbwerders und sprang fünf Minuten später auf dem Putzplatz von Strucks Pferdeparadies vom Rad. Maren kam gerade von der Weide und führte Palucco mit sich. Pieter hatte sie darum gebeten, das Pferd heute Morgen untersuchen zu können.

Maren umarmte ihn zur Begrüßung. »Du hast den Hund heute zu Hause gelassen?«

»Jep.« Pieter grinste. »Er hat alle Pfoten voll zu tun. Er ist jetzt glücklicher Vater von siebenundzwanzig Eintagsküken.« Pieter zeigte Maren das Foto, das er für Laura und Fabian aufgenommen hatte, und erzählte von dem Vorfall in der letzten Nacht.

»Da hat sich einer einen Scherz erlaubt. Zuerst war es Herrn Schliemann etwas unheimlich, denn die Küken folgen ihm überallhin. Ich habe es nicht übers Herz gebracht, sie von ihm zu trennen. Außerdem, bis ich einen Stall gebaut habe, muss er sie vor meinem Kater beschützen.«

Maren wickelte Paluccos Führstrick um den Anbindebalken. »Auf dem Dorf geht es oft derb zu«, sagte sie und zwirbelte eine Haarsträhne um ihren rechten Zeigefinger. »Auch heute noch. Die Junggesellenabschiede zum Beispiel können in ziemlich raue Späße ausarten. Da wird schon mal einem unbeliebten Menschen eine Ladung Mist vor die Tür gekippt. Aber eine Fuhre Eintagsküken? Bist du dir sicher, dass dir jemand einen Streich spielen wollte?«

»Ziemlich sicher«, antwortete Pieter. Um einen Spuk handelte es sich jedenfalls nicht, ergänzte er in Gedanken. Er schnallte seine Tasche vom Gepäckträger und wandte sich dem Hengst zu. Erfreut stellte er fest, dass die entzündeten Stellen inzwischen fast abgeheilt waren.

Maren strahlte. »Es ist unglaublich, wie positiv sich der Weidewechsel ausgewirkt hat.«

Pieter holte eine Lupe aus seiner Arzttasche und betrachtete einige noch immer gerötete Hautpartien in Paluccos Fell von Nahem. Glücklicherweise hatten sich trotz der feuchten Weide keine Milben an den Wunden festgesetzt, die in Kürze wieder zu einem Aufflammen der Infektionen führen konnten. »Zwei Wochen Ruhe würde ich ihm noch gönnen. Danach kannst du ihn wieder reiten«, sagte er.

»Was ist es denn nun gewesen?«, fragte Maren. »Und warum ist Dr. Karl nicht darauf gekommen?«

»Ihr habt das Pferd nach Neuenschleuse zum Tierarzt gebracht, oder?«

»Ja. Dr. Karl macht ja kaum noch Hausbesuche.« Maren seufzte. »Bei jedem Wehwehchen die Pferde zum Tierarzt zu befördern ist ganz schön zeitraubend.«

»Der Kollege hat ja erkannt, dass es eine allergische Reaktion ist«, sagte Pieter. »Und er hat alles durchgetestet, was in so einem Fall infrage kommt. Er hat nach allen Regeln der Kunst gearbeitet.«

»Aber nichts rausgefunden. Es war keines der üblichen Allergene wie Milben, Pilze, Kriebelmücken, falsches Futter oder Staub. Was war es denn? Spann mich doch bitte nicht auf die Folter, Pieter.«

»Tu ich nicht«, beschwichtigte er sie. Er nickte mit dem Kopf Richtung Auffahrt. Ein Pick-up rollte auf den Hof. Hinter der getönten Scheibe sah Pieter Bodo Struck und Nadja. »Ich erkläre es, wenn die beiden hier sind.«

»Sie haben Onni zur Krippe gebracht und waren hinterher noch in Buxtehude bei der Bank.« Maren rieb sich das Kinn.

»Du und dein Mann, ihr kümmert euch sehr um Onni«, sagte Pieter vorsichtig.

»Ja.« Marens Antwort blieb einsilbig.

Der Pick-up hielt unter dem Schutzdach der Werkhalle, und Struck und Nadja stiegen aus. Auch die hintere Wagentür öffnete sich, und Pieter erkannte das blasse Lehrmädchen. Es zerrte seinen Rucksack von der Rückbank, holte ein Fahrrad aus der Halle und fuhr mit einem kurzen Winken Richtung Elbe davon.

»Um zwölf Uhr gibt's Mittagessen. Bist du dann wieder da?«, rief Maren ihr hinterher. Keine Antwort. Sie verharrte kurz, dann gab sie sich einen Ruck und wandte sich wieder Pieter zu. »Er ist auch wirklich ein süßer Kerl, unser Onni.

Bodo ist ganz vernarrt in ihn.« Sie räusperte sich. »Ich hol die beiden.« Rasch ging sie auf Struck und Nadja zu.

Meine Güte, in diesem idyllischen Dorf hat wohl jeder etwas zu verheimlichen, durchzuckte es Pieter. Sogar die so freundliche Maren Struck verbarg etwas vor ihm. Er beschloss, sich nicht davon irritieren zu lassen. Auch nicht von Nadjas überschwänglichem Wangenkuss und dem mürrischen rotgesichtigen Bodo Struck, der breitbeinig hinter den beiden Frauen herstakste und Pieters ausgestreckte Hand demonstrativ übersah.

Pieter räusperte sich. »Ich denke, ich habe herausgefunden, was diesen schönen Kerl hier krank gemacht hat«, begann er und streichelte Paluccos samtweiches Maul. »Es ist nichts Schlimmes und nicht unheilbar. Die Allergie wurde wahrscheinlich durch eine Überreaktion auf Farbstoffe oder Lösemittel ausgelöst.«

Die drei schauten ihn verwirrt an. Dann redeten sie alle auf einmal.

»Jetzt wird mir einiges klar.« Das war Maren.

»Dieser abscheulich stinkende Reiniger. Mon dieu, Bodo! Ich ’ab dir gesagt, geh in die Werkstatt damit.« Nadja klang aufgebracht.

»Ja geht’s noch? Jetzt soll ich schuld sein an dem Wehwehchen von dem Zossen?«, polterte Struck. Seine Wut erstickte in einem Hustenanfall.

Pieter blickte von einem zum anderen. »Sie haben auf dem Hof mit lösemittelhaltigen Reinigern gearbeitet?«, wandte er sich an Struck.

»Hab ich. Vor der Halle, in der Halle, neben der Halle, hinter der Halle«, bellte dieser. »Traktorenpflege, Maschinenreparaturen, damit verdiene ich eben mein Geld. Dafür braucht man nun mal Lö-se-mit-tel, Herr Doktor Wichtig.«

Pieter hob die Hände. »Nun, wie dem auch sei«, sagte er besänftigend. »Sicher gehen Sie mit den chemischen Stoffen verantwortungsvoll um, lieber Herr Struck. Palucco ist wahrscheinlich besonders empfindlich. Sonst wären die anderen Pferde im Stall ja ebenfalls betroffen. Dennoch würde ich empfehlen, ein wenig auf die Windrichtung zu achten, wenn Sie zukünftig mit Lösemitteln arbeiten.«

»Immer diese Gäule«, knurrte Struck. »Wie viel Zeit und Geld in den Viechern steckt.« Er schnaubte sich geräuschvoll in ein Taschentuch.

Pieter sah, wie Maren leicht den Mund verzog. Hatte Vera Oldenburg nicht davon gesprochen, dass der Pferdehof mehr Geld abwarf als Strucks Landmaschinenservice? Er packte die Lupe ein und klemmte die Arzttasche auf den Gepäckträger.

»Den Rest der Hautirritationen kannst du weiterhin mit der Tinktur von Dr. Karl behandeln, Maren. Wie gesagt, in vierzehn Tagen ist wahrscheinlich alles überstanden.«

»Du bist ein Engel, Piet«, rief Nadja und umarmte ihn.

Maren gab ihm die Hand. »Danke, Pieter. Es ist schön, einen Tierarzt im Dorf zu haben«, sagte sie warm.

Pieter sah aus dem Augenwinkel, dass Struck vor Ärger dunkelrot wurde. »Ruf gerne an, wenn irgendetwas ist«, sagte er rasch. Bloß weg, bevor Struck vollends die Beherrschung verlor. Dann hielt er inne. »Ach, Maren, meine Kinder sind am nächsten Samstag zu Besuch. Könnten sie vielleicht einmal zum Reiten kommen?«

Maren nickte. »Jederzeit. Und wenn du Probleme mit den Küken hast, melde dich gern«, fügte sie hinzu. »Wir haben früher auch Hühner gehalten, bis es nicht mehr ging wegen …« Sie strich ihrem Mann zärtlich über den Arm. »Jedenfalls freuen wir uns, wenn wir zwei auch was für dich tun können, nicht wahr, Bodo?«

Struck zog eine Grimasse, als würde er tausend Sachen lieber machen, als Pieter einen Gefallen zu tun. Zum Beispiel ihn geteert und gefedert aus dem Dorf jagen.

35

Als Kind hatte Pieter die Sommerferien gleichermaßen genossen wie gefürchtet. Sonnige Tage ohne Pflichten reihten sich in seinen Erinnerungen aneinander. Die meisten Kinder, die wie Pieter in den Barmbeker Mietblocks wohnten, fuhren nicht in die Ferien. Er vermisste es nicht. Gemeinsam mit Bertil veranstaltete er Fahrradrennen und badete im Stadtparksee, sammelte Flaschen und kaufte sich Eis vom Pfandgeld, baute Schiffchen aus Stöcken und Plastikflaschen und ließ sie auf dem Osterbekkanal schwimmen. Er freute sich auf jeden neuen Tag und fürchtete seine späten Stunden. Während seine Freunde mit den Eltern und Geschwistern zu Abend aßen, saß er in der stillen Zweieinhalbzimmerwohnung und fühlte sich wie der einsamste Pieter auf dem ganzen Planeten, bis seine Mutter von der Spätschicht kam.

Seine Tage im Kapitänshaus fühlten sich ähnlich an. Zum ersten Mal seit damals hatte er Zeit, unendlich viel Zeit, die er einteilen konnte, wie es ihm gefiel. Stundenlang saß er am Bootsschuppen und schaute dem Wasser der Aue zu, das bei Flut auflief und bei Ebbe eine schlammige Miniaturlandschaft aus grünglitschigen Steinen und dem Gerippe eines versunkenen Bootes aufdeckte. Er scheuchte etliche Spinnen aus dem Kahn, der im Bootsschuppen lag, stellte fest, dass er noch leidlich manövrierfähig war, vertäute ihn an dem morschen Steg und verschwendete einen halben Aquarellblock, um dieses Motiv aufs Papier zu bringen. Nur mit einem der Bilder war er zufrieden. Egal, hieß es nicht, der Weg ist das

Ziel? Das Malen machte ihm Spaß, und er nutzte die misslungenen Werke zum Anfeuern des Badeofens.

Niemand wusste, wem die Küken gehörten. Als Pieter die Telefonnummer wählte, die auf der Plastikkiste vor dem Badezimmerfenster stand, musste er eine langatmige Belehrung über sich ergehen lassen, dass die Firma J. Ott Geflügelzucht selbstverständlich keine persönlichen Daten ihrer Firmenkunden herausgebe. Gut, dann halt nicht. Er schaffte einen Sack Hühnerfutter heran und freute sich an seinen flaumigen neuen Mitbewohnern.

Mit Draht, den er im Storchenhaus fand, baute er hinter dessen großer Doppelflügeltür ein Gehege. Ein perfekter Hühnerhagen, bei offener Tür schien die Sonne herein, und Wind und Regen blieben draußen.

Herr Schliemann entwickelte erstaunliche Fähigkeiten als Hütehund. Die Küken folgten ihm wie einer Mutterglucke und piepten herzzerreißend, wenn Pieter sie einsperren musste, um mit dem Hund auf dem Laufband oder am Strand zu trainieren. Quade hatte gewarnt, dass es für einen Marder ein Leichtes sei, in das Storchenhaus einzudringen, um die Hühnchen zu fressen. Also schliefen sie weiterhin, an den Retriever gekuschelt, nachts auf Pieters Bettvorleger. Ihr leises Piepen und Herr Schliemanns gelegentliches Schnaufen durchbrachen die Stille, in der Pieter sich schmerzhaft nach seiner Frau, seinen Kindern und seiner ergonomischen Matratze sehnte.

Tatsächlich nach seiner Frau? Der Wunsch, dass alles wieder so sein sollte wie früher, verschmolz in diesen Nächten mit der Befürchtung, dass sein Leben endgültig aus den Fugen geraten war. Er strich mit der Handfläche über das leere Bett neben ihm und hatte sich selten so einsam gefühlt. Glasklar stand ihm vor Augen, dass es die Janine, die er geheiratet hatte, nicht mehr gab. Und die Janine, die es heute gab, wollte ihn nicht mehr. Wollte er sie noch? Spätestens an diesem Punkt der Grübelei schlief er glücklicherweise ein.

»Hase, wir hatten uns darauf geeinigt, dass die Kinder noch ein wenig Zeit brauchen. Wieso hältst du dich nicht daran?«, warf sie ihm am Mittwochabend telefonisch vor.

»Und? Wir hatten uns auch darauf geeinigt, den Kindern noch kein Handy zu erlauben«, schnappte er zurück. »Du hältst dich auch nicht daran.« War es ein Naturgesetz, dass sie jedes Mal stritten, auch wenn sie nur telefonierten?

»Ich dachte, du freust dich darüber«, gab Janine zurück. »Immerhin kannst du sie jetzt direkt anrufen.«

Punkt für sie, dachte Pieter. »Sie freuen sich auf den Besuch hier«, sagte er, spielte ihr zur Bestätigung die Sprachnachricht von Laura und Fabian vor und rang ihr das Versprechen ab, die beiden am Samstagfrüh nach Elbwerder zu bringen.

Als sie aufgelegt hatte, fiel ihm auf, dass sie ihn nicht einmal nach dem Hund gefragt hatte. Oder danach, wie es ihm selber ging. Oder Tammy. War das nicht der beste Beweis dafür, dass sie ihre Verantwortung für den Unfall völlig ausblendete? Sie ist genauso selbstbezogen wie Joop, dachte er erbost. Sein Schwiegervater war ein Meister darin, seine Umgebung mit seinen Erzählungen zu unterhalten, und es hatte lange gedauert, bis er gemerkt hatte, dass Joop sich nicht im Geringsten dafür interessierte, was er machte oder meinte.

»Welche Laus ist dir denn über die Leber gelaufen?«, fragte Tammy, die kurze Zeit später anrief, um sich nach Herrn Schliemanns Fortschritten zu erkundigen.

»Wieso?« Pieter fühlte sich ertappt. Er hatte versucht, fröhlich zu klingen, und von seiner Probefahrt mit dem Ruderboot erzählt. Aber klar, Tammy konnte er nichts vormachen. Sie las aus den Stimmen der Menschen ihre Stimmungen heraus, wie er inzwischen wusste. Trotzdem, der Ärger mit Janine ging sie nichts an.

»Was sind das eigentlich für Menschen, die sich nur für sich interessieren?«, lenkte er ab und faselte etwas von einem Nachbarn, der ihm den halben Nachmittag ungefragt seine Lebensgeschichte aufgetischt hatte.

»Hm«, machte Tammy, und er fragte sich, ob sie sein Ablenkungsmanöver durchschaute. »Es gibt verschiedene Störungen, bei denen den Menschen die Fähigkeit fehlt, sich in ihr Gegenüber einzufühlen. Überwiegend handelt es sich allerdings um schlechte Angewohnheiten ohne tieferen Krankheitswert«, begann sie dann.

Trotz seiner Wut auf Janine musste Pieter unwillkürlich lächeln. Tammy hielt ebenso gern Vorträge wie Joop, hatte er festgestellt. Allerdings war sie im Gegensatz zu seinem Schwiegervater eine aufmerksame Zuhörerin.

»Die meisten Menschen, die sich nur um sich selbst drehen und die es nicht kümmert, wie es anderen geht, sind wahrscheinlich Narzissten, also selbstverliebte Menschen, die immer bewundert werden wollen und selten Kritik ertragen.«

Treffer. Das war Joop, wie er leibt und lebt.

»Und, ist so etwas … vererbbar?«, schob Pieter vorsichtig nach.

»Nach dem heutigen Stand der Wissenschaft höchstwahrscheinlich nicht. Also nicht genetisch. Allenfalls durch Lernen am Beispiel. Also wenn die Kinder das Verhalten von den Eltern vorgelebt bekommen und es unbewusst nachahmen.« Sie lachte. »Wieso fragst du? Hat dein Nachbar ein paar unerzogene Kinder?«

»Äh, ja, ... also nein ... einfach nur so ...«, stotterte Pieter und war froh, dass Tammy nicht nachhakte.

Es sprach sich in Elbwerder und den anliegenden Dörfern herum, dass ein Tierarzt aufgetaucht war, der auch Hausbesuche machte. Pieters Telefon klingelte ununterbrochen. Dienstagvormittag schiente er den gebrochenen Flügel eines Wellensittichs, Mittwoch half er einem Schaf aus dem Nachbarort bei der Zwillingsgeburt, und am Freitagmorgen kam Bauer Ketelsen, und Pieter entfernte einen Dorn aus der Pfote seines Rauhaardackels.

»Good, min Jung«, sagte Ketelsen und tätschelte ihm freundschaftlich die Schulter. Ketelsens knappes Lob tat ihm ebenso gut wie die besorgten Nachfragen auf dem AB in seiner Hamburger Praxis, die Marion ihm kurz darauf telefonisch übermittelte.

»Catman hat mehrmals nach dir gefragt, Schilling mit Sir Henry auch. Sogar die Schmütz-Linden bat um einen Termin. Nur Frau Pieske nicht, aber die steht sicher als Erste vor der Tür«, berichtete sie. »Hier brennt garantiert die Hütte, wenn du ... wenn wir in drei Wochen wieder öffnen.«

»Ich oder wir?«, hakte Pieter nach.

Eine kleine Pause entstand. Durchs Telefon hörte er Marions Schritte im Strandsand und das Knattern von Surfsegeln im Hintergrund.

»Wir, Pieter«, antwortete Marion. »Ich bleibe in Hamburg, bis du eine neue Sprechstundenhilfe gefunden hast, das verspreche ich dir. Johannson, also der Tierarzt in Dänschendorf, muss so lange auf mich warten. Aber dann ziehe ich zu Friedel.«

36

Zerstreut verpasste Pieter Herrn Schliemann eine Massage, ließ die Küken ins Freie und streute Körner auf den Hof.

»Platz, Kumpel. Pass gut auf sie auf«, sagte er zu dem Retriever, der sich ergeben auf das Kopfsteinpflaster legte und seinen Schützlingen beim Fressen zusah. Pieter durchsuchte das Storchenhaus, fand eine Wäscheleine und tauschte den morschen Tampen aus, mit dem das Ruderboot vertäut war. Unschlüssig blieb er auf dem Steg stehen und blickte den weißen Wolken nach, die ein leichter Südost Richtung Nordsee blies. Ach, Marion. Er vermisste sie jetzt schon.

Bevor er in Melancholie verfiel, hörte er eine Stimme. »Bist du da, Pieter?«

Nadja. Mit Onni an der Hand kam sie den Gartenweg herunter. Er drückte sie dankbar an sich. »Schön, dass du da bist.« Sie roch nach frischem Heu. Nadja kam zur rechten Zeit, um ihn aus seinen grauen Gedanken zu reißen.

»Onni wollte unbedingt zu dir, als er ge'ört 'at, dass du kleine Küken 'ast«, sagte sie munter. »Du bist ganz vernarrt in 'ühner, nicht wahr, mon petit?«

»Hühner«, krähte Onni.

»Na, dann komm mit, kleiner Mann«, sagte Pieter. Als er Onni über das weiche blonde Haar streichelte, merkte er, wie seine trübe Laune verflog.

Der Kleine flitzte los. Gemeinsam mit Nadja folgte Pieter ihm durch den Obstgarten und wunderte sich, warum Herr Schliemann ununterbrochen bellte.

Schon von Weitem sah er, dass der Hund erregt auf dem Hof hin und her lief. »Da stimmt was nicht«, sagte er. Er beschleunigte seine Schritte, überholte Onni und sah, dass etwas fehlte. Die hölzerne Abdeckung der Jauchegrube.

Pieter drängte Herrn Schliemann zur Seite, hielt sich die Nase zu und schaute in das Loch. Unter ihm stank die Jauche. Aha, der Deckel war offenbar zerbrochen, und seine Überreste waren in die Grube gefallen. Aber das war es nicht, was Herrn Schliemann in Aufregung versetzt hatte. Auf der trüben Brühe trieb etwas Gelbes, Flaumiges.

»Was ist?«, fragte Nadja.

»Lenk Onni ab«, raunte Pieter.

Während Nadja ein Hühnchen einfing und es dem begeisterten Jungen in die Hand gab, holte Pieter einen Rechen, kniete sich neben den Jauchetank und fischte zwei Küken heraus. Sie waren tot.

»Wie unvorsichtig von dir, die Grube aufzulassen«, schalt Nadja leise.

Pieters Gehirn arbeitete auf Hochtouren. Der Deckel war aus Holz und ohne Zweifel alt wie alles hier auf dem Hof. Und hatte vorhin noch auf der Grube gelegen, dafür würde er die Hand ins Feuer legen. War es Zufall, dass er zerbrochen war? Oder Sabotage?

Onni spürte offenbar, dass die Erwachsenen etwas vor ihm verheimlichen wollten. Er ließ sein Küken los, schlüpfte durch Nadjas Beine und hockte sich neben die leblosen Tierchen. »Sie schlafen«, stellte er fest.

»Onnilein, sie sind tot«, sagte Nadja resolut. »Sie konnten nicht schwimmen.« Sie blickte Pieter mit zusammengezogenen Augenbrauen an, und er wusste, was sie dachte. Wie leicht hätte Onni in die Grube fallen können.

»Tot …« Onni tippte gegen einen der leblosen nassen Körper.

Ob es richtig war, ihm vom Sterben zu erzählen? Fabian hätte der Tod der kleinen Wesen tagelang beschäftigt, dachte Pieter.

Onni riss die Augen auf. »Hat die Hexe die tot gemacht?«, rief er.

Pieter sah, wohin er blickte. Quade saß auf der Bank neben ihrer Haustür und schälte Kartoffeln.

»Das ist die Hexe von *Hänsel und Gretel*«, wisperte der Kleine und drängte sich an seine Mutter. Seine Unterlippe bebte.

»Hexe? Mais non, das ist Madame Lühmeyer«, erklärte Nadja.

Pieter konnte sich lebhaft vorstellen, dass die alte Lühmeyer auf Onni wie eine unheimliche Märchengestalt wirkte.

»Sie spießt Schnecken auf«, sagte er. »Nacktschnecken. Ein wenig seltsam ist das schon.« Ziemlich seltsam, fügte er in Gedanken hinzu. Außerdem konnte sie wahrsagen, oder?

Nadja machte eine wegwerfende Handbewegung. »Das machen die alten Leute bei uns zu 'ause auch. Aberglaube oder nicht, in der Normandie sagt man, es soll gegen Schmerzen 'elfen.«

Pieter sah Quade nach, die zum Haus zurückhumpelte. Wenn sie den glitschigen Tieren nachstellte, um ihre Wehwehchen zu bekämpfen, ließ der Erfolg jedenfalls auf sich warten.

Auf einmal brach ein mörderischer Lärm los. Onni schrie, und Nadja hielt ihrem Sohn die Ohren zu.

Der Krach kam vom Aueweg. Verdammt noch mal, es klang, als stünde irgendeine martialische Maschine dort und hätte begonnen, das Kapitänshaus abzureißen. Pieter sprintete an der Schuppenruine vorbei vom Grundstück. Ketelsens Kühe drängten sich ängstlich in einem Winkel der Wiese zusammen, auf der ein Ungetüm von einem Bagger in mörderischem Tempo umherraste. Hier und da riss die Baggerschaufel wahllos Soden aus dem Boden und schleuderte sie mit Schwung auf das Dach des Kapitänshauses.

»Das ist Bodos Bagger.« Nadja war mit Onni auf dem Arm neben Pieter getreten.

Pieter merkte, wie sich seine Kaumuskeln anspannten. Auch das noch. Struck saß im Führerhaus. Jetzt wendete er das Monstrum, bretterte auf den Zaun zu und bremste erst im letzten Moment vor Pieter und Najda. Diese stand breitbeinig und blickte ihm mit vorgerecktem Kinn entgegen.

Struck beugte sich aus der Fahrertür. »Was hängst du hier bei dem Nichtsnutz herum?«, fuhr er sie an. Sein Gesicht war gerötet.

»Was geht's dich an?«, gab sie zurück. »Ich 'ab frei. Außerdem bin ich nicht auf der Welt, um dir zu gefallen.«

Hui, da brannte die Hütte, dachte Pieter. Es war garantiert nicht der erste Streit, den die beiden heute hatten, so wütend, wie Struck war, vermutete er.

»Und ich bin nicht auf der Welt, um dir alle deine Sorgen abzunehmen«, polterte Struck. »Bei mir lebst du doch wie die Made im Speck.«

Nadja schnaubte verächtlich. »Ich kann jederzeit ge'en«, zischte sie. Sie deutete auf das Kapitänshaus. »'ier bei Pieter ist zum Beispiel bestimmt noch Platz für Onni und mich.«

Pieter merkte, dass ihm heiß wurde. Das meinte sie nicht ernst, oder?

Schweiß lief über Strucks Stirn. Er kramte ein Taschentuch hervor und schnäuzte hinein. »So siehst du aus. Bei diesem

Viehdoktor willst du einziehen? Der meine Frau gegen mich aufwiegelt und behauptet, ich bin schuld an der Krankheit von Marens Palucco.«

Pieter verkniff sich eine gepfefferte Antwort. »Ich wiegele niemanden auf und tue lediglich meine Arbeit als Tierarzt. Keinesfalls will ich Ihnen irgendeinen Ärger machen«, sagte er und hoffte, er würde nicht im nächsten Moment die Beherrschung verlieren.

Struck stierte ihn aus rot unterlaufenen Augen an. »Dann verschwinde hier«, lallte er.

Er ist betrunken, dachte Pieter. Völlig blau. Strucks Verhalten erinnerte ihn an Männchen einer der dreitausend Taufliegenarten. Er hatte kürzlich gelesen, dass die Männchen ein bestimmtes Molekül besitzen, das bewirkt, dass Alkohol sie magisch anzog. Allerdings nur, wenn sie vorher von mehreren Weibchen abgelehnt worden waren. Dasselbe Molekül wurde kürzlich bei Menschen nachgewiesen. Er sah Struck nachsichtig an. Ob er vielleicht sexuell frustriert war?

Struck kraxelte mühsam vom Traktor und schwankte auf den Zaun zu. »Willssu Trecker fahren, Onni?«, lockte er und streckte die Arme aus.

Nadja wedelte sich demonstrativ mit einer Hand frische Luft zu. »Natürlich fährt er nicht mit dir«, fauchte sie. »Du stinkst wie ein Fass Rum.« Sie wandte sich um und trug Onni zurück zum Haus.

»Trecker fahren!«, brüllte Onni.

»Morgen, mein Schatz«, beruhigte ihn Nadja.

Einen Moment noch hingen Strucks ausgestreckte Arme in der Luft, dann ballte er die Hände zu Fäusten. »Nimm mir den nicht auch noch weg«, knurrte er.

Wenn Blicke töten könnten, dachte Pieter. Er war froh, dass der Stacheldrahtzaun zwischen ihm und dem betrunkenen Struck stand. Der dachte doch tatsächlich, dass er was mit Nadja hatte. Ohne ein weiteres Wort drehte Pieter sich um und folgte Nadja. Jede Beteuerung, dass dem nicht so war, würde dessen Zorn auf seinen vermeintlichen Widersacher garantiert noch anstacheln. Struck war ganz klar frustriert. Und garantiert nicht nur sexuell.

»Nimm's nicht so ernst«, sagte Nadja erstaunlich gelassen. »Bodo 'at Probleme. Benni ist abge'auen.«

»Das ist ihr nicht zu verdenken«, sagte Pieter. Benni tat ihm leid. Na, immerhin hat Strucks Wut ausnahmsweise mal nichts mit mir zu tun, dachte er. »Mit Struck zusammenzuarbeiten ist bestimmt nicht leicht.«

Nadja rieb sich den Nacken. »Mit ihm zusammenzuleben auch nicht.«

Als sie fort war, dachte er an Nadjas Worte. Ja, wir sind nicht auf der Welt, um so zu sein, wie andere uns haben wollen. Wie stand es um ihn selbst? Lebte er so, wie er es wollte? Und wenn nicht, nach wessen Plan lebte er dann? Hier im Alten Land fühlte er sich irgendwie frei, selbstbestimmt, seit Jahren zum ersten Mal. Aber was kam danach? Wieder rein ins Hamburger Hamsterrad? Bei dem Gedanken zog sich sein Magen zusammen. Die Auszeit war lediglich eine Flucht vor den Trümmern, die er in Hamburg zurückgelassen hatte.

Die toten Küken lagen winzig und nass auf dem Hof zwischen all den anderen, die es nicht zu bekümmern schien, dass zwei von ihnen sich nicht mehr bewegten. Er sicherte die Grube mit ein paar Balken. Aus einer der zahlreichen Truhen auf der Diele fand Pieter ein besticktes Tuch, an dem Motten gefressen hatten, wickelte die kleinen Leiber ein und vergrub sie unter einem Busch. Herr Schliemann schnupperte an dem frischen Grabhügel.

»Es ist nicht deine Schuld, Kumpel«, sagte Pieter und strich ihm über den Kopf. »Bei so vielen Küken kannst du nicht auf alle aufpassen.«

37

Sein Handy klingelte. Er klopfte die Erde von seiner Hose und ging ran. Es war Tammy, die fragte, ob sie morgen ihren Hund besuchen könne.

Für einen Moment merkte Pieter, wie sein Herz hüpfte. Dann kam es wieder zur Ruhe. »Morgen geht nicht«, erklärte er und hoffte, sie würde das Bedauern in seiner Stimme hören. Meine Kinder kommen und meine Frau, fügte er im Stillen hinzu. Vielleicht, so hoffte er, würde Janine die Lütten nicht nur bei ihm abliefern, sondern selbst auch ein wenig dableiben. Diese Chance auf ein Zusammentreffen musste er nutzen.

Tammy schwieg einen Moment. »Und heute?«, fragte sie zögernd.

Klar, sie vermisste ihren Hund, hatte ihn sechs Tage nicht gesehen.

Zwei Stunden später beobachtete Pieter, wie die Elbprinzessin durch das bleigraue Wasser an den Anleger glitt und der Fährman Tammy galant über die schwankende Gangway an Land führte.

Sie kniete sich zu Herrn Schliemann und wehrte lachend seine Liebkosungen ab. »Hattest du Sehnsucht? Ich auch, mein Lieber.« Dann umarmte sie Pieter. »Danke, dass du dir die Zeit genommen hast.«

»Schon in Ordnung. Ich hatte heute Nachmittag nichts Besonderes vor«, sagte er lässig. Und wenn, dann hätte er es abgesagt, stellte er überrascht fest. Aus dem Augenwinkel betrachtete er Tammy und sog die Luft ein, als er die cremefarbene Strickjacke, die graue Leinenhose und die roten Schuhe bemerkte, dieselbe Kleidung, die sie anhatte, als er sie mit dem Auto angefahren hatte. Nein, Janine hatte sie überfahren, korrigierte er sich. Fing er etwa schon an, selbst von seiner Schuld überzeugt zu sein?

»Erde an Pieter. Wir können losgehen.« Tammy wedelte mit den Händen vor seinem Gesicht herum. Er schreckte hoch und schüttelte sich.

»Heute gehen wir nicht, wir fahren«, sagte er.

»Wieder Fahrrad?«

»Lass dich überraschen.« Er nahm Tammys Hand und führte sie ein Stück. »Setz dich und lass die Beine über die Kaikante baumeln.«

Sie ließ sich folgsam nieder. »Du machst es spannend«, sagte sie kichernd. Wie kratzbürstig sie gewesen war, als er sie das erste Mal abgeholt hatte, dachte Pieter. Schlimmer als Störtebeker. Keine Spur davon war mehr übrig.

Er hatte die letzten beiden Stunden genutzt, um in Windeseile das Ruderboot startklar zu machen, hatte es mit Kissen und Decken ausgestattet, einen Picknickkorb gepackt und war zum Hafen gerudert. Jetzt ließ er sich leise ins Boot gleiten, stellte sich vor sie und ergriff ihre Hände.

»Lass dich fallen. Es ist nicht tief.«

Sie ließ sich von der Mauer gleiten, und er fing sie auf.

»Willkommen an Bord der RB Altes Land«, sagte er mit Seebärenstimme. »RB heißt Ruderboot. Du wirst mit meiner Muskelkraft als Antrieb vorliebnehmen müssen.«

Er half ihr auf die Bank am Bug, hob Herrn Schliemann in den Kahn und legte ab. Die Ebbe hatte eingesetzt, sie saugte das Wasser stetig aus dem Hafenbecken Richtung Elbe, und er musste sich kräftig in die Riemen legen, um das behäbige Boot gegen den Strom zu bewegen. Sie passierten die holländische Brücke, und die malerischen Gärten Elbwerders zogen vorbei, an deren Uferkanten bunte Boote an ihren Stegen dümpelten. Auf einem Hügel in der Flussbiegung lag die Kirche. Was Pieter sah, fasste er für Tammy in Worte und stellte fest, dass er durch das Erzählen selbst mehr und mehr Details bemerkte.

Tammy nickte nur hin und wieder. Sie saß reglos wie eine Gallionsfigur, die Strickjacke eng um den Körper gewickelt, und schien die vorbeiziehende Umgebung mit allen Sinnen aufzunehmen.

Backbord tauchte der Steg des Kapitänshauses auf. Pieters Arme schmerzten vom Rudern gegen die Strömung. Dennoch beschloss er spontan, an seinem Anleger vorbei zum Lütt Achterbrack zu fahren, einem Altarm der Elbe.

Eine Viertelstunde später ließ er die Ruder los, und das Boot glitt auf dem spiegelglatten See aus.

»Das Achterbrack ist auf allen Seiten von Schilf umstanden. Ein idealer Rückzugsort für Vögel«, erklärte er seiner Passagierin.

Sie lächelte. Was war los? Hatte sie die Sprache verloren? Pieter merkte, dass ihr Schweigen ihn verunsicherte.

»Möchtest du Tee?«, fragte er.

Immerhin ein Nicken. Er begann, sich mit dem Picknickkorb zu beschäftigen, stellte Herrn Schliemann einen Napf mit Wasser ins Heck des Bootes, holte die Teekanne heraus und drückte Tammy eine Tasse mit dem warmen Getränk in die Hände.

»Mein Gott, du bist ja eiskalt«, entfuhr es ihm, als er ihre Finger berührte. Er langte nach der Wolldecke, die zusammengefaltet auf dem Boden des Bootes lag, setzte sich neben Tammy und schlang die Decke um sie.

»Danke«, sagte sie leise.

Lehnte sie sich an ihn? Nein, er irrte sich nicht. Er blickte von oben in die Tasse, die sie in den Händen hielt, die warme Flüssigkeit schaukelte langsam im Rhythmus des Bootes. Was war bloß mit ihm los? Seitdem Janine sich von ihm getrennt hatte, schienen seine Gefühle Achterbahn zu fahren. Heute Vormittag noch war der Gedanke in ihm aufgekeimt, wie es wäre, mit Nadja und Onni zusammenzuleben. Gleich darauf setzte er alle Hoffnung auf das Treffen mit Janine. Und jetzt saß er neben Tammy und merkte, wie sehr er sie vermisst hatte. Himmel noch mal, was wollte er eigentlich? Seine Ruhe? Seine Ehe retten? Eine neue Liebe? Wie nur sah sein Plan für sein Leben aus? Er hatte nicht die Spur einer Ahnung, stellte Pieter aufgewühlt fest.

Er räusperte sich. »Du wolltest doch mehr Vogelstimmen kennen«, begann er. Seine Stimme schien irgendwie nicht zu ihm zu gehören. »Also, wie gesagt, hier auf dem Achterbrack rasten viele unterschiedliche Vögel. Das Tschipp-tschapp von da drüben, das ist ein Zilpzalp. Und dicht über der Wasseroberfläche fliegen Rauchschwalben. Hörst du? Die zetern ganz schrill.« Pieter kramte alle Vogelstimmen aus dem Gedächtnis, an die er sich erinnerte.

»Und das Mmeeeh-meeh von da drüben?«, fragte Tammy und blickte zu ihm hoch.

Pieter runzelte die Stirn. »Das ist ... Willst du mich veräppeln, das sind Schafe.« Er sah sie an, und sie lachte. Diese Grübchen auf ihren Wangen.

Wenn dies ein Video wäre, würde er jetzt gern die Stopptaste drücken, um ihr Gesicht stundenlang betrachten zu können.

Wie magisch angezogen hob er die Hand und strich ihr eine Locke aus der Stirn. Sie schloss die Augen halb. Ob sie wusste, wie schön sie war?

»Das Ziziiiiet von links ist ein Eisvogel«, murmelte er und stellte ihre Tasse auf den Boden. »Und das Jüjüjüt über uns ist ein Turmfalke.« Er nahm ihr Gesicht in beide Hände. Dort, wo ihre Locken seine Finger berührten, schien seine Haut zu entflammen. »Und das Kikeriki ist der Hahn von …« Sein Verstand setzte aus. Das hier geschah nicht wirklich, oder? Er küsste sanft ihre Brauen, liebkoste ihre Wangen, erkundete ihre weichen Lippen mit seinen. Während sein Hirn das Kommando an sein Herz abgab, schmiegte sie sich an ihn und erwiderte seine Küsse erst verhalten und dann immer drängender.

Eine kleine Ewigkeit später löste sie sich aus seinen Armen und lauschte. Ein Windstoß fuhr in ihre Haare.

»Kommt Regen?«, fragte sie.

Pieter sah auf. »Mist, ja.« Wie weggetreten war er gewesen, um den Wetterwechsel nicht zu bemerken?

Das Schilf rauschte im Wind, und hinter den Obstplantagen am Ufer fraßen violette Wolkenberge den letzten Rest Himmelblau. Breite Streifen dunklen Regens fielen in der Ferne aus der Wetterfront.

Pieter schob sein Gefühlswirrwarr zur Seite, sprang auf die Ruderbank und fuhr mit der höchsten Geschwindigkeit, die seine Arme hergaben, die Flussschleifen wieder zurück zum Steg am Kapitänshaus. Er vertäute das Boot, als die ersten Tropfen aufs Wasser klatschten. Von jetzt auf gleich stürzte ein sintflutartiger Regen vom Himmel. Pieter hob den Hund an Land, dann reichte er Tammy die Hand. »Möchtest du nass werden, oder darf ich dich tragen?«

Sie schlang die Arme um seinen Hals. »Ich vermute, es wird Nass und Tragen.«

In der Küche bildete sich sofort ein See auf den Steinfliesen, als er sie absetzte.

»Zieh dich aus.«

»Wie bitte?«

»O nein! Entschuldige, so war das nicht gemeint«, fügte er rasch hinzu. »Du bist klatschnass. Ich bringe dir ein paar trockene Sachen.«

»Du guckst nicht?«

»Ich schwör«, versicherte er und hoffte inständig, er würde sich daran halten können.

Eine Viertelstunde später hatte Pieter Herd und Badeofen angeheizt und Tammy den Fön in die Hand gedrückt, mit dem sie Herrn Schliemanns Fell trocknete. Er brühte Tee auf und stellte die Kanne und Tassen auf den Tisch.

»Meine Sporthose steht dir ausgezeichnet«, sagte er.

Sie schaltete den Fön aus, ließ sich auf das Küchensofa fallen und zog die Füße unter den Po. »Ich gehe keinen Schritt in diesem fürchterlichen Ding«, sagte sie und zog einen Flunsch. »Sie rutscht sofort von den Hüften.«

»Macht nichts«, gab er scherzend zurück. »Schließlich hängt mein Sweatshirt dir auch bis auf die Knie.«

Er hockte sich in die andere Ecke des Sofas. Der Sturm tobte sich über Elbwerder aus und trieb unablässig Regenschauer gegen die Fenster. Im Ofen knisterte das Feuer und warf flackernde Schatten in den Raum. Herr Schliemann lag davor und genoss die Wärme, die langsam die Küche erfüllte.

Tammy hatte den Kopf gegen die Lehne gelegt und die Augen geschlossen. Beinahe andächtig betrachtete Pieter ihre zarten Gesichtszüge. »Benutze beides, Herz und Verstand«, hatte Tammy geraten. In seinem Hirn breitete sich eine geradezu beängstigende Ruhe aus. Es war Wahnsinn. Unvernünftig. Aussichtslos. Immerhin meinte sie, er hätte ihren Hund … Egal, dachte er. Es war die Wahrheit. Sein Herz lieferte ihm gerade eine klare Antwort auf die Fragen, die er an sein Leben hatte. Was sein Verstand dazu sagte, war ihm ziemlich egal.

Tammy, übte er seine Ansprache im Kopf, ich weiß, es klingt verrückt, aber ich glaube, ich habe mich in dich verliebt. Ja, so wäre es gut. Er nahm all seinen Mut zusammen und begann.

»Tammy. Tammy?«

Keine Reaktion. Stattdessen gleichmäßige Atemzüge aus der anderen Sofaecke. Sie war eingeschlafen.

Na toll, dachte er entmutigt. Sie hatte gerade die spontanste Liebeserklärung verpasst, die er in seinem Leben zustande gebracht hatte.

38

Er stand leise auf, deckte sie mit einer Wolldecke zu und stellte sich dann unter die Dusche. Wohltuend prasselte das heiße Wasser auf seinen Körper.

Nein, einen Winter in diesem Haus zu verbringen, in dem nur die Küche beheizbar war, konnte er sich nicht vorstellen. Wieder einmal wunderte er sich über seine Vermieterin. In Zeiten, in denen es in beinahe jedem Haus Hamburgs Heizung, Elektroherd und fließend warmes Wasser gab, lebte sie offenbar freiwillig in armseligen Verhältnissen.

Pieter drehte das Wasser auf kalt und prustete unter dem eisigen Strahl. Dann horchte er auf. Durch das Prasseln der Dusche drang ein anderes Geräusch an sein Ohr. Ein Laut, der klang wie das Atmen eines großen Tieres. Er stellte die Dusche ab und lauschte. Wieder dieses Atmen. Quatsch, natürlich spukt es nicht, Pieter.

Das Gepruste kam aus dem Schlafzimmer. Er schlang das Handtuch um seine Hüften, schlüpfte aus der Dusche und schlich zum Schlafraum. Prschch-chrchhh schnaufte es in der Dunkelheit. Er tastete nach dem Lichtschalter im Flur. Mit leisem Klick flammte die nackte Glühbirne auf.

»Ach, da bist du ja, Pieter.« Tammy.

Sie saß im Schlafzimmer vor einem klobigen Möbelstück, das Pieter für eine Art Schreibsekretär gehalten hatte, und hatte den Deckel geöffnet. Ihre Hände befühlten den Korpus des Möbels und fuhren die Reihe schwarzer und weißer Tasten entlang, die der Deckel verborgen hatte.

»Das ist kein Klavier, oder?«

»Ein Harmonium. Darf ich?«

Pieter nickte und ergänzte ein »Bitte«.

Tammy stellte ihre Füße auf zwei Pedale und trat sie abwechselnd nach unten. Aha, daher kam das Röcheln. Ihre Finger legten sich zielsicher auf die Tasten. Ein erster schnaufender Akkord ertönte.

»Keine Kirchenlieder bitte«, brummte Pieter und band das Handtuch fester um die Hüften. »Dafür bin ich nicht passend angezogen.«

Tammy lachte. »Wart's ab.«

Noch zwei dieser mächtigen Akkorde, dann erhob sich eine rhythmische Melodie aus den dunklen Tönen, und Tammys klare Stimme setzte ein.

»In einer dämmrigen Diele tanzt die Spanierin jede Nacht. In ihrem edlen Profile ist die Saharet neu erwacht.«

Ha, ein Tango. Max Raabe und das Palast Orchester. Das Stück kannte Pieter in- und auswendig. Janine und er hatten vor Jahren einmal versucht, Tango zu lernen. Vergeblich. Vom Text hatte er nur den Refrain behalten.

»Oh, Donna Clara …«, begann Tammy.

»… ich hab dich tanzen gesehn«, fiel er ein. »Und deine Schönheit hat mich toll gemacht. Ich hab im Trrrraume dich da im Ganzen gesehn«, imitierte er das rollende R von Max Raabe.

Herr Schliemann jaulte dazu.

»Ja, komm, Kumpel, tanz mit«, rief Pieter übermütig, zog das Handtuch von der Hüfte und schwenkte es im Takt des Tangos. War es nicht piepegal, was andere meinten, ob er singen oder tanzen konnte? Janine zum Beispiel? Mit ihr jedenfalls hatte er sich vergeblich abgemüht, in Einklang mit der Musik zu kommen. »Bei jedem Schritte und Tritte biegt sich dein Körper genau in der Mitte …«, trällerte er. Der Takt ging durch ihn durch, als würde jemand laut mitklopfen. Auf einmal brach die Musik ab. Pieter blieb irritiert stehen. Das Klopfen dauerte an.

»Da ist jemand«, sagte Tammy.

»Wo?«

»Draußen.«

Pieter erschauerte unwillkürlich. Vor dem Sprossenfenster stand eine menschliche Gestalt, klein wie ein Hobbit und mit einem Stock, der wieder und wieder gegen die Scheibe schlug.

Er riss das Fenster auf.

»Quade!« Erleichtert lachte er auf. Dann hielt er inne. Das Gesicht der alten Frau war vor Zorn verzerrt.

»Lat dat sien!«, schrie sie. Ihre Stimme überschlug sich vor Erregung.

»Was?« Pieter verstand nicht.

Sie schüttelte den Stock vor Pieters Nase. »Lass das sein! Ik will nix hören. Nix vun de Musik!«

»Dat deiht mi leed«, stammelte er. »Tut mir leid.« Warum war die Alte bloß so vergrätzt? Er warf einen schnellen Blick auf Tammy, die ruhig dasaß. Zu laut waren sie garantiert nicht gewesen, oder?

Die Eulenaugen hinter den dicken Brillengläsern funkelten. »Und dat ji mi den ollen Kasten nie nich wedder anfaat.«

Pieter salutierte unwillkürlich. »Nicht mehr auf dem Harmonium spielen.«

»Nie wieder!«

»Verstanden.«

»Und treck di wat an, verdorri!«

Was zum Geier …? Pieter schaute an sich hinunter und keuchte entgeistert auf. O nein, er war splitterfasernackt. Hitze schoss ihm in die Wangen. Blitzschnell presste er das Handtuch dahin, wo es am nötigsten war.

Quade verzog keine Miene, drehte sich um und verschwand in der Dunkelheit.

»Interessant, dass die Musik sie stört«, sagte Tammy nachdenklich. Dann kicherte sie. »Immerhin ist sie so in den Genuss deiner Tanzeinlage gekommen. Das war die charmanteste Damenunterhaltung, die ich seit Langem gesehen habe.«

»Kann ich doch nicht wissen, dass sie kommt«, erwiderte Pieter beleidigt. »Oder, he, du willst doch nicht sagen, dass du …« Sein Gesicht musste inzwischen dunkelrot sein, irgendwas zwischen Purpur und Burgunderfarben.

»Hatte ich dir nicht gesagt, dass ich bei Gegenlicht besonders gut sehen kann?« Tammys Stimme perlte vor Lachen.

»Sch…« Pieter sah sich um. Die Flurbeleuchtung brannte, im Schlafzimmer hingegen war es dunkel.

»Danke für die Vorstellung, Mister Chippendale.« Sie stand auf und schlang die Arme um seinen Nacken. »Fahren die Fähren eigentlich bei Gewitter?«

Ein wohliger Schauer durchfloss ihn. »Garantiert nicht. Aber ich hab zwei Betten.«

»Eines reicht völlig.« Sie liebkoste seine Wange mit ihren Lippen.

»Wundere dich nicht, wenn du morgen völlig zerkratzt bist im Gesicht. Mein Bart wächst heftig.«

Sie lachte leise. »Etwas anderes auch, merke ich gerade.«

Sanft zog er sie an sich. Er spürte das unwiderstehliche Begehren, ihr näher zu kommen, sie zu lieben und morgen am späten Vormittag eng umschlungen mit ihr in verwühlten Kissen aufzuwachen.

Moment … Am späten Vormittag? Da war doch was.

Pieters Hände rutschten von ihrer Hüfte.

»Was ist, Piet?«

Düwel ok, was war in seinem Hirn los? Morgen früh kam Janine. Wann? Wie zeitig? Keine Ahnung. »Ich … muss morgen früh raus«, stammelte er. »Sehr früh.«

Sie hielt ihn eine Armeslänge von sich weg und runzelte die Stirn. »Piet, wer kommt morgen?«

»M-meine Kinder.« Und meine Frau. Schenk ihr reinen Wein ein. Pieter, du alter Feigling, sag es. Sag es!

Er schwieg.

Tammy hauchte ihm einen Kuss auf die Nase. »Wie wunderbar! Du hattest doch solche Sehnsucht nach ihnen.« Sie fuhr mit den Fingerspitzen über seine Lippen. »Kinder brauchen einen ausgeruhten Vater. Ich schlafe in der Küche, sonst kann ich für nichts garantieren«, setzte sie neckisch hinzu.

»Kommt gar nicht infrage«, protestierte er. »Du gehst schön ins Bett. Auf dem Sofa schlafe ich.«

Während Tammy duschte, holte Pieter die Küken ins Haus, und eine halbe Stunde später lag er mal wieder auf dem Küchensofa. Durch die geöffneten Türen hörte er Herrn Schliemann im Schlafzimmer jappen. Ab und an piepste ein Küken.

Der Wind nahm wieder zu und rüttelte an dem alten Haus. Pieter sah, dass Tammy sich aufgesetzt hatte. In Gedanken nahm er sie in seine Arme, strich ihr übers Haar, legte seine Lippen auf ihre. Lass ihr Zeit, Piet, dachte er. Lass dir Zeit. Der Gedanke an Tammys Küsse vermischte sich im Halbschlaf mit Erinnerungen an Nächte mit Janine.

Morgen kam sie. Seine Frau. Vielleicht setzte sie die Kinder einfach ab und fuhr weiter. Merkwürdig, Tammy hatte nie nach seiner Familie gefragt. Ein Knubbel machte sich in seinem Bauch breit. Die Gelegenheit, Tammy von Janine und der Trennung zu erzählen, hatte er eindeutig verpasst.

39

Kurz vor sieben am nächsten Morgen schreckte Pieter hoch. Er war in der Nacht gefühlt alle zehn Minuten aufgewacht, weil Janine im Traum vor ihm stand. Benommen schleppte er sich aus dem Bett. Herr Schliemann und die Küken waren munter, aber Tammy hatte den Kopf tief in die Kissen gewühlt und rührte sich nicht.

Pieter scheuchte die Tiere ins Freie und ging ins Bad. Seine Arme schmerzten vom Rudern, sein übermüdeter Kopf war auch unter der Dusche nicht dazu zu bewegen, wach zu werden. »Machen Sie jedes Kapitel Ihres Lebens zu etwas Einzigartigem! Sie sind der Autor Ihres Lebens«, hallte der Rat aus einem dieser Lesezirkelhefte durch seinen Kopf. Na toll. Er war nun mal kein Autor, kein Schriftsteller, kein Poet. Selbst die Gutenachtgeschichten, die er den Kindern erzählte, waren heillos verworren. Was war nur los mit ihm? Kaum dass Janine und die Kinder kamen, zweifelte er wieder an seinen Gefühlen für Tammy.

Zähneklappernd ließ er kaltes Wasser über seinen Muskelkater laufen. Schluss mit dem Herzenswirrwarr, dachte er. Entscheide dich und handle danach. Was willst du, Piet? Janine und die Familie? Oder eine neue Liebe? Schon bei dem Gedanken daran wurde ihm schwindelig.

Vielleicht hätte er Glück. Vielleicht würde Tammy noch schlafen, wenn Janine kam. Und wenn nicht, könnte er sie auf der Straße vor dem Haus abfangen. Janine kurz abfertigen. Sie gar nicht erst hineinbitten. Tammy musste ihr nicht begegnen.

Er rubbelte sich trocken. Egal, was er tat, das nächste Kapitel in seinem Leben würde unter Garantie einzigartig werden. Einzigartig chaotisch. Und er selbst war daran schuld, dachte Pieter mit wachsender Unruhe.

Kurz vor halb acht. Er atmete tief durch. Janine war Frühaufsteherin, aber vor halb neun würde selbst sie nicht hier aufkreuzen, oder? Entspann dich, Piet.

Er ging auf den Hof, zog einige Stücke Feuerholz unter der Schuppenruine hervor, stellte den Hauklotz so auf, dass Tammy das Hacken nicht wecken würde, und fing an, Anmachholz zu spalten.

Im Rhythmus der Axt, die er auf das Holz niedersausen ließ, jagten die Gedanken durch sein Hirn. Tammy. Janine. Tammy. Janine. Ihm wurde warm. Er riss sich Pullover und T-Shirt vom Leib und hackte weiter, schlug so heftig zu, dass die Scheite wie hölzerne Geschosse vom Hauklotz prasselten.

»Wow. Guten Morgen.«

Eine Stimme hinter ihm. Pieter drehte sich um, die Axt hoch über den Kopf erhoben. Da war sie, Janine. Schwarzes, ärmelloses Kleid, Hochsteckfrisur, sehr elegante Ohrringe. Schlagartig stoppte das Gedankenkarussell in seinem Kopf. Er drehte sich wortlos zur Seite und hieb die Axt mit einem Schlag in den Hauklotz.

»Ich weiß, ich bin sehr früh, aber ich habe heute noch einiges vor und muss gleich weiter.« Lächelnd schlenderte sie auf ihn zu, stellte sich dicht vor ihn und fuhr mit einem ihrer roten Fingernägel über seine Brust. »Scheint dir wirklich gutzutun, das Landleben. Du bist schlanker geworden. Sexy, Piet.« Ihr Finger fuhr die Mittellinie seines Bauches hinab, umkreiste den Bauchnabel und machte kurz vor dem Knopf seiner Jeans halt.

Pieter trat einen Schritt zurück. »Wo sind die Kinder?«

»Im Auto. Spielen noch auf dem Handy.«

»Früher haben sie Bücher im Auto gelesen oder mit ihren Stofftieren gespielt.«

»Hase, schau doch nicht so, als wolltest du mich gleich in Stücke hacken. Die Situation hat sich eben geändert. Ich hab als Alleinerziehende einfach nicht die Zeit, mich rund um die Uhr um die beiden zu kümmern. Ehrlich, so ein paar Computerspiele sind für mich eine totale Erleichterung. Sie sind beschäftigt, während ich koche.«

Pieter sog scharf die Luft ein. »Wie bitte, alleinerziehend?«

»Mein lieber Piet, du willst doch nicht wirklich sagen, dass du dich von deiner Absteige hier ausreichend um die Kinder kümmern kannst?«, erklärte sie und warf einen abschätzigen Seitenblick auf das Haus.

Ich bin in zwei Wochen wieder da, wollte er brüllen. Du hast gesagt, die Kinder brauchen Abstand. Und ich solle mich um den Hund kümmern, das wäre für die Lütten am wichtigsten. Er holte gerade Luft, um ihr all das vorzuwerfen, da bemerkte er eine Bewegung am Haus. In der offenen Tür stand Tammy. Die vom Schlaf zerzausten Locken fielen ihr in die Stirn, und sie versank beinahe in seinem viel zu großen Schlafanzug. Sie sah entzückend aus, und Pieter rutschte das Herz in die Hose. Jetzt war er da, der Moment, den er am allermeisten gefürchtet hatte.

Auch Janine hatte die junge Frau bemerkt. »Na, mein Hase, wen haben wir denn da?«, wisperte sie ihm ins Ohr. »Dein Betthäschen, das französische? Du musst mich ja sehr vermissen, wenn du so intensiv nach Trost suchst.« Sie strich mit den Händen über seine nackten Oberarme.

In dem Moment kam Herr Schliemann aus dem Haus, stupste seine Nase in Tammys Handfläche und setzte sich neben sie.

»Ach nein«, wisperte Janine so leise, dass Tammy sie sicher nicht hören konnte, »diese Blinde. Wie nett, dass du dich nicht nur um den Hund kümmerst, sondern gleich auch um sein Frauchen.« Sie kratzte mit ihren Zeigefingernägeln zwei Herzen auf Pieters bloße Brust. »Wie heißt das Mädchen noch mal?«

Pieter schob sie von sich fort. »Tammy Eggers. Du hast sie überfahren, erinnerst du dich?«

»Aber Hase, das ist doch kein Grund zur Aufregung.« Sie wandte sich von ihm ab und stöckelte auf Tammy zu. Ihre High Heels klapperten hart über das Hofpflaster.

Tammy hob den Kopf. Offenbar registrierte sie, dass jemand auf sie zukam.

»Frau Eggers, wie freue ich mich, Sie kennenzulernen.«

Janine sprach so überdeutlich und langsam, als wäre ihr Gegenüber nicht blind, sondern blöd. Unter Garantie würde Tammys scharfe Zunge Janine gleich die passende Bemerkung entgegenschleudern, dachte Pieter schadenfroh.

In der Tat veränderte sich Tammys Gesichtsausdruck. Allerdings nicht so, wie er es erwartet hatte. Sie sah auf einmal völlig aufgewühlt aus, bemerkte er ungläubig, als hätte sie irgendeine Erkenntnis, und zwar keine gute.

Janine schien es nicht zu bemerken. Sie nahm Tammys kraftlos hinunterhängende Hand und schüttelte sie.

»Ich freue mich wirklich, liebe Frau Eggers«, plauderte sie. »Wissen Sie, mein Mann hat schon so viel von Ihnen erzählt. Und davon, wie tapfer Ihr Hund ist. Wie viele Fortschritte er macht. Pieter ist ja so froh, dass Sie ihm nicht mehr böse sind wegen des dummen Unfalls.« Sie lachte künstlich. »Ach, entschuldigen Sie, ich habe mich ja noch überhaupt nicht vorgestellt. Ich bin Janine Kreutzfeldt, Pieters Frau.«

Wie sie das »Frau« betonte, dachte Pieter fassungslos. Besitzergreifend. Und so selbstverständlich, als stünde überhaupt nichts zwischen ihnen. Was sollte dieses Theater?

»Seine Frau. Freut mich«, sagte Tammy tonlos. Alle Farbe war aus ihrem Gesicht gewichen.

Mutter Erde, tu dich auf und verschlinge mich mit Stumpf und Stiel, flehte Pieter, aber natürlich passierte nichts. Er konnte es nicht mehr ungeschehen machen. Hier war es, das Desaster, dass er selbst angerichtet hatte, und er musste hindurch. Aber wie?

Wie oft hatte er vorgehabt, Tammy zu sagen, wie es um seine Ehe stand. Wie oft schon hatte ihm auf der Zunge gelegen, von Janines Scheidungswunsch zu erzählen. Er war einfach zu feige gewesen. Wenn er ihr jetzt versicherte, seine Ehe sei schon lange nicht in Ordnung, würde es doch nur wie eine lahme Ausrede klingen nach ihren Küssen auf dem Boot, nach der Nähe gestern Abend. Aufgewühlt wog er ab, was nun zu tun war, da kamen Laura und Fabian um die Ecke gerannt.

»Papa!«

»Meine Mäuse, da seid ihr ja!« Der Anblick seiner Kinder fegte die panischen Gedanken aus seinem Kopf. Er lief auf die beiden zu, nahm sie hoch und schwenkte sie wie ein Karussell im Kreis herum. »Meine Lütten, was freue ich mich!« Tränen traten ihm in die Augen. Wie lange hat er diesen Moment herbeigesehnt? Verschwommen nahm er wahr, dass Tammy sich umwandte und im Haus verschwand. Schlagartig setzte sein Kopfkino wieder ein. Doch die Leinwand war weiß. Nur ein Wort stand darauf: »Ende«.

»Papa, ist das toll hier. Ist das jetzt dein Haus?«

»Oh, die Küken, sind die süß. Darf ich die streicheln?«

»Klar, Lauri.« Pieter quälte sich ein Lächeln ab und setzte die beiden wieder auf den Boden. Sie rannten quietschend vor Begeisterung zu den Hühnchen.

»Sieht so aus, als würden sie Abstand zu mir nicht mehr brauchen, meinst du nicht?«, zischte er Janine zu. »Oder anders gesagt, ich glaube, sie haben ihn überhaupt nicht gebraucht.«

Janine zog die Augenbrauen hoch. »Mein Lieber, mit so etwas muss man sehr vorsichtig sein. Ich wollte vermeiden, dass die beiden einen bleibenden Schaden behalten.« Sie mimte die Selbstsichere, und Pieter registrierte überrascht, dass er es durchschaute.

»'allo, Piet, bonjour!« Nadja kam mit Schwung den Deich heruntergeradelt und sprang vom Rad. Sie trug schlammbespritzte Gummistiefel und sah aus, als hätte sie im Stroh übernachtet. »Ich wollte gerade zur Weide an der Süderaue und 'abe gese'en, dass deine Kinder schon da sind. Wenn du magst, nehme ich sie gleich mit. Onni ist mit Maren zum Einkaufen, und ich 'abe Zeit, mich um sie zu kümmern.«

»Janine, das ist Nadja Montmartin«, krächzte Pieter.

»Kreutzfeldt.« Mit spitzen Fingern ergriff Janine Nadjas ausgestreckte Rechte.

»Ah, Pieters Frau, enchanté.« Nadja warf Pieter einen schnellen Blick zu und schüttelte unmerklich den Kopf. Sie hatte ihr Urteil schnell gefällt. Dann trat sie zu den Kindern. »Ihr könnt gleich reiten, ihr zwei«, sagte sie fröhlich. »Wollt ihr mit zu den Ponys kommen und sie von der Weide 'olen? Ich bin Nadja. Ihr könnt mich auch Monty nennen.«

»Dürfen wir, Mama, Papa?« Fabian sprang wie ein Gummiball um seine Eltern herum.

Pieter warf Nadja einen dankbaren Blick zu. Sie war ein Schatz und schien zu bemerken, dass er im Moment zu aufgewühlt war, um sich um die Kinder zu kümmern.

Nadja wandte sich an Janine. »Madame, ist es okay, wenn ich die beiden gleich mitnehme?«

»Aber passt auf beim Reiten, ihr Süßen«, flötete Janine. »Und hört schön auf Frau Montmartin.« Sie gab perfekt die besorgte Mutter, wie Pieter zähneknirschend feststellte.

»Dann 'opp, 'opp, ihr beiden. Die Ponys freuen sich bestimmt schon auf euch.«

»Das war doch die Kleine von neulich, deine französische Freundin, nicht?«, sagte Janine, als die Kinder mit Nadja außer Hörweite waren. »Dein Frauengeschmack ist ja sehr – wie soll ich sagen – vielfältig. Die kleine Blinde ist ganz ansehnlich, aber dieses Pferdemädchen? Na ja, hier auf dem Land hast du sicher nicht die Auswahl.« Sie spitzte neckisch den Mund, doch bevor ihre Lippen seine Wange berührten, tat Pieter einen Schritt zurück, und der Kuss ging ins Leere.

»Hör auf mit der Schauspielerei, Janine. So geht das nicht weiter. Wir müssen uns aussprechen.«

»Klar können wir reden, Hase. Aber gerade hab ich was Besseres vor, als unseren alten Ehekram aufzuwärmen.« Sie wandte sich zum Gehen. »Und du kümmer dich lieber um dein Betthäschen«, setzte sie mit einem Blick über die Schulter hinzu.

Pieter starrte auf ihren Hintern, den der Schnitt des Kleides geschickt betonte, und eine heftige Abneigung brodelte in ihm hoch. Er lief hinterher. Verdammt, war sie schnell auf ihren Stöckelschuhen. Am Fuße des Deiches holte er sie ein.

»Tammy ist nicht mein Betthäschen«, knurrte er und ergriff ihren Arm. »Das ist die Frau, deren Hund du überfahren hast. Und um den ich mich seit zwei Wochen kümmere.«

»Oho, so energisch heute?« Obwohl Janine einen halben Kopf kleiner war, hatte er das Gefühl, dass sie auf ihn herabschaute. »Pieter, gute Eheleute haben keine Geheimnisse voreinander. Ich merke doch, dass du die beiden Mädchen magst. Das ist völlig in Ordnung für mich, Hase.« Sie streifte seine Hand ab und winkte Richtung Deich. Es war nicht ihr Wagen, der dort stand, sondern ein silberner Porsche. Trotz der verspiegelten Scheiben sah er genug.

»Knubbelohr Jacobsen. Du hast was mit deinem Chef.«

Irrte er sich, oder wirkte Janine auf einmal verunsichert? Sie lachte gespielt auf.

»Kann sein, Hase, oder auch nicht. Nicht nur du hast ein Recht auf deine kleinen Geheimnisse.« Sie tippte auf sein Brustbein und stieß ihn ein wenig zurück. »Bis heute Abend und viel Spaß mit den Lütten. Und deinen beiden Landpomeranzen.«

Mit diesen Worten stöckelte sie den Deich hinauf, erstaunlich sicher mit den nadelspitzen Absätzen, und schwang sich auf den Beifahrersitz des Porsches. Pieter wartete darauf, dass Knubbelohr einen albernen Kavaliersstart hinlegte, aber Jacobsen ließ leise den Motor an und rollte davon.

Mannomann, wie hatte er sich bloß ausmalen können, mit dieser Frau wieder zusammenkommen zu können? Was hatte sie überhaupt so lange zusammengehalten? Die Gewohnheit? Das Begehren? Oder wirkte in ihm auch so etwas wie Bertils »Eine Ehe ist für immer«-Mantra? Auf jeden Fall spielte seine Harmoniesucht eine Rolle, sein Wunsch, Laura und Fabian eine heile Familie zu bieten. Aber wäre es wirklich besser für die Kinder, Janine und er würden sich wieder zusammenraufen?

Pieter verschob all diese Überlegungen auf später, eilte zurück auf den Hof und zerrte sich das T-Shirt über den bloßen Oberkörper. Das Herz klopfte ihm bis zum Hals. Jetzt retten, was zu retten war. Wo war Tammy? Er fand sie in der Küche. Schmal und blass saß sie auf dem Küchensofa. Herr Schliemann war bei ihr und hatte seine Schnauze auf ihr Knie gelegt.

Er hockte sich vor sie und ergriff ihre Hand. »Tammy.«

Ihre Unterlippe begann zu zittern.

»Gib dir keine Mühe, Pieter. Ich will nach Hause.«

40

Tammys Langstock schabte über den Asphalt der Deichstraße. Zwischen ihren Augen stand wieder die Falte.

Pieter nagte an seiner Lippe. Du Dösbaddel. In Gedanken ohrfeigte er sich. Warum zum Neptun hatte er ihr keinen reinen Wein eingeschenkt? Was wäre dabei gewesen, ihr zu erzählen, dass seine Frau kommt?

Der Pferdehof kam in Sicht. »Da sind die Kinder«, sagte er mit trockenem Mund. »Sie satteln gerade die Ponys. Fabian winkt. Ich glaube, er will mir etwas zeigen.«

»Geh nur.«

Pieter eilte an Strucks Maschinenhalle vorbei zum Putzplatz, wo die Kinder mit Nadjas Hilfe ein schwarz-weißes Shetty und ein braunes Reitpony sattelten.

»Papa, darf ich mit ausreiten?« Fabians rundes Gesicht strahlte ihm entgegen. »Bitte. Nadja hat gesagt, sie führt mich.«

Nadja nickte. »Stan und Olli 'ier sind unsere bravsten Anfängerponys. Laura ist ja schon oft allein geritten und kennt sich mit Ponys gut aus. Wir dre'en nur eine kleine Runde in den Wiesen, wenn es okay für dich ist, Piet. In einer 'alben Stunde gebe ich den beiden noch ein wenig Unterricht, wenn der Reitplatz wieder frei ist.«

Pieter sah, dass auf dem umzäunten Sandplatz eine Reiterin ihren eleganten Fuchs bewegte. Er vereinbarte mit Nadja, die Kinder in einer Stunde wieder abzuholen, drückte den beiden einen Kuss auf die Wange und eilte zurück zu Tammy.

Schweigend gingen sie weiter. Es war Ebbe, die Elbprinzessin würde deshalb am Sperrwerk anlegen. Schon drang der Verkehrslärm von der Kreisstraße zu ihnen herüber, über die sich der samstägliche Ausflugsverkehr ins Alte Land ergoss. Noch eine Viertelstunde bis zur Fähre.

Lass mich dir alles erklären, Tammy. Es ist nicht so, wie du denkst. Ich liebe Janine nicht mehr.

Kein Wort davon kam über seine Lippen. »Ich sehe die Kinder dahinten in den Wiesen reiten«, krächzte er stattdessen.

Laura ritt den Braunen. Nadja ging voran und führte das kleine kuhfleckige Pony, auf dem Fabian sehr aufrecht saß. Pieter konnte erahnen, wie das Gesicht seines Sohnes aussah: ernst, konzentriert, ganz darauf bedacht, alles so zu tun, wie Nadja es ihm erklärt hatte. Alles richtig machen war wichtig für seinen Sohn, ein kindliches Abbild von Pieters eigenem Streben nach Perfektion.

Die Reitgruppe schwenkte auf den Wirtschaftsweg einer neu angepflanzten Kirschplantage ein. Tammy schwieg, die Lippen aufeinandergepresst. Zum Klabautermann, wie machten andere Männer so etwas?, dachte Pieter verzweifelt. Sich entschuldigen, ein Versäumnis erklären, das eigene Verhalten schönreden. Kraftlos stolperte er über einen Apfel vom Vorjahr, der auf der Straße lag. Alles, wirklich alles hatte er falsch gemacht. Noch zehn Minuten bis zum Anleger.

»'alt, Olli, du Racker! Mon dieu, bleib ste'en!« Nadjas Stimme drang durch den Verkehrslärm zu ihnen.

»Was ist?«, fragte Tammy.

Pieter reckte den Hals. »Sch…iete. Fabis Pony reißt aus!«

Das schwarz-weiße Shetty hatte sich losgerissen und rannte quer durch die Kirschplantage. Die dünnen Zweige der

Bäume schlugen Fabian ins Gesicht, seine Füße glitten aus den Steigbügeln, und er klammerte sich am Sattelknauf fest.

»Brr, Olli«, rief er, doch das Pony lief unbeirrt weiter, bog auf den nächsten Weg ein und kam direkt auf Pieter und Tammy zu.

Pieter zog Tammy zur Seite, stellte sich breitbeinig auf den Pfad und riss die Arme hoch. »Hoo!« Er konnte nur hoffen, dass das mehr Eindruck auf das Pony machte als auf Ketelsens Kühe.

Machte es nicht. Olli schüttelte die Mähne, schnaubte und rannte auf dem Grünstreifen an Pieter vorbei.

»Nicht auf die Straße!« Pieter drehte sich um und sprintete hinterher. Das Shetlandpony schien sich über das Wettrennen zu freuen und fiel in einen flotten Galopp. Pieter flog förmlich über den Asphalt. Noch nie, absolut nie war er so schnell gelaufen. Einen kurzen Moment war er auf Höhe des Ponys und versuchte die Lederriemen zu packen, die lose über den Widerrist hingen. Sie entglitten ihm. »Greif die Zügel.« Wie in Zeitlupe beobachtete Pieter, wie sein Sohn eine Hand vom Sattel löste und nach den Riemen angelte. »Und jetzt zieh, Fabi!«

Olli senkte den Kopf und rammte die Hufe in den Boden. Der plötzliche Halt schleuderte Fabian über den Ponyhals, und er flog vor dem Shetty ins Gras.

»Alles in Ordnung, Fabi?« Pieter warf sich neben seinem Sohn auf die Knie. Er registrierte erleichtert, wie Fabian sich aufrappelte. Bis auf ein paar Schrammen hatte er offenbar keine Verletzungen davongetragen.

»Alles in Ordnung. Ich bin galoppert, Papa.« Sein Gesichtsausdruck schwankte zwischen Angst und Stolz.

»O Piet, es tut mir so leid.« Das zweite Pony kam angaloppiert. Nadja saß vor Laura auf dem Braunen und sprang nun neben Pieter herunter. »Ich wollte Fabians Steigbügel kürzen, da 'at Olli sich losgerissen.«

»Da war ein Hund«, sprudelte es aus Laura heraus. »Zwischen den Bäumen, der …«

»Ganz groß und grau. Ohne Halsband. Der hat Olli erschreckt«, fiel Fabian ihr ins Wort.

Pieter blickte verdutzt zu Nadja, die mit den Schultern zuckte. »Egal, was da war. Das 'ast du super gemacht, junger Mann. Und jetzt reiten wir gleich weiter.« Sie half Fabian wieder in den Sattel und steckte seine Füße erneut in die Steigbügel. Es war das Beste, den Schrecken mit positiven Erlebnissen zu überdecken, wusste Pieter, damit die Kinder keine Angst vor den Ponys entwickelten. »Ist das in Ordnung für euch?«, erkundigte sie sich dennoch.

»Klar, Monty.« Fabi nickte.

»Ist richtig cool hier bei dir auf dem Land. Tausendmal spannender als auf dem Streichelhof«, sagte Laura strahlend.

Pieter sah den dreien nach, die wieder in der Plantage verschwanden. Während das Zittern in seinen Beinen langsam nachließ, eilte er zurück zu Tammy und ihrem Hund, die auf der Schräge des Deiches saßen und auf ihn warteten.

41

Alles in Ordnung. Das Pony ist vor einem Hund weggelaufen. Ich denke, Fabian hat am Montag in der Schule eine aufregende Geschichte zu erzählen.« Pieter setzte sich neben Tammy ins Gras und hoffte, sein Herzschlag würde sich wieder beruhigen. »Leider verpassen wir gerade die Fähre.« Vom Anleger schallte das Abfahrtssignal herüber. Wunderbar, dachte er erleichtert. »Hier ganz in der Nähe ist eine Bank an der Aue. Wir können dort warten, bis die nächste Fähre kommt.« Eine Stunde Galgenfrist, um sich Tammy zu erklären und den nächsten Super-GAU in seinem Leben abzuwenden.

»Also los.« Tammys Gesicht war verschlossen wie eine Auster.

Pieter stand auf, fasste vorsichtig ihren Arm und führte sie zu der großen Flussschleife gegenüber der Werft. Dort hatte sich ein Wäldchen aus Pappeln angesiedelt, eines der wenigen Gehölze in der Umgebung, das wahrscheinlich deshalb zum Naturschutzgebiet erklärt worden war. Tammy setzte sich und nahm Herrn Schliemann die Leine ab, der neugierig herumzustromern begann. Hunde mussten hier an die Leine, wusste Pieter. Er rieb sich die Schläfen. Verdammt, musste er immer derjenige sein, der alles richtig machte?

Tammy zog die Beine hoch und legt den Kopf auf die Knie. Was könnte er jetzt noch zu ihr sagen? Sein Herz schlug wie verrückt.

»Janine … also sie … will die Scheidung.«

»Dafür klang sie eben aber sehr liebevoll und besorgt«, schnappte Tammy.

»Sie schauspielert.«

»Auch nicht schlechter als du.«

»Tammy, ich … ich schauspielere nicht. Ich glaube … nein, ich weiß, ich habe mich in dich verliebt.«

Wenn er erwartet hatte, dass sein Bekenntnis irgendeine Reaktion in ihr auslöste, hatte er sich getäuscht. Tammy wurde lediglich noch blasser, als sie war.

»Du hast mal gesagt, ich solle meinem Herzen folgen. Aber mein Herz war ein Schiff. Ein Schiff in Seenot«, fuhr er stockend fort. Klang ziemlich melodramatisch, fand er, aber der Vergleich passte. Tammy presste die Lippen zusammen. Bevor ihm der Mut ausging, redete er weiter. »Unsere Ehe war schon lange auf der schiefen Bahn. Aber ich war überzeugt, dass ich sie noch retten kann. Die Auszeit habe ich wegen Herrn Schliemann genommen und wegen der Kinder. Fabi und Lauri brauchten Abstand von mir. Ja, vielleicht hat Janine mir das nur eingeredet. Dann warst du da. Und ich habe gemerkt, dass ich selbst den Abstand brauche. Von Janine. Du warst so schnippisch, zuerst hatte ich regelrecht Bammel vor dir. Dann habe ich mich in dich verliebt. So langsam, dass ich es selbst kaum gemerkt habe.« Er atmete tief durch. »Aber ehrlich, wie hätte es geklungen, wenn ich zu dir gesagt hätte, meine Ehe ist nicht in Ordnung?«

Tammy lachte freudlos. »Es hätte geklungen wie die Lüge eines verheirateten Mannes gegenüber sich selbst und gegenüber der Frau, die er ins Bett bekommen will.«

»Eben. Das wollte ich nicht.«

Sie wandte ihm das Gesicht zu. »Was wolltest du nicht? Dass es wie eine Ausrede klingt? Dass ich erfahre, dass du sehr wohl noch mit Janine zusammen bist? Oder wolltest du nicht ins Bett mit mir? Red Klartext, Pieter.«

Klartext, okay. Pieter ließ den Blick über die breite Wasserfläche hinüber zur Werft schweifen, wo der Eisbrecher mittlerweile den Helgen verlassen hatte und am Kai lag. Er holte tief Luft und versuchte, aus dem Knäuel seiner Gefühle wenigstens einen verwertbaren Gedanken herauszulösen. Aber da war nichts als abgrundtiefe Verwirrung. »Marion hat auch gemeint, ich spinne«, hörte er sich sagen.

»Was willst du, Pieter Kreutzfeldt? Und wer um alles in der Welt ist Marion?«

»Meine Praxishilfe.« Er sei wohl nicht ganz bei Trost gewesen, als er die Schuld an dem Unfall übernommen hatte, hatte Marion gesagt. Wahrscheinlich hatte sie recht gehabt, wie immer.

»Pieter, ich bin blind, aber nicht blöd.« Tammy sprang auf. »Ich …« Eine Melodie aus Pieters Jackentasche ließ sie innehalten.

»Mein Handy. Es ist Janine.«

Tammy schnaubte. »›The Power of Love‹. Wie passend.« Sie riss den Langstock an sich und stapfte Richtung Wasser.

Pieter ging ein paar Schritte in die andere Richtung und nahm den Anruf an.

»Hallo, Hase«, flötete Janine aufgeräumt. »Den Kindern scheint es bei dir gut zu gefallen, oder? Sie würden sich bestimmt freuen, wenn sie bis morgen bei dir bleiben könnten. Wie findest du das?«

Pieter schnappte nach Luft. »Janine, bis eben noch warst du der Meinung, die beiden sollten überhaupt keinen Kontakt mit mir haben. Jetzt dürfen sie über Nacht bleiben? Woher dieser Sinneswandel?«

Im Hintergrund hörte er ein Plopp, dann sprudelndes Zischen. Daher wehte der Wind. Knubbelohr öffnete wohl gerade den Champagner.

»Das Hotel hier ist entzückend, weißt du. Es wäre die reine Verschwendung, heute Abend wieder abzufahren.« Mit einem leisen Klingeln stießen Gläser zusammen.

»Natürlich können die Kinder bleiben. Sie sind noch beim Reiten. Allerdings ist Fabian …«

»Wunderbar, Hase, alles andere morgen. Ich komme gegen Mittag.« Klick. Wieder einmal stierte Pieter auf ihr Konterfei auf dem Handydisplay, die lächelnde Janine mit seinem Surfbrett. Wie oft hatte sie in letzter Zeit eigentlich ein Gespräch mit ihm abgewürgt? Mit einem Daumendruck entfernte er ihr Foto, zog das Bild eines glitschigen Aals aus dem Netz und fügte es in Janines Profil ein. Kleine wirkungslose Rache. Eine neue Erkennungsmelodie würde er sich in Ruhe suchen. Irgendetwas Richtung »Alles hat ein Ende, nur die Wurst hat zwei«.

Er steckte das Handy ein. Da knallte ein Schuss. Ein Bellen. Ein Schrei. Die Stille danach war das Grauenhafteste, was Pieter jemals gehört hatte.

»Tammy!«, schrie er. »Tammy!« Seine Stimme überschlug sich. Panisch rannte er los, stolperte über die Wurzeln der Pappeln. Verdammt noch mal, dachte eigentlich niemand daran, dass hier auch Blinde entlanggingen, Tammys Stock war an jeder Wurzel hängen geblieben. Sie hatte seinen Arm gegriffen und sich führen lassen. Herr Schliemann hatte die Hindernisse ganz gut bewältigt. Das nächste Mal müsste er besser aufpassen, wohin er mit den beiden ging, wenn es noch ein nächstes Mal gab …

Sie hockte auf dem Boden und hatte den Hund im Arm. Pieter fiel auf die Knie und schlang die Arme um die beiden.

»Alles in Ordnung, Pieter. Herr Schliemann kam aus dem Gebüsch gerast. Der Schuss hat ihn verfehlt. Sein Schutzengel hat aufgepasst. Meiner auch.«

Alles in Ordnung. Vor einer halben Stunde hatte Fabian genau das Gleiche gesagt. Sein Pony hätte auf die Straße laufen können. In den Verkehr. Jetzt ballerte irgendein Idiot in allernächster Nähe herum und schoss auf Tammys Hund.

Wilde Wut stieg in ihm auf. »Woher kam der Schuss?«

Tammy zeigte wortlos geradeaus, wo ein beinahe unsichtbarer Trampelpfad in einem Weidendickicht verschwand.

Pieter sprang auf und lief los. Am Ende des Pfades war ein Parkplatz, wie er wusste. Verdammt noch mal, der Kerl hatte dort geparkt und machte sich wahrscheinlich gerade vom Acker. Beinahe stolperte er über seine eigenen Füße, als er abrupt stehen blieb. Sein Herz raste. Oder schlich der Schütze sich in diesem Moment an Tammy heran?

Nein. Weit vor ihm zwischen den Büschen bewegte sich etwas. Jemand. Pieter aktivierte seine letzten Reserven und stürzte in dem Moment auf den Parkplatz, als ein Motor angelassen wurde und Strucks Pick-up anfuhr. Er rannte vor die Kühlerhaube. Zehn Zentimeter vor seiner Brust stoppte der Wagen. Vor Wut und Anstrengung keuchend riss er die Fahrertür auf, zog Struck vom Sitz und warf ihn gegen die hintere Autotür.

»Es reicht, Struck. Auf harmlose Tiere schießen. Ich zeig Sie an, Sie … Sie Killer.« Pieter schüttelte ihn wie ein Terrier seine Beute.

»Willst du mich erwürgen, Kreutzfeldt? Von wegen harmlos. Das Vieh hat hinter Neuenfelde ein Schaf gerissen.«

»Erzählen Sie das der Polizei. Der Hund tut keiner Fliege was zuleide.«

»Hund? Du Tierexperte, das war ein Wolf.«

»Der Hund, auf den Sie geschossen haben, ist hellbraun. Wölfe sind grau und …« Groß.

Grau und groß. Pieter schluckte. Wie der Hund, der Fabians Pony erschreckt hat. War der Niendorfer Wolf doch über die Elbe gekommen?

Struck nutzte Pieters Unachtsamkeit und wand sich aus seinem Griff. »Meinst du den da?« Er nickte mit dem Kinn zu dem Weg, über den jetzt Herr Schliemann und Tammy auf den Parkplatz kamen. »Wenn der hier frei rumlief, könnt ihr froh sein, dass ich den Wolf verjagt habe.«

Pieter ließ Struck stehen und eilte zu Tammy. An ihrer Strickjacke hingen Blätter und Gras, und die graue Leinenhose war voller Schlamm. Sie schien gefallen zu sein. Ihr Körper wurde immer wieder von kleinen Beben erschüttert. »Bei zu – viel Anspannung bekomme – ich Schluckauf.« Offenbar hatte sie der Schreck über den Schuss mit Verspätung erfasst.

Pieter wandte sich wieder zum Auto um – und starrte fassungslos auf die Pistole in Strucks Hand. War das ein Albtraum? Ging der Typ jetzt auch noch über Leichen?

Struck lachte auf. »Kreutzfeldt, guck nicht wie 'ne Kuh, wenn's donnert. Das ist eine Schreckschusswaffe. Dieser Scheißwolf ist nicht zum Abschuss freigegeben. Noch nicht. Dein Mädel und der Hund waren nicht in Gefahr.« Er warf die Pistole auf den Beifahrersitz.

Log er? Der Schuss war ohrenbetäubend gewesen. Allerdings waren Platzpatronen kaum von echten zu unterscheiden, wie Pieter wusste.

»Sie haben sie zu Tode erschreckt, Struck«, grollte er. »Mich auch. Und jetzt fahren Sie uns zum Appelhoff.« Dann zu Tammy gewandt: »Dort kannst du dich ausruhen.« Er rechnete mit Widerspruch, schließlich wollte sie ihn vor wenigen Minuten noch auf den Mond schießen, aber sie nickte stumm.

»Bin ich ein Taxi oder was?« Struck tippte sich an die Stirn.

»Lass – ihn, Piet«, hickste Tammy. »Der – ist – seelisch labil. – Sag ich – als Fachfrau.«

Struck lassen? Kommt nicht infrage, dachte Pieter. Fix riss er die Beifahrertür auf und ergriff die Pistole. Struck blieb wie angewurzelt stehen. Offenbar hatte er seine Meinung geändert, denn er zeigte wortlos auf den Wagen und öffnete die hintere Tür. Pieter half Tammy auf die Rückbank und hob Herrn Schliemann daneben. Dann setzte er sich auf den Beifahrersitz und legte die Pistole zu seinen Füßen ab.

»Schön langsam«, kommandierte er, »falls die Polizei kommt. Sonst sind Sie Ihren Führerschein los, so wie Sie nach Alkohol riechen.«

Struck schielte wortlos auf die Waffe und drehte den Zündschlüssel um. Aus seiner Reaktion konnte Pieter nicht erkennen, ob die Pistole echt war oder nicht.

42

Struck weigerte sich, auch nur einen Meter auf Bertils Land zu fahren. Am Wegweiser zum Appelhoff bremste er und ließ Pieter und Tammy aussteigen.

»Endlich lernen wir Herrn Schliemanns Frauchen kennen«, polterte Bertil gut gelaunt. »Pieter hat Sie uns ja viel zu lange vorenthalten.«

Eine halbe Stunde später saßen sie bei Kaffee und Apfelstrudel im Schatten eines Apfelbaumes. Herr Schliemann hatte den Kopf auf Tammys Schoß gelegt, und Pieter sah erleichtert, dass die Farbe langsam in ihr Gesicht zurückkehrte. Schweigsam trank sie ihren Kaffee. Immerhin schien sie nicht mehr sofort wieder nach Hamburg zurückzuwollen. Unseligerweise hatte es wohl wenig damit zu tun, dass sie ihm nicht mehr böse war, dachte er, sondern damit, dass ihre Hose auf der Leine trocknete. Heynke hatte die Schlammflecken herausgewaschen und Tammy einen Wickelrock geliehen.

Heynke schüttelte zum wiederholten Mal den Kopf. »Einen Waffenschein hat Bodo, das weiß jeder. Aber ich kann nicht glauben, dass er einfach so in der Gegend herumschießt.«

»Bin ich mir nicht so sicher. Das mit dem Wolf war für ihn garantiert nur ein Vorwand, um rumzuballern.« Bertil stopfte die Hände hinter den Latz seiner Arbeitshose und fixierte Strucks blau-weiße Fahne, die über dessen Hof im Wind flatterte. Jemandem, der dem HSV die Treue hielt, war nach Bertils Blick zu urteilen alles zuzutrauen. »Dass der Wolf über die Elbe gekommen ist, ist nur eines der zahlreichen Gerüchte. Weil man ihn seit einigen Tagen im Stadtgebiet nicht mehr gesehen hat, erzählt man sich so einiges. Gab sogar die Nachricht, jemand hätte den Wolf auf dem Rathausmarkt gesehen. Morgens um halb vier beim Plündern eines Mülleimers.«

»Noch ein Stück Strudel, Tammy?«, fragte Heynke.

»Nein danke. Was ist los mit diesem Struck?«

»Macht euch keinen Kopf, ihr beiden. Der Typ ist dauerfrustriert«, sagte Bertil.

Bevor Pieter antworten konnte, kamen die Kinder angerannt. Line hatte Laura und Fabian vom Reiten abgeholt.

»Line sagt, sie hat Katzenbabys!«, verkündete Laura und stopfte sich Pieters Kuchenrest in den Mund. »So klein, die sind noch blind.« Der aufregende Ausritt verblasste offenbar vor dieser neuen Sensation.

»Blind. So wie Herr Schliemanns Frauchen.« Fabian hockte sich auf den Boden und teilte den Kuchen zwischen sich und dem Hund. Er riss die Augen auf, als er Tammys gelbschwarzes Blindenabzeichen sah. »Du bifft daff.«

»Man pfricht nicht mip pfollem Mund«, ahmte Tammy ihn nach. »Ja, Herr Schliemanns Frauchen bin ich.«

Pieter stand auf und nahm Laura an die Hand. »Ich komme mit zu den Katzen, dann kann ich gleich schauen, wie sie sich entwickeln.«

Mieke knurrte, als er ihre Katzenbabys aus dem Korb nahm und die kleinen Fellbündel nacheinander auf Heynkes Küchenwaage setzte. Alle sechs hatten deutlich an Gewicht zugelegt. »Alles in Ordnung mit deinen Kleinen«, sagte er zu der Katze und legte die Jungen vorsichtig wieder neben sie.

Alles in Ordnung, genau wie mit seinen Kindern. Tammy hatte so was von recht gehabt, dachte er. Das »Tschüss,

Papa« auf Lauras und Fabians Zeichnung hatte nichts zu bedeuten. Es war ein Kinderbild, nicht mehr und nicht weniger, ein kleiner gezeichneter Liebesbeweis, kein Abschiedsbrief. Wie verblendet war er gewesen, um Janine zu glauben, dass die Lütten nichts mehr von ihm wissen wollten und Abstand bräuchten?

»Janine hat also versucht, dich von den Kindern fernzuhalten?«, fasste Bertil eine halbe Stunde später zusammen.

Pieter nickte und schob ein »Ja« hinterher.

Die Stimmen der Kinder drangen aus Lines geöffnetem Zimmerfenster herüber. Pieter war mit einem so verkniffenen Gesicht wieder zur Kaffeetafel unter dem Apfelbaum zurückgekehrt, dass Heynke sich besorgt erkundigt hatte, ob ihm der Kuchen nicht bekommen sei.

Er hatte den Mund geöffnet, um zu beteuern, dass der Strudel wie immer hervorragend gewesen sei. Aus Gründen, die er selbst nicht erklären konnte, brach ein Schwall aus lange zurückgehaltenen Gefühlen und Worten aus ihm heraus, aus dem Bertil und Heynke heraushörten, dass Janine ihm absichtlich vorgegaukelt hatte, die Kinder wollten mit ihm nichts mehr zu tun haben.

»Sie wollte verhindern, dass ich sie sehe«, schloss er.

Tammy hatte kein Wort gesagt. Wahrscheinlich war er in ihrer Achtung bis auf den tiefsten Grund der Elbe gesunken. Egal, dachte Pieter erschöpft. Sie hatte ihm deutlich genug signalisiert, dass sie nichts mehr von ihm wollte.

»Aber warum um Himmels willen?« Das war Heynke. »Wegen dieses Lovers?«

Der Wind wehte kühl von der Elbe herüber, und Bertil hatte Decken verteilt. Jetzt bewegten sich seine kurzen Finger über die Tastatur eines Notebooks. »Momentchen, Momentchen. Das Netz weiß alles«, sagte er feixend.

Pieter beugte sich zu ihm hinüber und schaute auf den Online-Artikel, der sich auf dem Bildschirm aufbaute.

»Axel T. Jacobsen«, las Bertil. »Jahrgang 1967, Studium der Rechtswissenschaft in Köln, danach Referent im Justizministerium in Kiel, bla, bla, bla ... 2003 bis 2009 ... Hm, hier haben wir es. Jacobsen gilt als unbestechlich und gesetzestreu. Wollte ich dir übrigens schon letzten Sonntag vorlesen.«

Pieter lachte unfroh. »Gesetzestreu, aber unanständig.«

»Tja, es ist nicht verboten, einem anderen Mann die Frau auszuspannen«, brummte Bertil.

»Das könnte ein Grund für Janines Verhalten sein«, überlegte Heynke laut. »Vielleicht hatte sie Angst, dass die Kinder sich dir gegenüber verplappern. Du hättest Janine und ihren Axel quasi in der Hand gehabt. Es hätte nämlich ziemlichen Wirbel verursacht, wenn rauskäme, dass der untadelige Staatsrat ein Verhältnis mit einer verheirateten Frau unterhält, die er gleichzeitig zu seiner rechten Hand befördert hat.« Sie war nie richtig warm mit Janine geworden, wie Pieter wusste.

Tammy spielte mit ihrer Kaffeetasse. »Deine Frau hat also einen Liebhaber und versucht das vor dir zu verbergen. Und hat deshalb die Kinder von dir ferngehalten?«, fasste sie zusammen.

Aha, sie war doch nicht stumm geworden.

»Das wäre eine mögliche Erklärung«, bestätigte Pieter. Aber nicht die wesentliche. Während sich die Puzzleteile in seinem Hirn zu einem Bild zusammenfügten, dämmerte ihm, dass die Wahrheit eine andere war. Was hätte Knubbelohr wohl gesagt, wenn er erführe, dass Janine den Unfall verursacht hatte? Sie wäre nicht nur ihren Job losgeworden, sondern auch ihren paragrafentreuen Pantoffelhengst.

Und jetzt? Wahrscheinlich ereiferte Janine sich auch noch gemeinsam mit ihrem Lover über ihren verantwortungslosen Mann, der betrunken Auto gefahren war, kam es ihm in den Sinn. Heiße Wut stieg in ihm auf. Und niemand außer ihm wusste, dass es in Wahrheit sie gewesen war, die den Unfall verursacht hat. Janine Kreutzfeldt, stellvertretende Staatsrätin für Justiz.

43

Die Kinder kamen aus dem Haus und schlugen vor, gemeinsam etwas zu spielen.

»Aber was?« Laura legte den Kopf schief und musterte Tammys gelb-schwarze Plakette. »Vielleicht Blinde Kuh?« Als sie merkte, wie ihr Vater die Stirn runzelte, lief sie puterrot an. »Oh, Entschuldigung, das habe ich nicht so gemeint.«

Aber Tammy lachte laut heraus. Den Schrecken über den Schuss im Wald hatte sie offenbar überwunden. »Prima Idee«, sagte sie. »Bei dem Spiel bin ich unschlagbar.«

Es stimmte.

»Herr Schliemann hat dir geholfen«, motzte Fabian, als sie später in Matthiesens gemütlicher Küche zu Abend aßen.

»Genau.« Tammy lachte. »Und außerdem hab ich den ganzen Tag Zeit, Blinde Kuh zu üben.«

Line stülpte den Deckel über die Käseplatte und stellte sie in den Kühlschrank. »Lauri, Fabi, kommt ihr?« Die Kinder hatten beschlossen, gemeinsam auf dem Appelhoff zu übernachten, um gleich nach dem Aufwachen *Pettersson und Findus* auf DVD zu schauen.

Fabian gähnte herzhaft, während Laura ein besorgtes Gesicht zog. »Ist es auch wirklich okay, dass wir hierbleiben?«

Pieter kniete sich zu den beiden und strubbelte ihnen durchs Haar. »Morgen Vormittag sehen wir uns ja schon wieder. Na klar ist das in Ordnung. Gute Nacht, meine Mäuse. Ab in die Betten mit euch.«

Wenig später sagte er mit rauer Stimme zu Tammy: »Dann bringe ich dich jetzt zur Fähre.«

Tammy tastete sich an der Tischkante entlang, bis sie vor Pieter stand. »Nein, Herr Kreutzfeldt, ich will nicht nach Hause.« Sie lächelte und fasste seine Schultern.

»N…nicht?« Pieter blieb der Mund offen stehen. »Wohin dann?«, stammelte er begriffsstutzig.

Sie lächelte immer noch.

»Jetzt hilf mir doch mal, Beachboy.« Bertil überspielte die Begriffsstutzigkeit seines Freundes mit geschäftigem Poltern in der Küche und drückte Pieter einen Stapel Teller in die Hand, während Heynke Tammy half, den Wickelrock gegen ihre getrocknete Hose zu tauschen.

»Na, dann los mit euch beiden«, brummte Bertil schließlich resolut. »Soll nachher noch ein Gewitter kommen.« Er nickte zum Fenster hin. Der Himmel leuchtete orange in der untergehenden Sonne. Am Horizont stand eine dunkle Wolkenbank.

Die Apfelblüte war vorüber, und ein Teppich aus rosa Blütenblättern bedeckte den Weg durch die Obstplantage. Tammy führte Herrn Schliemann. Wie selbstverständlich hatte sie sich bei Pieter eingehakt und schritt mit einem leisen Lächeln neben ihm.

Was bloß hatte diese Kehrtwende in ihrem Verhalten verursacht, grübelte er. Vor wenigen Stunden noch war sie außer sich vor Wut, beschimpfte ihn und wollte nichts als nach Hause. Und aus heiterem Himmel war sie wie ausgewechselt, entspannt und, ja, beinahe so liebevoll wie gestern Abend. Warum zum Geier? Sollte er fragen? Lieber nicht, dachte Pieter und ärgerte sich im selben Atemzug über seine Beklommenheit. Doch um nichts in der Welt wollte er die schöne und entspannte Stimmung zwischen ihnen wieder zerstören.

Hinter der Auffahrt zu Strucks Hof kam ihnen Nadja entgegengeradelt. Sie bremste neben Tammy und Pieter und sprang vom Rad. Entgegen ihrer sonstigen überschwänglichen Art grüßte sie nur leise. »Ich 'abe ihn von einem Kindergeburtstag abge'olt«, flüsterte sie und zeigte mit dem Kinn hinter sich, wo der schlafende Onni wie eine betrunkene Putte in seinem Sicherheitsgurt hing und leise vor sich hin schnarchte. Herr Schliemann schnupperte an den drallen Fingern des Jungen.

»Aus, Herr Schliemann«, kommandierte Tammy. »Onni hat sich mit Schokolade vollgestopft, oder? Und sag's nicht, Herr Tierarzt: Ich weiß, Hunde dürfen keine Süßigkeiten. Aber leider weiß Herr Schliemann das nicht.«

Wieder einmal staunte er über Tammys feine Wahrnehmung. Onnis rosige Wangen waren über und über braun verschmiert.

»'abt einen schönen Abend ihr zwei und bis bald.« Nadja zwinkerte Pieter zu, stellte sich auf die Pedale und ließ sich von der Deichstraße zum Pferdehof hinunterrollen.

Pieter schüttelte den Kopf über sich selbst. Warum eigentlich hatte er befürchtet, dass die junge Pferdewirtin eifersüchtig auf Tammy sein könnte? Sie war herrlich unkompliziert, und dass sie Pieter gern umarmte, bedeutete nicht, dass sie mehr als Freundschaft von ihm wollte. Er sah verlegen zu Tammy hinüber. Nein, ein Frauenversteher war er wirklich nicht. Wie auch, er hatte schon genug damit zu tun, zu begreifen, was in ihm selbst vorging.

Aus den Fenstern der Häuser schien gedämpftes Licht auf die Deichstraße. In der Tradition der Holländer, die Elbwerder gegründet hatten, zogen die wenigsten Bewohner abends ihre Vorhänge zu. Mit einem warmen Gefühl im Bauch sah Pieter Familien beim Abendbrot sitzen, Paare beim Fernsehen, den Pastor, der Zeitung las.

Ein Auto fuhr mit garantiert mehr als den erlaubten dreißig Kilometern pro Stunde an ihnen vorbei, dann war es wieder still. Nur aus den akkurat beschnittenen Buchen, die Ketelsens bunte Brauttür einrahmten, erklang das Abendlied einer Amsel.

»Es ist wirklich friedlich hier«, sagte Tammy versonnen.

Pieter reichte ihr die Hand und führte sie die ausgetretenen Stufen hinunter, die von der Deichstraße zum Eingang des Vorderhauses führten. Am Fuß der Treppe blieb sie stehen, und ihr Blick wanderte die Hausfassade hoch. Die Sonne war untergegangen, und das Kapitänshaus ragte dunkel auf vor dem eigentümlich orangen Himmel.

»Es ist sehr hübsch, oder?«

»Wie die Häuser in Blankenese.«

»Oh, echt? An die kann ich mich noch gut erinnern. Als ich noch sehen konnte …« Sie brach abrupt ab.

»Was ist?«, fragte Pieter, der ihre beunruhigte Miene sah.

Sie hielt den Kopf schräg und sog stoßweise die Luft ein.

»Es riecht nach Rauch.«

Pieter schnupperte und roch nichts. »Bestimmt grillt jemand.« Aber auf Tammys Stirn stand wieder die steile Falte.

Schweigend gingen sie um das Haus herum zum Hintereingang. Vor dem buckligen Dach von Quades Haus streckte ein mächtiger Fliederbusch seine prallen Knospen in die milde Luft. »Wenn der weiße Flieder wieder blüht …«, sang er leise und freute sich auf den Abend mit Tammy. Sie bogen um die Ecke auf den Hof.

»Du meine Güte.« Er blieb abrupt stehen, während sein Herz in den Akutmodus wechselte. Tammys Geruchssinn hatte sie nicht getäuscht. »Der Schuppen brennt.«

Unter dem zusammengefallenen Pappdach quoll dicker grauer Rauch heraus. Darunter glomm das alte Stroh.

Tammy war ebenfalls stehen geblieben. »Ruf die Feuerwehr«, sagte sie beunruhigt.

Pieters Herzschlag beruhigte sich ein wenig. »Es riecht schlimmer, als es ist«, sagte er. Wahrscheinlich würde er den Brand alleine bekämpfen können. Am Wasserhahn neben der Küchentür hing noch der Gartenschlauch, mit dem er die Kuhfladen vom Hof gewaschen hatte. Andererseits stand der Schuppen direkt hinter dem Kapitänshaus. Und das war mit Stroh gedeckt. Er durfte kein Risiko eingehen.

Pieter zog sein Handy heraus und wählte 112. »Deichstraße 74, Elbwerder. Hier qualmt ein alter Schuppen«, meldete er. Als er auflegte, jaulte eine Sirene und durchbrach die träge Samstagabendstille, die über dem Dorf lag. Aus der Ruine züngelte eine dünne Flamme. Er kniete sich zu dem Hund. »Herr Schliemann, wo ist Quade? Bring Tammy zu Quade«, sagte er eindringlich und zeigte auf das kleine Haus, das keine zwanzig Meter entfernt hinter den Büschen lag. Der Hund war den Weg zu der alten Frau schon oft gegangen und lief tatsächlich ohne zu zögern los.

»Sei vorsichtig, Pieter«, sagte Tammy über die Schulter.

Pieter rollte den Schlauch aus und stellte das Wasser an. Das Stroh unter dem Pappdach schwelte mehr, als dass es brannte, und der dünne Wasserstrahl bewirkte lediglich, dass es noch mehr qualmte. Immer wieder sah er zur Straße hoch. Das Gewitter näherte sich. Aber wo verdammt noch mal blieb die Feuerwehr?

44

Endlich hörte er die Sirene des Löschzuges, der die Dorfstraße hochkam. Er warf den Gartenschlauch zur Seite und wollte zur Straße eilen, als ein erster Windstoß unter die Schuppenruine fegte und das Gewitter ankündigte. Fetzen von brennendem Stroh stoben aus dem Brandherd und wirbelten über den Hof.

Pieters Adrenalinspiegel jagte in die Höhe. Himmel nein, auf keinen Fall durfte der Brand auf das Kapitänshaus übergreifen. Er packte wieder den Gartenschlauch, bereit, erste Funken vom Dach zu spülen, und scannte den First ab, der dunkel über ihm aufragte. Aber da war nichts. Ein wenig warme Asche regnete auf ihn herab, die Funken waren offenbar in der Luft erloschen. Das Feuer im Schuppen glomm leise weiter. Pieter stieß erleichtert den Atem aus, ließ den Gartenschlauch fallen und rannte der Feuerwehr entgegen. An der Längsseite des Kapitänshauses stieß er in jemandem zusammen.

»Kreutzfeldt, du Trampel.«

Pieter hätte beinahe laut aufgestöhnt. Bodo Struck, ausgerechnet der. Im selben Moment hielt der Löschzug oben auf dem Deich, und ein Feuerwehrmann sprang heraus.

Pieter wedelte mit den Armen. »Fahrt in den Aueweg. Von dort kommt ihr besser an das Feuer heran.«

»Halt die Klappe, Kreutzfeldt. Der Wehrführer bin ich«, blaffte Struck. Er zückte sein Handsprechgerät. »Bleibt stehen. Ihr ladet hier ab«, bestimmte er. Pieter roch Strucks scharfen Atem. Er war angetrunken, stellte er angewidert fest. Wenn er den kleinen Brandherd sah, würde er Pieter unter Garantie anranzen, ob er bei jeder brennenden Zigarette die Feuerwehr rufen würde.

»Sind Menschen in dem alten Schuppen?« Struck zeigte über die Schulter.

»Natürlich nicht.« Pieter schüttelte unwillig den Kopf. Wer sollte denn unter der Schuppenruine sein, einem morschen Bretterhaufen mit ein wenig Stroh darunter?

»Die alte Lühmeyer, die ist doch sonst immer zu Hause?«

Jetzt erst registrierte Pieter, wohin Struck zeigte. Nicht auf die Schuppenruine, sondern hinüber zu Quades Haus. Pieters Herz schien stehen zu bleiben, nur um gleich darauf umso heftiger loszupochen. Die Funken hatten das Kapitänshaus verschont, aber im struppigen Stroh über Quades Tür hatte sich ein Brandnest gebildet, und gelbe Flammen flackerten im Reet.

Pieter schrie auf. »Sie ist da drinnen. Quade. Und Tammy auch.«

»Beeilung, Leute«, bölkte Struck in sein Handgerät. Und an Pieter gerichtet: »Kein Problem, Kreutzfeldt, die holen wir da raus.«

Die holen wir da raus. Noch während Pieter erleichtert aufseufzte, fuhr wie aus dem Nichts eine enorme Windbö vom Deich herab, heftiger noch als die erste. Sie presste die Flammen in das Reet, und über Quades Tür wurde es wieder dunkel. Einen hoffnungsvollen Augenblick lang dachte Pieter, der Brand würde verlöschen. Dann erhob sich ein leises Knistern, das mit dem nächsten Windstoß zu einem gespenstischen Heulen anschwoll. Als würde ein Drache seinen heißen Atem über das alte Haus fauchen, flammte das komplette alte Strohdach innerhalb von Sekunden lichterloh auf.

Pieter vergaß zu atmen, so unbegreiflich war das, was er sah. Rasend suchte das Feuer seine Nahrung und leckte in gierigen Zungen über das Reet. Quades Dach war nicht mehr als ein lose aufgeschichteter Strohhaufen. Und jeder einzelne Strohhalm war ein winziger Schornstein, in den der Wind das Feuer trieb. Pumuckl hatte es ihm mit dramatischen Worten geschildert, als er das alte Reetdach des Appelhoffs gegen ein Ziegeldach ersetzt hatte. Doch die Gewalt des Feuers überstieg alles, was er sich unter dessen Schilderungen vorgestellt hatte. In wenigen Sekunden stülpte sich eine unbarmherzige Haube aus Feuer und Rauch über Quades Haus.

Struck tippte auf sein Handsprechgerät ein. »Komm raus, Quade Lühmeyer«, brüllte er. Vielfach verstärkt hallte seine Stimme aus dem Lautsprecher des Löschzugs. Der beschwipste Struck schien die Situation fest im Griff zu haben, bemerkte Pieter. Respekt.

Auf dem Deich luden die Feuerwehrleute Pumpen und Schläuche aus ihrem Fahrzeug. Dahinter raste eine zweite Feuerwehr mit Blaulicht heran. In Strucks Handgerät quäkte es. Trotz der Verzerrung erkannte Pieter Ketelsens Stimme.

»Ihr in den Aueweg«, kommandierte Struck. »Hinterm Kapitänshaus brennt es auch.«

Pieter sah, dass Quades Haustür aufflog. Die alte Frau erschien im Türrahmen, Tammy und Herr Schliemann neben ihr.

»Raus mit euch, ihr beiden!«, dröhnte Strucks Stimme.

Tammy tastete nach Quade, nahm ihren Arm und fasste Herrn Schliemanns Leine fester. Im selben Moment löste sich ein brennendes Strohbündel vom Dach. Es rutschte langsam, dann immer schneller durch die Flammen, löste sich in seine Einzelteile und stob Feuerregen vor den beiden Frauen auf den Boden.

»Stopp!«, schrie Pieter. Herr Schliemann reagierte gleichzeitig. Er lief vor Tammys Füße und hinderte sie am Weitergehen.

»Bleibt stehen!«, brüllte jetzt auch Struck. »Weg von der Tür! Geht woanders raus.«

»Dat gifft keen anner Döör!« Quades dünne Stimme drang kaum hörbar durch das prasselnde Feuer.

Pieters Herz raste bis zum Zerspringen. Quades Haus war ein umgebauter Stall. Es gab keine zweite Tür. Erst recht keine der Altländer Brauttüren, die in den Bauernhäusern der Elbmarsch dort eingebaut waren, wo die Bewohner bei einem Feuer sicher das Haus verlassen konnten.

Immer mehr brennendes Stroh rutschte vom Dach, verfing sich am Dachrand, fiel auf den Boden. Ein Scheiterhaufen von Flammen loderte vor den beiden Frauen. Herr Schliemann bellte wie von Sinnen. Er war dazu erzogen, sein Frauchen vor allen Gefahren zu warnen, und zog sie an der Leine ins Haus zurück.

Eine erneute Windbö fuhr in den Brand und wirbelte brennendes Reet auf. Das uralte Stroh löste sich unter dem Ansturm des Feuers in grausamer Geschwindigkeit auf in einem Meer von Flammen und Funken.

»Tammy!« Pieter registrierte kaum, dass er selbst es war, der ihren Namen rief. Das Blut in seinen Schläfen klopfte wie ein Presslufthammer. Er hatte zeit seines Lebens Hochachtung vor Menschen, die sich selbstlos für andere einsetzten. Was dachten sie, wenn sie sich in Kriegsgebiete begaben, auf

U-Bahn-Gleise sprangen oder in tiefe Höhlen tauchten, um anderen Menschen das Leben zu retten, hatte er sich oft gefragt.

Sie dachten gar nichts, wurde ihm in diesem Moment bewusst. Sie handelten. Er stieß Bodo Struck beiseite und lief.

»Bleib hier, Kreutzfeldt.«

Pieter registrierte es kaum. Er kämpfte sich durch die Büsche, die Quades Haus umstanden, da benetzte ein Wassertropfen seine Wange, und für den Bruchteil einer Sekunde war das brennende Haus in ein bleiches Licht getaucht. Wetterleuchten.

Allmächtiger, betete Pieter, der nicht an Gott glaubte, lass es regnen, Herr im Himmel.

»Stehen bleiben.« Strucks Stimme hallte jetzt blechern durch den Lautsprecher. Hinter sich hörte Pieter die Motorpumpen anlaufen. Dann traf ihn ein Wasserstrahl zwischen den Schultern. Er schrie auf, verlor das Gleichgewicht und fiel auf die Knie. Sein Atem ging stoßweise. Verdammt, wollte Struck ihn wegspülen?

Er rappelte sich auf und stolperte auf das Haus zu. Eine erbarmungslose Hitze strahlte ihm vom brennenden Dach entgegen. Von hinten prasselte das Wasser auf seinen Rücken. Beherzt sprang er unter das weit überstehende Reetdach und presste sich an die Hauswand. Über ihm blies der Wind das Feuer mit unheimlichem Knistern und Geheul in die hohlen Halme des Reetdaches. Nicht stehen bleiben, Pieter, ermahnte er sich, nicht nachdenken, sonst würde die Angst ihn in die Knie zwingen. So nass, wie er jetzt war, bestand wenigstens eine geringe Chance, unbeschadet durch die Flammen ins Haus zu gelangen.

Ein zweites Strahlrohr der Feuerwehr zielte jetzt auf das Stroh über der Tür. An die Hauswand gepresst schob er sich

Zentimeter für Zentimeter zum Eingang hin. Schmutziges Löschwasser und glühende Strohfetzen rannen vor ihm auf den Boden.

»Tammy.«

Keine Antwort, nur Herrn Schliemanns Gebell aus dem Inneren des Hauses.

45

Pieters Magen verkrampfte sich in Panik. Bevor die Angst ihn erstarren ließ, löste er sich von der Backsteinwand und hechtete mit einem Satz über den brennenden Reethaufen durch die Tür, prallte mit der Schulter gegen Quades Garderobe und schlug auf dem Boden auf. Glas zersplitterte und bohrte sich in sein Knie. Mit zusammengepressten Lippen zog er eine Scherbe aus der Schnittwunde. Ein Metallbügel hing daran. Er hatte Quades Brille zerbrochen.

Weiter, weiter! Er sprang auf die Füße und ignorierte den Schmerz in seinem Knie. Rauch kroch über die Treppe vom Dachboden herab, und über ihm ächzte und knackte der Dachstuhl. Das Haus stirbt, dachte er. Aber immerhin schien das Erdgeschoss noch nicht zu brennen.

Durch das ununterbrochene Bellen des Retrievers drang Quades Stimme an sein Ohr. »Links, weiter links.«

Pieter rannte in die Küche. Die alte Frau saß zwischen umgestürzten Stühlen auf dem Boden. Durch den Rauch, der durch die Ritzen zwischen den Deckenbalken quoll, sah er Tammy, die hektisch die Wände abtastete.

»Bist du das, Pieter? Wo ist es, das Fenster?« Ihre Stimme überschlug sich. Sie stolperte über Herrn Schliemann, der nicht von ihrer Seite wich.

Pieter nahm sie kurz in den Arm und drückte sie an sich. »Ich bring euch raus.« Er versuchte, seiner Stimme einen beruhigenden Klang zu geben, während er gleichzeitig Quade aufhalf.

»Das Fenster ist hinter dem Schrank«, stöhnte sie und hielt sich am Küchentisch fest. Er bahnte sich einen Weg durch den immer dichter werdenden Qualm.

Quades Küchenfenster war nicht mehr als eine Luke, halb versteckt von einem klobigen Geschirrschrank. Selbst am Tag kam kaum Licht durch, erinnerte sich Pieter und stieß einen der winzigen Fensterflügel auf. Ein verhängnisvoller Fehler, wie sich herausstellte. Sofort fuhr ein heftiger Windstoß zur Küchentür herein, und Funken von glimmendem Reet stoben in den Raum.

Wenn es brennt, soll man Durchzug vermeiden, du Depp, verfluchte Pieter sich. »Bleib stehen, ganz still«, stieß er hervor. Tammy presste die Faust vor den Mund, um nicht aufzuschreien.

Er trampelte einen Haufen glimmendes Stroh vor ihren Füßen aus und stürzte zur Küchentür. Der Flur war voller Qualm und brennendem Stroh. Der Garderobenständer stand in Flammen. Als würden sie ihm gespenstisch zuwinken, bewegten sich die brennenden Ärmel von Quades Mantel im heißen Luftzug. Der Weg aus der Haustür war ihnen nun definitiv abgeschnitten.

Er zog die Küchentür zu, hastete zurück zum Fenster und stieß den zweiten Flügel auf.

»Scheiße.«

Zwischen den Fensterflügeln befand sich eine Strebe. Jede einzelne Seite war viel zu eng, um hinauszukommen. Über ihren Köpfen hörte er das brennende Reet auf die Holzdecke fallen. Mehr und mehr Qualm drang durch die Ritzen der Zimmerdecke und raubte ihm den Atem. Pieter blickte sich mit wachsender Panik um.

»Neben dem Herd. Die Axt«, krächzte Quade und hustete.

Er riss die Axt aus dem Hauklotz, auf dem Quade ihr Feuerholz spaltete, und hieb auf das Fenster ein. Die Mittelstrebe zerbarst und fiel in das Gestrüpp vor dem Fenster.

»Ich heb dich raus.« Er half Tammy auf die niedrige Fensterbank, von der aus sie ins Gras sprang, und zwang sich, ruhig zu atmen, um ihr nicht kopflos nachzuhechten.

»Jetzt du, Quade.« Er wischte sich die Tränen aus den brennenden Augen, nahm die alte Frau auf den Arm und schob sie durch das winzige Fenserviereck ins Freie. Im selben Moment kam ihr schwarzer Kater von irgendwoher, sprang mit einem schmerzhaften Satz auf Pieters Schulter und schoss gleich darauf wie eine pelzige Kanonenkugel in die von Rauch und Sirenen erfüllte Nacht.

Und Quade schwebte hinterher. Sie erhob sich aus Pieters Händen und glitt hinaus in die Nacht. Hatte sie doch übersinnliche Kräfte?, dachte Pieter, dann sah er Bodo Struck. Er stand draußen vor dem Fenster und hatte die alte Frau aus Pieters Armen genommen.

»Los, raus, Kreutzfeldt! Dich trag ich nicht.«

»Der Hund fehlt noch.« Pieter wandte sich um. Der Raum war mittlerweile von Qualm erfüllt, am Boden glomm es wie böse Augen. Im Dachstuhl über ihm hörte er das Feuer toben. Funken und Löschwasser rieselten durch die Ritzen in der Balkendecke.

Er presste sich einen Ärmel vor Nase und Mund und tastete nach dem Retriever. Doch wo er eben noch gesessen hatte, war der Hund nicht mehr.

»Herr Schliemann, wo bist du?« Ängstliches Winseln drang durch den Qualm. Pieter tauchte in den Rauch und ließ sich mit zusammengebissenen Zähnen auf seine zerschnittenen Knie nieder. Dann streckte er die Hände aus und tastete sich über den Fußboden. Er sah nichts, fühlte und hörte nur noch, wusste nach wenigen Sekunden nicht mehr, wo er war. Herr Schliemanns Fiepen, nur Rauch, nur Grau, überall.

So war es, wenn man blind war, fuhr ihm durch den Kopf. Das war es, was Tammy sah, der Nebel vor ihren Augen. Er stieß sich den Kopf am Tisch, wich glimmendem Stroh aus und griff unvermutet in Herrn Schliemanns Fell.

»Los, Kumpel.« Energisch zerrte er den verängstigten Hund zum Fenster, hob ihn hinaus und sprang hinterher.

»Pieter, Herr Schliemann, endlich.« Ein Weinkrampf schüttelte Tammy. Quade stand daneben und streichelte unbeholfen ihre Hand.

»Alles in Ordnung.« Pieter versuchte, seine Stimme tief und beruhigend klingen zu lassen. Bevor er sich aufrichten konnte, packte ihn jemand und zog ihn grob auf die Füße.

»Kreutzfeldt, du Wahnsinniger. Das wird ein Nachspiel haben.« In Strucks Gesicht spiegelten sich Wut und – täuschte Pieter sich? – eine gehörige Portion Erleichterung.

Hinter ihnen knackte es wie ein brechender Mast. Struck brach ab, und seine Augen weiteten sich. Der hintere Giebel von Quades Haus begann, sich in Zeitlupe auf sie zuzuneigen. »Los, weg hier. Komm, du alte Hexe.« Struck schulterte Quade wie einen Sack trockenes Laub und lief los.

Pieter blieb der Mund offen stehen. Dann hob er Tammy hoch und eilte hinterher. »Los, Herr Schliemann.«

Er war keine zehn Schritte weit gekommen, da krachte der Giebel hinter ihm zu Boden. Wie ein irrer Tanz von abertausend Glühwürmchen stoben die Funken um Pieter und Tammy.

»Da sind sie!«

Applaus brandete auf, als der Scheinwerfer des Löschfahrzeugs sie erfasste. Hinter der Elbwerder Feuerwehr auf dem Deich brachten drei weitere Wehren aus den Nachbardörfern ihre Fahrzeuge in Stellung. Daneben hatte sich schätzungsweise das ganze Dorf versammelt und applaudierte.

»Piet, Tammy, Gott sei Dank.« Heynke winkte mit beiden Händen, hob das Absperrband an und scheuchte zwei der Zuschauer zu Struck, die ihm Quade Lühmeyer abnahmen, sie auf den Deich trugen und in eine Decke gewickelt auf einen Campingstuhl verfrachteten. Pieter setzte Tammy auf eine Decke daneben, und im nächsten Augenblick kam Heynke mit Bechern voll dampfendem Tee, die sie den dreien in die Hand drückte. »Die Kinder schlafen schon, sie haben nichts mitbekommen«, berichtete sie knapp.

Neben dem Elbwerder Löschfahrzeug umringten die Führer der anderen Löschzüge Bodo Struck. Einer zeigte auf Quades Haus. »Bodo, dat hett keenen Sinn. Der alte Kotten ist nicht mehr zu retten. Lass uns den kontrolliert abbrennen und uns auf den Schutz des Nachbarhauses konzentrieren.« An der Stimme erkannte Pieter Bauer Ketelsen.

Struck schnitt ihm mit einer Handbewegung das Wort ab. »Halt den Rand, Broder. Die Neuenfelder zum Kapitänshaus. Drei C-Rohre auf die Nordseite vom Dach. Elbwerder 1 bleibt beim Schwelbrand, die anderen kümmern sich um Quades Bude. Wir geben kein Haus auf«, wiederholte er. »Kein einziges. Verstanden?«

Pieter glaubte sich verhört zu haben. Struck hatte nie verborgen, dass er Quade nicht leiden konnte und ihre Häuser erst recht nicht. Und jetzt? Trug er die alte Frau aus der Gefahrenzone, kämpfte konsequent um ihren Besitz und führte sich geradezu auf wie ein moderner Schimmelreiter im Streit mit den Naturgewalten. Warum? Pieter schüttelte den Kopf. Widerstrebend bemerkte er, dass so etwas wie Achtung für Struck in ihm aufstieg.

Die Zugführer tippten sich an die Helme, liefen zu ihren Fahrzeugen und gaben Befehle aus. Unter den blinkenden Blaulichtern der Feuerwehren fanden sich die Einsatztrupps zusammen, und in einer verwirrenden Choreografie entrollten sie Schläuche, koppelten sie zusammen, flanschten sie an Wasserpumpen. Pieter wusste, dass auch Frauen aus dem Dorf bei der Brandbekämpfung waren, aber in ihrer schwarzgelben Schutzkleidung wirkten die Feuerwehrleute wie eine außerirdische Armee geschlechtsloser Wesen. Auch Bertil musste unter den Feuerwehrleuten sein, aber selbst ihn konnte Pieter nicht ausmachen.

Er hockte sich neben Tammy. »Jetzt fährt eine Drehleiter aus. Mit so einem Korb oben dran. Mein Gott, ist die lang. Und … Oh, ich glaub's nicht, Struck ist da drinnen«, berichtete er und fragte sich gleichzeitig, was in diesem Mann bloß vorging. »Wasser marsch!«, kommandierte Struck. Die lange Leiter schwenkte unter warnendem Piepen über die Köpfe der Zuschauer auf das lodernde Feuer zu. Struck benahm sich mindestens so zweideutig wie ein Filmschurke, der beim Showdown von Gut und Böse zum rettenden Engel mutierte, grübelte Pieter.

Tammy versuchte ein Lächeln. »Schlechte Zeiten bringen oft das Beste im Menschen hervor und …« Auf einmal krampften sich ihre Finger um den Teebecher, bis die Knöchel weiß hervortraten. Pieter sah, wie sie zu zittern begann, erst langsam und dann immer heftiger. Schließlich brach sie in heftiges Schluchzen aus. Sehr sanft und bedächtig legte er einen Arm um ihre bebenden Schultern.

»W-weinen und Z-zittern sind n-normale Vor-gänge, w-enn die Ansp-annung von ei-nem abfällt«, hickste sie. »A-uf diese Weise regenerieren s-sich die Mu-muskeln wieder, und der K-Kopf wird klar. D-iese körper-liche R-eaktion n–nennt sich ...« Sie schluchzte auf. »Ach, Pieter, ich hatte so eine Scheißangst!« Ein Weinkrampf schüttelte sie so heftig, dass sie um ein Haar vom Deich gerutscht wäre.

Pieter zog sie fester in seine Arme. »Nicht weinen«, murmelte er, als würde er Fabi beruhigen, der mitten in der Nacht aus einem Albtraum aufwachte.

»D-doch!«, widersprach sie trotzig. »D-das W-einen dient d-der Verarbeitung psych-ischer Eindrücke.« Sie krallte die Finger in Herrn Schliemanns Fell, der sich tröstend an sie drängte.

Im nächsten Moment ließ ein gewaltiges Rumpeln die Luft erzittern. »Das Haus bricht zusammen«, schrie einer der Umstehenden, aber dann klatschte ein erster Tropfen auf Pieters Stirn. Wie um der Feuerwehr zu Hilfe zu kommen, öffnete der Himmel seine Schleusen und kübelte wahre Wasserfälle über Elbwerder aus. Schwaden von Regen stoben durch das Licht der Feuerwehrscheinwerfer, Donner und Blitz wechselten im Sekundentakt, die Unwetterfront war über ihnen.

Der Regen durchnässte die Zuschauenden bis auf die Haut und ließ Tammys Locken aufspringen wie eine Horde wild gewordener Kobolde. Pieter wiegte sie in seinen Armen, bis das Hicksen und Schniefen leiser wurde und schließlich ganz verebbte.

Neben ihm schnäuzte Quade Lühmeyer sich in ein kariertes Taschentuch. Heynke beschützte sie mit einem gelben Schirm, auf dem ein absurd grinsender Smiley prangte, vor dem Wolkenbruch. Gebeugt hockte die alte Frau auf dem Campingstuhl und blickte ins Leere, während ihr Haus in einer Wolke aus Rauch, Löschwasser und Regen versank. Sie hält Totenwache, dachte Pieter.

»Dr. Jenisch, guten Abend zusammen.« Ein Männlein in übergroßem Regenponcho hatte sich von hinten genähert und stellte eine Arzttasche zwischen Quade und Pieter. »Frau Lühmeyer, Frau Eggers, Herr Kreutzfeldt? Sie drei sollten zur Überwachung ins Krankenhaus.«

Pieter schüttelte den Kopf, und auch Tammy weigerte sich, der Aufforderung zu folgen.

Dr. Jenisch hielt Quade auffordernd die Hand hin. »Kommen Sie, Frau Lühmeyer.«

Sie reagierte nicht einmal.

»Du bist und bleibst ein Dickschädel, Quade Lühmeyer«, schimpfte Heynke. »Ich nehm sie alle mit zu mir, und wenn was ist, bring ich sie in die Klinik nach Buxtehude«, besänftigte sie den in seiner Berufsehre gekränkten Mediziner. Er verlangte, allen dreien wenigstens den Blutdruck zu messen, und wandte sich dann einem dankbareren Patienten zu, Broder Ketelsen, dem brennendes Stroh die Schläfe versengt hatte.

»Kannst hier doch nicht ewig sitzen. Jetzt komm.« Sanft, aber unnachgiebig packte Heynke Quade am Arm und half ihr auf. »Pieter, Tammy, ihr beide auch.«

Pieter hob den tropfenden Herrn Schliemann in den Kofferraum von Heynkes Kombi und half der zitternden Tammy auf den Rücksitz.

»D-das ist nur die Kälte.« Sie versuchte ein Lächeln. »Ich g-laub, ich könnte jetzt ein h-eißes Bad ab.«

»Kriegst du sofort«, sagte Heynke und klemmte sich hinters Steuer. »Du auch, Piet.«

Während ihm der Regen über den Rücken lief, beugte Pieter sich zu Tammy und strich ihr über die Wange.

Mehr noch als ein heißes Bad brauchte er endlich Klarheit – über sich, über seine Gefühle, über all die rätselhaften Ereignisse der letzten Wochen.

»Ich will warten, bis der Brand ganz gelöscht ist, und noch im Haus nach dem Rechten sehen. Ist das okay für dich, wenn ich hierbleibe?«

Tammy nickte stumm.

46

Wie verkohlte Finger ragten dampfende Balken aus dem Schutt, als wollten sie den Schornstein greifen. Der Regen fiel in Sturzbächen vom Himmel, löschte die letzten Flammen und schwemmte die Schaulustigen zurück in ihre Häuser.

Pieter saß in eine glitzernde Foliendecke gehüllt im Elbwerder Löschfahrzeug und beobachtete Struck, der das Ende des Einsatzes leitete. Ein Löschtrupp nach dem anderen rollte seine Schläuche zusammen. Eine Stunde später setzten sich vier durchnässte Feuerwehrleute neben ihn in die Mannschaftskabine. Die Brandwache. Als sie die Helme abnahmen, sah Pieter, dass es zwei Männer und zwei Frauen Anfang zwanzig waren. Sie sollten vor Ort bleiben, um ein erneutes Aufflammen des Feuers zu verhindern, erklärten sie.

Pieter fror und lud sie ein, sich bei ihm im Kapitänshaus aufzuwärmen.

Er heizte den Ofen an und kochte Tee. Während er im Schlafzimmer seine triefende und verräucherte Kleidung gegen trockene Jeans und einen Wollpullover tauschte, lauschte er den Gesprächsfetzen, die aus der Küche zu ihm drangen. Zwei von der Brandwache vertrieben sich dort die Zeit mit ihren Handys, während die anderen draußen die Brandstellen kontrollierten.

Wie Ruß auf nassem Aquarellpapier breiteten sich kohlrabenschwarze Gedanken in Pieters Kopf aus. Wie konnte es zu dem Brand kommen? War es Brandstiftung? Und wenn, wem galt der Anschlag? Quade? Oder ihm, Pieter? Ein Windstoß aus Westen, und auch das Kapitänshaus hätte in Flammen gestanden. Quade hatte in Lebensgefahr geschwebt. Und Tammy. Was, wenn seine Kinder nicht zufällig auf dem Appelhoff übernachtet hätten? Er zog das Unglück an, durchzuckte es ihn. Ja, er brachte alle Leute, die er liebte, in Gefahr.

Schluss mit den düsteren Gedanken, befahl er sich. Er knüllte die nassen Kleider zusammen, warf sie auf den Boden und ging in die Küche.

Die junge Feuerwehrfrau hob den Kopf. »He, da kommt der Held des Tages.«

»Held? Na ja.« Pieter lächelte verlegen.

»Nee, ehrlich«, mischte sich ihr Kollege ein. »Wie du da mit der Vorwärtsrolle ins Haus rein bist, filmreif, echt.«

»Was meinst du, Lasse, er muss in die Feuerwehr eintreten, oder?«, sagte die junge Frau.

»Sowieso. Das ist in einem Dorf wie diesem, wo fast jedes dritte Haus ein Reetdach hat, wohl logisch, Leo. Hier muss jeder Mann in die Wehr.«

»Macho, das Gleiche gilt für die Frauen.« Die junge Frau gab ihm spielerisch mit der Hand einen Klaps auf den Strubbelkopf.

Pieter nahm die Kanne vom Ofen und goss sich einen Becher Tee ein. »Ich bleibe nicht hier«, sagte er. Hatte sein Aufenthalt in Elbwerder nicht von Anfang an unter einem bösen Stern gestanden?

»Menno, das ist schade«, bedauerte Leo, die wahrscheinlich Leonie hieß. »Du scheinst ein krass guter Tierarzt zu sein, hört man von allen Seiten.«

»Ich passe nicht hierher«, erklärte Pieter und merkte, dass es beinahe trotzig klang.

»Wieso nicht?«, fragte jemand von der Tür her. Die beiden von der Brandwache kamen in die Küche und nahmen ihre Helme ab. Die junge Frau schüttelte ihre roten Dreadlocks.

»Eh, Säm, du weißt doch selbst, wie es hier ist, wenn man neu in Elbwerder ist«, sagte Lasse. »Pieter, das sind Ali und Säm.«

»Für dich immer noch Samantha«, konterte die junge Frau. »Aber klar. Man fühlt sich manchmal, als käme man von einem anderen Stern«, sagte sie, wieder Pieter zugewandt. »Ich bin hierhergezogen, als ich in die zweite Klasse kam. Jetzt bin ich zwanzig. Und die Lappen hier«, sie grinste die anderen drei an, »tun manchmal so, als wäre ich immer noch die Neue. Weiß nicht, wie lange man braucht, um hier akzeptiert zu werden. Aber irgendwann klappt's.«

Reicht ein Leben?, fragte sich Pieter im Stillen. Quade gehörte offenbar immer noch nicht richtig zum Dorf. »Was ist mit der Lühmeyer?«, fragte er also.

Lasse verzog das Gesicht. »Keine Ahnung. Seit ich denken kann, war sie irgendwie außen vor.«

»Als Kind hatte ich Angst vor ihr«, ergänzte der schwarzhaarige junge Mann, der hinter Samantha in die Küche gekommen war. »Und vor dem Kapitänshaus. Hier spuke es, hieß es.«

»Und was spukt hier? Oder wer?«, fragte Pieter. Seine Neugier ließ ihn seine eigenen Sorgen vergessen. Vielleicht kam er jetzt dem Geheimnis des Hauses näher.

Samantha schälte sich aus der schweren Jacke. »Keiner redet darüber. Oberspannend für uns Kinder damals. Und dazu noch die alte Quade. Unheimlich war die. Fanden wir zumindest. Die Erwachsenen hielten Abstand von ihr, und so hielten wir den auch.«

»Bis auf einmal. Als ich zehn war, bin ich heimlich durch ein Fenster auf der Diele hier eingestiegen. Als Mutprobe.« Lasse fletschte grinsend die Zähne und krabbelte mit den Händen in der Luft wie ein böser Geist, der ein Opfer sucht. »Ich war halb ohnmächtig vor Angst. Aber das Gruseligste waren die Spinnweben überall. Hier gibt es weniger Leichen als manch anderer im Keller hat.«

»Leichen?« Pieter konnte nicht verhindern, dass ein Schauer über seinen Rücken lief. War dies das Geheimnis der alten Lühmeyer?

»Eine Leiche«, stellte Ali klar. »Ja, irgendjemand soll sich hier umgebracht haben. Anno schießmichtot in einem Anbau, der dann aber abgerissen worden ist.«

»Niemand redet darüber.« Samantha streifte die schweren Stiefel ab, stemmte die Füße gegen die Tischplatte und kippelte mit dem Stuhl. »Komisch eigentlich, denn die meisten Geheimnisse bleiben hier nämlich nicht lange Geheimnisse.« Sie kicherte. »Tratschen ist nämlich ein Volkssport in Elbwerder.«

Stimmt, dachte Pieter und nickte in Gedanken.

»Bartels, unser Löschmeister, zum Beispiel, der lebt mit seiner Mutter. Es ist ein offenes Geheimnis, dass sie ihm immer noch die Stullen schmiert und ihm diese grässlichen Cordhosen kauft. Er ist dreiundfünfzig.«

»Oder ein gewisser Herr K.«, ergänzte Leo.

»Ketelsen?«, fragte Pieter.

Leo wackelte mahnend mit dem Zeigefinger. »Wir wollen keine Namen nennen. Der verschwindet ab und an für ein paar Tage. Benni hat ihn auf der Reeperbahn gesehen, im Titty Twister. In High Heels.«

»Krasse Wurst! Das wusste ich nicht.« Lasse riss die Augen auf.

Ali schenkte sich Tee ein und setzte sich auf eine der Fensterbänke. »Also, chill down, Pieter. Hier passt jeder her, selbst meine türkische Familie, die das traditionellste aller traditionellen Restaurants im Alten Land betreibt, das Alte Fährhaus.«

Lasse nickte. »Nach außen tun alle, als wären sie voll die harten Kerle. Sorry, Piet, meist die älteren Männer. So deine Generation eben. Muss man eben mit leben. Denen ist wichtig, dass es zumindest so aussieht, als hätten sie das Sagen. Zum Beispiel in der Feuerwehr. Schau dich um, diese Brandwache besteht nur aus jungen Leuten. Die ollen haben kein Bock auf Nachtschicht, und Bodo schiebt die dann uns Jungen zu. Wir motzen natürlich immer, aber ehrlich, eigentlich sind wir sowieso gerne lange auf. Zumal wir nach einer Brandwache morgens später zur Schule oder zur Arbeit müssen. Auch gut, oder?«

»Bodo ist eben so, wissen wir doch alle«, sagte Samantha friedfertig.

Pieter grunzte unwillkürlich.

»Haben wir schon gehört, dass er was gegen dich hat«, erklärte Leonie. »Denk dir nichts dabei. Der macht gern einen auf dicke Hose.«

»Typisch die, die nichts darin haben«, ergänzte Lasse frech.

Leonie und Samantha warfen sich neben ihm auf die Küchenbank und nahmen ihn in die Zange.

»Musst du grad sagen, Bruderherz«, meinte Leonie kichernd und zog spielerisch an Lasses Gürtel.

Der wand sich aus ihrem Griff und rutschte unter den Tisch vor Pieters Füße. »Bodo wurde mal bei einem Einsatz verletzt. Ist nicht mehr der Alte seitdem. Auch mit seiner Firma klappt es nicht mehr so. Der Benni sagt, seitdem ist der echt nicht mehr normal«, kam unter dem Tisch hervor.

»Sie. Benni ist jetzt eine sie«, korrigierte Ali.

Lasse kroch unter dem Tisch hervor. »Sorry, vergess ich immer.«

»Benni ist ein Junge?« Das wurde ja immer krasser. Pieter konnte nicht besonders intelligent ausgesehen haben, denn die vier fingen an zu lachen.

Samantha nickte. »Bodo wollte immer, dass sein Sohn einmal in seine Firma einsteigt, Landmaschinen, Motoren und so, aber Benni tickt völlig anders. Interessiert sich für Kunst statt für Technik. Benni sprayt. Das Bild unten am Sperrwerk ist ihr Werk. Uns, also der Clique, hatte Benni schon vor einem Jahr verraten, dass sie sich als Mädchen fühlt. Eigentlich schon immer.«

»Also jetzt mal langsam.« Pieters Hirn weigerte sich, all die neuen Informationen zu verarbeiten.

Ali lächelte nachsichtig. »Ist auch nicht leicht zu verstehen. Noch mal zum Mitschreiben: Benni ist der Sohn von Bodo und Maren. Also seit Neuestem die Tochter. Und außerdem vor Kurzem abgehauen, nach Hamburg, weil sie es bei Bodo nicht mehr ausgehalten hat.«

»Ey, Leute, guckt mal raus.« Lasse sprang auf und warf seinen Teebecher um. »Da hat's krass noch mal angefangen zu brennen.«

Pieter sah durchs Küchenfenster eine dünne Flamme aus dem zerstörten Dachstuhl züngeln. Lasse warf sich die brandsichere Jacke über und stürmte ins Freie. Ali, Samantha und Leo folgten. Sie warfen die Motorpumpe an und dämmten das aufgeflammte Feuer wieder ein.

Die vier hatten recht, dachte Pieter. Er war neu in Elbwerder, und die Dorfgemeinschaft wirkte auf ihn wie ein eingespieltes System, das schon immer so war, wie es war. Und nur er gehörte nicht hierher. Ein Frosch im falschen Teich. Ein deprimierendes Gefühl.

Er kannte es aus dem ersten Semester seines Studiums. Regelmäßig verlief er sich auf dem riesigen Gelände der Hamburger Universität, verwechselte Hörsäle und Seminarräume und war sich sicher, dass alle seine Mitstudenten den Raumplan und die ungeschriebenen Regeln des Studentenlebens in Nullkommanix intus hatten. Lange plagte ihn der Gedanke, er passe nicht an die Uni, und mehr als einmal stand er kurz davor, das Studium abzubrechen. Doch nach und nach merkte er, dass er nicht der Einzige war, dem es so ging, und das Gefühl des Ausgeschlossenseins verschwand.

Pieter stellte seine leere Teetasse in die Spüle, wankte ins Schlafzimmer und fiel todmüde aufs Bett. Nur kurz ausruhen, dann würde er zum Appelhoff zurückkehren.

Er schloss die Augen. Samantha, Lasse, Ali und Leo hatten wahrscheinlich recht, er könnte sich hier in Elbwerder einleben. Genauso wie er sich an der Uni eingelebt hatte. Und sogar Bodo Struck hatte seine guten Seiten. Der sonst so reizbare Mann hatte mutig und besonnen gegen den Brand gekämpft. Konnte es nicht sein, dass er in Wahrheit gar nichts gegen Pieter hatte?

Pieters Gedanken fransten in unzusammenhängende Traumfetzen aus. Im Halbschlaf hörte er, wie die Brandwache wieder in die Küche polterte. Vielleicht war er Struck unbeabsichtigt irgendwie in die Quere gekommen, und in Wahrheit war dieser ein Mensch, mit dem man gut auskommen konnte, harmlos und gutmütig und hilfsbereit. Wie Feuerwehrmann Sam aus dem Kinderfilm, den Fabian so liebte, jederzeit zur Stelle mit seinem Feuerwehrauto, um seine Mitmenschen zu retten.

Pieter richtete sich abrupt wieder auf.

Bodo Struck hatte überhaupt nicht im Elbwerder Löschfahrzeug gesessen. Er war vor allen anderen am Brandort gewesen.

47

Der Geschmack von Holzkohle auf seiner Zunge war das Erste, was Pieter am nächsten Morgen wahrnahm. Noch bevor er die Augen geöffnet hatte, war alles wieder da: Fabians Pony, der Schuss, Tammy und Quade gefangen in der verräucherten Küche. In Pieters Ohren klangen noch die Feuerwehrsirenen von gestern Nacht. Schwerfällig schälte er sich aus dem Bett und tastete nach seinem Handy. Sieben Uhr acht.

Mist. Statt auf den Appelhoff zurückzukehren, war er auf seinem Bett im Kapitänshaus eingeschlafen. Wie hatte er bei dem Gestank von verbranntem Holz, der in der Luft lag, überhaupt schlafen können?

In der Küche döste die Brandwache. Samantha und Ali lagen verschlungen auf dem Sofa, Leonie saß auf dem Boden, den Kopf auf Samanthas Oberschenkel, und am Ofen schlummerte Lasse, seine Brandschutzjacke über sich gebreitet.

Leise stieg Pieter über den schlafenden Lasse, holte Futter vom Regal und schob Störtebeker sein Frühstück unter den Flurschrank. Als er die Packung wieder zurückstellte, sah er durch die Küchenfenster das Gerippe von Quades Dachstuhl in den makellosen Morgenhimmel ragen.

Davor stand sie. Pieter musste zweimal hinschauen, um Quade Lühmeyer zu erkennen. Reglos verharrte sie vor dem schwarz verkohlten Gebälk. Sie musste den ganzen Weg vom Appelhoff hierhergelaufen sein, bemerkte er ungläubig. Kaum vorstellbar bei ihren kranken Beinen.

Er ging hinaus und stellte sich neben sie. »Moin, Quade.«

Sie reagierte nicht und blickte weiter auf den Hügel aus Balken und Backsteinen, der bis gestern ihr Zuhause gewesen war.

Was mochte in ihr vorgehen? Ganz gleich, ob Wüstenspringmaus, Papagei oder Mensch, in Pieter regte sich das tiefe Mitgefühl, das er trotz seiner ärztlichen Professionalität allen leidenden Kreaturen gegenüber empfand. Krampfhaft kramte er in seinem Kopf nach den passenden Worten, um ihr sein Mitgefühl auszudrücken. Er räusperte sich und blickte von oben auf die winzige Person, die ihm kaum bis zur Schulter reichte. Ihr weißes Haar, wie immer von dieser Holzspange zurückgehalten, die Augen leer und dunkel wie Bullaugen eines Schiffswracks.

Mit einer ungeschickten Geste zeigte er hinter sich zum Kapitänshaus. »Steiht leddig, Quade. Överlegg di dat. Jümmers noch beter as dat, wat du hest.«

»Nein!« Die alte Frau schüttelte so heftig den Kopf, als hätten sich Stechmücken darauf niedergelassen. Die weißen Haare tanzten wie irre um ihren Kopf, und die Haarspange flog in den Schutt.

Er bückte sich, um sie aufzuheben. Die Spange war uralt, das abgeblätterte Holz vor langer Zeit einmal bemalt worden. Er erkannte den Rest einer Dschunke, einen Baum auf einem Felsvorsprung, Pinselstriche auf rotem Grund, bemalt wie die Tapete im Vorderhaus, wie das Kästchen, in dem er die alten Fotografien gefunden hatte.

Die alte Lühmeyer starrte über ihn hinweg in den teilnahmslosen Himmel. Ihre Augen schimmerten feucht, so als sähe sie dort etwas Grausames, etwas, was niemand außer ihr sehen konnte.

Und jetzt endlich begriff er.

Er hatte die Spange schon einmal gesehen. Auf einem der Bilder. Im Haar des Mädchens an der Hand seines Vaters vor dem Kapitänshaus. Als Quade sechs Jahre alt war und die Spange neu und rot.

Pieter zögerte kurz, dann nahm er ihre Hand. Sie war eiskalt und trocken wie Papier. »Dein Vater, Quade. Dass du nicht ins Haus gehst. Dass du nicht erträgst, dass jemand auf dem Harmonium spielt. Ist es seinetwegen?« Er drückte die Spange in ihre Hand. »Ist er im Haus – gestorben?«

Heftig riss sie ihre Hand aus seiner. »Lieping«, krächzte sie und krauchte davon, schwer auf ihren Stock gestützt. »Lieping, wo büst du?«

»Lieping«, wiederholte Pieter verblüfft. Quades Kater trug keinen plattdeutschen Namen. Er war chinesisch. Li Ping.

»Moin, Piet. Wir bringen das Frühstück.«

Pieter drehte sich um. Oben auf dem Deich winkte Bertil aus seinem klapprigen VW-Bus, aus dem jetzt Line, Laura und Fabian kletterten und den Deich herunterrannten.

Heynke kam mit Tammy am rechten Arm und einer großen Kiste auf der linken Hüfte hinterher. »Bertil fährt schnell noch nach Neuenfelde und holt Brötchen und bringt Onni und Nadja mit. Die hat noch eine Tarte au Chocolat im Ofen.«

»Hm, hier müsste es öfter brennen«, stöhnte Samantha eine Stunde später und steckte sich das letzte Stück Schokokuchen in den Mund. »Meinetwegen auch bei euch, Nadja. Deine Tarte ist köstlich.«

»Bloß nicht.« Nadja lachte. »Ich back die gern für euren nächsten Jugendfeuerwehrtreff.«

Nur Quade war nicht zum Frühstück aufgetaucht, obwohl Pieter sie gerufen und nach ihr gesucht hatte. Ob dreizehn eine Unglückszahl war, dachte er. So viele Menschen waren um den improvisierten Frühstückstisch versammelt, der auf dem Hof des Kapitänshauses in der Sonne stand. Na gut, elf, denn Onni und Fabian krochen zwischen den Beinen der Erwachsenen umher und versuchten zwei der Küken wieder zu ihren Geschwistern zu scheuchen, die, von Herrn Schliemann bewacht, auf dem Kopfsteinpflaster nach Körnern pickten. Zum Glück war das Storchenhaus völlig unbeschadet aus der Brandnacht hervorgegangen, und die Hühnchen waren so lebendig wie zuvor.

Laura stützte den Kopf in die Hände und warf einen enttäuschten Blick hinüber zur Brandruine. »Wie doof ist das bloß? Line, Fabi und ich haben alles verschlafen. Ich hab noch nie gesehen, wie ein Haus abgebrannt ist. Das war bestimmt total aufregend, oder?« Sie zog einen Schmollmund.

»Es war das Spannendste, was ich in meinem Leben erlebt habe, Schatz.« Und eindeutig das Schlimmste. An diese Nacht würde er sich bis zum Ende seines Lebens erinnern. Für einen Moment sah Pieter sich wieder in Quades rauchgeschwängerter Küche stehen. Er hätte tot sein können und Quade und Tammy mit ihm. Sie hatten Glück gehabt. Eine ganze Containerladung Glück. Laura und Fabian mussten nicht wissen, dass sie um ein Haar ihren Vater verloren hätten.

Tammy saß neben ihm und lachte lauthals über einen Witz, den Bertil zum Besten gab. Offenbar hatte sie die Schreckensnacht besser überstanden als er, dachte Pieter. Es kam ihm immer noch wie ein Wunder vor, heil und unversehrt neben ihr in der Sonne zu sitzen und Butterbrötchen in Milchkaffee zu stippen.

Spontan beugte er sich zu ihr und legte ihr sanft die Hand auf den Arm. Einen winzigen Augenblick zögerte sie. Dann lehnte sie den Kopf gegen seine Schulter. Er spürte ihre Haare an seiner Wange und das wohlige Gefühl, das sich in seinem Körper ausbreitete. In einer Woche schon würde er wieder in Hamburg sein, neue Praxisräume suchen, eine neue Wohnung, eine neue Mitarbeiterin. Ein neues Leben. Und trotzdem, jetzt und hier war er glücklich, bedingungslos. Und war das nicht das Einzige, was zählte?

48

Ab nach Hause mit euch. Die Brandwache ist beendet.« Bodo Struck kam auf den Hof gestiefelt.

Lasse, Samantha, Ali und Leonie sahen sich an und rollten unisono mit den Augen. Struck trat hinter sie und wedelte mit den Händen, als wollte er bockige Schafe verscheuchen.

»Wir müssen auch los«, sagte Bertil und schwenkte sein Handy, auf dem ein Video auf dem Display lief. »Imkereinsatz. In Jork sitzt ein Bienenschwarm auf einem Fahrrad vor dem Supermarkt, den hol ich mir.«

Pieter, Nadja, Onni, Laura und Fabian halfen den Matthiesens, die Überreste des Frühstücks ins Auto zu schaffen, und gingen dann auf den Hof zurück, wo Tammy neben Herrn Schliemann kniete und ihn kraulte. Pieter beobachtete Struck, der um den Brandherd herumlief und in sein Handy sprach.

»Der muss doch was mit der ganzen Sabotage zu tun haben«, sagte er mehr zu sich selber.

Tammy richtete sich auf und runzelte die Stirn. »Sabotage? Was ist los, Piet?«

»Los ist …« Pieter holte Luft und erzählte. Redete sich endlich von der Seele, was er vor Tammy verborgen hatte, weil er selbst nicht wusste, was er glauben sollte. Von den Küken, die plötzlich im Haus auftauchten, den ausgebrochenen Rindern, dem zerbrochenen Deckel der Jauchegrube.

»Ich weiß nicht, ob ich spinne, aber … Nein, das können nicht alles Zufälle gewesen sein.« Er hob die Hände und die

Schultern. Jetzt im Gegenlicht konnte sie wahrscheinlich seine Umrisse wahrnehmen, denn sie kniff die Augen zusammen und fixierte ihn.

»Du meinst, das alles war eine Art Angriffe auf dich?«

»Auf mich oder Quade. Wäre doch denkbar, oder?«

»Und jetzt, nach dem Brand, meinst du, dass der auch gelegt worden ist? Möglicherweise von Bodo Struck?«

»Möglich wäre es.«

»Das sind schwere Anschuldigungen.« Tammy zog ein skeptisches Gesicht. »Hast du Beweise?«

»Nein«, gab er widerstrebend zu.

»Eben. Es sind alles Vermutungen. Tatsache ist doch, dass Struck wie ein Held gegen das Feuer gekämpft hat. Komm, Piet, egal, ob du ihn nicht abkannst und er dich auch nicht – wir sollten uns bei ihm bedanken.«

Sie hat recht, sie hat recht, wiederholte Pieter mantraartig im Kopf, während Tammy kurz darauf Bodo Strucks Hand schüttelte. »Danke für Ihr rasches Einschreiten. Sie waren so mutig«, sagte sie warm.

Pieter zwang sich zu nicken. »Es war wirklich umsichtig von Ihnen, dass Sie all die Wehren aus dem Umland angefordert haben. Ohne Sie und Ihren Einsatz würden wir bestimmt nicht so unversehrt hier stehen.« Das vage Gefühl von Verbundenheit, das er herbeizwang, verflüchtigte sich augenblicklich, als er Strucks versteinerte Miene sah. Zum Schauermann, der verbarg doch etwas, dachte Pieter.

»Alle verfügbaren Kräfte werden alarmiert, damit der Brand nicht auf die andern Reetdächer im Dorf übergreift«, sagte Struck steif. »Hier in Elbwerder behandeln wir jeden Brand eines Reetdachgebäudes wie einen Großbrand, auch wenn es sich um die letzte Bruchbude handelt.«

Bruchbude. Pieter registrierte den Druck von Tammys Hand und rang damit, höflich zu bleiben. »Herr Struck, seitdem ich hier wohne, sind merkwürdige Dinge passiert. Ketelsens Rinder sind ausgebrochen, jemand hat eine Fuhre Küken auf dem Hof abgeladen, der Deckel der Jauchegrube wurde zerstört«, eröffnete Pieter und ließ Struck nicht aus den Augen.

»Und?« Struck hatte die Arme vor der Brust verschränkt und schien unbeeindruckt. Wenn er etwas mit den Vorfällen zu tun hatte, so versteckte er es gut, dachte Pieter.

»Onni wäre um ein Haar in die Jauchegrube gefallen. Das war Sabotage.« Das war reine Vermutung, aber Pieter meinte kurz, dass sein Gegenüber blass wurde. »Und Sie waren in der Nähe«, setzte er nach.

Struck reckte das Kinn vor. »Kreutzfeldt, du Fantast. Das sind ungeheure Anschuldigungen. Rindviecher brechen nun mal aus, morsches Holz geht kaputt, und Häuser brennen ab, meist wegen alter Elektrik.«

»Und das mit den Küken?«, fragte Pieter nach, der sofort merkte, dass Struck das Thema ausgespart hatte. »Am Tag, nachdem die Küken bei mir angekommen waren, sahen Sie aus, als hätten Sie eine heftige Allergie, Herr Struck. Gegen Federn vielleicht?«

»So?«, sagte Struck pampig. »Nüsse, Pollen, Hausstaub – was meinen Sie, was ich noch für Allergien habe? Nicht nur gegen Federn und neunmalkluge Tierärzte. Irgendwelche Fingerabdrücke auf den Küken? Na siehste.« Sein Blick wanderte über das Gelände. »Und um Quades ollen Kotten tut es mir nicht leid. Meinetwegen hätte der zweite gleich mit abbrennen können. Diese Bruchbuden sind eine Schande für das Dorf.« Er stieß mit der Spitze seines Stiefels gegen einen geschwärzten Backstein.

Tammy trat einen Schritt vor. »Ein echter Schandfleck, oder?« Sie lächelte zuckersüß.

»Genau. Olle Baracken sind das, Kaschemmen, nutzlos.«

Sprachlos sah Pieter zwischen ihr und Struck hin und her. Gestern Nacht noch hatte er mit bewundernswertem Einsatz gegen den Brand gekämpft. Jetzt klang er wieder so, als wäre er froh, wenn das Kapitänshaus am besten gleich mit abgebrannt wäre. Fieberhaft suchte er nach einer gepfefferten Antwort, da bemerkte er, dass Tammy ihn anstieß und wie zufällig den Finger an den Mund legte.

»Frau Lühmeyers Häuser sind – oder waren – bestimmt keine Zierde, Herr Struck«, sagte sie interessiert. »Was meinen Sie denn, was an deren Stelle für den Ort eher vonnöten wäre?«

»Bauland, ein Einkaufszentrum, eine Ferienhausanlage, was weiß ich.« Struck holte aus und kickte den Stein in die Luft.

»'e, was soll das, Bodo? Willst du uns etwa erschlagen?« Nadja duckte sich gerade noch rechtzeitig. Mit dem widerstrebenden Onni an der Hand kam sie über den Hof und funkelte ihren Arbeitgeber erbost an. In dem überlangen Ärmel ihres Pullovers trug sie ein patschnasses Küken.

Pieters Kopf arbeitete auf Hochtouren. Ferienanlage, Bauland, Supermarkt, all das hatte er in der letzten Zeit schon einmal gehört.

»Kennen Sie einen Meier, Herr Struck? Meier mit i?« Pieter glaubte einen Funken Verunsicherung in Strucks Gesicht zu sehen.

»Was wird das hier, ein Kreuzverhör? Meiers gibt es viele«, entgegnete er patzig. »Da werd ich wohl einen kennen.«

»Von Meyer und Meier Immobilien? Kurze Arme, silberner Mercedes«, half Pieter nach.

»Mon dieu, Piet. Der schmierige Kerl von Mannis Imbiss, n'est-ce pas?« Najda schlug die freie Hand vor den Mund. »Jetzt erinnere ich mich wieder, wo ich den schon mal gese'en 'abe. Bei uns auf dem 'of. Vor ein paar Wochen.«

Struck fuchtelte mit seiner Rechten vor ihrem Gesicht herum. »Na und? Bei mir kommen jeden Tag viele Kunden auf den Hof oder solche, die es werden wollen. Kann ich mir die alle merken?«

»Viele Kunden?« Nadja tippte sich an die Stirn. »Dein Auftragsbuch ist leer, Bodo, sonst 'ättest du mein Ge'alt für diesen Monat ausgezahlt.«

»Jetzt dämmert es mir, worauf ihr hinauswollt. Ich war es nicht, ihr Hobbydetektive.«

»Was nicht?«

»Ich bin nicht der Brandstifter!«

»Hat Ihnen bislang auch niemand vorgeworfen, Herr Struck«, sagte Tammy und kam Pieter damit zuvor.

In seinem Hirn hüpften gerade einige Bausteine wie von selbst an ihren Platz. Verriet Bodo Struck nicht gerade, dass es eine Verbindung zwischen Meier und ihm gab? Struck war klamm, und er kannte Meier. Und der hatte irgendwas von Belohnung gefaselt, falls jemand ihm Bauland oder ein Haus zum Verkauf vermittelte.

Spucketröpfchen hingen an Strucks Kinn. Er deutete auf die rot-weißen Plastikbänder, die um die Brandruine im Wind flatterten. »Feuerwehr-Sperrzone« stand darauf. »Ich habe den Feueralarm selber ausgelöst, per Handy, als ich den Feuerschein vom Dachfenster aus gesehen habe. Deshalb war ich so früh am Brandort, Kreutzfeldt.«

Tammy schien zu merken, dass Pieter kurz davor war, die Fassung zu verlieren, und drückte wieder seine Hand.

»Das klingt wenig glaubhaft«, sagte sie ruhig. »Pieter hat die Feuerwehr angerufen, sofort als wir den Brand bemerkten. Der Brandherd war zu der Zeit noch nicht sehr groß. Wenn Sie es nicht selbst gelegt haben, woher wussten Sie dann davon?«

»Doch, das kann stimmen«, sagte Nadja langsam.

49

Wir 'aben uns doch gestern Abend auf der Straße getroffen. Ich kam mit Onni von einem Kindergeburtstag. Nachdem ihr weg seid, bin ich noch in den Stall zu Palucco und dann ins 'aus. Ich mach die Tür auf, Bodo kommt in Feuerwehrmontur die Treppe runter, rennt mich um und ist wie ein Wilder nach draußen. Erst zwei Minuten später ging die Sirene los.« Sie setzte das Küken auf den Boden. »Vielleicht ist die Feuerwehr doppelt informiert worden.«

»Siehst du? Der das gemacht hat, ist ein Wahnsinniger. Das halbe Dorf hätte abbrennen können. Wenn ich den erwische, dem mach ich die Hölle heiß. Und du, Kreutzfeldt, du solltest mir auf Knien danken. Meinst du etwa, du wärst unversehrt in Quades brennende Bude gekommen, wenn ich dir nicht die Kleidung durchnässt hätte? Abgefackelt wärst du wie ein Bündel Stroh. Ich sag's noch mal, ihr jämmerlichen Sherlocks: Ich war es nicht!«

Pieter merkte beschämt, dass er nie auf die Idee gekommen wäre, dass Struck ihm damit, dass er ihn durch und durch nass gespritzt hatte, hatte helfen wollen.

Trotzdem. »Aus dem Dachfenster Ihres Bungalows wird das Feuer zu dem Zeitpunkt wohl kaum zu sehen gewesen sein, oder?«

»Doch, Piet«, schnaubte Nadja mit einem sarkastischen Unterton in der Stimme. »Durch ein Fernglas.«

»Endlich sagst du mal was Richtiges.« Struck hob einen

Backsteinrest auf und pfefferte ihn gegen Quades verkohlten Schornstein.

Nadja lachte auf. »Das 'ier ist aber auch richtig, Bodo: Du 'ast garantiert wieder oben am Fenster gestanden und mir nachspioniert. Dafür brauchtest du das Fernglas!« Sie legte die Hand auf Pieters Unterarm. »Stellt euch vor, er kontrolliert mich ständig. Will wissen, wo ich war, warum ich so spät zurückkomme. Nicht auszu'alten ist das. Des'alb 'abe ich auch das eine Mal bei dir geschlafen, Piet.«

Pieter spürte, wie Tammy zusammenzuckte, und drückte sie an sich. »Bei mir, nicht mit mir«, flüsterte er ihr zu und sah, wie die steile Falte auf ihrer Stirn wieder verschwand.

Es hätte Pieter nicht gewundert, wenn aus Strucks Ohren Dampf getreten wäre. Der Mann wirkte mittlerweile wie ein Schnellkochtopf kurz vor dem Platzen. Doch als er Onni erblickte, der sich gerade von hinten an Herrn Schliemann heranschlich, glättete sich schlagartig sein wutverzerrtes Gesicht, und er lächelte.

»Onnilein, nicht den Wauwau am Schwanz ziehen!« Er trat zu dem kleinen Jungen und nahm ihn liebevoll auf den Arm.

Pieter musste an Benni denken. Im Gegensatz zu seinem eigenen Sohn vergötterte Struck den kleinen Blondschopf, das war offensichtlich. Um die Enttäuschung über sein eigenes Kind nicht zu spüren?

Seine Blicke folgten Nadja, die mit zwei schnellen Schritten bei Struck war und ihm den protestierenden Onni aus dem Arm nahm. Vielleicht hatte Struck ganz einfach Angst, Onni zu verlieren, wenn Nadja sich neu verliebte. Zum Beispiel in ihn, Pieter. War er deshalb sauer auf ihn gewesen? Das ergäbe Sinn.

Struck fuchtelte mit dem Finger in der Luft herum. »Schluss mit dem Verhör. Den Brand habe ich nicht gelegt. Steigert euch nicht da rein!«

Nadja kramte ein Taschentuch aus ihrer Hosentasche und wischte Onni den Schnodder von der Nase. »Du steigerst dich selbst in alles Mögliche 'inein, Bodo. Tu es fou! Du bist verrückt! Geh zum Arzt. Wenn ich Maren wäre, ich 'ätte dich längst verlassen. Und ich würde am liebsten auch ge'en.« Sie nickte Tammy und Pieter zu und stapfte davon.

Struck lief ihr hinterher. »Mach doch«, schimpfte er. »Kein Arbeitgeber wird dir so viel Freiheiten geben wie Maren und ich und für die Kinderbetreuung sorgen und dir die Anrufe von diesem Pierre vom Hals halten!«

»Er heißt Pascal«, fauchte Nadja. Das Wortgeplänkel der beiden verebbte langsam auf der Deichstraße.

Tammy lachte leise. »Zwei wie Hund und Katze«, sagte sie und schmiegte sich an Pieter. Der drückte sie an sich und strich ihr zärtlich über die Wange.

Quades schwarzer Kater saß mit zuckender Schwanzspitze hinter einem verkohlten Balken und belauerte die Küken, während Herr Schliemann ihn anknurrte. Na ja, nicht jeder passte zu jedem. Das war bei Menschen nicht anders als bei Tieren. Aber offenbar fanden die Pferdewirtin und ihr Arbeitgeber an ihrer Dauerfehde auch irgendeine Art von Gefallen. Und Nadja war robust genug, das auszuhalten, dachte Pieter.

»Frau Lühmeyer, könnte Herr Struck einen Nutzen davon haben, wenn Sie Ihre Häuser und das Grundstück verkaufen?«, unterbrach Tammy Pieters Gedanken.

Er drehte sich überrascht um. Seine Vermieterin stand im Schatten eines Busches. Wie lange schon? Im Gegensatz zu Tammy hatte er sie nicht kommen hören.

»Nutzen? Weet ik nich.« Quade stierte auf die Überreste ihres Hauses.

»Die Weide neben dem Kapitänshaus, gehört die ihm?«, fragte Pieter in einem plötzlichen Einfall.

»Die Koppel, wo Ketelsen sein Vieh steht? Jo, gehört Bodo. Will er schon lange verkaufen«, murmelte Quade abwesend.

»An Meyer und Meier Immobilien?« In Pieters Hirn begann sich langsam ein Bild zu entwickeln.

»Kenn ik nich.« Quade Lühmeyer schlenkerte wegwerfend mit der Hand, hielt aber mitten in der Bewegung inne. »So ein Kerl mit Mercedes?«

Pieter nickte. Der Wagen, der gestern Abend so schnell aus dem Dorf gefahren war. Das Motorengeräusch könnte das eines Mercedes gewesen sein.

»Doch. Redete erst, als täte er sich für die Architektur in Elbwerder interessieren. Hab ihn rausgeworfen, als ich merkte, worauf er hinauswollte. War übrigens nicht der erste Städter, der mir eines oder beide Häuser abluchsen wollte. Aber sein Elternhaus verkauft man nicht.« Quade klang verbittert.

Pieter sog die Luft ein.

»Könnte es sein, dass dieser mysteriöse Mercedes-Meier Herrn Struck Geld gegeben hat, damit er Sie durch Sabotage mürbe macht?« Tammy sprach aus, was er dachte. »Warum haben Sie nicht die Polizei geholt?«

»Wat meent se, wat ik maakt hebb, junge Frau?«

Li Ping hechtete auf die Küken zu, Herr Schliemann setzte hinterher und quiekte auf, als die Katzenkrallen über seine Hundeschnauze fuhren.

»Kschsch!« Quade drohte mit dem Stock, und tatsächlich zog der Kater sich knurrend zurück. »Vor drei Monaten, als mein Katzenfutter zum dritten Mal verschwunden war, waren zwei uniformierte Milchbubis hier. Meinten, ich hätte das Futter irgendwo hingestellt und vergessen. Die Lümmel! Als ob ich senil wäre.« Quade stieß ein Lachen aus, das klang wie das Gackern einer sehr alten Henne.

Hinter Strucks Weide begann das Landschaftsschutzgebiet. Pieter konnte die gelben Schilder von hier aus sehen und zählte eins und eins zusammen. Erst Quades und Strucks Land gemeinsam ergaben Platz genug für einen Supermarkt samt Parkplatz oder eine von Meiers ach so exklusiven Ferienanlagen.

»Vielleicht war es auch Meier selbst, der den Brand gelegt hat?«, überlegte Pieter laut.

»Ist das jetzt noch wichtig?« Quade hielt den Kopf gesenkt und schob mit der Spitze ihres Stocks ein Häufchen Asche zusammen.

Ihre Handleserei hatte Pieter zutiefst beeindruckt. Aber vielleicht hatte sie einfach bemerkt, dass er ebenso einsam gewesen war wie sie selbst. Möglich, dass sie mit dem Druck von außen nicht mehr fertiggeworden war. Dass sie ihm deshalb das Kapitänshaus angeboten hatte, weil sie zu stolz war, um Hilfe zu bitten, oder zu enttäuscht von ihren Mitmenschen.

Eine Weile schwiegen sie gemeinsam. Herr Schliemann hatte sich zu Tammy geflüchtet und leckte seine Lefze, über die sich ein roter Kratzer zog. Pieter beobachtete Laura und Fabian, die je ein Hühnchen in der Hand hielten, zwei Reihen Körner ausstreuten und wetteten, wessen Küken die schneller aufgepickt hätte.

»Und wo wollen Sie jetzt wohnen?«, fragte Tammy unvermittelt.

»Altersheim, was weiß ich.« Die Faust, mit der Quade den Griff ihres Gehstockes umklammerte, zitterte.

»Stellen Sie sich nicht so kindisch an«, zischte Tammy. »Altersheim – meinen Sie ehrlich, da fühlen Sie sich wohl?«

Pieter erschrak über Tammys harten Ton. Er sah, wie Quade erst blass, dann rot anlief.

»Wat fallt di in? Wie redest du mit mir?«

»So wie es nottut, Frau Lühmeyer«, blaffte Tammy zurück. »Begreifen Sie endlich: Sie können kaum noch laufen. Ihr Körper sagt Ihnen, dass Sie eine Aufgabe haben, etwas Unerledigtes in Ihrem Leben, vor dem Sie nicht mehr wegrennen sollen.«

»Du lüütjet Gössel, wat versteihst du denn vun so wat?« Quade wandte sich ruckartig ab, stieß den Stock in den Boden und wackelte davon.

»Wer blind ist, kann auch nicht weglaufen«, rief Tammy ihr nach. »Und wenn ich es versuche, komme ich gerade bis zum nächsten Laternenpfahl. Stellen Sie sich Ihrem Schatten, Quade.«

Die alte Frau stapfte wortlos weiter. Selbst ihr Rücken sah wütend aus, fand Pieter. »Welcher Therapieansatz war das denn? Die Holzhammermethode?«, fragte er.

»Samthandschuhe sind nicht immer die beste Art, Blockaden zu behandeln. Manche Menschen brauchen in manchen Situationen klare Kante.« Tammys Stimme war wieder völlig entspannt.

»Und wann weiß man, ob es die richtige Methode war?«

»Früher oder später. Eine Garantie gibt es nie.«

50

»Mama kommt uns abholen.« Fabian winkte wenig begeistert zur Straße hoch, wo Knubbelohrs silberner Porsche vor dem Haus ausrollte. Noch bevor der Wagen zum Stehen kam, schnellte Janine wie ein Springteufel aus der Beifahrertür, streifte die Schuhe von den Füßen und sprintete barfuß den Deich hinunter.

Pieter brauchte keine Sekunde, um zu erkennen, dass sie völlig außer sich war.

»Mein Gott, kann man dich keinen Tag mit den Kindern allein lassen? Du setzt sie auf wilde Pferde, sie werden von einem Wolf angegriffen, und man schießt auf sie.«

Pieter klappte der Kiefer runter. Wie? Da ging wohl einiges durcheinander. Klar hatten Laura und Fabi gestern einen sehr aufregenden Tag gehabt, aber so schlimm war es nun wirklich nicht gewesen.

»Nicht auf sie ist geschossen worden, auf Herrn Schliemann«, korrigierte er und drückte Tammy an sich.

»Egal.« Janines Stimme überschlug sich. »Kaum bin ich weg, geraten sie in Lebensgefahr. Sterben beinahe bei einem furchtbaren Brand.« Sie funkelte ihn an, als hätte sie es mit einem Kinder misshandelnden Psychopathen zu tun. Mindestens.

Ein Blick in Janines vor Zorn gerötetes Gesicht genügte ihm, um festzustellen, dass es sinnlos wäre, ihr zu erklären, dass nicht die Kinder, sondern er und Tammy beinahe umgekommen wären. Laura und Fabian hatten die Ereignisse des gestrigen Tages wohl in buntester Ausführlichkeit vor ihrer Mutter ausgebreitet, und Janine hatte sich in eine Löwenmutter verwandelt, die ihre Jungen aus den Fängen eines verantwortungslosen Vaters zerren wollte. In ihrem Blick lag eine tiefe Sorge um ihre Kinder. Immerhin etwas, dachte er.

Janine warf die Stilettos auf den Boden und stieß ihre Füße hinein. Wie zwei Pythons aus ihrem Versteck schnellten ihre rot lackierten großen Zehen aus der Öffnung an der Schuhspitze.

»So viel Verantwortungslosigkeit hätte ich von dir nicht geglaubt. Der erste Tag nach der Trennung, den du mit den Kindern verbracht hast, wäre beinahe ihr letzter gewesen. Aber nicht mit mir, mein Lieber.« Sie stöckelte auf Pieter zu, ihren langen Zeigefingernagel wie einen Dolch auf seine Brust gerichtet. »Unsteter Lebenswandel, verwahrloster Aufenthaltsort«, sie ließ ihren Blick über den Hof schweifen, »ein alkoholbedingter Verkehrsunfall mit Personenschaden.« Ihre Stimme hatte den kalten Ton einer Anklägerin vor Gericht angenommen.

»Janine, du weißt, was davon stimmt und was nicht«, versetzte er in der Hoffnung, dass seine Worte selbstsicherer klangen, als er sich fühlte.

Sie schlug mit der Hand in die Luft, als würde sie ein lästiges Insekt verscheuchen. »Und quasi arbeitslos bist du auch. Wer will sein Tier noch bei dir behandeln lassen nach dem Unfall? Das Sorgerecht für die Kinder bekomme ich, darauf kannst du Gift nehmen.« Sie stolzierte hocherhobenen Kopfes auf Laura und Fabian zu. Ihre Absätze klapperten hart auf dem Pflaster.

Tammy schüttelte urplötzlich Pieters Arm ab. »Hört auf mit dem Theater. Du, Piet, und auch Sie, Frau Kreutzfeldt. Sie haben am Steuer gesessen«, platzte sie heraus. Ihre Locken standen wie Antennen für übersinnliche Wahrnehmung in alle Richtungen. Pieter merkte, dass seine Frau ebenso irritiert auf Tammy blickte wie er selbst.

»Bitte?«, näselte Janine. »Was tut's zur Sache, wie ich hergekommen bin, meine Liebe? Im Übrigen bin ich nicht gefahren, sondern mein … äh … Chef.«

»Sie wissen genau, was ich meine, Frau Kreutzfeldt. Die Nacht, in der mein Hund und ich angefahren wurden. Sie haben das Unfallauto gefahren.«

»Ha, ha, wie kommen Sie auf diese absurde Idee?«

»Absurd ist einzig das Theater, das Sie aufführen, Frau Kreutzfeldt«, zischte Tammy. »Und deine Lüge, Piet. Deine Frau ist gefahren. Trotzdem hast du die Schuld auf dich genommen. Warum?«

»Warum?«, echote Pieter überrumpelt.

Woher zum Geier wusste sie so urplötzlich Bescheid? Sein Blick irrlichterte zwischen den beiden Frauen hin und her. Unter Janines perfektem Make-up waren ihre Wangen weiß wie ihr Wohnzimmerteppich. Ihre Lippen formten ein kaum hörbares »Untersteh dich, Pieter!«.

Er tat einen Schritt auf sie zu. »Janine, ich …« Er hob ihr Kinn an, um ihr in die Augen zu sehen.

»Kein Wort, Piet.«

Er schüttelte entschlossen den Kopf. »Ich hatte gehofft, ich könnte unsere Ehe retten, wenn ich die Schuld auf mich nehme. Es war ein Fehler«, sagte er fest und drehte sich zu Tammy um. »Janine ist gefahren. Es stimmt, was du sagst.«

Tammy atmete tief ein und noch tiefer wieder aus. In ihrem Gesicht tobte ein wahrer Gefühlssturm. »Danke für deine Offenheit, Piet.« Sie wandte sich abrupt ab und ging davon. Herr Schliemann sprang auf und folgte ihr.

Janine drehte ihr Kinn aus Pieters Hand und sah angestrengt zu den Kindern hinüber. »Kommt, ihr Süßen, verabschiedet euch von Papa«, rief sie mit mühsam beherrschter Stimme. »Du hast ihr davon erzählt, stimmt's? Was schüttelst du den Kopf? Nein, hast du nicht? Egal. Mir kann keiner was. Der Unfallbericht, deine eigene Aussage – alles spricht gegen dich, Pieter.« Sie stöckelte los Richtung Straße.

Mit einem Blick auf Tammy, die zwischen den Obstbäumen verschwand, beeilte Pieter sich, die Kinder zum Auto zu begleiten.

»Och, können wir nicht hierblieben?«, maulten sie unisono.

»Ihr könnt ja nächstes Wochenende wiederkommen«, tröstete er.

»Tut mir leid, Piet, nächsten Samstag geht Joop mit den Kindern zu Hagenbeck«, sagte Janine mit Eiswürfelstimme.

»Mama, nein«, krähte Fabian und umarmte Pieters Bauch. »Ich will, will, will zu Papa. Nicht immer zu Opa Joop. Hier kann man die Tiere anfassen, im Zoo nicht.«

»Außerdem schickst du uns doch nur zu Opa, damit du mit Axel allein sein kannst. Das ist dein neuer Freund«, motzte Laura.

Pieter grinste in sich hinein. Seine Tochter sah aus wie eine Miniaturjanine, genauso hübsch, genauso durchsetzungsfähig.

»Und du, Papa«, Laura stemmte die Hände in die Hüften, »du findest Tammy ganz toll. Dass das mal klar ist: Wir sind keine Babys mehr. Wir merken das genau.«

Pieters Ohren wurden heiß wie frisch gekochte Krabben. Irrte er sich, oder kam vom Fahrersitz des Autos ein belustigtes Grunzen?

»Du und deine blinde Schnecke seid wirklich gut im Erpressen«, zischte Janine ihm zu, als er den Rücksitz umklappte, um die Kinder ins Auto zu setzen.

Er richtete sich auf und zog sie ein Stück zur Seite. »Es ist die Wahrheit, Janine. Warum ist es dir wichtig, die zu verleugnen?«

Janines Blick flackerte unruhig zu Jacobsen, der angestrengt aus dem anderen Fenster sah.

»Du hast Angst davor, dass er erfährt, dass du den Unfall verursacht und das auch noch vertuscht hast, oder?«, fragte Pieter ins Blaue hinein.

»Blödsinn.« Ihre Unterlippe bebte. »Und wenn du denkst, ich gebe mich einfach so geschlagen, dann hast du die Rechnung ohne mich gemacht.«

Pieter überging die Bemerkung. Verwundert merkte er, dass er nichts mehr für Janine empfand als Mitleid. Er bückte sich in die Beifahrertür, um Lauras Rucksack zwischen den Kindern auf den Rücksitz zu legen, und bemühte sich, den Mann hinterm Steuer zu ignorieren, der sich zu ihm umwandte. Doch als Pieter den Kopf aus dem Auto zurückzog, fing er dessen Blick auf. Von Nahem betrachtet sah Knubbelohr eigentlich ganz nett aus, dachte er und lächelte unwillkürlich ein winziges bisschen.

Axel Jacobsen antwortete mit einem warmen Grinsen. »Nicht wahr, Janine-Schatz, wir bringen die Kinder nächsten Samstag wieder vorbei?«, sagte er dann mit einer volltönenden Stimme, die Pieter an einen gemütlichen Seebären denken ließ. Obwohl Jacobsens »Schatz« bis vor wenigen Wochen noch Pieters Liebste gewesen war, schmolz sein Groll wie Bitterschokolade in der Sonne.

Er winkte den Kindern nach, bis der Wagen bei Spaakenwisch hinter der Kurve verschwand. Erst als er die Treppe zum Kapitänshaus wieder hinunterstieg, fiel ihm auf, dass er vor nicht einmal zwölf Stunden beschlossen hatte, Elbwerder so bald wie möglich den Rücken zu kehren. Von wegen Boot fahren auf der Aue. Nächste Woche würde er wieder in Hamburg sein.

51

Er fand Tammy auf dem Steg am Bootshaus.

»Fall nicht hinein.«

»Ich kann schwimmen.«

»Es ist Ebbe. Unter dir ist nur Modder.«

»Und wenn schon.« Sie stopfte die Fäuste in die Taschen ihrer Strickjacke und stapfte trotzig einen Schritt vorwärts.

Eine Muschel, die sich schloss, damit die harte Schale ihr verletzliches Inneres schützte.

Pieter setzte sich auf einen der bemoosten Dalben.

Sie senkte den Kopf.

Über ihnen flogen zwei Schwäne Richtung Elbe.

»Zu Anfang war ich nur unfassbar wütend auf dich, weil du meinen Hund überfahren hattest«, begann sie so leise, als spräche sie zu ihren Schuhen. »Am liebsten hätte ich dir die Augen ausgekratzt, damit du merkst, wie es ist, nicht sehen zu können und dann ohne Führhund dazustehen.« Sie drehte sich abrupt zu ihm um. »Glaub mir, da nützt all das Psychologenwissen nichts: Wut macht wirklich blind.«

Er schwieg und wartete.

»Ich weiß, ich kann eine ziemliche Kratzbürste sein«, fuhr sie stockend fort. »Aus Vorsicht, weißt du. Jedenfalls habe ich gelernt, zuallererst mir selbst zu vertrauen, mich auf mich selbst zu verlassen. Und auf Herrn Schliemann. Du ahnst nicht, was für bescheuerte Typen mir schon begegnet sind.«

Das Bild von Tammy in den fleischigen Armen des aufdringlichen Rockers tauchte vor Pieters Augen auf. Doch, er ahnte es.

»Trotzdem, in meinem Leben habe ich noch nie jemanden so verabscheut wie dich, nachdem du meinen Hund überfahren hattest.« Sie redete hastig, als ob sie es sich sonst anders überlegen könnte. »Bis ich mich in dich verliebt habe.«

»Du? Dich in mich?« Ihre Worte trafen ihn wie eine Bombe. Benommen stand er auf.

Jetzt, wo sie einmal in Fahrt war, sprudelten die Worte nur so aus ihr heraus. »Vor lauter Wut habe ich zuerst gar nicht registriert, wie sehr du dich um Herrn Schliemann bemüht hast. Und um mich. Als ich es dann bemerkt habe, habe ich versucht, es wegzuschieben. Und je öfter wir zusammen waren, desto weniger konnte ich es vor mir selbst leugnen, dass ich dich mehr als nur gernhatte. Und ich hatte immer mehr das Gefühl, auch du hättest dich in mich verliebt.«

»Ich? Äh, ja.« Augenblicklich fuhr ihm die Hitze ins Gesicht. Du liebes Lieschen, das war ja wohl die tölpelhafteste Liebeserklärung, die je ein Mann zustande gebracht hatte. Zumindest die knappste. Er tat einen Schritt auf sie zu. »Ich hab gedacht, du kannst mich nicht leiden. Kein Wunder, ich habe deinen Hund überfahren. Also, ich habe gesagt, dass ich es war. Wegen Janine, du weißt schon. Ich war so verwirrt. Ohne es zu merken, habe ich mich in dich verliebt. Ich kam mir vor wie ein Achtklässler, der in das schönste Mädchen weit und breit verschossen ist, und sie findet ihn nur blöde. Dann vorgestern Abend auf dem Achterbrack … Ich war im siebten Himmel, bis du gestern Morgen plötzlich wieder stinksauer auf mich warst.« Er hob die Hände. »Ehrlich, da habe ich überhaupt nichts mehr kapiert.«

»Verstehe ich gut.« Sie nickte, und ihre Locken flogen um ihren Kopf. »Als deine Frau gestern auf den Hof kam, ist all mein Misstrauen gegen dich wieder aufgeflammt. Janine tat so selbstverständlich, mein Gatte hier, mein Gatte da. Ich habe es ihr abgenommen, geglaubt, du hättest mich angelogen und ihr wärt noch zusammen.« Sie schauderte. »Oder es wäre nur eine vorübergehende Krise zwischen euch. Ich dachte, mein Herz bleibt stehen, und glaubte, du hättest mir deine Liebe nur vorgegaukelt. Denn ich wusste auf einmal, dass nicht du den Unfall verursacht hattest, sondern Janine. Sie hat am Steuer gesessen.«

Er hatte alle Worte gehört, aber sie ergaben in seinem Kopf keinen Sinn. »Janine hat dir gesagt, sie ist gefahren, und deshalb dachtest du, ich liebe dich nicht? Auch auf die Gefahr hin, dass du mich für begriffsstutzig hältst: Den Zusammenhang verstehe ich nicht.«

Zu seiner Verwunderung legte sie den Kopf in den Nacken und fing an zu lachen.

»Ich gebe zu, es ist kompliziert«, sagte sie, als sie wieder Luft bekam. »Am Abend, als du, also sie Herrn Schliemann und mich umgefahren hat, war ich nicht ohnmächtig, musst du wissen. Ich habe gehört, dass du aus der Beifahrertür gesprungen bist. In all der Angst um Herrn Schliemann habe ich es vergessen: Du hattest Schuhe mit weichen Sohlen an.«

»Sneaker«, bestätigte Pieter nickend. »Und?«

»Gestern Morgen, als Janine kam, fiel es mir wie Schuppen von den Augen. Das Geräusch der Stöckelschuhe war von der Fahrerseite gekommen. Es war das gleiche Geräusch wie das von Janines Schuhen gestern. Sie hat den Unfall verursacht. Du hast auf dem Beifahrersitz gesessen.« Sie zog die

Schultern hoch, als ob sie frösteln würde. »Trotzdem hast du gesagt, du wärst gefahren. Warum?«

Der Anblick der kleinen Träne, die über ihre linke Wange lief, ließ sein Herz einen Schlag aussetzen. Bevor er auch nur einen klaren Gedanken fassen konnte, hatte er sie in seine Arme gezogen.

»Weil ich dumm war.«

»Ich dachte, du wolltest sie schützen.«

»Sie hatte Angst, ihre Arbeit zu verlieren.« Das war ja das Problem. Seine verdammte Loyalität. »Ich wollte unsere Ehe retten, wegen der Kinder. Und, ja, weil ich ein wenig konfliktscheu bin.«

Tammy zog die Nase hoch. »Ein wenig?«

»Na gut, in höchstem Maße. Konfliktscheu und harmoniesüchtig.« Er strich sanft über ihre Schultern. »Sei froh, sonst hätte ich dich schon bei deinem ersten Besuch in Elbwerder im Hafenbecken versenkt.«

»So schlimm war ich?«

Er nickte. »Schlimm und beängstigend selbstbewusst. Ich bewundere dich dafür, wie souverän du dein Leben bewältigst. Dagegen erschienen mir meine Eheprobleme völlig nichtig. Und dich damit zu belästigen, nein, das wollte ich nicht.«

»Und Pieter Kreutzfeldt, was willst du dann?«

Pieter strich mit beiden Händen über ihre Wangen. Statt einer Antwort zog er sie an sich und küsste sie.

Irgendwann bewegte sich ein Schatten über ihre Köpfe hinweg, und Tammy löste sich aus seinen Armen.

»Was für ein Flügelrauschen. War das ein großer Vogel?«

»Ziemlich groß. Oh, ein Storch sogar. Er landet auf Ketelsens Wiese. Da gibt es bestimmt eine Menge Frösche.«

»Ich mag Störche, vor allem ihr Geklapper. Na ja, um ehrlich zu sein, habe ich es eben zum ersten Mal live gehört. Ich kenne es nur aus den Natursendungen im Fernsehen.«

»Schaust du die gern?« Pieter merkte mal wieder zu spät, dass er die falsche Frage gestellt hatte, doch Tammy lächelte nachsichtig.

»Sehen passt nicht ganz. Aber tatsächlich höre ich gern Naturfilme. Fröschequaken, Grillenzirpen und so, davon kann ich gar nicht genug bekommen.«

»Ich auch, ich …« Pieter hielt mitten im Satz inne und schluckte. Seine Praxis war umgeben von Straßen, die immerhin von einigen Bäumen gesäumt waren. Die Gegend galt als grün. Und teuer. Wo würde seine neue Praxis liegen? Und seine neue Wohnung? Unter Garantie in einer preiswerteren Gegend mit noch weniger Grün, noch weniger Natur. Er merkte, wie sein Herz aus den Wolken fiel und unsanft auf dem Boden der Tatsachen landete, und wechselte hastig das Thema. Über seine Hamburger Probleme könnte er sich Gedanken machen, wenn er wieder in der Stadt war. »Herr Schliemann ist auf einem guten Weg. Ich hätte nie gedacht, dass er sich so schnell erholt. In spätestens einem Monat, denke ich, ist er so weit hergestellt, dass du ihn wieder als Blindenhund einsetzen kannst.«

Tammy zog Pieters Kopf zu sich hinab und gab ihm einen Kuss auf die Stirn. »Danke an den besten Veterinär der ganzen Stadt. Ich glaube, kein anderer Tierarzt hätte sich so hingebungsvoll um Herrn Schliemann gekümmert«, sagte sie.

»Na ja.« Pieter bemühte sich, bescheiden zu klingen, und dachte an Franz, gegen dessen Fachkompetenz er sich wie ein Student im ersten Semester fühlte.

»Ich glaube, ich sollte mich bei Janine bedanken«, fuhr sie fort. »Hätte sie dich nicht rausgeworfen, wärst du nicht nach Elbwerder gezogen. Für Herrn Schliemanns Genesung war es sicher gut, täglich hinaus in die Natur zu können. Ich befürchte, er wird sich bei mir beschweren, wenn er wieder in die Großstadt muss. Wo steckt er überhaupt?« Sie löste sich aus Pieters Umarmung und pfiff auf zwei Fingern, aber der sonst so gehorsame Hund kam nicht. »Schau mal nach. Da irgendwo muss er sein.« Sie wies mit der Hand zur Obstwiese, von der leises Knurren herübertönte, wie Pieter jetzt bemerkte.

Er lief durch das hohe Gras und hielt nach einigen Metern überrascht an. »He, Kumpel, was ist denn in dich gefahren?« Zu Füßen eines Apfelbaumes stand der Retriever auf einem Haufen Erde, steckte bis zur Brust in einem Loch und grub wie ein Wilder. In kurzem Rhythmus flogen Erdklumpen zwischen die Küken, die ihn wie eine gelehrige Schülerschar umgaben. »Er buddelt«, berichtete er Tammy, die zu ihm aufschloss.

Tammy grinste. »Seine große Leidenschaft.«

Pieter klatschte sich mit der flachen Hand auf die Stirn. »Heinrich Schliemann! Der Archäologe und Ausgräber, der Entdecker Trojas, nach dem hast du ihn benannt?«

»Treffer.« Sie gab ihm ein Daumen hoch. »Allerdings sucht mein Herr Schliemann nicht nach Altertümern, sondern nach Kaninchen.«

Pieter griff energisch nach dem Hundehalsband und zog den widerstrebenden Retriever aus dem Loch. »Hör auf, ich will keine Mondkrater in meinem Garten.«

In meinem Garten? Irrtum, durchzuckte es ihn, morgen schon oder spätestens übermorgen wäre er wieder in Hamburg. Wieso sagte er das?

Er räusperte sich einen Frosch aus dem Hals. »Schön, dass Herr Schliemann schon wieder so munter ist. Trotzdem, drei Wochen möchte ich ihn noch bei mir behalten, um das Narbengewebe zu behandeln und mit ihm zu trainieren, damit wirklich keine Schäden übrig bleiben. Abschließend lasse ich ihn noch einmal in der Tierklinik von Franz durchchecken. Und dann hat er es überstanden.«

Tammy lehnte sich mit dem Rücken gegen den Apfelbaum. »Herr Schliemann wird Elbwerder vermissen. Und ich auch«, sprach sie den Gedanken aus, den Pieter immer wieder aus seinem Kopf verdrängte.

»Ich doch auch. Aber meine Probleme sind in Hamburg, nicht hier.« Pieter lehnte sich neben sie an den Stamm.

»Du willst nicht weglaufen.«

»Genau. Ich muss mich meinen Problemen stellen.«

»Die Zähne zusammenbeißen?«

»Ja. Einfach durchhalten. Was ist falsch daran?« Ach herrje, klang er nicht geradezu wie Joop, sein erfolgsgetriebener Schwiegervater?

»Egal, wo du hingehst, Pieter, deine Probleme nimmst du immer mit. Aber manche Orte auf der Welt sind einfach die richtigen für einen. Du weißt es einfach, wenn du da bist.«

Er hörte ihren leisen Atem neben sich, spürte den Wind in seinen Haaren, roch das junge Laub der Apfelbäume. Herr Schliemann grub wieder, und die Küken piepsten hell.

»Das hier, das fühlt sich richtig an«, sagte er.

»Dann komm. Du musst mit jemandem reden.«

52

»Wie Lühmeyer? Ich wollte sie mitnehmen, aber sie ist sturer als ein Ziegenbock«, sagte Bertil, als Pieter anrief und fragte, ob seine Vermieterin auf dem Appelhoff sei.

Er umkreiste noch einmal die Brandruine, doch Quade war nirgendwo zu sehen. Dafür wuselte ein Mann mit Aktentasche hinter der Absperrung herum und schrieb etwas auf.

»Schmidt von der BV«, rief er und wedelte mit einem Notizblock. »Brandversicherung Nordost. Sie sind der Sohn der Jeschädigten?«, fragte er mit unüberhörbarem Berliner Akzent.

»Der Nachbar.«

Schmidt kroch unter dem Absperrband hindurch und gab Pieter die Hand. »Da haben Sie ja noch mal Glück gehabt. Das war wirklich eine Meisterleistung der Feuerwehr. Das Feuer hätte auch janz schnell auf Ihr Haus übergreifen können. Und auch das Haus von Frau Lühmeyer sieht schlimmer aus, als es ist. Hab ich noch nie gesehen, dass ein Reetdachhaus nicht als vollständige Ruine aus einem Brand hervorgeht. Das gesamte Erdgeschoss steht noch.«

Pieters Gesichtsausdruck schien Schmidt zu verraten, dass er die Fantasie nicht aufbrachte, sich vorzustellen, wie aus dem Schutthaufen noch irgendetwas zu retten war.

»Doch, doch, das Haus ist wieder aufzubauen«, sagte der Versicherungsmann und zückte einen Fotoapparat. »Na, ich mach mal weiter. So ein Sonntagsdienst ist auch nicht das Wahre. Hat übrigens eine hervorragende Versicherung, die gute Frau. Hab ich ihr eben schon gesagt.«

Aha, also war Quade doch noch in der Nähe, dachte Pieter. Er ging auf den Hof zurück, wo Tammy in der Sonne saß und die Küken Körner aus ihrer Hand picken ließ. Herr Schliemann sah deutlich eifersüchtig aus.

»Was ist das für ein Geräusch?«, fragte Tammy. Pieter spitzte die Ohren. Ein mechanisches Surren kam aus dem Haus. Kein Zweifel, das Laufband lief.

»Quade?« Unmöglich, dachte Pieter. Sie betrat das Kapitänshaus nicht.

Tammy stand auf. »Schauen wir nach.«

Pieters Augen brauchten einen Moment, sich an das Dämmerlicht im Haus zu gewöhnen.

Das Behandlungszimmer war leer und das Fenster offen. Quade stand draußen davor und streckte den Arm nach ihrem Stock aus, der vor dem schnurrenden Laufband auf dem Boden lag. Sie schnaufte vor Anstrengung.

»Verdorri, ankreegen hebb ick dat Ding mit den Stock. Nu is de mi rünnerfallen.«

Pieter reichte ihr den Stock aus dem Fenster und schaltete das Laufband aus.

»Quade, ich habe es mir überlegt«, redete er in die plötzliche Stille hinein. »Ich möchte hierbleiben. Hier in Elbwerder, im Kapitänshaus.«

Ihr Kopf ragte kaum über das Fensterbrett hinaus.

»Ja, ich möchte meine Tierarztpraxis in Elbwerder aufmachen und ganz hierherziehen«, setzte er nach, bevor ihn der Mut verließ.

»Herr Schliemann, de is allwedder fix up de Been. Dat liggt doch an dat Ding hier?« Sie klopfte mit dem Stock auf die Fensterbank.

Der abrupte Themenwechsel irritierte Pieter. »Ja, das Laufband hat dem Hund gutgetan. Die Bewegung im Wasser stärkt die Gelenke und entlastet sie beim Laufen«, erklärte er und fragte sich, worauf sie hinauswollte.

»Mien Jung, dat mit de Schnecken, dat bringt gornix för mine Been. Aber dat Ding hier ... Kunnst du mi ook up dat Band therepiern?«

Die Überraschung saß. Pieter blieb der Mund offen stehen. Das Laufband war für Tiere gedacht, nicht für Menschen. Ein entsprechender Warnhinweis klebte am Beckenrand. Auf der anderen Seite wog Quade bestimmt nicht mehr als ein Bernhardiner und war nur wenig größer als eine Dänische Dogge. Trotzdem. Er machte eine Geste in den Raum hinein.

»Dafür müsstest du hier ins Haus kommen.«

»So?« Im Gegenlicht konnte er ihren Gesichtsausdruck nicht erkennen. Abrupt wandte sie sich um und verschwand.

Na großartig. Hatte er es vergeigt? Pieter ließ die Schultern hängen.

»Ich ...«, begann er, aber Tammy legte den Finger auf die Lippen.

»Sie geht ums Haus«, flüsterte sie. Sie hatte ein Gehör wie ein Luchs, dachte Pieter neidisch und hörte nur das Blut in seinen Ohren rauschen. »Sie betritt den Flur.«

Jetzt hörte er es auch. Quades Stock schurrte über die Fliesen.

»Ich wollte nicht mehr an ihn denken.« Ihre Stimme kam näher. »Und das, was hier geschehen ist. Bin deshalb nicht mehr in das Haus gegangen. Und, hat es was genutzt? Düwel ok, gor nix. Ich habe an ihn gedacht. Jeden Tag war he in mien Kopp. Sechzig Jahre lang.« Sie tauchte im Türrahmen auf, zerbrechlich wie eine chinesische Puppe. »So, und mit dat Laufband, geiht dat nu oder nich?«

Der plötzliche Themenwechsel verwirrte Pieter, aber Quades Gesichtsausdruck nach zu schließen war ihre Rede damit zu Ende. Und das war sicher mehr, als sie jemals jemandem von der Tragödie erzählt hatte, die sich in diesem Haus abgespielt hatte, dachte er.

»Äh, also… Der Hund ist ja noch jung, Quade, aber du …« Unter ihrem empörten Blick brach er ab. Garantiert war er mal wieder rot bis unter die Haarspitzen.

»Kein Wort weiter, Jung.«

»Aber die Therapie schlägt nur langsam an, wenn überhaupt«, stotterte er. »Wir brauchen viel Zeit dafür, Wochen, vielleicht auch Monate.«

»De hebbt wi, Jung. Die haben wir.« Ein Lächeln zuckte um ihre Mundwinkel und wurde breiter und breiter, bis ihr ganzes Gesicht aus Lachfalten zu bestehen schien. »Schließlich sind wir ab heute Nachbarn, nicht wahr?« Damit drehte sie sich um und stapfte aus dem Raum, tiefer ins Haus hinein, dorthin, wo sie seit Jahrzehnten nicht mehr gewesen war.

Tammy griff nach Pieters Hand. »Ende gut, alles gut.«

»Und wenn es nicht gut wäre, dann wäre es noch nicht das Ende«, ergänzte Pieter im Kopf. Es war eine dieser Lesezirkelweisheiten. Vielleicht sollte er die Hefte doch nicht kündigen. Auch hier in Elbwerder würde er Wartezimmerlektüre brauchen.

Auf einmal war draußen auf dem Hof ein Tumult zu hören, und eine Stimme rief: »Ist niemand zu Hause?« Sie wurde von Herrn Schliemanns Gekläff und einem ohrenzerfetzenden Lärm übertönt, das klang wie das Aufkreischen einer Säge.

Pieter zuckte zusammen. Das Geräusch kam ihm nur allzu bekannt vor. »Ich schau mal nach«, sagte er beunruhigt.

Mitten auf dem Hof stand ein in Tuch gehüllter Kasten, der an eine Kunstaktion von Christo erinnerte und aus dem es heftig und fortlaufend zeterte. Herr Schliemann hatte seine Küken hinter sich geschart und bellte sich die Seele aus dem Leib. Aus dem Augenwinkel nahm Pieter eine Bewegung wahr, eine Frau, die eilig vom Hof ging.

»Hallo?«, rief er.

Sie drehte sich um. »Oh, Sie sind doch da?«, stotterte sie und kam zögernd näher.

Die Frau, deren aschblondes Haar die ersten grauen Strähnen durchzogen, stand am Rand eines Nervenzusammenbruchs, das war ihm sofort klar. Ihre Frisur war zerzaust wie nach einem Kampf, die dunklen Augenringe verrieten, dass sie schlaflose Nächte hinter sich haben musste.

»Meine Tante hat gesagt, ich soll mich an Sie wenden. Sie sind doch der Tierarzt aus Eppendorf, oder?« Pieter nickte, und die Worte sprudelten immer schneller aus ihr heraus. »Sie ist zur Kur und hat mir den da hiergelassen.« Mit zitternder Hand zeigte sie auf das verhüllte Etwas, als würde der Leibhaftige unter dem Tuch stecken. »Eine Woche halte ich es jetzt schon mit ihm aus. Ich bin völlig am Ende, Herr Kreutzfeldt. Bitte nehmen Sie ihn. Sie sind der Einzige, der mit ihm umgehen kann, sagt Tante Milli.«

»Na, so schlimm kann es doch gar nicht sein«, entgegnete Pieter mit seiner beruhigenden Onkel-Doktor-heilt-alles-Stimme, aber vielleicht war es das ja doch? Mit einer sehr dunklen Vorahnung ging er zu dem Objekt ihrer Angst und griff nach dem Tuch. Im selben Moment spürte er ein schmerzhaftes Zwicken und riss die Hand so heftig zurück, dass das Laken durch die Luft segelte und die Küken unter sich begrub.

Fassungslos stierte er auf den schillernden Vogel und die Bisswunde in seiner Hand, aus der ein dunkelroter Tropfen quoll.

In dem Vogelkäfig, der unter dem Tuch gesteckt hatte, saß Ronaldo und funkelte ihn kampflustig an.

»O nein, nicht der!«, protestierte Pieter energisch, während er ein Taschentuch aus der Hose zog und es um seinen Finger wickelte. »Bei aller Tierliebe, den nehmen Sie bitte wieder mit, Frau, Frau …« Die Antwort blieb aus, und er drehte sich um. Der Platz, wo Emilie Pieskes Nichte eben noch gestanden hatte, war leer. Zwischen Ronaldos unablässigem Krähen hörte er, wie oben auf dem Deich ein Auto davonfuhr. Die Nichte hatte sich aus dem Staub gemacht.

»Das geht ja fix. Kaum hast du dich entschlossen, nach Elbwerder zu ziehen, schon hast du einen neuen Mitbewohner.« Tammy trat neben ihn.

»Schon okay«, seufzte Pieter ergeben. »Das Haus ist riesig und der Garten auch.«

Sie kicherte, und er wusste, diese Grübchen auf ihren Wangen würden ihn noch einmal um den Verstand bringen. »Ich würde mir einen ganzen Zoo zulegen, Gänse, Schafe, ein Pony für die Kinder, wenn ich du wäre.«

Pieter räusperte sich. Seine Stimme schien von ganz weit her zu kommen. »Und wenn du du wärst?« Nein, das war nicht gut. »Ich meine, wenn ich ich bin und ich bleibe hier und du bist du und du … Bist du dann …« Er brach ab. Wieso, verdammt, klangen Liebeserklärungen in Filmen immer so einfach? »Schau mir in die Augen, Kleines« und so? Er wartete auf eine Eingebung, aber die blieb aus.

»Was bin ich dann?« Tammy strahlte ihn an.

»Du bist ...« Pieter hob sie auf, trug sie über die Schwelle ins Haus und küsste sie mit mehr Zärtlichkeit, als er je in seinem Leben verspürt hatte, »... herzlich willkommen im Alten Land.«

»Du kleiner Schelm!«, krähte Ronaldo.

Witzige Wohlfühllektüre
rund um Kochprofis und Küchenkatastrophen

GABRIELLA ENGELMANN

Ich dachte schon, du fragst mich nie

Roman

Kann das Chaos noch ein bisschen größer werden?, fragt Sophie Hartmann sich. Tochter Pauli leidet am ersten Liebeskummer, Schwester Geli an notorischem Hang zu falschen Männern, und dann bricht sich Tochter Liv ausgerechnet kurz vor Eröffnung des gemeinsamen Restaurants die Hand. Dummerweise ist Sophie in der Küche ein Totalausfall, selbst mit ihrem Wahlspruch »Familie ist das Allerwichtigste« stößt sie hier an ihre Grenzen.
Zum Glück beweist das Schicksal Sinn für Humor und schickt Hilfe von unerwarteter Stelle. Doch während sich in Sophies Umfeld alles zum Besten wendet, muss sie selbst erkennen, dass sie ihre eigenen Wünsche und Träume viel zu lange begraben hat …

KNAUR